Trompeuse apparence

Les infiltrés de Houston

R. BARRI FLOWERS

Trompeuse apparence

Traduction française de
FABRICE CANEPA

BLACK ROSE

HARLEQUIN

Collection : BLACK ROSE

Titre original :
CAPTURED ON KAUAI

HARPERCOLLINS FRANCE
83-85, boulevard Vincent-Auriol, 75646 PARIS CEDEX 13
Service Lectrices — Tél. : 01 45 82 47 47 - www.harlequin.fr
ISBN 978-2-2804-9057-3 — ISSN 1950-2753

Composé et édité par HarperCollins France.
Imprimé en juin 2023 par CPI Black Print (Barcelone)
en utilisant 100% d'électricité renouvelable.
Dépôt légal : juillet 2023.

MIXTE
Papier issu de sources responsables
FSC® C159065

Pour limiter l'empreinte environnementale de ses livres, HarperCollins France s'engage à n'utiliser que du papier fabriqué à partir de bois provenant de forêts gérées durablement et de manière responsable.

Prologue

Cette fois, cela ne faisait aucun doute. Sa couverture était grillée. Roxanne Yamamoto se répéta que c'était un risque que courait n'importe quel agent de la DEA – un risque auquel elle avait été formée et auquel elle était parfaitement capable de faire face.

Jetant un coup d'œil nerveux dans le rétroviseur de sa Toyota Tacoma, elle se demanda si elle était suivie ou si cette sensation n'était qu'un effet de son imagination. Une chose était certaine, en tout cas : elle devait impérativement entrer en contact avec ses collègues de la DEA pour les informer de ce qu'elle venait de découvrir.

En tant qu'agente infiltrée pour le compte de l'agence fédérale de lutte contre les trafics de stupéfiants, elle avait été chargée d'enquêter sur un réseau qui semblait s'être implanté sur l'île de Kauai dans l'archipel d'Hawaï. Surnommée l'île Jardin, c'était un véritable petit coin de paradis recouvert en grande partie de forêts tropicales luxuriantes.

Malheureusement, Roxanne n'avait guère eu le temps de profiter de ce décor de rêve. Elle avait été bien trop occupée à infiltrer ce qui s'était avéré être une branche du puissant cartel qui régnait sur la côte ouest des États-Unis.

Elle avait désormais réuni suffisamment d'éléments compromettants pour conduire à plusieurs arrestations. Une telle réussite lui vaudrait certainement une belle promotion – et peut-être même quelques semaines de vacances.

Qui sait ? Elle pourrait peut-être en profiter pour relancer sa vie amoureuse, qui en était au point mort depuis qu'elle avait rompu avec son ex qu'elle avait surpris en flagrant délit de tromperie, six mois auparavant. À moins qu'elle ne décide au contraire de profiter de cette période de célibat pour revoir ses amies, sortir et faire la fête avec elles…

Évidemment, il lui faudrait d'abord pour cela se tirer du guêpier dans lequel elle était tombée. Car elle avait été surprise en flagrant délit par les trafiquants et avait dû fuir en catastrophe, sans même prendre le temps de repasser par sa chambre d'hôtel pour récupérer son téléphone portable et son ordinateur.

Jetant de nouveau un coup d'œil dans son rétroviseur, elle ne put réprimer un frisson en voyant surgir au détour de l'un des lacets de la route une jeep de couleur noire qui roulait à tombeau ouvert.

Les vitres teintées ne lui permettaient pas d'apercevoir le conducteur, mais elle ne se faisait strictement aucune illusion : il s'agissait très probablement de l'un des membres du cartel. Et cela signifiait que sa couverture était bel et bien grillée.

Roxanne glissa la main sous le léger blouson qu'elle portait et s'assura qu'elle avait bien son fidèle Glock 17. Le contact de la crosse la rasséréna légèrement. Si les choses devaient en arriver là, elle serait au moins en état de se défendre.

Enfonçant l'accélérateur, elle parvint à creuser la

distance entre elle et le véhicule qui la poursuivait. Mais il prit à son tour de la vitesse et ne tarda pas à regagner du terrain. Roxanne accéléra de plus belle.

À sa grande surprise, la jeep décéléra alors de façon assez marquée, se laissant complètement distancer. Elle en vint presque à se demander si le véhicule était réellement en train de la poursuivre ou si elle s'était fait des idées.

Roxanne constata alors que la portion de route sur laquelle elle roulait était nettement plus dangereuse. La pente s'était accentuée et les virages se faisaient plus serrés. Roxanne fit mine de freiner, mais sa voiture ne réagit pas. Au contraire, emportée par son élan, elle continuait à prendre de la vitesse. Elle tenta de nouveau de piler, appuyant de toutes ses forces sur la pédale. Mais les freins ne répondaient plus du tout.

Roxanne se demanda avec angoisse si l'on avait saboté sa voiture. Luttant contre la panique qui menaçait de la submerger, elle s'efforça de conserver le contrôle du véhicule. Mais les tournants se succédaient à un rythme toujours plus soutenu tandis que sa vitesse ne faisait qu'augmenter.

Avant même de percuter de plein fouet le lampadaire qui allait la tuer, Roxanne Yamamoto comprit qu'elle avait perdu la partie…

1

L'agent spécial Dex Adair se prépara mentalement à pénétrer dans l'entrepôt qui se trouvait en plein cœur de Downtown Los Angeles. Il était accompagné d'autres agents de la DEA ainsi que de plusieurs hommes du bureau du shérif du comté de Los Angeles.

Ils s'attendaient à rencontrer une opposition nourrie et étaient lourdement armés : en plus de leurs pistolets Glock habituels, ils s'étaient munis de fusils semi-automatiques RRAGE Lar-15 ainsi que de fusils à pompe Remington 870.

Cela faisait plusieurs mois que Dex enquêtait sur cette filière de trafic de marijuana qui possédait des ramifications en Californie, au Nevada et à Hawaï. En dépit de la légalisation de ce produit dans certains États, le marché noir était toujours aussi rentable pour les opérateurs.

Dex savait que les responsables de ce commerce florissant ne se laisseraient pas faire : si les simples exécutants n'encouraient que quelques années de prison, les chefs de ce réseau risquaient des peines beaucoup plus lourdes. Et ils ne se résigneraient pas à passer plusieurs décennies derrière les barreaux sans résister.

Dex sentit un frisson d'anxiété mêlée d'excitation

courir le long de son échine. C'était précisément pour vivre ce genre de moments qu'il avait rejoint la DEA. Après avoir grandi dans un quartier pauvre de Detroit, il avait vu de ses propres yeux les dégâts que provoquait le trafic de drogue. Plusieurs de ses amis d'enfance en étaient morts.

Et puis Rita avait fait une overdose à l'âge de dix-neuf ans. Dex ignorait combien de temps sa sœur aînée avait été accro à l'héroïne. Il n'avait rien vu, rien deviné avant qu'il soit trop tard. Et il lui arrivait encore aujourd'hui de regretter de n'avoir pas été plus grand, plus mûr, plus à l'écoute…

C'était sans doute la raison pour laquelle, après avoir décroché une bourse d'études, il avait suivi des études de droit au sein de l'université de l'État du Michigan. Après avoir obtenu son master, il était entré à l'académie de la DEA à Quantico, en Virginie, bien décidé à combattre le fléau qui lui avait arraché sa sœur.

À l'académie, il avait découvert le travail des K9, ces brigades canines spécialisées dans la recherche de stupéfiants. Dex avait toujours adoré les animaux et l'idée de travailler au quotidien avec un chien l'avait immédiatement séduit. Sorti parmi les premiers de sa promotion, il avait d'abord travaillé sur la côte est avant d'obtenir une mutation à Los Angeles.

Depuis son arrivée dans cette ville, il travaillait avec Barnabas, un golden retriever qui était rapidement devenu, bien plus qu'un simple outil de travail, un compagnon fidèle sur lequel il savait pouvoir compter en toutes circonstances. Il s'était pourtant abstenu de l'emmener sur cette opération qui risquait fort de se solder par un échange de coups de feu nourris.

L'agente spéciale Lynda Krause qui dirigeait l'assaut

donna enfin le signal et tous les policiers convergèrent vers le hangar. Ils avaient déjà réussi à neutraliser discrètement les différents guetteurs qui étaient postés aux alentours de l'entrepôt. L'effet de surprise fonctionna donc parfaitement.

En l'espace de quelques minutes, les agents firent irruption dans le hangar de plusieurs côtés à la fois. Quelques trafiquants commirent l'erreur de dégainer leurs armes et d'ouvrir le feu. La réponse fut immédiate et impitoyable.

Quelques-uns cherchèrent à fuir. Le peu d'entre eux qui parvinrent à se faufiler par les fenêtres furent interceptés par les policiers déployés en second rideau à l'extérieur du bâtiment. La plupart des trafiquants comprirent néanmoins très rapidement qu'ils étaient moins nombreux et moins bien équipés et se résignèrent à déposer les armes.

Le bain de sang que Dex avait redouté ne se produisit donc pas et, même parmi ceux qui avaient été touchés, un seul homme perdit la vie avant d'atteindre l'hôpital. C'était une victoire précieuse pour la DEA, car le grand nombre de malfrats interpellés garantissait le fait qu'il s'en trouverait bien quelques-uns pour témoigner en échange d'une remise de peine.

Dès que le bâtiment fut entièrement sécurisé, Dex alla chercher Barnabas qui l'attendait sagement dans sa voiture. Il revint avec lui dans le hangar et le chien se mit à la recherche de la drogue. Il ne lui fallut que peu de temps pour trouver ce qu'il cherchait et il alla se planter devant une rangée de palettes, laissant échapper un aboiement accusateur.

Dex se tourna vers Lynda Krause.

— On dirait que nous ne sommes pas venus pour rien, lui dit-il.

— Reste à savoir si le jeu en valait la chandelle, acquiesça-t-elle.

Âgée d'une dizaine d'années de plus que Dex, Lynda travaillait depuis près de dix-sept ans pour la DEA. C'était incontestablement l'un des meilleurs agents qu'il ait connus et il avait beaucoup appris à ses côtés.

Dex sortit de sa poche une paire de gants en latex qu'il enfila. Récupérant au passage un pied-de-biche, il alla ouvrir l'une des caisses qui se trouvaient sur la palette la plus proche. Un sourire satisfait se dessina sur ses lèvres lorsqu'il découvrit une couche de café moulu. Cet artifice n'avait pas suffi à tromper le très perspicace Barnabas.

Écartant du revers de la main l'odorante poudre noire, il découvrit une rangée de sachets en plastique conditionnés sous vide et bourrés à craquer de marijuana. Sans attendre, il passa à la caisse suivante dont le contenu était identique.

Lynda laissa échapper un petit sifflement appréciatif.

— Si toutes les palettes sont du même acabit, il doit y en avoir pour plusieurs millions de dollars de marchandises, remarqua-t-elle.

— C'est effectivement ce que mon informateur m'avait laissé entendre, précisa Dex.

Il s'agenouilla auprès de Barnabas pour le gratouiller affectueusement derrière les oreilles.

— Bien joué, mon vieux.

Pendant ce temps, Sylvester Ishikawa s'était muni d'un autre pied-de-biche pour ouvrir d'autres caisses.

— Incroyable ! s'exclama-t-il. Ils en ont vraiment pour tous les goûts : THC, cartouches de vapoteuses au cannabis, huile de chanvre et même des champignons hallucinogènes.

Ishikawa secoua la tête d'un air incrédule. Âgé de quarante-deux ans, et ne comptant que deux ans d'ancienneté de moins que Lynda, il avait également une grande expérience de ce genre d'opérations.

Sa surprise témoignait de l'importance de leur prise et Dex se réjouit du rôle déterminant qu'il avait joué dans cette affaire. Il avait suivi son instinct et s'en trouvait récompensé. Et, déjà, une partie de lui aspirait à découvrir la prochaine mission qui lui serait confiée.

Certains de ses amis le percevaient comme un véritable boulimique de travail. Peut-être n'avaient-ils pas complètement tort. Mais la vérité, c'était que Dex aimait son métier. Chaque nouvelle enquête était pour lui un défi. Chaque nouveau démantèlement de filière un sujet de satisfaction personnelle.

Aussi fut-il ravi d'apprendre que Rachel Zavatti, la directrice de la division de DEA chargée du Sud-Californie, du Nevada, d'Hawaï et de Guam, avait convoqué dans l'après-midi une réunion à laquelle il était convié.

Il s'accorda une longue pause déjeuner en compagnie de Barnabas dans leur restaurant de hot-dogs préféré. Puis tous deux rentrèrent au quartier général de la division, sur East Temple Street.

Dex eut tout juste le temps de repasser par son bureau pour y laisser Barnabas avant de se rendre en salle de conférences. Rachel Zavatti s'y trouvait déjà. C'était une femme grande et mince, aux cheveux gris mi-longs et aux yeux noisette. Âgée de cinquante ans, elle devait sa promotion très rapide au succès majeur qu'elle avait remporté, dix ans plus tôt.

Elle était en effet parvenue à infiltrer puis à démanteler

le plus gros réseau de producteurs et de dealeurs de marijuana du Midwest. Tout comme Dex, elle semblait consacrer la quasi-totalité de son temps et de son énergie à son travail. L'exigence qu'elle avait vis-à-vis d'elle-même lui permettait de mieux faire accepter celle qu'elle avait à l'égard de ses équipes.

— Félicitations à tous pour cette mission rondement menée ! s'exclama-t-elle en guise de préambule lorsque tout le monde se fut installé autour de la grande table de réunion. Non seulement vous avez réussi à interpeller Louis Johansson, le principal responsable du cartel à Los Angeles, mais, de plus, vous avez effectué une saisie record. Trente palettes contenant plus de deux cents kilos de cannabis, des milliers de cartouches de vapoteuses et près de six cents grammes de psychotropes.

— Sans compter les armes saisies, remarqua Dex. Nous avons trouvé des fusils d'assaut semi-automatiques AR-15, des fusils de calibre .223, des armes de poing et suffisamment de munitions pour mener une véritable petite guerre privée.

— Exact, acquiesça Zavatti. Je suis heureux de voir que nous pouvons compter sur vous pour ne rien oublier, agent Adair.

— C'est l'un de ses super pouvoirs les plus pénibles, ironisa Lynda.

— Ça alors ! s'exclama Ishikawa d'un ton faussement sidéré. Je croyais que c'était son chien qui avait des super pouvoirs et que Dex n'était que le faire-valoir…

Dex se fendit d'un large sourire. Ce genre de taquineries étaient monnaie courante au sein de leur service. C'était une façon efficace de faire redescendre la pression après des opérations éprouvantes comme celle qu'ils venaient de vivre. C'était aussi l'une des raisons pour lesquelles il aimait ce milieu qui savait mêler professionnalisme sourcilleux et esprit potache.

— Ishi a raison, déclara-t-il. Tout le mérite en revient à Barny. C'est lui qui a trouvé la drogue. Si nous l'avions laissé faire, il aurait probablement coffré tous les trafiquants sans notre aide.

Rachel sourit à son tour.

— Je suis convaincue qu'au moins une petite part du mérite vous revient. Quoi qu'il en soit, ajouta-t-elle en recouvrant presque aussitôt son sérieux, nous ne pouvons malheureusement pas passer le reste de l'après-midi à nous congratuler mutuellement. J'ai bien peur que nous n'ayons des problèmes épineux à résoudre.

Elle s'empara de la télécommande qui était posée devant elle et alluma le rétroprojecteur, faisant apparaître à l'écran le visage d'une femme de type asiatique aux cheveux coupés court et à l'expression solennelle.

— Voici Roxanne Yamamoto, l'une de nos agentes spéciales, déclara-t-elle. Le mois dernier, elle a été envoyée sur l'île de Kauai, dans l'archipel d'Hawaï, pour enquêter sur des rumeurs qui nous étaient parvenues. Elle est malheureusement décédée au cours d'un accident de voiture. Sur le moment, tout laissait penser qu'il ne s'agissait effectivement que d'un simple accident, mais l'analyse du véhicule a montré que les freins avaient été délibérément sabotés. De plus, on n'a retrouvé le téléphone de Yamamoto ni dans la voiture, ni dans sa chambre d'hôtel. Son ordinateur portable a également disparu avec toutes les informations qu'il pouvait contenir. Inutile de vous dire que tout ceci ne présage rien de bon…

Dex s'était rembruni en apprenant la nouvelle : il connaissait bien Roxanne et c'était quelqu'un qu'il appréciait beaucoup. Il se rappelait notamment une enquête qu'ils avaient menée ensemble à Las Vegas. Elle s'était conclue par la saisie de trente-cinq kilos de méthamphétamine et par de nombreuses arrestations.

Il n'avait pas oublié le festin et la soirée mémorables que Roxanne et lui s'étaient accordés pour fêter cette victoire et son cœur se serra à l'idée que la jeune femme avait pu se faire assassiner de cette façon.

Rachel Zavatti fit apparaître une nouvelle image derrière elle.

— Voici le Maoli Lodge, leur dit-elle. Nous soupçonnons depuis déjà quelque temps cet hôtel d'être une plaque tournante de la drogue pour l'organisation à laquelle vous venez de tailler des croupières aujourd'hui même. Malheureusement, nous n'avons jamais rien pu prouver. Yamamoto y travaillait sous couverture en tant que femme de chambre. Elle était chargée de rassembler des éléments de preuve que nous aurions transmis à la force opérationnelle présente sur place. Celle-ci rassemble des membres du FBI, du Trésor, des inspecteurs des postes et, bien sûr, la police de Kauai. Malheureusement, Roxanne est décédée avant d'avoir pu nous dire ce qu'elle avait découvert au sujet de l'hôtel et de son personnel. La police locale enquête actuellement sur sa mort mais ne semble pas disposer de piste sérieuse. Je compte donc envoyer un nouvel agent sous couverture au Maoli Lodge. Il sera chargé de découvrir ce qui est réellement arrivé à Yamamoto et si l'endroit dissimule bien un trafic de drogue.

Une nouvelle image apparut derrière Zavatti. Il s'agissait d'un homme aux cheveux bruns rasés sur les côtés et longs sur le dessus. Son regard acéré couleur d'obsidienne trahissait un tempérament volontaire et lui conférait une apparence plutôt intimidante.

— Voici Joseph Sizemore, l'un des deux copropriétaires du Maoli Lodge. Il était soupçonné de participer au trafic de drogue. Mais il est mort dans un accident de kayak, il y a six mois de cela, au large de la côte de Nāpali. Cela ne semble pas avoir mis fin au trafic sur l'île, ce qui signifie qu'il était innocent, ou bien que quelqu'un a repris les affaires en main.

Rachel afficha la photographie d'une femme.

La première chose que pensa Dex, ce fut qu'elle paraissait tout droit sortie d'un tableau de la Renaissance italienne. De longs cheveux roux et ondulés encadraient l'ovale parfait d'un visage diaphane. La douceur de son regard bleu contrastait avec la sensualité de ses lèvres et son menton arborait une adorable petite fossette. C'était incontestablement l'une des plus belles femmes qu'il lui eût été donné de voir.

— Katrina Sizemore, âgée de trente ans, est la veuve de Joseph, indiqua Rachel. Elle est à présent l'unique propriétaire du Maoli Lodge. Il se pourrait qu'elle ait également hérité de ses intérêts moins avouables et qu'elle soit aujourd'hui à la tête du réseau.

Dex avait du mal à concilier ce visage d'ange avec l'idée qu'il puisse s'agir d'une trafiquante de stupéfiants. Mais il n'était pas naïf au point de se fier aux apparences. Il savait d'expérience qu'il existait toutes sortes de criminels et que ceux qui semblaient les plus inoffensifs étaient souvent les plus dangereux.

— Adair, est-ce que vous jouez toujours du piano ?

— Chaque fois que j'en ai l'occasion, répondit-il, un peu surpris par la question.

Jusqu'à sa mort survenue cinq ans auparavant, sa mère

avait travaillé comme professeure de piano. C'était elle qui lui avait transmis la passion de cet instrument qu'elle lui avait enseigné dès son plus jeune âge.

Grâce à elle, il avait découvert des pans entiers de la musique, et tout particulièrement le jazz dont il était devenu un grand aficionado. Du temps où il était encore étudiant, il avait même rejoint un quartet de musiciens semi-professionnels et enregistré un disque qui avait eu un certain succès.

Le piano avait pour lui des vertus apaisantes et thérapeutiques et, aujourd'hui encore, il pratiquait quasiment tous les jours.

— Parfait, déclara Rachel Zavatti. Est-ce que vous pensez que vous pourriez vous familiariser avec les airs classiques de la musique hawaïenne ?

— Pourquoi pas ? répondit-il, se demandant toujours où elle voulait en venir.

— Figurez-vous que le Maoli Lodge recherche actuellement un musicien pour remplacer temporairement sa pianiste qui se trouve en congé maternité. Si vous parvenez à vous faire embaucher, vous aurez une couverture parfaite pour mener l'enquête.

C'était bien la première fois qu'il travaillerait sous couverture en tant que musicien. Et l'idée était loin de lui déplaire.

— Par chance, l'hôtel est ouvert aux animaux et vous pourrez donc emmener Barnabas avec vous. Cela vous aidera éventuellement à repérer la présence de stupéfiants sur les lieux. Votre mission est double : identifier les acteurs de ce trafic et déterminer ce qui est réellement arrivé à Roxanne Yamamoto. Si elle a effectivement été assassinée comme il y a tout lieu de le craindre, je tiens à ce que les responsables pourrissent en prison pour le restant de leurs jours.

Dex partageait tout à fait cette vision des choses et il était bien décidé à faire tout ce qui serait en son pouvoir pour venger la mémoire de la jeune femme.

— Vous pouvez compter sur moi. Et je suis sûr que Barnabas sera ravi de découvrir Hawaï.

— Parfait, déclara Rachel en lui tendant un dossier. Voici votre couverture. Vous vous appelez Dex Matheson et vous trouverez là-dedans tous les papiers dont vous aurez besoin. Soyez très prudent. Je ne tiens pas du tout à ce que vous connaissiez le même sort que Roxanne.

— Je resterai sur mes gardes, lui assura Dex qui n'y tenait pas non plus.

— Comme je ne veux courir aucun risque, vous aurez des baby-sitters sur place. Krause et Ishikawa, félicitations, vous voilà mariés. Vous serez M. et Mme Hayashi, en lune de miel à Hawaï.

— J'ai toujours rêvé d'aller là-bas, s'exclama Lynda avec un large sourire. Et d'épouser Sylvester, cela va sans dire…

— Je suis très flatté, madame Hayashi, répondit ce dernier du tac au tac. J'espère que vous nous avez réservé une suite nuptiale.

— Vous avez de la chance, elle était disponible, répondit Rachel avec un demi-sourire. Sur place, vous travaillerez tous les trois en étroite collaboration avec le groupe d'enquêteurs chargés de cette affaire. Cela vous donnera notamment l'occasion de comparer les informations dont vous disposez au sujet de ce cartel. Avez-vous des questions ?

Dex secoua la tête, imité par Krause et Ishikawa. La mission était parfaitement limpide et, s'ils avaient le moindre doute, une fois sur place, il serait toujours temps de demander plus de précisions à Zavatti.

— Bien, conclut celle-ci. Dans ce cas, il ne vous reste plus qu'à aller faire vos bagages.

Emportant le dossier que Rachel lui avait remis, Dex fit un crochet par son bureau pour aller relever ses e-mails et récupérer Barnabas qui l'attendait sagement. Il quitta ensuite le quartier général de la DEA pour rentrer chez lui.

Son appartement était situé au dernier étage d'un immeuble de style néomauresque situé sur Huston Street, dans le quartier de Valley Village. Là, après avoir fait sa valise, il passa une bonne partie de la soirée à télécharger et à étudier des partitions de morceaux traditionnels hawaïens.

Katrina Sizemore repoussa le livre de comptes qu'elle étudiait depuis plus d'une heure. Elle détestait toujours autant la comptabilité. Auparavant, c'était habituellement Joseph qui s'en chargeait mais, depuis qu'il était mort, Katrina n'avait eu d'autre choix que de se retrousser les manches.

Fort heureusement, le Maoli Lodge était aujourd'hui un établissement plutôt prospère. Situé en bord de mer, à deux pas de la sublime plage des naufragés et du golf de Poipu, l'hôtel comptait quarante-deux chambres et quatre suites ainsi qu'une piscine et un vaste jardin exotique planté de palmiers, de cocotiers et de tamariniers.

C'était au Maoli Lodge que Joseph et Katrina avaient passé leur lune de miel, sept ans auparavant. Tous deux étaient instantanément tombés amoureux de cet endroit, si différent de la petite ville de Salem, dans l'Oregon, où ils vivaient alors. Quatre ans après ce séjour de rêve, ils avaient appris un peu par hasard que l'établissement était à vendre. Après en avoir longuement discuté, ils avaient vendu leur maison, contracté un emprunt et investi toutes leurs économies pour le racheter.

Ils ne s'étaient pas attendus au temps et aux efforts qu'il leur faudrait consacrer à la gestion d'un tel complexe. Et leur mariage avait malheureusement fini par en pâtir. En dépit de leurs efforts respectifs, les tensions entre eux s'étaient multipliées.

Rétrospectivement, Katrina ne pouvait s'empêcher de se demander si leur union y aurait résisté beaucoup plus longtemps. Auraient-ils fini par se séparer ? Et, dans ce cas, que serait-il advenu du Maoli Lodge ? Une chose était sûre : jamais elle ne s'était imaginé devoir un jour le diriger sans Joseph.

La mort inattendue de son mari l'avait pourtant placée devant le fait accompli. Elle s'était retrouvée seule avec sa culpabilité – celle de ne pas avoir su lui parler pendant qu'il en était encore temps, de ne pas avoir su trouver de solutions à leurs problèmes avant qu'il soit trop tard.

La police d'assurance vie que Joseph avait contractée avait permis à Katrina de résoudre les difficultés financières auxquelles l'hôtel avait dû faire face, au cours des derniers mois. La fréquentation était désormais repartie à la hausse et la rentabilité s'était nettement améliorée.

Malheureusement, un nouveau malheur avait endeuillé le Maoli Lodge, le mois précédent. Roxanne Kitaoka, une femme de chambre que Katrina avait récemment embauchée, était morte dans un terrible accident de voiture.

Le plus étrange, c'était que la police semblait penser que l'accident en question avait été provoqué. Katrina ignorait qui aurait bien pu en vouloir à une femme de chambre sans histoires qui, d'après ce qu'elle avait pu en voir, paraissait se consacrer presque exclusivement à son travail.

La police ne s'était guère montrée très diserte à ce sujet et Katrina ne pouvait qu'espérer que Roxanne n'avait pas trop souffert. Elle avait organisé une petite cérémonie en son honneur avec l'ensemble du personnel. La plupart des employés qui formaient une équipe très soudée avaient été aussi peinés qu'elle d'apprendre la nouvelle.

— Katrina ?

Tirée de ses pensées, elle leva la tête et aperçut son assistante, Alyson Tennison, qui se tenait dans l'embrasure de la porte. Âgée de deux ans de plus que Katrina, cette séduisante brunette aux yeux bleus était une professionnelle chevronnée dans le domaine de l'hôtellerie et son aide s'était révélée très précieuse au cours des derniers mois.

— *Aloha*, répondit Katrina en lui décochant un sourire.

— J'espère que je ne te réveille pas, plaisanta Alyson.

— Je crois que je frôle l'overdose de comptabilité, déclara Katrina en désignant le livre de comptes.

— J'ai de quoi te changer les idées. Il y a ici un homme qui demande à te rencontrer.

— À quel sujet ? s'enquit Katrina.

— Il voudrait postuler comme pianiste. Je me suis dit que le mieux serait que tu l'entendes jouer. Il t'attend dans la salle du bar.

— Excellente idée, approuva Katrina. Et ce sera effectivement une pause bienvenue.

Elle avait presque oublié l'annonce qu'elle avait fait paraître dans le journal local sans grand espoir de trouver quelqu'un capable de remplacer au pied levé Gina Oxenberg, leur pianiste attitrée. Celle-ci avait un répertoire très étendu qui allait des musiques populaires au jazz, en passant par les standards hawaïens.

— Je préfère te prévenir tout de suite, lui dit Alyson sur le ton de la confidence tandis que toutes deux se dirigeaient vers le hall d'entrée, ce type est vraiment canon.

Katrina ne put s'empêcher de sourire. Ce genre de détails n'échappait jamais à Alyson qui était divorcée et visiblement ravie d'avoir retrouvé sa liberté. Elles se séparèrent devant le bureau de la réception et Katrina poursuivit sa route.

En approchant du grand salon, elle entendit retentir une mélodie qui lui sembla familière sans qu'elle parvienne à l'identifier. Elle pénétra dans la pièce dont le style évoquait les années 1940 et, plus particulièrement, le Rick's Café du film *Casablanca*.

Alyson ne lui avait pas menti. L'homme qui était assis face au piano quart de queue était indubitablement très séduisant. Grand, bien bâti, il avait la peau mate et des cheveux d'un noir de jais. Ses traits étaient parfaitement dessinés, avec des pommettes hautes, un nez aquilin et un ombre de barbe qui ajoutait encore à son charme ténébreux.

Allongé à ses pieds, la tête posée sur ses pattes de devant, se trouvait un magnifique golden retriever dont le regard pétillait d'intelligence.

Lorsque le pianiste l'aperçut, il conclut son morceau avec élégance et célérité puis se leva galamment.

— C'était vraiment très joli, lui dit-elle.

— Merci, répondit-il avec un sourire irrésistible.

— J'ai cru comprendre que vous vouliez postuler comme pianiste ?

— C'est exact. Du moins, si le poste est toujours disponible.

Il s'avança vers elle.

— Dex Matheson, fit-il en se présentant.

— Katrina Sizemore, répondit-elle en serrant la main qu'il lui tendait.

Ce simple contact fit courir un petit frisson le long de son bras et elle se demanda avec une pointe d'embarras si son interlocuteur l'avait remarqué. Elle n'avait pourtant pas l'habitude de se laisser décontenancer aussi facilement.

— Pour répondre à votre question, le poste est effectivement disponible.

— Tant mieux, répondit Dex.

Il désigna son chien qui venait de se redresser et la considérait avec une franche curiosité.

— Je vous présente Barnabas.

— Salut, toi, fit-elle en s'agenouillant pour gratouiller le chien derrière les oreilles.

Il se laissa faire et lui lécha même affectueusement la main. Se redressant, Katrina croisa le regard de Dex et se sentit rougir légèrement sans trop savoir pourquoi. Elle se rappela alors qu'il s'agissait d'un entretien d'embauche et qu'elle ne pouvait se permettre d'engager quelqu'un qui ne serait pas à la hauteur ou qui poserait des problèmes – si charmant puisse-t-il être.

— Allons nous installer dans mon bureau, suggéra-t-elle. Je vous expliquerai quel profil nous recherchons exactement.

— Je vous suis, acquiesça Dex après avoir attaché la laisse de son chien au pied du piano.

2

Dex avait été surpris de découvrir qu'en personne, Katrina Sizemore était encore plus séduisante que sur la photographie que leur avait montrée Rachel Zavatti. Il émanait d'elle un charme qu'une image figée ne pouvait espérer rendre fidèlement.

Cela tenait peut-être à la façon gracieuse qu'elle avait de se mouvoir ou encore à son visage si expressif. Il y avait aussi dans son regard bleu cet éclat troublant, trahissant un mélange d'intelligence et d'humour.

Mais il était bien décidé à ne pas se laisser influencer par le pouvoir de séduction que Katrina exerçait sur lui. Le fait d'être irrésistiblement attirante ne faisait pas d'elle une innocente, loin de là.

Et il devait garder à l'esprit que, pour le moment, elle était son unique suspecte – non seulement de superviser un trafic de stupéfiants mais aussi d'avoir commandité l'assassinat de Roxanne Yamamoto.

Ils pénétrèrent dans un joli bureau ; la pièce s'ouvrait sur une baie vitrée donnant sur le magnifique jardin botanique qui s'étendait à l'arrière de l'hôtel. Il y avait deux tables de travail ainsi que plusieurs armoires métalliques qui devaient contenir les registres de l'hôtel.

Dex aurait donné cher pour pouvoir y jeter un coup

d'œil. Avec un peu de chance, la comptabilité laisserait peut-être apparaître des sommes issues du trafic de drogue et destinées à être blanchies. Il avisa également une porte de communication dont il ignorait si elle donnait sur un placard ou sur une autre pièce.

Katrina lui fit signe de prendre place sur l'une des deux chaises qui se trouvaient face à son bureau et alla s'asseoir sur son propre siège.

— Votre hôtel est vraiment magnifique, déclara-t-il.

— *Mahalo.*

Comme elle joignait les mains devant elle, Dex nota qu'elle portait toujours son alliance. Sans doute ne s'était-elle pas encore remise de la disparition prématurée de son époux. Mais ce bijou lui fournissait une ouverture intéressante.

— Depuis quand votre mari et vous êtes-vous propriétaires de ce petit coin de paradis ? lui demanda-t-il.

— Cela fait trois ans, répondit-elle en baissant les yeux vers l'alliance que Dex venait de remarquer. J'ai perdu mon mari, il y a six mois.

— Je suis vraiment désolé de l'apprendre, lui dit Dex.

— Il est mort dans un accident de kayak, expliqua-t-elle tristement.

— J'imagine qu'il ne doit pas être facile de gérer seule un tel établissement, remarqua Dex.

Alors même qu'il prononçait ces mots, il prit conscience qu'ils pouvaient être mal interprétés. Dex ne voulait surtout pas qu'elle prenne cette remarque comme une mise en cause de ses compétences ou bien encore comme une proposition déguisée.

— La période qui vient de s'écouler n'a pas dû être simple dans le secteur hôtelier, ajouta-t-il pour faire bonne mesure.

— Effectivement, concéda-t-elle. Mais nous avons réussi à faire le dos rond en attendant que les affaires reprennent. La fréquentation est bien repartie, ces derniers temps. Nous avons même plus de monde qu'avant, peut-être parce que certains autres établissements se sont vus contraints de mettre la clé sous la porte entre-temps. Et fort heureusement, j'ai une excellente équipe.

Dex se demanda si les bénéfices générés par le trafic de drogue avaient pu contribuer à renflouer les caisses du Maoli Lodge.

— Parlez-moi un peu de vous, monsieur Matheson, lui dit alors Katrina en l'observant avec curiosité.

Il lui décocha son sourire le plus affable.

— Appelez-moi Dex, je vous en prie, lui dit-il.

— Si vous m'appelez Katrina, acquiesça-t-elle en souriant à son tour.

Une fois de plus, il fut frappé par le charme qui émanait d'elle.

— D'accord, Katrina, répondit-il. Je viens tout juste de m'installer ici après avoir vécu pendant des années à Los Angeles.

— Pourquoi avoir choisi Hawaï ? s'enquit-elle, curieuse. Et Kauai, en particulier ?

— J'en étais arrivé à un moment de ma vie où j'avais besoin de changement, expliqua-t-il. J'ai visité l'archipel, du temps où j'étais encore étudiant, et j'avais gardé un souvenir émerveillé de cette île, en particulier. Je ne suis pas le seul, d'ailleurs, puisque l'un de mes amis est venu s'y installer. Lorsqu'il m'a proposé un poste, j'ai décidé de tenter le coup, le temps de voir si je pourrais me plaire ici.

— Est-ce que le poste en question vous laissera

le temps de venir jouer régulièrement au Maoli ? lui demanda Katrina.

— Mon ami est détective privé, expliqua Dex. Ce métier a le mérite de garantir des horaires très flexibles, d'autant que je ne travaillerai qu'à temps partiel, contrairement à Los Angeles où j'avais ma propre agence. J'ai été blessé au cours d'une de mes enquêtes et ma convalescence m'a donné tout le temps de ruminer et d'envisager ce changement de vie.

— J'espère que vous vous êtes bien remis, lui dit Katrina d'une voix pleine de sollicitude.

Dex la rassura d'un hochement de la tête.

— J'ai fait une mauvaise chute en poursuivant un suspect et je me suis mal reçu. C'est mon dos qui a encaissé le choc et j'ai dû passer trois mois avec un corset. Heureusement, cet accident ne m'a pas laissé trop de séquelles.

L'anecdote était bien réelle – même si l'accident en question avait eu lieu deux ans auparavant, lors d'une descente de police à laquelle il avait participé à Santa Ana.

— Je ne vais pas me plaindre, ajouta-t-il en souriant. C'est l'argent de l'assurance qui m'a permis d'envisager ce déménagement en toute sérénité.

— Ça ne doit pas être facile de changer de vie du tout au tout de cette façon, remarqua Katrina. Est-ce que vous avez une famille ?

Dex secoua la tête.

— Ni épouse ni enfant, répondit-il. Cela facilite effectivement ce genre de décision.

Il se demanda si la question de Katrina était innocente ou si c'était une façon de découvrir s'il était ou non célibataire. Mais l'alliance qu'elle portait toujours semblait indiquer qu'elle-même ne se considérait pas comme disponible. Sans doute prenait-il ses propres désirs pour des réalités.

Dex se morigéna intérieurement : Katrina était une suspecte de premier plan dans une enquête dont il avait la charge. Elle était potentiellement complice de trafic de stupéfiants et même de meurtre. Il ne pouvait donc en aucun cas se permettre de céder à l'attirance qu'elle exerçait sur lui.

— Depuis combien de temps jouez-vous du piano ? lui demanda-t-elle alors.

— Depuis ma plus tendre enfance, répondit-il. Ma mère était professeure de piano et a tenu à transmettre sa passion à ma sœur Rita et à moi.

— On dirait qu'elle y est parvenue, remarqua Katrina. Votre jeu est plein d'émotion.

— Merci, répondit-il, heureux qu'elle le pense.

Sa sœur Rita avait été très douée, elle aussi, plus encore que lui, sans doute, parce qu'elle était dotée d'une profonde sensibilité – cette même sensibilité qui l'avait malheureusement entraînée dans la dépression puis dans la drogue.

— Je préfère être honnête avec vous, déclara Katrina. Ce travail n'est pas très bien payé. Mais il ne requiert que deux heures de votre temps par jour, plus deux après-midi durant les week-ends. Il s'agit également d'un engagement limité dans le temps puisqu'il prendra fin avec le retour de notre pianiste habituelle.

— J'en ai parfaitement conscience, assura Dex. Et, à vrai dire, cela m'arrange plutôt. Je n'ai encore jamais eu l'occasion de travailler comme musicien professionnel, ce sera une façon de tester ce mode de vie et de voir s'il pourrait me correspondre.

— D'accord, approuva Katrina. Dans ce cas, vous êtes embauché. Bienvenue dans l'équipe !

— Merci, répondit Dex.

Elle lui demanda alors ses coordonnées et il lui donna l'adresse de l'appartement que la DEA avait loué pour lui ainsi que le numéro de Glenn Nakao, le détective privé pour lequel il était censé travailler. Nakao avait collaboré à plusieurs reprises avec leurs services et avait accepté de lui fournir une couverture au cours de cette mission.

— Quand pourriez-vous commencer ? lui demanda enfin Katrina.

— Quand cela vous arrangera, répondit-il. Pour le moment, je n'ai pas d'engagements particuliers.

— Eh bien, disons demain à midi, si cela vous convient, suggéra-t-elle. Nous avons pas mal d'arrivées, le mercredi, en général. Nous organisons généralement un petit pot d'accueil et ce serait bien s'il y avait un peu de musique.

— Vous pouvez compter sur moi.

— En attendant, je pourrais peut-être vous faire faire le tour de l'hôtel et vous présenter les principaux membres du personnel ?

— Avec plaisir, répondit Dex sans hésiter.

Cela lui permettrait de se familiariser avec la disposition des lieux, l'organisation de l'hôtel et peut-être même de se faire une première idée de qui était susceptible d'être impliqué dans le trafic de drogue…

— *Aloha*, soyez les bienvenus au Maoli Lodge, s'exclama Katrina à l'intention du couple nippo-américain qu'ils croisèrent dans le hall de réception.

Tous deux portaient des colliers de fleurs indiquant qu'ils venaient tout juste d'arriver à l'hôtel.

— Merci ! lui répondit la femme avec un large sourire. Nous sommes ravis d'être enfin arrivés. L'hôtel est vraiment magnifique !

— C'est gentil. J'espère que vous passerez un agréable séjour parmi nous. Si vous avez besoin de quoi que ce soit, n'hésitez surtout pas à nous solliciter.

— Je suis sûr que nous serons comme des coqs en pâte, déclara le mari d'origine japonaise.

Le couple s'éloigna et Katrina se tourna vers Dex qui était demeuré légèrement en retrait tandis qu'elle faisait connaissance avec ses nouveaux clients.

— Ils ont l'air de se sentir déjà chez eux, remarqua-t-il en souriant.

— Nous essayons de créer une ambiance chaleureuse, acquiesça-t-elle. Certains de nos hôtes viennent de très loin et n'ont que peu de vacances. C'est très important qu'ils se sentent immédiatement bien accueillis, qu'ils puissent déconnecter au plus vite, oublier les soucis du quotidien et profiter pleinement de ce que nous avons à leur offrir.

— Il semble que vous ayez parfaitement maîtrisé cet art, déclara Dex avec un sourire.

— *Mahalo*, répondit-elle.

Ils poursuivirent leur route et ne tardèrent pas à croiser Alyson. Katrina fit les présentations et Dex serra la main que lui tendait son assistante.

— Nous avons échangé quelques mots, tout à l'heure, précisa celle-ci. Mais je suis ravie de faire officiellement votre connaissance, monsieur Matheson.

— Appelez-moi Dex, je vous en prie.

— D'accord, Dex, répondit-elle en lui décochant

un charmant sourire. Appelez-moi Alyson. J'espère que j'aurai bientôt l'occasion de vous réentendre jouer.

Il s'inclina modestement.

— Dès demain, promit-il. J'espère quant à moi que je ne vous décevrai pas.

Malgré elle, Katrina ne put réprimer un froncement de sourcils en les voyant flirter de la sorte. Pourtant, elle n'avait aucune raison de le leur reprocher. Après tout, ils étaient tous deux célibataires. Et, même si Dex devait travailler pour le Maoli Lodge durant quelques mois, il ne serait pas amené à collaborer directement avec Alyson.

S'ils voulaient sortir ensemble, Katrina n'avait strictement aucune raison de s'y opposer. Et pourtant, elle ne pouvait nier le fait que cette idée la contrariait sans qu'elle en comprît réellement la raison.

Dex et elle poursuivirent leur visite et elle lui présenta plusieurs autres employés qu'ils croisèrent au hasard des couloirs. Ils passèrent enfin par le Kahiko Lounge où officiait Gordon Guerrero, le barman en chef. C'était un métis hawaïen d'une quarantaine d'années dont les cheveux en brosse étaient teints en blond, contrastant avec l'épaisse barbe noire qu'il arborait.

Katrina présenta les deux hommes qui se serrèrent la main.

— Dex est notre nouveau pianiste, indiqua-t-elle.

— Il va remplacer Gina ? s'enquit Gordon d'un ton suspicieux.

La pianiste attitrée du Maoli Lodge se trouvait être l'épouse de son cousin Marciel.

— Temporairement, précisa Katrina. Jusqu'à ce que le congé maternité de Gina se termine.

Cela parut rassurer quelque peu Gordon qui se fendit d'un grognement approbateur.

— Je ferais sans doute mieux de m'y remettre, déclara-t-il avant de se détourner.

— Est-ce qu'il est toujours aussi accueillant ? ironisa Dex lorsqu'il se fut éloigné.

— Ne le prenez pas mal, Gordon est parfois un peu bourru. Mais, au fond, c'est quelqu'un de bien.

— Je vous crois sur parole, répondit Dex avec un petit sourire.

Ils terminèrent leur visite et revinrent dans le grand salon où Barnabas les attendait patiemment, toujours allongé auprès du piano.

— J'espère que tu as été sage, lui dit Dex en s'agenouillant pour décrocher sa laisse.

Il caressa le chien qui lui lécha affectueusement la main. La complicité qui existait entre eux était évidente et Katrina se prit à regretter de ne pas avoir un animal domestique avec lequel elle puisse partager ce genre de connivence.

Barnabas trottina alors dans sa direction et la considéra avec une franche curiosité.

— Salut, lui dit-elle.

Il répondit par un petit jappement approbateur qui la fit sourire.

— Moi aussi, je suis ravie d'avoir fait ta connaissance, lui dit-elle en se penchant vers lui pour le gratouiller derrière les oreilles.

— Nous allons vous laisser, déclara alors Dex. Merci encore pour le poste.

— Il n'y a pas de quoi. On se voit demain.

— À demain, Katrina, fit-il en lui tendant la main.

Elle la serra et ne put réprimer un nouveau frisson

à son contact. Dex ne paraissait s'être rendu compte de rien et elle mit cette réaction sur le compte de son imagination. Après avoir raccompagné Dex jusqu'à la porte principale du Maoli Lodge, elle le suivit pensivement des yeux tandis qu'il traversait le parking pour regagner sa voiture.

Sans savoir pourquoi, elle avait le pressentiment qu'en entrant dans sa vie, Dex Matheson était sur le point de bouleverser un statu quo auquel elle se raccrochait depuis la mort de Joseph.

Tandis qu'il se dirigeait vers le SUV qu'il avait loué pour la durée de son séjour à Hawaï, Dex sentait peser sur lui le regard attentif de Katrina Sizemore. Leur entretien ne lui avait malheureusement pas permis de se faire une idée très claire du rôle que la jeune femme jouait dans le trafic de drogue.

Dex avait du mal à imaginer qu'une femme aussi charmante puisse être à la tête d'un tel réseau. Mais il ne se faisait guère d'illusions : l'indéniable attirance qu'elle exerçait sur lui faussait très probablement la perception qu'il avait d'elle. Il allait donc devoir redoubler de méfiance – tant vis-à-vis d'elle que de lui-même.

Avant de partir, il fit le tour de l'hôtel en voiture, repérant les différents accès qui auraient pu permettre aux trafiquants d'effectuer discrètement leurs livraisons. Il nota également la présence de véhicules qui auraient pu servir à transporter de la drogue, à commencer par une camionnette de couleur noire aux vitres teintées qui stationnait sur le parking.

Après avoir relevé le numéro d'immatriculation par acquit de conscience, Dex s'engagea sur Poipu Road et prit la direction de la petite maison où il résiderait pendant la durée de son séjour. C'était là que Roxanne avait élu domicile durant son séjour à Kauai.

Il ne tarda pas à atteindre l'adresse en question et se gara devant un joli petit bungalow en bois blanc planté au milieu d'une pelouse d'un vert presque fluorescent piquetée d'un avocatier, d'un citronnier, d'un papayer et de deux litchis. La maison était agrémentée d'un charmant *lanai*, ce porche couvert typique des maisons hawaïennes.

Dex récupéra le trousseau de clés dans le pot de fleurs que lui avait indiqué le propriétaire et pénétra à l'intérieur. Le rez-de-chaussée était constitué d'une petite entrée, d'un vaste salon-salle à manger meublé de façon rustique et d'une petite cuisine parfaitement équipée. À l'étage se trouvaient deux chambres à coucher de taille identique.

Après la mort de Roxanne, la police locale avait inspecté le bungalow de fond en comble, relevant même les empreintes digitales et les traces d'ADN présentes sur place. On n'avait rien découvert de suspect, mais Dex ne désespérait pas de trouver des indices concernant ce qu'elle avait pu apprendre au cours de son enquête.

Après avoir fait le tour de la maison, Dex libéra Barnabas pour qu'il puisse s'ébattre dans le jardin. Il alla ensuite récupérer sa valise et entreprit de ranger ses affaires dans l'armoire de la chambre dont les fenêtres donnaient sur l'avant du bungalow.

Ce faisant, il réfléchit à la stratégie à suivre. Le plus simple, pour le moment, était probablement de se concentrer sur Katrina. S'il parvenait à gagner sa confiance, elle finirait peut-être par se trahir. Et s'il s'avérait qu'elle était bel et bien innocente, peut-être pourrait-il se permettre d'explorer l'étrange alchimie qui semblait opérer entre eux.

Comme il se faisait cette réflexion, Dex entendit le ronronnement d'un moteur qui se rapprochait. Jetant un coup d'œil par la fenêtre, il avisa une Hyundai flambant neuve de couleur bleu nuit qui était en train de se garer dans son allée. Il en vit descendre Lynda et Ishikawa qui se dirigèrent vers la porte. Sans attendre, il alla leur ouvrir.

— Voilà les jeunes mariés, s'exclama-t-il joyeusement. Alors, est-ce que la suite nuptiale est à la hauteur de vos attentes, monsieur et madame Hayashi ?

— Très drôle, répliqua Lynda avec un sourire sardonique. Surtout de la part de quelqu'un qui n'a d'yeux que pour la jolie veuve éplorée.

— Je te rappelle que c'est la mission dont je suis chargé, objecta Dex.

— Ça doit être vraiment très difficile pour toi, feignit de le plaindre Lynda.

— Un véritable supplice, répondit Dex en riant.

— La bonne nouvelle, c'est que tu es parvenu à te faire recruter, remarqua Ishikawa qui était jusque-là demeuré silencieux. Cela devrait nettement nous faciliter la tâche.

— Je l'espère, acquiesça Dex. Je commence demain midi.

— Parfait, cela te donnera l'occasion de commencer à enquêter discrètement.

— Est-ce que vous avez découvert quoi que ce soit d'intéressant, de votre côté ?

— Pour le moment, nous avons préféré garder profil bas. Mais nous allons commencer à nous renseigner discrètement dès demain.

— Bien. J'ai déjà repéré les lieux et j'ai trouvé quelques

accès par lesquels les chargements de drogue pourraient effectivement transiter. Je compte aller y jeter un coup d'œil d'un peu plus près avec Barnabas, demain après-midi. Je pourrai faire mine de le promener.

— Parfait. Avec un peu de chance, il repérera directement où se trouve la drogue et nous bouclerons cette affaire rapidement.

— Espérons-le, approuva Dex.

Il se tourna vers Lynda qui considérait avec attention l'écran de son téléphone portable.

— Du nouveau ? lui demanda-t-il.

Elle hocha la tête.

— Je viens de recevoir un message de Martin.

Martin O'Sullivan était le nouveau petit ami de Lynda. Il travaillait pour le bureau des narcotiques du shérif de Los Angeles qui avait pris part à leur récent assaut sur le hangar.

— Si j'en crois ce qu'il m'écrit, Louis Johansson a commencé à se mettre à table.

— Il n'aura pas tenu très longtemps, remarqua Dex. Sans doute cherche-t-il à négocier une réduction de peine auprès du bureau du procureur.

— J'espère que les informations dont il dispose nous permettront de détruire une fois pour toutes ce maudit cartel, ajouta Ishikawa.

— D'après Martin, le réseau serait nettement plus étendu que nous ne l'imaginions initialement. Et les trafiquants qui sévissent à Kauai en feraient bel et bien partie. Malheureusement, Johansson ne semble pas être très au fait de leurs activités hawaïennes.

— Nous allons donc devoir les découvrir par nous-mêmes, déclara Dex. Ce ne sera pas la première fois.

Ce que j'espère, c'est que nous parviendrons aussi à déterminer qui est responsable de la mort de Roxanne.

— À ce propos, c'est bien ici qu'elle logeait, durant son séjour ? s'enquit Lynda.

Dex inclina la tête.

— Peut-être la maison te donnera-t-elle un indice sur ce qui lui est arrivé.

Ishikawa lui lança un regard étonné.

— Ne me dis pas que tu crois aux fantômes.

Lynda haussa les épaules.

— Je ne crois pas au surnaturel, déclara pour sa part Dex. Et je compte plus sur notre travail que sur l'intervention des esprits pour nous fournir la réponse aux questions que nous nous posons. Mais si Roxanne a laissé dans cette maison le moindre indice de ce qui a pu lui arriver, je compte bien le découvrir.

3

À plusieurs reprises, la veille, Katrina avait eu la désagréable sensation que quelqu'un l'observait. C'était un peu absurde, bien sûr. Et pourtant, loin de se dissiper, cette impression n'avait fait que se renforcer au fil de la journée. Or Katrina avait depuis longtemps appris à se fier à ses intuitions qui se révélaient souvent de bon conseil. D'autant que ce n'était pas la première fois qu'elle avait une telle sensation.

Mais qui aurait bien pu l'espionner de cette façon ? Et pour quelle raison ? Cela semblait n'avoir aucun sens. Aussi était-elle presque parvenue à se persuader qu'elle était victime de sa propre imagination – et peut-être aussi du stress qu'elle avait accumulé au cours de ces derniers mois.

Cette conviction vola cependant en éclats à l'instant précis où elle ouvrit la lettre qu'elle trouva posée bien en évidence sur son bureau, ce matin-là. Stupéfaite, elle lut le message manuscrit qui s'étalait sur une feuille pliée en deux.

Ne croyez pas ce qu'on a pu vous raconter au sujet de la mort de votre mari. Ce n'était pas un accident. Il a été assassiné. Soyez sur vos gardes.

Katrina s'efforça de réprimer la sensation d'angoisse qui s'était emparée d'elle à la lecture de cette inquiétante missive. Relevant la tête, elle parcourut des yeux la pièce dans laquelle elle se trouvait. Elle ne remarqua rien d'anormal, rien qui puisse lui indiquer qui avait déposé cette enveloppe.

Qui avait bien pu lui écrire cette lettre ? Était-ce la même personne qui l'avait épiée, la veille ? Cherchait-on à lui faire peur ? Ou au contraire à la mettre en garde ? Et si tel était le cas, pourquoi avoir attendu aussi longtemps avant de l'informer du fait que son mari avait été assassiné ?

Jusqu'alors, Katrina n'avait jamais eu de raison de douter de la réalité de l'accident de kayak dont Joseph avait été victime. Elle ne comprenait d'ailleurs pas qui aurait bien pu avoir la moindre raison d'assassiner son mari.

Sentant une main se poser sur son épaule, Katrina sursauta violemment et fit volte-face, s'attendant presque à se retrouver face à l'homme qui lui avait écrit ce message. Mais, à son grand soulagement, elle découvrit Alyson qui la considérait avec une pointe d'inquiétude.

— Désolée, je ne voulais pas te faire peur, s'excusa son assistante.

— Ce n'est rien, lui assura Katrina d'une voix mal assurée.

— Est-ce que ça va ? On dirait que tu as vu un fantôme.

— Pas un fantôme. Mais une lettre que je viens de recevoir… Est-ce que tu as vu quelqu'un la déposer ?

— Non, répondit Alyson en fronçant les sourcils. Où l'as-tu trouvée ?

— Sur mon bureau.

— Bizarre. J'y suis passée, il y a un quart d'heure environ, et il n'y avait pas de lettre.

— Quelqu'un a dû la déposer entre-temps.

— Sans doute. Mais qu'est-ce qu'elle dit ?

Katrina lui tendit le message qu'Alyson parcourut attentivement.

— Qu'est-ce que tu en penses ? s'enquit Katrina lorsqu'elle eut terminé.

— Que c'est sans doute une très mauvaise blague, déclara Alyson en fronçant les sourcils.

C'était la première hypothèse qui avait traversé l'esprit de Katrina, mais, rétrospectivement, elle ne lui paraissait guère convaincante.

— Je ne crois pas que ce soit une plaisanterie, objecta-t-elle. Ça ne servirait à rien puisque l'expéditeur ne pouvait pas voir ma réaction. Il s'agit peut-être de quelqu'un qui m'en veut, qui cherche à me déstabiliser.

— Mais pourquoi ? s'exclama Alyson. Je ne te connais aucun ennemi.

Son assistante hésita quelques instants avant de lui poser la question qui lui brûlait les lèvres.

— Crois-tu qu'il puisse y avoir un fond de vérité, là-dedans ? Que quelqu'un ait pu vouloir tuer Joseph ?

Katrina réfléchit longuement à cette question. Elle ne voyait vraiment pas qui aurait pu faire une chose pareille. Mais force était de reconnaître que Joseph et elle s'étaient beaucoup éloignés, au cours de ces derniers mois. Que savait-elle au juste des fréquentations de son mari ?

— Je ne sais pas, avoua-t-elle enfin. Mais je compte bien le découvrir.

Dex avait pris place sur le tabouret du piano tandis que Barnabas se couchait à ses pieds. Autour d'eux, l'élégant salon bruissait des conversations et des rires des convives qui s'étaient rassemblés là pour l'apéritif. Dex avait remarqué la présence de Katrina qui s'était assise non loin de la porte et ne l'avait quasiment pas quitté des yeux.

Il croyait deviner dans son regard une pointe d'inquiétude et il se demanda si elle avait des soupçons à son sujet. Il était pourtant certain que Glenn Nakao, le détective privé pour lequel il était censé travailler, avait confirmé ses dires.

Peut-être craignait-elle seulement d'avoir commis une erreur en l'engageant aussi rapidement. Si tel était le cas, il était bien décidé à lui prouver qu'il méritait pleinement sa confiance – sur le plan musical, à tout le moins.

Il attaqua donc les premières mesures de *Ke Kali Nei Au*, une chanson traditionnelle hawaïenne qu'il avait adaptée pour pouvoir la jouer au piano. L'assistance parut apprécier sa prestation qui fut saluée par une chaleureuse salve d'applaudissements.

Encouragé par cette réaction, Dex enchaîna avec une série de grands classiques tirés de son large répertoire, alternant indifféremment standards du jazz, de la musique country ou du blues, en intercalant parfois l'un des morceaux hawaïens qu'il avait étudiés.

Katrina paraissait apprécier son petit récital et il la vit hocher la tête d'un air approbateur à plusieurs reprises. Cela ne suffit cependant pas à chasser l'expression préoccupée qu'elle arborait.

Peut-être pensait-elle à tout autre chose – au trafic de stupéfiants qu'elle supervisait, par exemple, ou à l'exécution de Roxanne Yamamoto, ou encore au coup qui avait été porté au cartel à Los Angeles.

Lorsque arriva enfin pour lui le moment de prendre sa pause, Dex eut la surprise de voir Katrina lui faire signe de la rejoindre. Sans hésiter, il se dirigea vers la table à laquelle elle était assise et, à sa demande, il prit place en face d'elle.

— J'aimerais vous engager, lui dit-elle à brûle-pourpoint.

Il la considéra avec une pointe d'étonnement.

— Je croyais que c'était déjà fait, objecta-t-il avec un sourire.

Elle secoua doucement la tête.

— Je voulais dire : en tant que détective privé.

Dex marqua le coup. Il ne s'était absolument pas attendu à cela. Et il était très curieux de découvrir ce qui pouvait bien la conduire à vouloir engager un enquêteur.

— Est-ce que nous pourrions discuter dans mon bureau ? lui demanda-t-elle alors. Je préférerais que cela reste entre nous.

— Cela va sans dire, affirma-t-il.

Tous deux se levèrent et quittèrent le grand salon pour traverser le hall d'accueil et gagner le bureau de la jeune femme.

— Que puis-je faire pour vous, exactement ? demanda-t-il à Katrina lorsqu'ils eurent pris place de part et d'autre de sa table de travail.

Katrina ouvrit un tiroir et en sortit un morceau de papier plié en quatre qu'elle lui tendit.

— J'ai trouvé ceci sur mon bureau, ce matin, précisa-t-elle. Dites-moi ce que vous en pensez.

De plus en plus étonné, Dex lut très attentivement le message manuscrit. Sa surprise se doubla rapidement d'une pointe de méfiance. Rachel Zavatti leur avait dit que Joseph Sizemore s'était noyé lorsque son kayak avait chaviré. L'idée qu'il puisse en réalité s'agir d'un meurtre semblait conforter l'hypothèse de son appartenance au cartel. Un hôtelier innocent avait nettement moins de chances de se faire assassiner qu'un trafiquant de drogue.

Si le mystérieux correspondant de Katrina pouvait prouver que Joseph s'était fait tuer, il savait peut-être aussi pourquoi une telle chose s'était produite. Et cela faisait de lui un témoin capital dans cette affaire.

— Savez-vous qui aurait pu laisser ce mot ? s'enquit Dex.

— Je n'en ai aucune idée. J'ai demandé à Alyson d'interroger les membres du personnel qui se trouvaient ici ce matin. L'un d'eux aura peut-être vu quelqu'un se diriger vers mon bureau.

— Très bien. Je lui poserai la question. Que pouvez-vous me dire au sujet de la mort de votre mari ?

— Juste ce que l'on m'en a dit, soupira-t-elle. Joseph adorait le kayak et il en faisait régulièrement avec l'un de ses amis. Cette fois, leur embarcation a été balayée par une grosse vague et s'est retournée. Joseph s'est fait emporter par le rouleau et s'est noyé. Jusqu'à aujourd'hui, je n'ai jamais eu la moindre raison de remettre en cause cette explication. Mais je vous avoue que ce message commence à me faire douter.

Dex observa attentivement Katrina. Son inquiétude paraissait sincère. Bien sûr, elle était peut-être une excellente comédienne. Mais quel intérêt aurait-elle à le mêler à cette affaire si elle avait déjà des raisons de soupçonner que Joseph ait été assassiné ? Pourquoi lui demander d'enquêter sur une mort suspecte au risque de dévoiler l'existence du trafic de drogue auquel elle se trouvait mêlée ?

Dex n'était pas prêt pour autant à l'absoudre de tout soupçon. Peut-être avait-elle deviné qu'il faisait partie de la police et cherchait-elle à le mettre à l'épreuve.

— Qu'attendez-vous de moi, au juste ? lui demanda-t-il gravement.

— Pourriez-vous enquêter sur la mort de Joseph ? lui demanda-t-elle. Vous assurer qu'il s'agissait bel et bien d'un accident, que personne n'avait de raison d'assassiner mon mari ?

Dex réfléchit quelques instants. Cette demande n'entrait pas en contradiction avec sa propre enquête – bien au contraire. En acceptant cette mission, il aurait tout loisir d'interroger Katrina et les membres de son personnel sans paraître suspect. Et il en apprendrait un peu plus au sujet de Joseph et de son éventuelle implication dans le trafic de drogue.

— Je serais ravi de pouvoir vous aider, déclara-t-il. Mais je vais devoir vous poser quelques questions, si cela ne vous ennuie pas.

— Pas du tout.

— Bien… Tout d'abord, est-ce que Joseph avait des ennemis ? Des rivaux en affaires, par exemple ?

— Pas à ma connaissance, répondit Katrina. Au contraire, même, c'était quelqu'un de très apprécié et il avait un don pour se faire des amis.

Katrina parut hésiter un instant.

— Il y a quelque chose dont il faut que je vous parle, ajouta-t-elle. Cela n'a peut-être strictement aucun rapport, bien sûr… Mais dans le doute…

— Je vous écoute, l'encouragea Dex.

— Eh bien, le mois dernier, l'une de mes employées,

une femme de chambre appelée Roxanne Kitaoka, est morte dans un accident de voiture sur Kaumualii Highway. La police a laissé entendre qu'elle avait été assassinée mais n'a pas pu déterminer par qui et pour quel motif. Au vu de cette lettre, je ne peux pas m'empêcher de me demander s'il n'y aurait pas un lien avec la mort de Joseph…

Dex en était de plus en plus convaincu. Mais il ne pouvait le dire à Katrina sans laisser transparaître le fait qu'il en savait plus sur cette affaire qu'il ne le prétendait. Or il ne pouvait courir le risque de mettre Katrina dans la confidence et de griller sa couverture tant qu'il ne serait pas certain qu'elle était innocente.

— Cela vaut effectivement le coup de vérifier, déclara-t-il. Mon ami détective a de bons rapports avec la police locale et je devrais pouvoir les interroger au sujet de cet assassinat. Peut-être obtiendrai-je des précisions qu'ils ont préféré garder sous silence pour ne pas compromettre leur enquête…

— Merci beaucoup, Dex.

— Je dois vous prévenir, lui dit-il. En menant une telle investigation, je pourrais faire remonter certains secrets douloureux à la surface.

— Je comprends, acquiesça Katrina. Mais il faut que je sache. Et puis, s'il faut en croire la personne qui a écrit la lettre, je suis peut-être moi-même en danger. Et je voudrais bien savoir pourquoi !

Dex hocha la tête. L'idée que quelqu'un puisse s'en prendre à Katrina éveillait en lui un irrépressible élan protecteur. Car il était de plus en plus convaincu qu'elle n'appartenait pas au cartel. Dans le cas contraire, elle aurait certainement disposé d'hommes de main à qui elle aurait pu faire appel pour assurer sa protection.

En revanche, Joseph Sizemore avait peut-être été mêlé au trafic de drogue sans que son épouse en sache rien. Cela pouvait expliquer qu'il se soit fait assassiner.

— Très bien, déclara Dex. Je vais mener l'enquête. L'idéal serait de commencer par découvrir qui a écrit cette lettre. Puis-je la garder ?

— Certainement, si cela peut vous aider, affirma Katrina.

Dex replia la missive et la glissa dans la poche intérieure de sa veste.

— Quel est le nom de l'ami de votre mari avec lequel il se trouvait, le jour de l'accident ? demanda-t-il.

— Larry Nakanishi. Il possède une boutique spécialisée dans les sports nautiques située à Lihue.

Dex nota ces informations sur son téléphone portable.

— Je vais également devoir interroger les membres de votre personnel, ajouta-t-il.

— Bien sûr, approuva Katrina. Est-ce que vous voulez que je vous verse un acompte ?

— Ce ne sera pas nécessaire, répondit Dex. Je vais commencer par tâter le terrain. S'il s'avère que vos craintes sont infondées et que cette lettre n'est qu'une mauvaise plaisanterie, je ne vous facturerai rien. Si je découvre quelque chose de plus inquiétant, nous rediscuterons de mes tarifs. Sachez que je facture généralement dans les cinquante dollars de l'heure, mais qu'il m'arrive de travailler au forfait, lorsqu'il s'agit d'affaires longues et complexes.

En réalité, Dex n'avait aucunement l'intention de lui faire payer quoi que ce fût – en tant qu'agent de la DEA, il n'en avait même pas le droit. Mais il aurait paru suspect d'accepter la proposition de Katrina sans lui demander une contrepartie.

— *Mahalo*, lui dit-elle en lui décochant un pâle sourire. Il y a autre chose… Ces derniers temps, j'ai eu régulièrement la sensation d'être épiée.

Dex la considéra avec étonnement.

— Épiée ? répéta-t-il.

Elle hocha la tête.

— Je me disais que c'était absurde, précisa-t-elle. Et je m'étais convaincue que c'était uniquement une manifestation du stress ou de la fatigue… Ces derniers mois n'ont pas été faciles, vous savez. Mon mari est décédé. J'ai dû assurer seule la gestion de l'établissement. Et puis, il y a eu la mort de Roxanne Kitaoka… Mais cette lettre comporte une mise en garde et je me demande si cela ne pourrait pas avoir un rapport avec cette sensation que j'ai parfois…

Dex aurait voulu pouvoir la rassurer. Mais, en réalité, il partageait son inquiétude. Tout ce qu'elle venait de lui dire paraissait aller dans le même sens et renforçait son intime conviction.

Katrina n'était probablement pas mêlée au trafic de drogue, mais si son hôtel servait de plaque tournante, elle se trouvait effectivement en première ligne sans même en avoir conscience.

À ce stade, il allait devoir procéder avec tact : dissiper complètement ses craintes risquait de l'exposer encore un peu plus. Mais les renforcer serait tout aussi contre-productif.

— Pour le moment, je pense que vous ne devriez pas trop vous inquiéter, lui dit-il. Je suis d'accord avec vous : vous avez traversé une période difficile et il est tout à fait normal que cela vous rende nerveuse. Et cette lettre n'arrange rien. Je vous suggère que nous procédions avec méthode : s'il s'avère que la mort de votre mari est bien un accident, vous pourrez mettre tout cela sur le compte d'un mauvais plaisant. Si je découvre quoi que ce soit de suspect, nous prendrons toutes les mesures nécessaires pour assurer votre sécurité.

— Vous avez raison, répondit Katrina, visiblement rassurée.

— Que cela ne vous empêche pas de rester attentive à votre environnement, ajouta Dex. Et si jamais vous avez de nouveau l'impression désagréable d'être épiée, mémorisez où et quand cela se produit. Notez-le, s'il le faut. Cela nous permettra peut-être de découvrir l'explication de ce phénomène, qu'il soit bien réel ou de nature plus psychologique.

— D'accord, acquiesça-t-elle gravement.

— Bien. Si vous n'avez pas d'autres informations à me transmettre, je ferais peut-être bien de retourner au salon. J'ai un deuxième set à assurer.

— Bien sûr…

Percevant le trouble qui l'habitait toujours, Dex hésitait un peu à la laisser seule.

— Ne vous en faites pas pour moi, lui dit-elle avec un courageux sourire. Tout ira bien. Le simple fait de parler de tout cela avec vous m'a aidée.

— J'en suis heureux, déclara-t-il en se levant.

Katrina fit de même et le raccompagna jusqu'à la porte de son bureau. Là, il se tourna vers elle et plongea son regard dans celui de la jeune femme. L'angoisse qu'il avait lue dans ses yeux, un peu plus tôt, avait légèrement reflué, laissant place à une inquiétude plus diffuse.

Elle lui parut étrangement vulnérable, en cet instant, et il sentit monter en lui un brusque élan de tendresse dont l'intensité le prit de court. Avisant une mèche de cheveux qui avait échappé à sa longue queue-de-cheval et retombait en travers de sa joue, il ne put résister à la tentation de la repousser doucement derrière son oreille. Il perçut distinctement le frisson qui la parcourut lorsque ses doigts effleurèrent sa pommette.

— Tout se passera bien, lui assura-t-il avant de s'éloigner à contrecœur.

4

Dex avait suivi Lynda Krause et Sylvester Ishikawa jusqu'à la suite nuptiale que tous deux occupaient. Il prit à peine le temps d'admirer la chambre magnifique, l'immense lit à baldaquin ou la vue sur mer avant de sortir de sa poche la lettre que Katrina lui avait confiée et qu'il avait pris soin depuis de glisser dans une pochette en plastique pour la protéger.

Il leur expliqua les circonstances dans lesquelles ce message avait été découvert puis les laissa le lire chacun à leur tour.

— On dirait que la mort de Sizemore n'était pas un simple accident, en fin de compte, remarqua Ishikawa.

— Rien ne nous dit que celui qui a écrit ça a raison, objecta Lynda. Il pourrait s'agir d'un mensonge pur et simple. Ou bien encore d'une conviction erronée…

— Possible, concéda Dex. Et tant mieux si tel est le cas. Mais si jamais c'est exact, cela signifie que Katrina Sizemore est peut-être bel et bien en danger, elle aussi.

— C'est vrai, reconnut Lynda.

— Cela concorderait également avec ce que nous savons, à savoir que le Maoli Lodge sert de couverture à un trafic de drogue, ajouta Dex. L'implication de Joseph expliquerait beaucoup de choses.

— Très juste, approuva Ishikawa. Peut-être a-t-il été éliminé parce qu'il voulait jeter l'éponge… ou parce qu'il commençait à devenir trop gourmand.

— Ce sont deux hypothèses parfaitement plausibles, admit Dex. Mais ne nous emballons pas. Nous devons commencer par déterminer si cet informateur est crédible ou non. Je vais demander une analyse des empreintes digitales, au cas où.

— Il y a peu de chances pour que cela donne quelque chose, mais ça n'engage à rien d'essayer, concéda Ishikawa.

— Au fait, comment se fait-il que tu aies pu récupérer cette lettre ? s'enquit alors Lynda, curieuse.

— Katrina me l'a confiée. Elle m'a engagé en tant que détective privé pour déterminer qui la lui a envoyée et, surtout, si son mari a vraiment été assassiné.

— On dirait que ta couverture va s'avérer payante, en fin de compte, remarqua Ishikawa. Cela te permettra d'agir plus librement, sans craindre de te faire griller.

— Exact, opina Dex.

— Tout cela tendrait à indiquer que Katrina n'est pas mêlée à cette histoire, fit observer Lynda.

Dex hocha la tête.

— C'est aussi ce que je me suis dit, reconnut-il. Mais, pour le moment, je préfère rester prudent. Ce pourrait aussi être une tactique élaborée pour me faire sortir du bois.

— Possible, acquiesça Ishikawa. Comment comptes-tu procéder, exactement ?

— Je vais commencer par laisser s'ébruiter le fait que Katrina m'a embauché comme détective privé. Cela me permettra d'interroger le personnel du Maoli Lodge sans éveiller les soupçons. Je vais également étudier le dossier que la police locale a constitué concernant la mort de Joseph. Et j'irai poser quelques questions à l'ami avec lequel il se trouvait, ce jour-là.

— Ça me semble parfait, déclara Lynda. De notre côté, nous nous concentrerons sur le trafic de drogue proprement dit. Après tout, si Roxanne s'est fait assassiner, c'est probablement qu'elle avait découvert quelque chose de suspect au Maoli Lodge.

— Qui sait ? renchérit Ishikawa. Avec un peu de chance, quelqu'un commettra l'erreur de nous proposer de la drogue et nous n'aurons plus qu'à suivre le fil pour trouver qui se trouve au cœur du labyrinthe.

— Espérons-le, fit Dex. En attendant, je vais vous laisser profiter de votre suite nuptiale, ajouta-t-il avec un sourire malicieux.

— Tu parles ! s'exclama Ishikawa en riant. Pendant que Lynda se prélasse dans des draps de soie, je suis obligé de dormir sur le canapé.

Dex jeta un coup d'œil au sofa moelleux qui se trouvait dans le coin salon.

— J'ai connu plus inconfortable, remarqua-t-il en songeant à toutes les nuits qu'il avait passées en planque dans une voiture banalisée. À plus tard. Je vous tiens au courant dès que j'ai du nouveau.

— Nous ferons pareil de notre côté, répondit Lynda en le raccompagnant jusqu'à la porte de la chambre.

En sortant de la suite nuptiale, Dex se dirigea vers le bureau de Katrina pour y retrouver Alyson avec qui il avait pris rendez-vous à la fin de son deuxième set. Il comptait lui demander si elle avait découvert quoi que ce soit au sujet de la personne qui avait déposé la lettre.

— Monsieur Matheson, s'exclama Alyson lorsqu'il pénétra dans le bureau. On dirait que vous êtes un homme aux multiples talents…

— Vous pouvez m'appeler Dex, lui rappela-t-il en prenant place sur le siège qu'elle lui indiquait.

— Très bien, Dex. Katrina m'a dit qu'elle vous avait demandé d'enquêter sur l'origine de ce mystérieux message.

— C'est exact. Elle m'a dit qu'il avait dû être déposé au moment où vous vous étiez absentée du bureau.

— En effet. Je suis sortie pendant un quart d'heure environ. Et je suis certaine qu'il n'y avait rien sur le bureau avant que je quitte la pièce.

— Où vous trouviez-vous durant ces quinze minutes ?

— À la réception. Je vérifiais la liste des dernières réservations que nous avons reçues.

— En dehors de Katrina et de vous-même, qui aurait eu un motif légitime pour pénétrer dans ce bureau ?

— À peu près n'importe quel membre du personnel, j'en ai peur. Notre porte est ouverte à tous les employés, qu'il s'agisse des femmes de chambre, des équipes du bar et restaurant, des jardiniers ou des responsables de la maintenance... Tous ceux qui souhaitent s'entretenir avec Katrina ou moi d'un problème lié au fonctionnement de l'hôtel sont invités à le faire librement. Nous essayons de préserver une ambiance familiale et informelle au sein de l'équipe.

— C'est tout à votre honneur, souligna Dex.

Il marqua un temps avant de poser sa question suivante.

— À votre connaissance, est-ce que Joseph Sizemore avait fait l'objet de menaces ?

— Je ne crois pas, répondit Alyson. Du moins, si tel a été le cas, il ne m'en a rien dit. Mais très honnêtement, il ne m'a jamais semblé particulièrement nerveux ou inquiet.

— Pensez-vous qu'il ait pu être assassiné ?

— Je ne suis pas en position de répondre à une telle question, répondit la jeune femme. La police n'a jamais laissé entendre qu'il pouvait s'agir d'autre chose que d'un accident. Mais quelqu'un semble persuadé du contraire. Et s'il a raison, j'espère que vous découvrirez ce qui s'est réellement passé…

— Je l'espère également, déclara Dex. Merci pour votre aide, Alyson.

— Il n'y a pas de quoi. N'hésitez pas à revenir me voir si vous avez d'autres questions.

— Je n'y manquerai pas, acquiesça-t-il.

Sur ce, il quitta le bureau pour regagner le hall d'entrée dans lequel Barnabas avait patiemment attendu son retour. Il en profita pour observer attentivement la disposition des lieux et en conclut qu'il ne devait pas être difficile de se glisser discrètement dans le couloir desservant le bureau de Katrina et Alyson. La liste des suspects ne se limitait donc pas uniquement aux membres du personnel, ni même aux clients. N'importe qui aurait pu entrer subrepticement et déposer cette lettre.

Ce déficit de sécurité était d'autant plus inquiétant que le message en question avertissait Katrina du danger qu'elle-même courait. Il se promit de lui en toucher deux mots dès qu'il en aurait l'occasion.

— Le nouveau pianiste que tu as engagé ne m'inspire aucune confiance, déclara Gordon en posant devant Katrina la tasse de café qu'elle venait de lui demander.

Elle était assise au comptoir du bar qui, à cette heure de la journée, était presque entièrement désert.

— Pourquoi cela ? lui demanda-t-elle, étonnée.

— Je l'ai surpris en train de fureter avec son chien.

Katrina décocha un sourire à son barman.

— S'il furète, comme tu dis, c'est parce que je le lui ai demandé.

Gordon la considéra avec étonnement. Elle hésita quelques instants à lui en dire plus. Mais Gordon avait été un ami très proche de Joseph et il méritait de connaître la vérité.

— Dex n'est pas seulement pianiste, expliqua-t-elle. Il travaille aussi comme détective privé.

— Et pourquoi diable as-tu engagé un détective privé ? s'étonna Gordon.

— Parce que j'ai trouvé ce matin sur mon bureau une lettre anonyme qui prétend que la mort de Joseph n'était pas un accident mais un meurtre.

Gordon ouvrit de grands yeux.

— Et tu y crois ?

— Je n'en sais rien, avoua-t-elle. C'est pour cela que j'ai embauché Dex. J'espère qu'il retrouvera celui qui m'a fait parvenir ce message et qu'il pourra déterminer si ce qu'il contient est vrai ou non.

Gordon secoua la tête d'un air consterné.

— Cette histoire est incroyable, déclara-t-il. Qui aurait bien pu vouloir assassiner Joseph ? Et pourquoi ?

Ces questions hantaient Katrina depuis qu'elle avait retrouvé la lettre sur son bureau. Elle ne voyait aucune raison pour laquelle on aurait pu vouloir tuer son mari. Mais elle était bien forcée de reconnaître qu'elle n'avait pas non plus vu venir l'assassinat de Roxanne Kitaoka.

Se pouvait-il que Joseph et elle aient été tués par la même personne ? Existait-il entre eux un lien qui échappait à Katrina ? Roxanne avait pourtant été engagée après la mort de Joseph et tous deux ne s'étaient a priori jamais rencontrés…

À moins, bien sûr, que Roxanne n'ait connu Joseph et se soit fait embaucher à dessein, après sa mort. Mais dans quel but ? Plus elle y réfléchissait et plus tout cela lui paraissait insensé.

— Ce n'est peut-être qu'une mauvaise plaisanterie, indiqua-t-elle. Quoi qu'il en soit, je te tiendrai au courant, au cas où Dex découvrirait quoi que ce soit de nouveau.

— *Mahalo*, répondit Gordon. Mais je ne suis pas sûr de lui faire complètement confiance. Il y a chez lui quelque chose qui me met mal à l'aise.

— Ce n'est probablement qu'un effet de ton imagination, lui assura Katrina en lui tendant sa tasse de café vide. Il faut que j'y aille. J'ai quelques courses à faire. On se voit plus tard.

Katrina se laissa glisser au bas du tabouret sur lequel elle était juchée et quitta le bar pour se diriger vers l'entrée de service qui donnait directement sur le parking.

Elle s'installa au volant de sa Nissan blanche et démarra. Comme elle remontait Maluhia Road en direction de Lihue, elle se demanda si Dex parviendrait réellement à identifier l'auteur de la lettre.

Il y avait aussi un autre aspect de la lettre qui la préoccupait : la mise en garde de son correspondant. Était-elle réellement menacée ? Qui pouvait bien lui en vouloir ? La personne qui était censée avoir tué Joseph ? Mais pour quelle raison ?

Comme elle retournait dans son esprit ces angoissantes questions sans réponses, Katrina repéra dans son rétroviseur un véhicule qui la talonnait d'un peu trop près. C'était une jeep Grand Cherokee de couleur noire dont les vitres teintées ne laissaient pas voir le conducteur.

— Pourquoi est-ce que tu me colles comme ça ? murmura-t-elle avec une pointe d'agacement.

Elle se rappela alors ce que lui avait dit l'inspecteur de police chargé d'enquêter sur la mort de Roxanne : un autre véhicule avait été impliqué dans l'accident. Un frisson glacé dévala entre ses omoplates. Se pouvait-il qu'il s'agisse de la même voiture ?

Sentant le rythme des battements de son cœur s'emballer dans sa poitrine, elle accéléra légèrement. Elle roulait à présent au-dessus de la vitesse autorisée. Jetant un nouveau coup d'œil à son rétroviseur, elle s'attendait à voir la jeep accélérer à son tour.

Mais à son grand soulagement, elle s'aperçut qu'elle était en train de prendre de l'avance, creusant rapidement la distance qui les séparait. Un petit rire nerveux lui échappa. De toute évidence, elle s'était laissé emporter par son imagination. Cette lettre était réellement en train de la rendre paranoïaque.

Elle ralentit sensiblement, guettant la jeep qui avait disparu au détour d'un virage. Mais elle ne la vit pas réapparaître et en vint presque à se demander si elle n'avait pas rêvé.

Le reste du trajet se déroula sans encombre et elle atteignit enfin le centre commercial situé sur Rice Street. Après s'être garée sur le parking, elle se rendit directement au supermarché pour y acheter tout ce dont elle avait besoin.

Lorsqu'elle ressortit avec deux gros sacs à provisions pleins à craquer, elle eut une fois de plus la désagréable impression que quelqu'un l'observait. Remontant l'allée centrale qui conduisait à la sortie, elle s'arrêta à plusieurs reprises, feignant de s'intéresser au contenu des vitrines.

En réalité, elle se servit de leurs reflets pour tenter d'identifier la personne qui l'observait. Et elle parvint rapidement à la conclusion qu'elle ne s'était pas trompée : un homme la suivait bel et bien.

Blanc, de haute taille et doté d'une carrure plutôt athlétique, il portait une paire de lunettes de soleil, un jean, un polo sans col de couleur brune et une paire de baskets montantes en toile dans le style qu'affectionnaient les fans de glisse.

Il se tenait à distance respectueuse mais s'arrêtait chaque fois qu'elle faisait halte devant un magasin. Et, surtout, il ne la quittait pas des yeux.

Le cœur battant à tout rompre, elle hésita à entrer dans l'une des boutiques pour demander à un vendeur d'appeler la police. Mais l'homme aurait beau jeu de nier et de la faire passer pour une folle. Après tout, aucune loi ne lui interdisait de déambuler dans un centre commercial.

De plus en plus mal à l'aise, Katrina pressa le pas pour se diriger vers la sortie. Elle ne pouvait qu'espérer que l'homme n'oserait pas s'en prendre à elle en plein jour, dans un endroit aussi fréquenté. Mais comme elle s'apprêtait à quitter le centre commercial, elle tomba nez à nez avec Dex Matheson qui venait tout juste d'y pénétrer.

Avant même que Katrina lui ait adressé la parole, Dex avisa l'angoisse qui se lisait dans son regard. Il se demanda ce qui pouvait motiver une telle réaction : avait-elle découvert qui il était réellement ? Savait-elle qu'il enquêtait sur le trafic de stupéfiants qu'abritait le Maoli Lodge ?

Ou bien était-elle venue prévenir Larry Nakanishi de sa visite ? Et, dans ce cas, cela signifiait-il qu'elle était complice du meurtre de son propre mari ? Mais alors, pourquoi aurait-elle pris le risque de l'engager en tant que détective privé ?

— Katrina, s'exclama-t-il d'un ton faussement enjoué. Je ne m'attendais pas à vous croiser ici.

— Moi non plus, répondit-elle en jetant nerveusement un coup d'œil par-dessus son épaule.

— Quelque chose ne va pas ?

— Il y a un homme qui me suit.

— Quel homme ? s'enquit Dex.

Elle parcourut du regard le hall dans lequel ils se trouvaient.

— Il était là, il y a tout juste une minute, murmura-t-elle.

Dex se demanda s'il s'agissait d'un subterfuge de sa part. Elle paraissait réellement inquiète, mais peut-être était-elle juste une excellente comédienne.

— Il était là, répéta-t-elle, semblant percevoir ses doutes. Il a dû entrer dans une des boutiques lorsqu'il m'a vue vous parler.

Dex hésita à faire le tour des magasins en question. Mais la plupart d'entre eux donnaient également sur le parking et, en les voyant approcher, l'homme en question aurait tout le temps de s'esquiver – s'il existait bel et bien.

— Vous ne me croyez pas, n'est-ce pas ? lui demanda Katrina.

— Étant donné les circonstances, je préfère m'abstenir de toute conclusion trop hâtive. Nous savons que quelqu'un vous a fait parvenir une lettre anonyme et qu'il vous mettait en garde. Ce n'est pas le genre de chose à prendre à la légère. À quoi ressemblait l'homme que vous avez vu ?

— C'était un homme blanc, grand, musclé, avec des cheveux noirs et des lunettes de soleil… Il devait avoir dans les quarante ans, j'imagine. Je ne peux malheureusement pas vous en dire beaucoup plus.

— Pas de tatouage ? De bijoux ?

Elle secoua la tête.

— Est-ce qu'il a fait mine de vous aborder ?

— Non, reconnut Katrina. Il me suivait de loin. Je me suis arrêtée à plusieurs reprises et il a fait de même à chaque fois. Et il regardait toujours dans ma direction.

— Vous en êtes sûre ? Vous venez de me dire qu'il portait des lunettes de soleil.

— Il était tourné vers moi, insista-t-elle. Il se peut qu'il m'ait filée depuis l'hôtel. J'ai repéré une jeep Cherokee noire qui me suivait.

Dex ne savait trop que penser de ces assertions. Le plus probable, c'était que Katrina avait été affectée par la lettre qu'elle avait reçue. D'un autre côté, s'il fallait l'en croire, elle avait déjà eu le sentiment d'être épiée – avant même de trouver ce message sur son bureau.

De plus, Roxanne Yamamoto avait été assassinée et la mort de Joseph Sizemore paraissait éminemment suspecte. En de telles circonstances, mieux valait être trop prudent que pas assez.

— Que faites-vous ici ? lui demanda alors Katrina.

— Je suis venu rendre une petite visite à Larry Nakanishi, l'homme dont vous m'avez parlé et qui se trouvait avec votre mari, le jour où il est décédé. Peut-être pourra-t-il m'en dire un peu plus à ce sujet. Et, puisque vous êtes ici, pourquoi ne m'accompagneriez-vous pas ?

Cette proposition avait deux avantages, à ses yeux. D'une part, elle lui permettrait de veiller sur Katrina, au cas où l'homme qu'elle avait repéré déciderait de se manifester de nouveau. D'autre part, il serait intéressant d'analyser la façon dont elle réagirait au témoignage de Nakanishi.

— D'accord, répondit Katrina sans hésiter. Qui sait ? C'est peut-être lui qui m'a fait parvenir cette lettre. Après tout, il est le mieux placé pour savoir dans quelles circonstances Joseph est mort…

— C'est aussi mon avis, acquiesça Dex. Laissez-moi porter ces sacs, ajouta-t-il en désignant les cabas qu'elle tenait à la main.

— Merci, répondit-elle avec un charmant sourire. Vous êtes un vrai gentleman, monsieur Matheson.

— Appelez-moi Dex.

Katrina suivit Dex jusqu'à la boutique de sports nautiques de Larry. Le fait de le savoir à ses côtés suffisait à atténuer l'angoisse qui ne l'avait pas quittée depuis qu'elle avait repéré la jeep Cherokee dans son rétroviseur. Et elle commençait à se demander si elle n'avait pas surréagi.

Après tout, l'homme qu'elle avait remarqué n'avait fait preuve d'aucune animosité à son égard. Peut-être était-ce simplement un admirateur qui cherchait maladroitement une façon de l'aborder. L'arrivée opportune de Dex l'avait peut-être conduit à renoncer à ce projet.

Elle était reconnaissante à ce dernier de l'avoir involontairement secourue. Et elle était très curieuse d'apprendre ce que Larry Nakanishi pourrait bien leur dire au sujet de la mort de Joseph. Ainsi qu'elle venait de le dire à Dex, les deux hommes avaient été très proches. Réunis par la passion qu'ils avaient tous deux pour la mer et les sports nautiques, ils partaient régulièrement faire du kayak ou de la plongée ensemble.

Katrina ne l'avait jamais interrogé au sujet de ce qui s'était passé en ce jour fatidique. Elle ne tenait pas à raviver ce qu'elle imaginait être un douloureux souvenir.

S'était-elle trompée à son sujet ? Se pouvait-il que Larry ait eu une part de responsabilité dans la mort de Joseph ? L'idée lui paraissait presque absurde et, pourtant, elle ne pouvait réprimer le doute qui s'était insinué en elle.

Dex et elle ne tardèrent pas à atteindre la boutique de Larry. Ce dernier se trouvait à l'intérieur, derrière le comptoir, plongé dans la lecture d'un magazine dédié à la pratique du surf.

— C'est lui ? s'enquit Dex.

— C'est Larry, affirma-t-elle.

Il l'observa attentivement à travers la vitrine. Larry était de taille moyenne, doté d'une silhouette longiligne, de cheveux très noirs qu'il rasait sur les côtés et laissait long sur le dessus. Il arborait un bouc coupé court.

Ce jour-là, comme la plupart du temps, il portait un bermuda en jean et une chemise hawaïenne chamarrée qui lui conféraient une allure décontractée.

Dex poussa la porte de la boutique et Larry leva les yeux de son magazine.

— Katrina, fit-il d'un ton étonné. *Aloha.*

— Salut, Larry, répondit-elle. Je te présente Dex Matheson. C'est un détective privé.

Larry tourna un regard surpris en direction de Dex qui le salua d'un petit signe de tête.

— Est-ce que tu as une minute ? demanda Katrina.

Larry haussa les épaules.

— Comme tu vois, je ne suis pas débordé. Que puis-je faire pour toi ?

— J'ai trouvé sur mon bureau une lettre anonyme

qui m'informait que la mort de Joseph n'était pas un accident, déclara-t-elle tout de go.

Larry écarquilla légèrement les yeux.

— Pas un accident ? répéta-t-il.

Katrina hocha la tête.

— Mon correspondant anonyme laissait entendre qu'il avait été assassiné, précisa-t-elle sans quitter Larry des yeux.

— Il conseillait également à Mme Sizemore de se tenir sur ses gardes, précisa alors Dex. Qu'est-ce que tout cela vous inspire, Larry ?

— Pas grand-chose, répondit ce dernier. Ce doit être un canular. Joseph n'a pas été assassiné. Je suis bien placé pour le savoir : j'étais avec lui. La vague qui a balayé notre kayak l'a fait tomber à l'eau et il a été emporté. Le temps que je redresse notre embarcation et que je pagaye vers lui, il avait été entraîné vers le fond. Je ne l'ai pas vu refaire surface et ce n'est qu'en revenant vers le rivage pour appeler les secours que j'ai vu son corps échoué sur la plage. J'ai essayé de le ranimer, mais il était déjà trop tard…

Larry se tourna vers Katrina.

— Je crois que quelqu'un essaye de se jouer de toi. J'ignore de qui il peut bien s'agir et quelles raisons il peut bien avoir de faire une chose pareille.

— J'ai d'abord pensé qu'il s'agissait d'une mauvaise blague, reconnut Katrina. Mais je voulais en avoir le cœur net. Or tu es la dernière personne à avoir vu Joseph en vie.

— Je comprends, acquiesça Larry.

— Savez-vous si Joseph Sizemore avait des ennemis ? demanda alors Dex.

Larry hésita un instant avant de répondre.

— Pas au point de vouloir sa mort, déclara-t-il.

— Peut-être au point de vouloir lui faire peur ? suggéra Dex.

— Eh bien… Il arrivait que Joseph s'attire des ennuis, concéda Larry. Il avait un esprit très compétitif, parfois. Mais je ne l'ai jamais entendu dire que les choses avaient pu s'envenimer à ce point. Franchement, ce n'était pas le genre de personne à cristalliser de telles inimitiés…

Katrina partageait cette analyse. C'était d'ailleurs la raison pour laquelle, jusqu'à ce jour, elle n'avait jamais songé à mettre en doute le témoignage de Larry ou les conclusions de la police.

— Il y a autre chose, remarqua-t-elle. Ces derniers temps, j'ai eu l'impression d'être espionnée à plusieurs reprises. Je pense même avoir aperçu le responsable, un peu plus tôt, dans ce centre commercial.

Elle décrivit à Larry l'homme qu'elle avait aperçu.

— Je connais des tas de gens qui pourraient correspondre à cette description, indiqua-t-il en haussant les épaules. Mais je n'ai vu personne répondant à ce signalement dans les parages, aujourd'hui. Désolé.

Katrina ne put réprimer un soupir. Elle avait vraiment espéré que cette entrevue avec Larry leur fournirait une piste.

— Très bien, conclut-elle. Nous allons te laisser. Mais si quoi que ce soit te revient, n'hésite surtout pas à m'appeler. Tu as bien mon numéro ?

— Je l'ai, lui assura Larry.

Ils prirent congé de lui et quittèrent la boutique.

— Est-ce que vous pensez qu'il nous a dit la vérité ? demanda Dex lorsqu'ils se furent un peu éloignés.

— J'en ai l'impression, répondit Katrina. En tout cas, je ne pense pas que ce soit lui qui m'ait envoyé cette lettre. Il n'aurait rien à gagner en jetant le doute sur les circonstances dans lesquelles Joseph est mort. De plus, il tient une boutique dont les heures d'ouverture ne lui laisseraient guère le temps de m'espionner au beau milieu de la journée…

— Exact. Mais il m'a semblé nerveux. Je peux me tromper, bien sûr, mais j'ai vraiment eu l'impression qu'il nous cachait quelque chose.

— Je reconnais qu'il avait l'air un peu mal à l'aise. Mais c'est peut-être parce qu'il a pensé que nous mettions en cause son témoignage.

— Peut-être, concéda Dex.

— Qu'est-ce que vous comptez faire, à présent ?

— Poursuivre mon enquête, répondit-il sans hésiter. Il y a forcément quelqu'un qui sait comment cette lettre est arrivée sur votre bureau et je compte bien découvrir qui.

Katrina éprouva une pointe de soulagement à l'idée que Dex ne comptait pas se laisser décourager aussi facilement. Il la raccompagna galamment jusqu'à sa voiture et lui tendit ses sacs à provisions qu'elle plaça dans le coffre.

— Avec un peu de chance, je devrais pouvoir rentrer à l'hôtel sans être suivie, lui dit-elle avec un pâle sourire.

— N'y comptez pas, lui dit-il. Mais cette fois, c'est moi qui vous suivrai. De cette façon, je serai sûr que vous ne ferez pas de mauvaise rencontre.

— C'est très gentil à vous, répondit-elle, à la fois reconnaissante et un peu embarrassée.

Elle aurait sans doute dû décliner sa proposition, mais l'idée qu'il soit là pour veiller sur elle la rassurait terriblement. Elle prit alors conscience du malaise qui l'avait envahie depuis le moment où elle avait trouvé cette lettre et qui n'avait cessé de s'intensifier depuis lors.

Les doutes que ce message anonyme avait instillés en elle n'avaient cessé de se renforcer, faisant vaciller toutes ses certitudes.

Elle finissait même par se demander si elle avait réellement connu Joseph aussi bien qu'elle l'avait cru jusqu'alors. Car s'il s'avérait qu'il s'était vraiment fait assassiner, quels sombres secrets pouvaient-ils encore se cacher dans le passé de l'homme qui avait été son époux ?

5

Après s'être assuré que Katrina était rentrée jusque chez elle sans avoir été suivie, Dex se gara juste derrière elle et descendit de voiture pour l'aider à transporter ses provisions. Il comptait bien en profiter pour jeter un coup d'œil au logement qu'elle occupait au Maoli Lodge. Cela lui donnerait peut-être quelques indices sur sa personnalité – et l'existence éventuelle de revenus tirés du trafic de la drogue.

Cependant la décoration intérieure du bungalow qu'elle occupait ne trahissait aucune ostentation, mais plutôt des goûts à la fois simples et très sûrs. La plupart des meubles étaient artisanaux et avaient dû être chinés dans des brocantes. Loin de former un tout disparate, l'ensemble offrait une impression de confort douillet.

— C'est vraiment très joli, chez vous, déclara Dex d'un ton appréciatif.

— *Mahalo*, répondit Katrina.

Le sourire qu'elle lui décocha cachait mal la tension nerveuse qui l'habitait et qui semblait authentique. Elle paraissait très affectée par cette lettre anonyme et, peut-être plus encore, par la sensation qu'elle avait d'être épiée.

— Dites-moi, reprit-il d'un ton un peu hésitant. Il

y a une question que je n'ai pas osé vous poser jusqu'à maintenant. Je sais que c'est un peu délicat, étant donné les circonstances. Mais c'est le genre d'information dont je vais probablement avoir besoin au cours de mon enquête…

— Je vous écoute.

— Quelle était la nature de vos relations avec votre mari ?

En posant cette question, il avait bien conscience du fait qu'il cherchait à satisfaire une curiosité personnelle tout autant que professionnelle.

— Vous voulez savoir si Joseph et moi nous entendions bien ? lui demanda Katrina. Je dirais… eh bien, que j'aimais toujours mon mari, mais que je n'étais plus amoureuse de lui, si cela a un sens pour vous…

— Je crois que je comprends ce que vous voulez dire, acquiesça Dex. Certaines relations finissent par s'user avec le temps. La passion disparaît et il ne reste plus que de la tendresse.

— Vous semblez parler d'expérience.

— En effet, reconnut-il.

Katrina parut hésiter un instant.

— Est-ce que je peux vous offrir quelque chose à boire ? lui proposa-t-elle enfin.

La tentation était grande d'accepter son invitation, mais Dex comprit que ce ne serait pas une bonne idée. L'attirance qu'il éprouvait à l'égard de Katrina ne s'était pas atténuée depuis qu'il avait fait sa connaissance – bien au contraire. Et il savait que, plus il nouerait avec elle des contacts personnels et informels, plus il lui serait difficile de demeurer objectif à son égard.

Or, pour le moment, elle figurait toujours en bonne place sur la liste des suspects qu'il était censé tenir à l'œil. Et si elle était parfaitement innocente comme il l'espérait, cela signifiait qu'elle se trouvait peut-être réellement en danger – victime inconsciente des agissements d'un dangereux cartel qui tissait sa toile dans l'ombre du Maoli Lodge.

S'il voulait la protéger de ce danger, il allait devoir garder la tête froide et conserver une certaine distance. Il ne pouvait se permettre de s'impliquer émotionnellement.

— Je vais devoir rentrer, déclara-t-il à regret. Je dois aller nourrir Barnabas.

Il crut voir passer une pointe de déception dans les yeux de Katrina.

— Que diriez-vous de remettre cette invitation à plus tard ? ne put-il s'empêcher de suggérer.

— Avec plaisir, acquiesça Katrina.

Dex comprit qu'il ne s'était pas trompé : l'attirance qu'elle exerçait sur lui n'était pas à sens unique. Il ne put s'empêcher de se demander à quoi pourrait bien ressembler une nuit passée entre ses bras. L'ardent désir qu'éveilla en lui cette seule question le convainquit que l'expérience serait probablement extraordinaire. Mais cette certitude ne changeait rien aux raisons qu'il avait de garder ses distances.

— Bien, conclut-il, j'espère que nous découvrirons très vite ce qui se trame ici. Si jamais vous vous sentez surveillée ou suivie, n'hésitez surtout pas à me contacter. Avec un peu de chance, si je suis dans les parages à ce moment-là, je pourrai prendre le responsable sur le fait.

— D'accord, répondit Katrina.

— En attendant, ne prenez aucun risque inutile. Évitez de vous promener seule dans des endroits isolés.

— Ne vous inquiétez pas : je compte bien demeurer

sur mes gardes en toutes circonstances, déclara-t-elle avec conviction.

— Parfait, approuva-t-il. À demain, alors, Katrina. Passez une bonne nuit.

Barnabas zigzaguait à travers le jardin, comme si les arbres fruitiers qui y étaient plantés formaient une course d'obstacles. Dex attendait qu'il lui rapporte sa balle avant de la relancer à l'autre bout du petit verger. Il prenait soin de féliciter son compagnon à chaque fois qu'il la lui rapportait.

Au bout d'une bonne demi-heure passée à jouer, ils rentrèrent dans le bungalow où Dex servit à Barnabas une généreuse écuelle de viande et de croquettes. Lui-même fit réchauffer la pizza hawaïenne qu'il avait commandée en revenant du Maoli Lodge.

Il n'avait jamais été très fan de l'ananas sur la pizza mais estimait qu'il aurait été de mauvais goût de ne pas essayer ce qui était désormais considéré comme une spécialité locale. Et il dut bien reconnaître que le fait qu'il s'agisse de fruits frais et non de conserves changeait drastiquement la donne.

Lorsqu'il eut terminé son dîner, il ouvrit une cannette de bière et appela Lynda et Ishikawa pour les informer des derniers développements de l'affaire.

Il leur transmit également la description que Katrina avait faite de l'homme qui l'avait suivie dans le centre commercial ainsi que celle de la voiture qu'elle avait remarquée sur la route de Lihue. Peut-être s'agissait-il du véhicule qui avait poursuivi Roxanne, la nuit où elle avait trouvé la mort.

Lorsqu'il eut raccroché, Dex alluma la télévision et

tomba par hasard sur l'un de ses films préférés, une vieille comédie anglaise totalement absurde qui ne manquait jamais de lui changer les idées. Elle l'aida l'espace d'une soirée à oublier Katrina et les sentiments troubles qu'elle lui inspirait.

Le lendemain matin, Dex se réveilla de bonne heure et sortit promener Barnabas avant de se rendre au poste de police de Lihue, sur Kaana Street, où il avait rendez-vous avec les inspecteurs de la police locale chargés de la lutte contre le trafic de drogue.

Lynda et Ishikawa étaient déjà arrivés et tous trois rejoignirent la salle de réunion dans laquelle étaient également rassemblés des agents du FBI, de l'IRS et même une représentante du service postal. Cette union sacrée était de bon augure. Les différents services avaient parfois tendance à se considérer comme rivaux et à tenter de tirer la couverture à eux.

Cette fois-ci, cependant, il semblait régner un certain esprit de concorde, peut-être parce que tous avaient bien conscience de l'importance des enjeux. Tant que ce trafic continuerait à prospérer, des innocents mourraient.

L'assassinat de Roxanne y était peut-être aussi pour quelque chose : il ne s'agissait plus uniquement de justice mais aussi de vengeance.

Aux yeux de Dex s'ajoutait une considération d'ordre plus personnel : il comptait bien éviter à tout prix que Katrina ne connaisse le même sort que Roxanne et Joseph Sizemore.

— L'analyse des empreintes digitales sur la lettre n'a rien donné, lui souffla Ishikawa tandis qu'ils prenaient place à la grande table de réunion. La recherche d'ADN prendra un peu plus de temps, mais je doute qu'on trouve quoi que ce soit.

— Je ne me faisais pas beaucoup d'illusions à ce sujet, reconnut Dex. Mais il fallait bien vérifier, au cas où. Pour le moment, nous manquons cruellement d'indices au sujet de l'expéditeur de cette lettre.

— Avec un peu de chance, ce n'était effectivement qu'une mauvaise plaisanterie et Katrina Sizemore n'en entendra plus jamais parler, opina Ishikawa.

— Très franchement, j'en doute, objecta Lynda. Je ne pense pas qu'il s'agisse d'une blague douteuse. Celui qui a écrit cette lettre croit probablement à ce qu'il affirme. Ça ne veut pas dire qu'il a raison, mais je ne crois pas qu'il en reste là.

Dex partageait cette analyse. Mais avant qu'il ait pu répondre, Clayton Pietz, l'inspecteur de la police de Kauai qui était responsable de l'enquête, se leva et s'éclaircit la gorge pour attirer l'attention de la petite assemblée.

C'était un homme d'une trentaine d'années, grand et mince, avec des cheveux noirs coupés en brosse et une moustache en forme de fer à cheval. Dex savait qu'il jouissait d'une excellente réputation.

— Vous savez tous que les cartels de la côte ouest des États-Unis ont toujours cherché à conforter leur position au sein de l'archipel d'Hawaï. Les nombreux touristes qui fréquentent nos îles constituent un vivier de clients, que ce soit pour des drogues récréatives comme le cannabis, la cocaïne ou l'ecstasy ou pour des substances plus addictives comme la méthamphétamine, l'héroïne et les opiacés en général.

Pietz fit apparaître un graphique qui montrait les saisies réalisées au cours des années précédentes.

— Comme vous le voyez, c'est un commerce

particulièrement juteux. Et Kauai n'est pas épargnée. De nombreux stupéfiants sont importés par la mer, que ce soit en provenance de l'île principale d'Oahu ou bien directement du continent. Nous nous efforçons de réaliser un maximum de saisies et de réagir très rapidement dès qu'une nouvelle filière se met en place. L'idée est de dissuader les cartels de s'implanter pour de bon.

Une carte de l'île apparut à l'écran, sur laquelle figuraient plusieurs points rouges.

— Nous soupçonnons ces différents endroits d'être des lieux de stockage et de revente de la drogue, indiqua Pietz. Cela ne signifie pas forcément que les propriétaires de ces différents établissements soient au courant. D'après nos informateurs, le Maoli Lodge sert de véritable plaque tournante. C'est la raison pour laquelle, comme vous le savez tous, la DEA a décidé d'y envoyer un agent sous couverture. Roxanne Yamamoto s'est fait tuer le mois dernier, probablement parce que les trafiquants avaient découvert ses intentions. Nous faisons tout notre possible pour tenter d'identifier et d'interpeller ceux qui l'ont assassinée. Pendant ce temps, trois nouveaux agents de la DEA ont été infiltrés au sein du Maoli Lodge : Dex Adair, Lynda Krause et Sylvester Ishikawa.

Après avoir conclu sa présentation générale, Pietz céda la parole à Pauline Taomoto, la représentante du service postal. C'était une femme d'une quarantaine d'années vêtue d'un élégant tailleur qui soulignait sa silhouette svelte et élancée.

— Nous sommes désormais certains que le réseau de trafiquants dont Clayton vient de parler est lié au cartel de Los Angeles contre lequel la DEA a récemment monté une opération d'envergure. Nous savons également que ce groupe a d'abord tenté d'envoyer directement par courrier des colis contenant de la méthamphétamine pure. Fort heureusement, ils ont été détectés par l'une de nos chiennes policières. Nous sommes parvenus à identifier les destinataires de ces colis ainsi que les expéditeurs, ce qui nous a permis de procéder à des arrestations simultanées à Los Angeles et à Hawaï. Hélas, le coup d'arrêt porté au trafic n'a été que temporaire. Depuis quelques mois, on trouve de nouveau des drogues qui avaient momentanément disparu de la circulation. Le cartel de la côte ouest n'a visiblement pas cessé ses activités et a dû trouver un autre moyen d'acheminer ces stupéfiants. Nous ignorons malheureusement comment ils procèdent à l'heure actuelle.

Cette conclusion en demi-teinte suscita une discussion animée entre les différents agents présents. Plusieurs hypothèses furent avancées et discutées et les agents convinrent d'un certain nombre de mesures à prendre et de pistes à explorer.

Lorsque la réunion prit fin, Dex demanda à parler à Pietz qui l'incita à le suivre dans son bureau.

— Où en est l'enquête concernant le meurtre de Roxanne ? s'enquit Dex lorsqu'ils eurent pris place l'un en face de l'autre.

— Elle avance bien, répondit Pietz d'un ton confiant. Nous avons identifié un suspect et devrions bientôt procéder à son arrestation.

— Pouvez-vous m'en dire un peu plus ? demanda Dex.

Pietz hésita un instant avant de hocher la tête.

— Nous sommes à peu près convaincus de l'identité de l'homme qui a sectionné les freins de la voiture de l'agent Yamamoto. Il s'agit d'un repris de justice bien connu de nos services. Mais avant de l'arrêter, nous aimerions pouvoir remonter jusqu'à ses commanditaires.

— Sont-ils liés au Maoli Lodge, d'après vous ?

— À ceux qui y opèrent, en tout cas, acquiesça Pietz. Nos sources s'accordent à dire que c'est une plaque tournante du trafic sur l'île. En assassinant l'agent Yamamoto, on cherchait probablement à protéger ce commerce très fructueux. C'est du moins ce que laisse entendre la disparition de l'ordinateur et du téléphone portable de Yamamoto.

— Je suis d'accord, répondit Dex. Et je suis heureux que votre équipe fasse preuve d'une telle efficacité. Concernant le Maoli Lodge, est-ce que l'un de vos informateurs aurait impliqué Joseph Sizemore dans ce trafic ?

— Pas directement, répondit prudemment Pietz.

— Que voulez-vous dire ?

— Eh bien, nous ne disposons d'aucune preuve contre lui. En revanche, nous savons que Joseph Sizemore avait des difficultés financières. Prendre part au trafic aurait pu être un moyen de remonter la pente…

Dex se demanda si Katrina pourrait lui en dire un peu plus à ce sujet. En apparence, le Maoli Lodge semblait être un hôtel prospère. Mais l'entretien d'un tel établissement devait être très coûteux.

— Qu'en est-il de la veuve de Sizemore qui est devenue l'unique propriétaire de l'établissement ?

— Jusqu'à présent, rien ne nous permet de penser qu'elle puisse être impliquée.

Cela rassura un peu Dex. Il ne se faisait pourtant aucune illusion et connaissait le dicton : l'absence de preuves n'était pas une preuve d'absence. En d'autres termes, Katrina était peut-être assez habile pour ne laisser transparaître aucun signe de son implication.

— D'après ce qu'elle m'a dit, quelqu'un l'espionne, ces derniers temps.

Pietz le considéra avec intérêt.

— Elle a également trouvé sur son bureau une lettre anonyme qui laissait entendre que Joseph Sizemore avait été assassiné et qu'elle-même était potentiellement en danger.

— C'est la première fois que j'en entends parler ! s'exclama Pietz, sidéré.

— Cela s'est produit hier. Aviez-vous envisagé le fait que la mort de Sizemore ait pu ne pas être accidentelle ?

— Pas vraiment, reconnut Pietz. Le rapport d'autopsie indiquait qu'il s'agissait bien d'une noyade. De plus, il se trouvait en compagnie de l'un de ses amis, qui ne nous a pas donné de raisons de remettre en cause son témoignage.

— J'ai interrogé l'ami en question et je n'ai été qu'à moitié convaincu, objecta Dex.

— Vous l'avez interrogé ? s'étonna Pietz. Vous n'avez pas peur que cela compromette votre couverture ?

— Katrina Sizemore m'a embauché en tant que détective privé pour enquêter sur l'origine de cette lettre ainsi que sur la mort de son époux.

— C'est un jeu dangereux, remarqua Pietz.

— C'est vrai, reconnut Dex. Mais c'est aussi une chance inespérée de pouvoir interroger des gens sans éveiller les soupçons. Si je découvre que Sizemore a réellement été tué, les chances pour qu'il ait été mêlé au trafic se trouveront nettement renforcées. Et cela ouvrira une nouvelle piste pour tenter de démanteler le cartel.

Évidemment, cela raviverait aussi les soupçons qui pesaient sur Katrina, l'épouse et héritière de Joseph. Mais Dex s'abstint de le préciser. Il serait toujours temps de faire face à cette éventualité, le moment venu. En attendant, il comptait bien la protéger de ceux qui pourraient décider de s'en prendre à elle.

— *Aloha* et bienvenue au Maoli Lodge ! s'exclama Katrina à l'intention des clients qui venaient tout juste d'arriver.

Il s'agissait d'une famille de quatre personnes qui venaient tout droit de Dublin, en Irlande, et devaient passer une semaine à l'hôtel. Katrina espérait qu'elle aurait un jour l'occasion de faire le voyage dans l'autre sens : elle avait toujours rêvé de visiter l'Irlande.

Joseph et elle avaient régulièrement évoqué cette perspective, se promettant de s'y rendre dès que le Maoli Lodge aurait trouvé son rythme de croisière. Malheureusement, son mari était mort avant qu'ils puissent espérer concrétiser ce rêve.

Katrina escorta les Byrnes jusqu'au comptoir de la réception où on leur remit la clé de leur chambre ainsi que le petit guide qui détaillait les prestations de l'hôtel et les centres d'intérêt de la région.

Comme elle s'apprêtait à regagner son bureau, elle aperçut une jeune fille d'une quinzaine d'années peut-être, de type hawaïen avec de très longs cheveux noirs. Elle se tenait près de la porte d'entrée et paraissait hésiter à s'avancer à l'intérieur. Sans hésiter, Katrina se dirigea vers elle.

— Est-ce que je peux t'aider ? lui demanda-t-elle.

— Je cherche une certaine Mme Sizemore, répondit la jeune fille. Katrina Sizemore.

— C'est moi-même. Que puis-je faire pour toi ?

— On m'a demandé de vous remettre ça.

La fille lui tendit un morceau de papier plié en quatre. À sa vue, Katrina ne put réprimer un frisson d'angoisse.

— Qui t'a donné ça ? s'enquit-elle d'une voix moins assurée qu'elle ne l'aurait voulu.

— Un homme. Il m'a donné dix dollars pour que je vous l'apporte et m'a fait promettre de ne pas le lire.

— À quoi ressemblait cet homme ?

— Je ne sais pas, répondit la jeune fille en haussant les épaules. Il était grand, assez musclé, avec des cheveux noirs et des lunettes de soleil…

Ce portrait correspondait parfaitement à l'homme qui avait suivi Katrina au centre commercial. Elle se demanda s'il avait pu s'introduire au sein du Maoli Lodge pour l'espionner. Et, pour la première fois, elle se prit à regretter que l'hôtel ne soit pas équipé de caméras de sécurité.

— Est-ce que tu pourrais me le montrer ? demanda-t-elle à la jeune fille.

— Non, désolée, répondit celle-ci. Il est parti en voiture juste après m'avoir donné le mot.

— Quel genre de voiture ?

— Une grosse jeep noire.

— Y avait-il quelqu'un d'autre, à l'intérieur ?

— Je ne sais pas. Les vitres étaient teintées. Il faut que j'y aille, maintenant…

Katrina hocha la tête, convaincue qu'elle ne tirerait pas beaucoup plus de la jeune fille. Celle-ci n'était qu'une messagère que l'homme avait utilisée pour préserver son anonymat.

Elle la suivit pensivement des yeux tandis qu'elle s'éloignait à grands pas du Maoli Lodge. Ce ne fut que lorsqu'elle eut disparu que Katrina se décida enfin à déplier la lettre d'une main légèrement tremblante. Une fois de plus, il s'agissait d'un message manuscrit.

Que vous vouliez le croire ou non, la mort de Joseph Sizemore résulte d'une overdose de drogue qui a été sciemment provoquée. La noyade n'a servi qu'à masquer ce crime. Je vous encourage donc à faire preuve de la plus grande prudence et à ne faire confiance à personne. Cela vaut pour le soi-disant détective privé que vous avez engagé. Il n'est pas ce qu'il prétend être.

En lisant ces mots, Katrina sentit les battements de son cœur s'emballer dans sa poitrine. Se pouvait-il que Dex soit lié d'une façon ou d'une autre à la mort de son mari ?

Alors même qu'elle se posait cette question, elle vit le détective pénétrer dans le hall de l'hôtel avec son chien Barnabas. Le sourire qui se dessina sur ses lèvres lorsqu'il la vit disparut presque aussitôt.

— Est-ce que tout va bien ? lui demanda-t-il d'une voix inquiète lorsqu'il l'eut rejointe.

— Non, répondit-elle en le regardant droit dans les yeux. Je veux savoir qui vous êtes vraiment.

6

Dex demeura silencieux durant quelques instants, s'efforçant de soutenir le regard ouvertement accusateur de Katrina. Il avait la désagréable impression de se trouver pris en flagrant délit de mensonge. Il était évident que quelqu'un ou quelque chose avait convaincu la jeune femme du fait qu'il jouait un double jeu.

Il remarqua alors le morceau de papier qu'elle tenait à la main et se demanda s'il ne s'agissait pas d'une nouvelle lettre anonyme. Le mystérieux correspondant de Katrina l'avait-il mise en garde contre lui ?

— Je ne suis pas sûr de vous suivre, déclara Dex. Vous savez qui je suis. Vous m'avez engagé à deux reprises.

— Je ne peux pas prétendre vous connaître pour autant, objecta Katrina. Si cela se trouve, Dex n'est même pas votre véritable nom…

Il s'apprêta à protester, mais elle le fit taire d'un geste.

— Avant de dire quoi que ce soit, vous devriez lire ça, annonça-t-elle en lui tendant la lettre.

Dex s'en saisit et parcourut le message qui confirma rapidement son intuition. Et cette lecture le mit terriblement mal à l'aise. Il ne pouvait nier le fait qu'il ne s'était pas montré complètement honnête avec Katrina. Le fait que l'auteur de la lettre ait vu juste à ce sujet signifiait-il que Joseph avait véritablement été drogué et assassiné comme il l'affirmait ?

D'autre part, qui donc pouvait savoir que Dex n'était pas ce qu'il prétendait ? Les seules personnes au courant étaient ses collègues de la police et de la DEA. Avait-il été trahi par l'un d'entre eux ?

— Où avez-vous trouvé ce message ? demanda-t-il à Katrina.

— Une jeune fille vient de me le remettre, répondit-elle froidement. Elle m'a dit qu'un homme correspondant à la description de celui que j'ai vu au centre commercial lui avait demandé de me l'apporter. Il conduisait une jeep noire aux vitres teintées, tout comme celle que j'ai vue hier sur la route de Lihue.

Contrairement à ce que Dex avait pu penser la veille, Katrina n'avait donc pas été victime de son imagination : quelqu'un l'avait bel et bien suivie jusqu'au centre commercial puis à l'intérieur.

— Alors ? reprit-elle en fronçant les sourcils. Est-ce que vous allez me dire qui vous êtes réellement et ce que vous êtes vraiment venu faire au Maoli Lodge ? Ou bien est-ce que vous préférez que je vous renvoie tout de suite ?

— Qu'est-ce qui vous fait croire que celui qui a écrit cette lettre ne vous ment pas ? objecta Dex.

— La façon dont vous avez réagi tout à l'heure, lorsque je vous ai posé la question.

Dex soupira intérieurement. L'accusation de Katrina l'avait effectivement pris de court et il s'était trahi. Durant quelques instants, il demeura silencieux, s'efforçant d'envisager tous les tenants et aboutissants de la situation.

S'il s'était trompé au sujet de Katrina et qu'elle était liée au cartel, lui avouer qu'il travaillait pour la DEA le mettrait en danger. D'un autre côté, si on essayait ensuite de l'éliminer comme on l'avait fait avec Roxanne, il saurait à quoi s'en tenir.

En revanche, si Katrina était innocente, il lui démontrerait une fois pour toutes qu'il était du bon côté. Et il pourrait l'amener à coopérer avec lui, ce qui faciliterait grandement sa mission.

Qu'elle soit coupable ou innocente, il avait tout à perdre en refusant de lui parler : il se ferait renvoyer et se retrouverait sur la touche.

— Très bien, soupira-t-il. Je vais tout vous dire. Mais je ne le ferai pas au beau milieu de ce hall, alors que n'importe qui peut nous entendre.

Katrina se demandait avec une pointe d'angoisse si elle n'avait pas commis une erreur en invitant Dex à la suivre dans son bureau. Après tout, il venait de reconnaître à demi-mot qu'il n'était pas ce qu'il prétendait.

Mais, curieusement, elle demeurait convaincue qu'il ne lui ferait aucun mal. S'il avait voulu s'en prendre à elle, il aurait très bien pu le faire la veille au soir, lorsqu'il l'avait raccompagnée jusqu'à son bungalow. D'ailleurs, elle ne parvenait pas à croire qu'il puisse être animé de mauvaises intentions.

— Je vous écoute, lui dit-elle lorsqu'ils se furent installés de part et d'autre de sa table de travail.

Barnabas s'était étendu aux pieds de Dex et avait posé son museau sur ses pattes antérieures.

— D'accord, répondit Dex en sortant de sa poche un badge qu'il posa devant elle sur le bureau. Tout d'abord, je me prénomme bien Dex, mais mon nom n'est pas Matheson mais Adair. Je travaille pour la DEA et je me suis fait engager au Maoli Lodge pour mener une enquête sous couverture.

Katrina le considéra avec stupéfaction. Jamais elle n'aurait imaginé une chose pareille. Et pourtant, le badge qui se trouvait devant elle paraissait authentique. Elle ne parvenait en revanche pas à comprendre ce qu'un agent de la DEA pouvait bien faire dans son hôtel.

— Vous n'êtes donc pas détective privé ? lui demanda-t-elle.

— Non, répondit-il. Cela aussi fait partie de ma couverture.

Au moins, songea-t-elle, il n'avait pas menti au sujet de ses talents de pianiste : elle avait pu le constater de ses propres oreilles.

— Mais pourquoi avoir choisi mon hôtel ? s'enquit-elle.

Dex ramassa son badge qu'il replaça dans la poche intérieure de sa veste.

— J'enquête sur un cartel qui se sert du Maoli Lodge comme d'une plaque tournante pour son trafic de drogue.

— C'est impossible ! s'exclama Katrina, sur la défensive.

Si son établissement avait effectivement abrité un tel trafic, elle s'en serait forcément rendu compte.

— Ce n'est pas l'avis de la force d'intervention qui travaille actuellement sur cette enquête, objecta posément Dex. D'ailleurs, le mois dernier, l'une de nos agentes s'est fait assassiner alors qu'elle enquêtait précisément sur cette piste. Vous la connaissiez sous le nom de Roxanne Kitaoka.

— Roxanne faisait aussi partie de la DEA ? balbutia Katrina, de plus en plus stupéfaite.

— Exact. Elle aussi travaillait sous couverture pour tenter d'identifier les trafiquants.

— Et vous êtes ici pour découvrir qui l'a tuée ?

Dex hocha la tête.

— Entre autres, acquiesça-t-il. Et pour reprendre le fil de son enquête.

Katrina prit soudain conscience du fait que, si le Maoli Lodge abritait réellement un trafic de drogue, elle devait figurer en tête de la liste des suspects.

— Attendez une minute…, murmura-t-elle. Vous ne pensez tout de même pas que je puisse faire partie de ce cartel ?

— C'est une possibilité que j'ai envisagée, répondit gravement Dex. Il n'aurait pas été très professionnel de ma part de ne pas le faire. Mais je suis désormais convaincu que vous n'êtes pour rien dans cette affaire.

— Je suppose que je devrais vous en remercier, répliqua-t-elle d'un ton amer.

Dex haussa les épaules.

— Je ne fais que mon travail, répondit-il. Et, à ce propos, mon enquête au sein du Maoli Lodge est loin d'être terminée. Mais puisque vous connaissez à présent ma véritable identité, je pense que nous pourrions coopérer plus ouvertement.

— Vous plaisantez, n'est-ce pas ? s'exclama Katrina.

— Absolument pas. C'est dans votre intérêt. Si ce que nous pensons est exact, vous nous aiderez à vous débarrasser d'un réseau criminel qui sévit dans votre établissement. Et s'il s'avère que nous nous trompons, vous serez débarrassée de nous d'autant plus rapidement. Malheureusement, je ne vous cache pas que la mort de Roxanne Yamamoto ne plaide guère en faveur de cette seconde hypothèse…

Katrina ne put réprimer un soupir.

— J'imagine que je n'ai pas vraiment le choix. Si ce

que vous dites est vrai, je ne peux pas laisser la mort de Roxanne impunie et mon hôtel servir de repaire à des trafiquants de drogue…

De toute façon, songea-t-elle, si elle refusait d'aider Dex, il pourrait probablement l'inculper pour entrave à la justice, voire pour complicité dans cette affaire.

— Parfait, déclara-t-il. Je vous remercie d'avance pour votre collaboration. Tout d'abord, j'aimerais que vous gardiez pour vous ce que je viens de vous dire. Moins il y aura de gens au courant et moins il y aura de risques pour que ma couverture soit compromise.

— Je comprends, acquiesça Katrina. Vous pouvez compter sur moi pour garder votre secret.

Elle jeta un coup d'œil en direction de Barnabas qui était toujours installé tranquillement aux pieds de son maître.

— J'imagine que votre chien est bien plus qu'un simple animal de compagnie.

— C'est exact, reconnut Dex. Il est spécialisé dans la détection des stupéfiants.

— Est-ce qu'il en a repéré au sein du Maoli Lodge ? s'enquit-elle avec une pointe d'inquiétude.

Elle avait toujours du mal à accepter le fait qu'un tel trafic ait pu se dérouler sans même qu'elle s'en aperçoive.

— Pas encore, répondit Dex. Mais je n'ai pas encore eu l'occasion de fouiller l'ensemble de votre établissement. Je ne voulais pas courir le risque de me trahir. D'autant que même si Barnabas ne trouvait rien, cela ne prouverait pas grand-chose : rien ne nous dit que la drogue soit stockée sur place. Le Maoli Lodge pourrait n'être qu'un lieu où se déroulent les transactions des trafiquants.

Katrina lutta contre une brusque sensation de vertige.

Toutes ses certitudes se trouvaient ébranlées. Jamais elle n'aurait imaginé pouvoir un jour être mêlée de près ou de loin à une affaire de ce genre.

Elle avait brusquement l'impression de se retrouver projetée dans un film ou une série télévisée. Malheureusement, il était évident qu'elle n'en était pas l'héroïne mais une simple figurante d'un drame qui la dépassait complètement…

Elle se demanda soudain si Joseph avait lui aussi été la victime inconsciente de ce qui se passait à l'hôtel. Un frisson glacé la parcourut. La dernière lettre qu'elle avait reçue laissait entendre que son mari avait été victime d'une overdose. Cette hypothèse jetait un jour nouveau sur le rôle qu'il avait pu jouer dans cette histoire.

— Est-ce que vous pensez que Joseph était impliqué dans ce trafic ? demanda-t-elle d'une voix blanche.

Cette idée la rendait malade, mais elle ne pouvait faire abstraction du doute qui s'était insinué en elle.

— L'homme qui a écrit cette lettre semble le penser, répondit prudemment Dex. Pour la police, à l'heure qu'il est, Joseph Sizemore est mort dans un accident de kayak. À ce stade, personne ne remet en cause cette explication. Mais je dois bien reconnaître que la chronologie des faits peut soulever certains doutes…

Dex demeura quelques instants silencieux, paraissant hésiter à formuler la question qu'il avait sur le bout de la langue.

— Est-ce que votre époux consommait de la drogue ? demanda-t-il enfin.

Katrina ne put réprimer un soupir.

— Il y a deux ans de cela, Joseph s'est blessé au dos en faisant de la plongée. On lui a prescrit du fentanyl pour atténuer la douleur. Il en a pris durant quelque temps mais, à ma connaissance, il a fini par arrêter.

Dex hocha la tête.

— Bien. Inutile de spéculer tant que nous n'en saurons pas un peu plus. Je vais m'entretenir avec le médecin légiste. Peut-être aura-t-il des indications à me fournir à ce sujet. En attendant, mieux vaut éviter de se fier aveuglément à un témoignage anonyme que rien ne semble justifier.

— Sauf le fait que vous n'êtes pas celui que vous prétendiez, que vous enquêtez sur une affaire de drogue et que Roxanne s'est fait assassiner alors qu'elle travaillait sous couverture au Maoli Lodge, objecta Katrina. Cela commence tout de même à faire beaucoup.

— Sauf si c'est un policier qui vous a écrit, remarqua Dex. Il aurait alors de bonnes raisons d'être au courant de tous ces détails. Avez-vous des liens avec un ou plusieurs d'entre eux ?

Katrina secoua la tête.

— Pas que je sache, répondit-elle. Bien sûr, Kauai est minuscule et je connais pas mal de policiers de vue ou de nom. Mais je n'ai de relations particulières avec aucun d'entre eux.

— Je vais tout de même essayer de creuser cette hypothèse, déclara Dex. Il pourrait s'agir de quelqu'un qui a un faible pour vous ou bien encore qui estime avoir une dette envers votre mari…

Katrina hocha la tête. La colère qu'elle avait éprouvée en découvrant que Dex s'était joué d'elle cédait progressivement la place à de la reconnaissance. Il paraissait bien décidé à l'associer à son enquête et à la protéger.

— Je vais vous laisser, annonça-t-il alors en se levant.

J'imagine que vous avez besoin d'un peu de temps pour réfléchir à tout ce que nous venons de nous dire.

Katrina se leva à son tour et le raccompagna jusqu'à la porte de son bureau.

— J'avoue que je ne m'attendais pas du tout à ça, lui dit-elle.

Dex hocha la tête et posa doucement une main sur son épaule.

— Je suis vraiment désolé que vous vous retrouviez mêlée à tout cela, lui dit-il gravement.

Elle se sentit touchée par la sympathie qui se lisait dans son regard.

— Moi aussi, admit-elle. Mais je ne laisserai pas ces gens détruire tout ce que nous avons construit, Joseph et moi. Je suis prête à me battre pour le Maoli Lodge.

— J'espère que nous n'en arriverons pas à de telles extrémités, répondit Dex avec un pâle sourire. Je vais commencer par faire analyser la nouvelle lettre que vous avez reçue, au cas où l'expéditeur aurait laissé des empreintes. Et si jamais il tente de vous contacter de nouveau, appelez-moi immédiatement.

— C'est d'accord.

— À tout à l'heure, Katrina.

— Tout à l'heure ? répéta-t-elle, surprise.

— Je suis censé jouer du piano lors de la soirée, lui rappela-t-il.

— C'est vrai, acquiesça-t-elle, se demandant comment il pouvait bien penser à une chose pareille alors que les enjeux étaient si importants.

Mais c'était peut-être justement ce qui faisait de lui un bon agent. Et comme il s'éloignait en direction du hall, suivi de près par Barnabas, elle comprit soudain ce que cela signifiait.

Contrairement à ce qu'il avait laissé entendre lors de son entretien d'embauche, Dex n'était ici que de passage. Dès que son enquête serait terminée, il repartirait pour le continent et oublierait probablement très vite le Maoli Lodge et sa propriétaire.

Malgré elle, cette soudaine prise de conscience éveilla en elle un mélange de déception et de tristesse. Car au cours de ces dernières vingt-quatre heures, elle s'était presque laissé aller à croire qu'il pourrait se passer quelque chose entre eux…

— Ma couverture est officiellement grillée, déclara Dex en se laissant tomber sur le canapé de la suite qu'occupaient Lynda et Ishikawa.

— Que s'est-il passé ? s'enquit sa collègue, surprise.

— C'est une excellente question. Katrina Sizemore a reçu une nouvelle lettre anonyme qui lui a semble-t-il été envoyée par l'homme qui la suivait hier.

Il sortit la lettre en question qu'il avait placée dans un sachet en plastique et la lut à voix haute.

— Si ce qu'il dit est vrai, ce type semble étonnamment bien informé, constata Ishikawa en fronçant les sourcils.

— Nous savons déjà qu'il avait raison à mon sujet, remarqua Dex.

— Il ne dit pas explicitement que tu es de la DEA, releva Lynda. Juste que tu as quelque chose à cacher.

— Franchement, je doute que ce soit une coïncidence.

— Tu crois qu'il pourrait s'agir d'un flic ? s'enquit Ishikawa.

— L'idée m'a traversé l'esprit. Je ne pense pas qu'il s'agisse de quelqu'un de la DEA, mais je ne connais pas les flics du coin…

— Ce que je ne comprends pas, c'est l'intérêt qu'un policier aurait à remettre en question la thèse officielle par l'entremise d'une lettre anonyme, fit remarquer Lynda.

— Peut-être n'est-il pas en mesure de le dire ouvertement. Il a peut-être peur des représailles. Ou alors, il craint que certains de ses collègues ne soient à la solde du cartel… À moins, bien sûr, qu'il ne veuille pas prendre position officiellement et qu'il cherche juste à mettre en garde Katrina discrètement.

— Sans compter que ce n'est peut-être pas un policier qui a écrit la lettre, souligna Ishikawa.

— Tu penses à quelqu'un en particulier ?

— S'il faut en croire la lettre, la mort de Sizemore n'était pas un simple accident : quelqu'un a sciemment provoqué une overdose. L'homme qui l'a tué ou qui a commandité ce meurtre a peut-être des regrets, aujourd'hui…

— Ou alors, c'est effectivement un flic qui se prend pour un justicier et a décidé d'éliminer le cartel par ses propres moyens en commençant par Sizemore qui y était mêlé, suggéra Lynda.

— Tout est possible, concéda Dex. Malheureusement, à ce stade, nous manquons beaucoup trop d'éléments pour privilégier l'une ou l'autre de ces hypothèses. Ce qu'il nous faut, ce sont des preuves.

— Pour en revenir à ta couverture, qu'as-tu dit à Katrina Sizemore, exactement ?

— La vérité.

— Tu aurais pu noyer le poisson, objecta Lynda. Comme tu le dis toi-même, la lettre n'était pas très spécifique.

— Katrina menaçait de me renvoyer si je ne lui disais pas la vérité. J'aurais effectivement pu inventer un nouveau mensonge, mais je me suis dit que nous aurions plus à y gagner en lui expliquant la situation et en la ralliant à notre cause.

— Et si elle fait partie du cartel ? répliqua Ishikawa.

— C'est un risque que j'ai décidé de courir, reconnut Dex. Mais très franchement, j'ai eu l'occasion d'étudier son comportement au cours de ces derniers jours et je suis convaincu de son innocence.

— Comment a-t-elle réagi ?

— Pas très bien, j'en ai peur. Elle était assez secouée à l'idée que son hôtel puisse servir de repaire à des trafiquants de drogue. Et je crois qu'elle a très vite compris que son mari avait pu être mêlé à ces activités.

— Est-ce qu'elle te l'a dit ?

— Pas explicitement. Mais lorsque je lui ai demandé si Joseph Sizemore consommait des stupéfiants, elle n'a pas protesté à cor et à cri. Elle s'est contentée de me dire en substance qu'elle n'en savait rien.

— Je vois, murmura Lynda. Est-ce que tu lui as aussi parlé de nous ?

— Non. Je n'avais aucune raison de vous compromettre. De cette façon, si elle avait décidé de me renvoyer, vous auriez toujours été dans la place. Pour le moment, le correspondant de Katrina n'a pas mentionné l'existence d'autres agents sous couverture. Peut-être ignore-t-il votre existence, ce qui signifierait qu'il ne s'agit pas d'un flic, en définitive. Peut-être ne voyait-il tout simplement pas l'intérêt de lui parler de vous.

— Au moins, cela nous laisse les mains libres pour poursuivre nos recherches, souligna Ishikawa. Nous allons continuer à surveiller le personnel et à laisser entendre que nous serions intéressés par l'achat de substances, disons, récréatives, histoire d'épicer un peu notre lune de miel…

— Parfait, déclara Dex en se redressant. Dans ce cas, je vais informer Rachel des derniers développements de la situation.

Il ne lui restait plus qu'à espérer que leur supérieur approuverait la décision qu'il avait prise et ne lui retirerait pas cette affaire…

7

Après une nuit agitée, peuplée de cauchemars qui avaient trait pour la plupart à la mort de Joseph et de Roxanne, Katrina décida d'aller marcher un peu le long de la plage de Poipu pour s'éclaircir les idées.

La plage de Poipu ourlait le rivage d'une longue bande de sable doré, face à l'océan qui s'étendait à perte de vue. De beaux rouleaux qui faisaient la joie des surfeurs venus du monde entier montaient infatigablement à l'assaut de la terre avant de se retirer, toujours vaincus mais jamais découragés.

C'était cet endroit dont elle était tombée amoureuse, lorsque Joseph et elle étaient venus ici pour la première fois, des années auparavant.

Suivant les conseils de Dex, Katrina avait demandé à Alyson de l'accompagner. Elle aurait pourtant préféré se retrouver un peu seule pour pouvoir réfléchir au tournant étrange que venait de prendre son existence qu'elle avait crue sans histoires.

L'idée que son hôtel puisse abriter un trafic de drogue la rendait malade. Cela allait à l'encontre de toutes ses valeurs – de tout ce que Joseph et elle avaient essayé de bâtir depuis qu'ils étaient arrivés ici. Et le pire, c'était que son époux s'était peut-être fait assassiner par ces criminels.

Les avait-il surpris en flagrant délit ? Avait-il découvert quelque chose de compromettant pour eux, tout comme Roxanne après lui ?

— Alors ? Est-ce que tu as du nouveau au sujet de cette mystérieuse lettre anonyme ? lui demanda soudain Alyson, l'arrachant à ses pensées.

Katrina s'était abstenue de mentionner l'existence d'un second message. Car son assistante l'aurait sans doute interrogée sur ce qu'il contenait et elle ne voulait pas compromettre la couverture de Dex.

De plus, si elle vouait une entière confiance à Alyson, elle ne tenait pas à courir le risque que celle-ci ne discute de ces événements avec quelqu'un qui aurait pu être mêlé au trafic de stupéfiants.

— Pas encore, répondit-elle. Mais Dex continue à enquêter. Il finira peut-être par découvrir quelque chose. Personnellement, je ne compte pas me rendre malade à cause de ça.

— Tu as bien raison, déclara Alyson avec conviction. Joseph était quelqu'un de bien et je ne vois vraiment pas qui aurait bien pu lui vouloir du mal. Et s'il avait réellement été assassiné, la police s'en serait certainement rendu compte.

Katrina était loin de partager cette analyse. La mort de Roxanne qui enquêtait secrètement sur le trafic de drogue n'était pas un accident. Si Joseph avait également suspecté quelque chose, il avait très bien pu subir le même sort qu'elle.

— Je l'espère, répondit-elle. De toute façon, je n'ai pas d'autre choix que d'attendre les conclusions de Dex en espérant qu'il trouve des réponses définitives.

Alyson hocha la tête et se remit en marche le long de la grève. Alors que Katrina s'apprêtait à la suivre, elle eut une fois de plus la désagréable impression que quelqu'un était en train de l'observer. Le cœur battant à tout rompre, elle chercha l'origine de cette sensation, s'attendant presque à apercevoir l'homme qui l'avait suivie au centre commercial.

— Quelque chose ne va pas ? demanda son assistante qui s'était arrêtée et la considérait avec étonnement.

— Ce n'est rien, lui assura Katrina. J'ai juste…

Elle s'interrompit et haussa les épaules.

— Juste quoi ? s'enquit Alyson.

— Rien…, répondit Katrina en scrutant de nouveau les environs. Je crois juste que tout ceci finit par me rendre nerveuse…

Il y avait peut-être là une part de vérité. L'impression qu'elle venait d'avoir n'était peut-être qu'une manifestation psychosomatique.

— Tu as aperçu quelqu'un ? lui demanda Alyson.

Katrina secoua la tête.

— Non, répondit-elle. Je me disais juste que je ferais peut-être mieux de rentrer à l'hôtel.

Alyson la considéra avec une pointe d'étonnement. Elles avaient initialement prévu de marcher jusqu'à la plage des Naufragés qui n'était plus très éloignée.

— Comme tu voudras, acquiesça-t-elle enfin. Allons-y.

— Tu peux continuer, si tu veux…

Alyson secoua la tête et toutes deux firent demi-tour pour reprendre la direction du Maoli Lodge. Mais tandis qu'elles revenaient sur leurs pas, Katrina ne parvint pas à se débarrasser complètement de la sensation qu'elle avait d'être observée.

Francesca Espanto, le médecin légiste du bureau du coroner pour le comté de Kauai, était une femme d'une petite quarantaine d'années, de petite taille, avec des cheveux blond cendré coupés au carré. De fines lunettes à monture ovale mettaient en valeur ses grands yeux bruns.

— *Aloha*, dit-elle à Dex qu'elle venait de rejoindre dans le hall de l'hôpital.

— *Aloha*, répondit-il.

Il commençait à se familiariser un peu avec les coutumes locales et à apprécier l'ambiance décontractée qui régnait sur cette île. Cela contrastait agréablement avec la dureté qui caractérisait les rapports humains dans une ville aussi tentaculaire que Los Angeles.

— Je suis l'agent spécial Dex Adair, de la DEA, se présenta-t-il en tendant son badge. C'est moi qui vous ai appelée, tout à l'heure.

— Effectivement. Vous vouliez vous renseigner au sujet du décès de Joseph Sizemore, n'est-ce pas ?

— C'est exact. J'aimerais en apprendre un peu plus sur les circonstances de sa mort.

Il savait que, ce faisant, il risquait de mettre à mal les certitudes de Katrina. Mais il pressentait aussi qu'elle voudrait connaître la vérité, si difficile soit-elle à encaisser. Katrina lui avait prouvé qu'elle n'appréciait guère le mensonge et les faux-semblants.

— Très bien, lui dit Francesca Espanto. Suivez-moi, je vous prie.

Dex la suivit jusqu'à un petit bureau meublé dans un style résolument moderne. Il prit place face à elle et elle consulta l'ordinateur qui était posé sur son bureau.

— Officiellement, M. Sizemore est mort noyé, déclara-t-elle au bout de quelques instants. Si je comprends bien, il se trouvait à bord d'un kayak qui a été renversé par une vague. Il est tombé à l'eau et a été emporté. Il ne s'agirait donc que d'un malheureux accident.

— A-t-on retrouvé des traces de drogue dans son organisme ? s'enquit Dex.

— Effectivement, reconnut le Dr Espanto. L'analyse toxicologique révèle la présence de fentanyl et de méthamphétamine en quantité non létale.

Dex fronça les sourcils. La simple présence de ces produits allait à l'encontre de ce que Katrina lui avait dit au sujet de la consommation de stupéfiants de son mari.

— Est-ce que quelqu'un pourrait avoir administré ces drogues à Joseph Sizemore dans l'espoir de provoquer un malaise et une noyade ? interrogea-t-il.

— Je ne peux spéculer sur les intentions d'un hypothétique assassin, remarqua prudemment le Dr Espanto. Je peux vous dire que la quantité de drogue que Joseph Sizemore avait ingérée n'aurait pas suffi à le tuer. En revanche, elle aurait très bien pu suffire à lui faire perdre connaissance, ce qui aurait effectivement pu entraîner la noyade dont il a été victime.

Dex réfléchit durant quelques instants aux implications de ce diagnostic.

— Se pourrait-il qu'il s'agisse d'un suicide ? demanda-t-il enfin. Peut-être même d'une façon de se préparer à un suicide par noyade, une façon de surmonter sa peur, par exemple, de faciliter la transition…

Clayton Pietz lui avait fait part des difficultés financières auxquelles Sizemore se trouvait confronté. Se pouvait-il qu'elles l'aient conduit à se supprimer ? Et avait-il décidé de maquiller ce suicide en accident, de façon que Katrina puisse toucher l'argent de l'assurance et sauver leur hôtel ?

— Tout est possible, concéda le Dr Espanto. Mais, encore une fois, il ne me revient pas de spéculer sur l'état d'esprit des victimes. Je ne peux vous donner mon avis qu'en tant que médecin.

— Je comprends parfaitement, acquiesça Dex. Et je vous remercie d'avoir bien voulu prendre le temps de répondre à mes questions.

— *Mahalo*. Je suis là pour cela. N'hésitez pas à me recontacter si vous avez besoin de précisions supplémentaires.

— Je n'y manquerai pas. *Mahalo*, docteur.

En avisant l'expression qui se peignait sur le visage de Dex, lorsqu'il pénétra dans son bureau, Katrina comprit que les nouvelles qu'il avait à lui annoncer n'étaient probablement pas très réjouissantes.

Elle savait pourtant qu'elle allait devoir y faire face si elle voulait assurer l'avenir du Maoli Lodge et de tous ceux qui y travaillaient et qui comptaient sur elle.

— Qu'avez-vous découvert ? demanda-t-elle gravement lorsque Dex eut pris place en face d'elle.

— Je me suis entretenu avec le médecin légiste qui a examiné le corps de votre mari, déclara-t-il. Elle m'a confirmé que la mort était bien due à une noyade et qu'il s'agissait d'un accident…

Le ton de Dex laissait entendre que les choses étaient peut-être un peu plus compliquées que cela.

— L'analyse sanguine a cependant prouvé que votre époux avait ingéré du fentanyl et de la méthamphétamine peu de temps avant sa mort.

Katrina le considéra avec stupeur. Joseph lui avait-il menti ? Avait-il continué à prendre des médicaments sans le lui dire ? Pourquoi le lui avait-il caché ? Avait-il craint qu'elle ne le juge ?

— Je suis désolé, lui dit Dex d'une voix très douce.

— Moi aussi, soupira-t-elle. Comme je vous l'avais dit, je savais qu'il avait consommé du fentanyl. Et je pensais qu'il avait arrêté. En revanche, j'ignorais qu'il ait pu consommer aussi de la méthamphétamine… Mais on dirait que je ne connaissais peut-être pas Joseph aussi bien que je le pensais.

— Peut-être cherchait-il juste à vous protéger en gardant le silence, suggéra Dex.

— Peut-être, concéda-t-elle. Mais ce n'est pas la façon dont je vois les relations de couple. Lorsque l'on vit avec quelqu'un, on doit pouvoir lui faire confiance, se montrer honnête envers lui…

Elle s'interrompit, embarrassée.

— Je suis désolée, s'excusa-t-elle. Vous n'êtes pas venu pour m'entendre me plaindre de mon mari.

— Je comprends que tout ceci soit terriblement difficile à entendre, répondit-il d'une voix très douce.

Katrina prit une profonde inspiration, s'efforçant de chasser la frustration qu'elle éprouvait.

— Pensez-vous que Joseph ait pu absorber ces drogues involontairement ? Qu'on ait pu les lui faire avaler sans même qu'il en ait conscience ?

— C'est une possibilité, reconnut Dex. Très franchement, je crois qu'il n'y a qu'une façon d'en avoir le cœur net…

— Laquelle ?

— Eh bien, votre mari se trouvait en compagnie de Larry Nakanishi, au moment où il a consommé ces produits. Ce dernier doit savoir s'il l'a fait de son plein gré ou si quelqu'un a eu l'occasion de les lui faire ingérer contre sa volonté.

— Il n'a pas parlé de drogue, lorsque nous sommes allés le voir.

Dex hocha la tête.

— C'est la raison pour laquelle il figure toujours sur ma liste de suspects, à l'heure actuelle.

— Vous pensez vraiment qu'il aurait pu essayer de tuer Joseph ?

— Peut-être avait-il des raisons de le faire. Très franchement, lorsqu'il est question de drogue, les gens apparemment les plus inoffensifs peuvent perdre toute notion du bien et du mal.

— Vous devriez peut-être aller le réinterroger, suggéra Katrina.

— Je pense qu'il vaut mieux que ce soit vous qui le fassiez, répondit-il. C'est même l'une des raisons de ma présence ici. Vous connaissez Larry depuis longtemps et vous serez mieux à même d'interpréter ses réactions. De plus, il se montrera peut-être plus communicatif avec la veuve de Joseph qu'avec un détective privé.

— Très bien, répondit Katrina. Allons-y, dans ce cas.

— Je pense que vous pourriez vous contenter de l'appeler en visio, proposa Dex. Demandez-lui s'il savait que votre mari se droguait et nous verrons bien comment il réagit.

— D'accord.

Katrina activa son téléphone portable et chercha le numéro de Larry avant d'enclencher un appel vidéo. Pendant ce temps, Dex s'était levé et avait contourné le bureau, se plaçant de façon à pouvoir regarder l'écran sans être vu de leur interlocuteur.

Au bout de deux sonneries, Larry décrocha et son visage apparut à l'écran.

— *Aloha*, Katrina, la salua-t-il avec un sourire qui paraissait un brin forcé. Que puis-je faire pour toi ?

— Est-ce que tu savais que Joseph avait pris de la méthamphétamine et du fentanyl, le jour où il est mort ?

Elle le vit sursauter et avisa distinctement la culpabilité qui passa dans son regard.

— Je savais pour la méthamphétamine, avoua-t-il. Nous en avons pris tous les deux avant de partir faire du kayak, histoire de nous donner un peu plus de sensations… Je ne savais pas qu'il prenait encore du fentanyl, en revanche.

— Depuis combien de temps Joseph prenait-il de la méthamphétamine ? s'enquit Katrina en s'efforçant de dominer la colère qui bouillonnait en elle.

— Depuis que je le connais, il en a toujours consommé, répondit Larry. Il disait que c'était pour atténuer sa douleur au dos mais, entre nous, je pense qu'il était devenu accro.

Katrina sentit son cœur se serrer. Visiblement, la distance qui s'était creusée entre Joseph et elle, à la fin de leur relation, était bien plus grande encore qu'elle n'avait pu l'imaginer.

— Sache que ces drogues ont probablement contribué à sa mort, déclara-t-elle d'un ton légèrement accusateur.

— Si tel est le cas, j'en suis navré, répondit Larry. Mais ce n'est pas ma faute. Joseph était un adulte responsable et il ne m'a jamais demandé mon avis.

Dex attira alors l'attention de Katrina, lui faisant signe de lui passer le téléphone.

— Larry, il y a quelqu'un qui aimerait te parler, lui dit-elle.

Avant qu'il ait eu le temps de lui répondre, Dex s'était emparé de l'appareil.

— Où Sizemore s'est-il procuré la méthamphétamine qu'il a consommée, le jour de sa mort ? demanda-t-il sans autre forme de procès.

— Auprès d'un gars que nous connaissions, éluda Larry.

— Ce n'est pas une réponse, Nakanishi, rétorqua Dex d'une voix menaçante. Il me faut un nom.

Larry se renfrogna.

— Je préfère vous prévenir, lui dit alors Dex. J'ai des amis qui travaillent pour la DEA, et si vous refusez de me dire qui vous a vendu cette drogue, je me ferai un plaisir de leur parler de vous. Tôt ou tard, vous les verrez débarquer chez vous ou au magasin. Êtes-vous sûr de vouloir courir un tel risque ?

— Très bien, soupira Larry, vaincu. Le type en question s'appelle Julio.

— Julio comment ?

— Juste Julio. Je ne connais pas son nom de famille.

— À quoi est-ce qu'il ressemble ?

— Il est plutôt petit, râblé, avec des cheveux et des yeux noirs, un bouc et un teint assez mat…

Ce portrait ne correspondait malheureusement pas à l'homme qui avait suivi Katrina au centre commercial.

— Où puis-je le trouver ? demanda encore Dex.

— Je ne sais pas, répondit Larry. Il a disparu de la circulation, il y a quelques mois. Peut-être est-il parti pour Oahu. En tout cas, ça m'a donné une raison supplémentaire d'arrêter la méthamphétamine, après la mort de Joseph. Je n'y ai plus retouché depuis.

— Je l'espère pour vous, répondit Dex. Cette drogue est une véritable saleté, l'une des pires qui soit avec le crack. Mais puisque je vous ai en ligne, je voulais vous reposer la question que nous vous avons posée la dernière fois, à la boutique. Il y a toujours un homme qui espionne Katrina. Vous êtes vraiment sûr que vous ne voyez pas de qui il peut s'agir ?

Dex répéta la description qu'elle lui avait faite de son poursuivant.

— Je suis désolé, mais, comme je vous l'ai dit, je ne vois pas du tout de qui il pourrait bien s'agir, leur assura Larry qui paraissait sincère.

— Très bien, conclut Dex. Si vous apprenez quoi que ce soit au sujet de ce Julio, n'hésitez pas à appeler Katrina, d'accord ?

— Je le ferai, acquiesça Larry. Mais ne vous faites pas trop d'illusions : quelque chose me dit qu'il est parti pour de bon…

Après avoir raccroché, Dex rendit à Katrina son téléphone.

— Il y a une éventualité que nous n'avons pas abordée, lui dit-il d'un ton presque solennel. Mais j'ai bien peur qu'il ne me faille vous poser la question. Pensez-vous qu'il aurait pu s'agir d'un suicide ?

Katrina le considéra d'un air stupéfait. Elle ne s'était vraiment pas attendue à une telle éventualité. Elle ouvrit la bouche pour protester vivement mais la referma aussitôt. Qui sait combien de choses encore Joseph avait bien pu lui cacher ? Pouvait-elle réellement affirmer quoi que ce soit à son sujet ?

— Cela pourrait expliquer qu'il ait pris un cocktail de fentanyl et de méthamphétamine juste avant de partir en mer, reprit Dex.

— Je…, hésita Katrina. Je ne sais pas… Si vous m'aviez posé la question, il y a encore une semaine, je vous aurais dit sans hésiter que c'était impossible, que Joseph n'aurait jamais pu faire une chose pareille... Mais entre ces lettres et ce que vient de nous dire Larry, j'avoue que je ne suis plus sûre de rien.

— Au cours de leur enquête, mes collègues de la police de Kauai ont découvert que Joseph avait des problèmes d'argent. Est-ce que vous êtes au courant ?

— Eh bien... Nous avons effectivement dû affronter pas mal de difficultés, comme la plupart des hôteliers au cours de ces dernières années. Cela n'a pas toujours été facile, bien sûr, mais nous sommes toujours parvenus à nous en sortir. Et nous n'avons licencié personne.

— Il se pourrait que Joseph ait accepté de participer au trafic de drogue sur lequel j'enquête, ou, à tout le moins, de fermer les yeux. Cela lui aurait permis de trouver les fonds pour faire face aux difficultés auxquelles vous venez de faire allusion. Cela lui aurait également permis de financer sa propre consommation. Et cela pourrait expliquer pourquoi il s'est fait tuer. Peut-être était-il devenu trop gourmand. Peut-être avait-il décidé de mettre fin à sa collaboration avec le cartel. Ou peut-être se sentait-il piégé. Il a pu décider d'en finir, ce qui vous permettrait de toucher l'argent de l'assurance et de solder vos dettes une fois pour toutes...

— Il avait effectivement souscrit une assurance vie, reconnut Katrina d'une voix blanche. Et elle m'a bien permis de liquider un certain nombre de dettes que nous avions contractées.

Katrina se mordit la lèvre inférieure, luttant contre les larmes qui menaçaient de la submerger. Elle aurait voulu trouver les objections qui lui seraient naturellement venues à l'esprit, quelques jours seulement auparavant.

Mais toutes ses certitudes semblaient s'être évanouies, laissant place à un doute abyssal.

Quel genre d'homme avait réellement été Joseph Sizemore ? Connaissait-elle vraiment l'homme avec lequel elle avait été mariée durant plus de sept ans ? Quels secrets allait-elle encore découvrir à son sujet ?

— J'ai du mal à croire que l'homme que j'ai connu, que j'ai aimé, ait pu se compromettre de cette façon. Mais j'ai bien conscience du fait qu'il me cachait des choses, des choses importantes… Il ne m'avait pas parlé de ses problèmes de drogue. Peut-être a-t-il également minimisé la gravité de notre situation financière. C'était lui qui s'occupait des comptes. Peut-être a-t-il estimé nécessaire de pactiser avec ces gens… Et peut-être s'est-il senti dépassé par la situation…

Elle secoua la tête.

— Je ne sais plus quoi penser, avoua-t-elle. C'est un véritable cauchemar. Mais je suis plus décidée que jamais à aller jusqu'au bout. Je ferai tout mon possible pour découvrir ce qui s'est réellement passé.

— C'est précisément ce que vous faites en collaborant à cette enquête, souligna Dex.

— Mais ce n'est pas suffisant, déclara Katrina avec conviction. Si Joseph a vraiment fait du tort à quelqu'un, je veux essayer de le réparer.

— C'est tout à votre honneur. Malheureusement, pour le moment, nous ignorons ce qui s'est réellement passé…

— Mais il y a peut-être quelqu'un qui peut nous en dire un peu plus.

— Qui donc ? s'enquit Dex, curieux.

— Gordon Guerrero, notre chef barman. C'était l'un des meilleurs amis de Joseph.

— Dans ce cas, nous devrions sans doute lui rendre une petite visite, déclara Dex en se redressant. Avec un peu de chance, il aura peut-être recueilli les confidences de votre mari…

8

Ce qui étonnait le plus Dex, dans cette affaire, c'était le fait que Joseph Sizemore ait pu sciemment gâcher sa vie alors qu'il avait la chance de la partager avec une femme comme Katrina. Qu'est-ce qui avait bien pu le pousser à se droguer ? Bien sûr, Dex n'était pas naïf. Cela faisait suffisamment longtemps qu'il travaillait pour la DEA pour savoir que les choses n'étaient jamais aussi simples.

La plupart de ceux qui devenaient dépendants aux stupéfiants souffraient en réalité de fêlures bien plus profondes. La drogue leur offrait une fuite en avant qui se terminait de façon presque toujours dramatique.

Dans le cas de Joseph, l'issue avait été fatale. Restait à savoir si c'était de son propre fait ou si quelqu'un l'avait assassiné. Avait-il décidé d'en finir ? Ou bien avait-il été victime des trafiquants qui avaient tué Roxanne ? Pour le moment, rien ne leur permettait de le dire. Mais Dex était bien décidé à aller jusqu'au bout de cette enquête.

Cela aiderait Katrina à faire son deuil, à tourner une fois pour toutes cette page de son existence. Elle méritait de trouver une forme de paix.

Lorsque tous deux arrivèrent au Kahiko Lounge, Gordon Guerrero était à pied d'œuvre. Il était en train de déballer des bouteilles d'alcool fort qu'il venait de recevoir et qu'il disposait sur les étagères situées derrière son bar.

Le premier contact de Dex avec lui n'avait pas été particulièrement cordial. Par acquit de conscience, il avait vérifié le casier judiciaire de Guerrero mais n'avait trouvé qu'une arrestation pour conduite en état d'ivresse qui remontait à cinq ans. Rien ne suggérait que le barman puisse arrondir ses fins de mois en revendant de la drogue.

S'il fallait en croire Katrina, Guerrero n'avait pas un mauvais fond. Et il avait été un ami proche de Joseph. Peut-être détenait-il les clés qui leur permettraient de comprendre ce qui était vraiment arrivé à ce dernier.

— Salut, s'exclama la jeune femme.

Gordon se tourna vers elle. Son sourire se figea lorsqu'il découvrit Dex qui se tenait juste derrière elle.

— Salut, répondit-il.

— Est-ce qu'on pourrait discuter ? lui demanda-t-elle.

Gordon posa sur le bar une bouteille de whisky et leur désigna les tabourets qui se trouvaient en face de lui. Katrina et Dex y prirent place.

— Qu'est-ce que je peux faire pour vous ? leur demanda-t-il.

— Nous avons besoin d'informations.

— Quel genre d'informations ?

— Au sujet de Joseph. T'avait-il fait part de soucis d'ordre financier qu'il aurait pu avoir ?

Gordon hocha la tête.

— Ça lui arrivait de temps en temps, reconnut-il. Mais j'imagine que tu en sais quelque chose. Pourquoi cette question ?

— Nous essayons de déterminer si Joseph ne se serait pas mis dans de sales draps pour tenter de s'en sortir.

— Des sales draps ? Qu'est-ce que tu veux dire par là, exactement ? s'enquit Gordon en ramassant un chiffon avec lequel il commença à essuyer son bar.

Dex se demanda s'il fallait y voir un acte machinal ou un signe de nervosité.

— Sais-tu si Joseph vendait de la drogue, que ce soit au Maoli Lodge ou ailleurs ? demanda Katrina au barman.

— Non, répondit-il un peu précipitamment. Pas que je sache, en tout cas. Qu'est-ce qui te fait penser une chose pareille ?

— Le fait que l'on a retrouvé des traces de stupéfiants dans son sang, le jour de sa mort. D'après le médecin légiste, il avait consommé du fentanyl et de la méthamphétamine. Il avait donc accès à de telles substances. De là à penser qu'il aurait pu en vendre pour résoudre ses problèmes financiers, il n'y a qu'un pas. Et si c'est le cas, je dois absolument le savoir.

Gordon fronça légèrement les sourcils.

— Même si ça avait été le cas, qu'est-ce que cela changerait ? objecta-t-il. Joseph est mort…

— C'est vrai. Mais cette histoire n'est pas terminée pour autant : comme je te l'ai dit, la personne qui m'a envoyé cette lettre anonyme est convaincue que Joseph a été assassiné. Et en se renseignant discrètement, Dex a découvert que la police enquêtait actuellement sur un réseau de trafiquants qui sévit à Kauai. Apparemment, certaines de leurs transactions seraient conclues dans l'enceinte du Maoli Lodge. Je dois savoir si Joseph a été impliqué dans ces histoires.

Dex ne put s'empêcher d'admirer la façon dont Katrina

avait tourné les choses. Certes, elle avait peut-être livré un peu plus d'informations que lui-même ne l'aurait fait, mais son plaidoyer était très convaincant. Et il avait le mérite de renforcer encore un peu sa propre couverture.

— Joseph n'a jamais laissé entendre qu'il revendait de la drogue, déclara Gordon. C'est vrai : il en consommait. Mais c'était uniquement pour son usage personnel. Et jamais il n'aurait compromis le Maoli Lodge. Cet établissement comptait plus que tout à ses yeux. Et il savait à quel point tu y étais attachée.

Gordon parut hésiter avant de reprendre.

— En revanche, ajouta-t-il, tu as raison sur un point : Joseph avait des problèmes d'argent. Il s'était lourdement endetté. C'était arrivé à un tel point que sa banque refusait de lui consentir le prêt dont il avait désespérément besoin pour renflouer les caisses de l'hôtel. Il m'a même demandé si je ne connaîtrais pas quelqu'un qui pourrait lui avancer la somme…

— Ne me dis pas qu'il a eu recours à un usurier, murmura Katrina.

Il était évident qu'elle n'avait jamais entendu parler de cette histoire.

— Est-ce que Joseph a fait appel aux services de l'usurier en question ? s'enquit Dex.

— Je sais qu'il est allé le voir, répondit Gordon. J'ignore s'ils ont fait affaire.

— Pouvez-vous me donner ses coordonnées ?

Gordon sortit son téléphone portable et les lui dicta. Après avoir échangé encore quelques mots avec le barman, Katrina et Dex quittèrent le Kahiko Lounge.

— Je vais aller voir cet usurier, déclara Dex. Je tâcherai de découvrir si Joseph lui a emprunté de l'argent. Cela tendrait au moins à confirmer qu'il n'a pas eu recours au trafic de drogue pour tenter de se refaire. Mais dans ce cas, nous devons savoir s'il est parvenu à rembourser cette somme. Car si tel n'est pas le cas, cet usurier risque de se tourner vers vous, maintenant que votre mari est mort…

Katrina ne put réprimer un petit gémissement.

— J'ai l'impression d'avoir ouvert une vraie boîte de Pandore, soupira-t-elle.

Dex éprouva un brusque élan de sympathie envers elle : au fil des dernières heures, toutes ses certitudes au sujet de son défunt mari s'étaient trouvées mises à mal.

— Je vous accompagne, déclara-t-elle alors.

— Je ne pense pas que ce soit une bonne idée, objecta-t-il.

Il n'était pas censé mêler un civil à une investigation en cours – a fortiori la veuve de l'un des principaux suspects.

— Ce n'est pas négociable, déclara Katrina d'un ton presque farouche. Joseph était mon mari et je veux savoir dans quel guêpier il est allé se fourrer. J'irai voir cet homme avec ou sans vous.

Dex ne pouvait qu'admirer le courage et la détermination dont elle faisait preuve en de telles circonstances. C'était une facette de sa personnalité qu'il n'avait qu'entrevue, jusqu'alors. Mais elle ne l'étonnait pas outre mesure : il suffisait de voir la façon dont elle gérait cet hôtel pour comprendre que Katrina était une femme de tête. Et cela ne la rendait que plus désirable à ses yeux.

Katrina proposa à Dex qu'ils prennent sa voiture et il accepta sans hésiter sous réserve qu'elle accepte de laisser monter Barnabas à l'arrière. Ce dernier s'installa confortablement sur la banquette, et tous trois quittèrent le Maoli Lodge pour prendre la direction de la ville de Kapaa où se trouvaient les bureaux du mystérieux usurier auquel Joseph semblait avoir fait appel.

Elle était bien décidée à comprendre les tenants et les aboutissants de ce supposé emprunt. Car la comptabilité de l'hôtel qu'elle avait épluchée au cours de ces derniers mois ne laissait pas apparaître de déficit alarmant. Et elle ne pouvait s'empêcher de se demander si Joseph n'avait pas trafiqué les comptes.

Se pouvait-il qu'il ait tenu à son insu une double comptabilité qui lui avait permis de dissimuler l'ampleur du problème ? Jamais elle n'aurait pu imaginer une chose pareille, mais les révélations en cascade auxquelles elle venait de se trouver confrontée avaient érodé toutes ses certitudes, laissant place au doute et à la défiance.

Elle se refusait pour le moment à réfléchir aux implications émotionnelles de ces événements. Ce n'était pas le moment de s'appesantir sur le tissu de mensonges et de faux-semblants sur lequel avait été bâti son mariage. Pour l'instant, tout ce qui importait, c'était de parer au plus pressé et de limiter les dégâts.

— Est-ce que vous tenez le coup ? lui demanda Dex qui avait dû percevoir la tension qui l'habitait.

— Tout dépend de ce que nous apprendrons chez cet usurier, j'imagine.

— Je comprends. Sachez en tout cas que, quoi que nous puissions découvrir dorénavant, vous pouvez compter sur moi pour témoigner en votre faveur. Je suis désormais convaincu que vous n'êtes pour rien dans toute cette histoire.

— *Mahalo*, répondit-elle en lui adressant un pâle sourire. Mais ce n'est pas tout à fait vrai.

— Que voulez-vous dire ? s'enquit Dex, étonné.

— Que j'ai péché par naïveté, à tout le moins, répondit-elle d'une voix amère. Je n'ai rien vu, rien deviné…

— Vous n'avez rien à vous reprocher, croyez-moi. Les toxicomanes ont l'art de tromper les gens qui les entourent, y compris et peut-être même particulièrement leurs proches. Dans le cadre de mon travail, j'ai vu des dizaines de gens tomber des nues en apprenant que leur fils, leur frère ou leur petit ami se droguaient régulièrement.

Katrina crut percevoir une pointe d'amertume dans sa voix et se demanda s'il avait vécu quelque chose de semblable. Elle se rendit alors compte qu'elle ne savait quasiment rien de lui – en dehors du fait qu'il travaillait pour la DEA. Il aurait tout aussi bien pu être marié et avoir six enfants.

— Joseph était mon mari, lui dit-elle. J'espérais pouvoir lui faire confiance. Est-ce que vous êtes marié, Dex ?

Il lui lança un regard étonné.

— Non, répondit-il.

Il hésita quelques instants avant de poursuivre.

— Mais je comprends ce que vous ressentez, lui dit-il. J'ai eu une petite amie que j'ai très sérieusement envisagé de demander en mariage…

— Que s'est-il passé ? ne put-elle s'empêcher de lui demander.

— Elle m'a trompé avec l'un de mes amis, répondit-il. Moi non plus, je ne m'étais douté de rien. Et je me suis senti totalement stupide, après coup. Mais avec le temps, j'ai compris que ce n'était pas à moi de me remettre en question. Ce sont ceux qui trompent notre confiance qui devraient le faire.

— Et aujourd'hui ? lui demanda-t-elle. Est-ce qu'il y a quelque qui vous attend à la maison ?

Il secoua la tête.

— Ces derniers temps, je me suis consacré presque exclusivement à mon travail. C'était peut-être une façon de conjurer le mauvais sort…

— Ce n'est pas une fatalité, vous savez. Je suis sûre que vous retrouverez quelqu'un.

Leurs regards se croisèrent et Katrina ne put s'empêcher de rougir.

— Vous aussi, répondit-il. Le jour où vous serez prête…

Elle se demanda si c'était une façon de lui faire comprendre qu'il était intéressé. Si tel était le cas, serait-elle vraiment prête à franchir le pas ? Elle ne pouvait nier le fait qu'elle se sentait très attirée par Dex Adair. Il émanait de lui un mélange de charme et d'intelligence auquel il était difficile de résister.

Mais il avait raison : elle avait sans doute besoin de temps pour tourner la page, pour faire le deuil d'un mariage dont elle commençait seulement à s'avouer qu'il n'avait pas été à la hauteur de ses espérances.

Tous deux demeurèrent silencieux, plongés dans leurs pensées respectives, jusqu'à ce qu'ils atteignent enfin la ville de Kapaa, célèbre pour son sentier de randonnée qui permettait de rallier la majestueuse cascade de Ho'olalaea, haute de plus de quarante-cinq mètres.

Suivant les instructions de son GPS, Katrina ne tarda pas à rejoindre la boutique d'un prêteur sur gages appelée Cash Express. Dex et elle descendirent de voiture et se dirigèrent vers la porte. Le magasin dans lequel ils pénétrèrent ne payait pas de mine. Le long des étagères était disposé un bric-à-brac d'objets les plus divers que l'on n'avait visiblement pas cherché à mettre en valeur.

Il paraissait évident que ce commerce servait seulement de couverture aux activités nettement moins légales – mais probablement nettement plus lucratives – du propriétaire des lieux.

Un homme aux cheveux poivre et sel et à la barbe grise était assis derrière le comptoir et étudiait l'écran d'un ordinateur sur lequel s'alignaient des colonnes de chiffres. Lorsqu'il les vit entrer, un mélange d'étonnement et de curiosité fit briller son regard bleu-gris.

— *Aloha*, leur dit-il. Que puis-je faire pour vous ?

— Êtes-vous Philip Shepherd ? lui demanda Dex.

— En effet. À qui ai-je l'honneur ?

— Je suis l'agent spécial Dex Adair, de la DEA, déclara son compagnon en présentant son badge.

Elle ne s'était pas attendue à ce qu'il se présente sous sa véritable identité, mais c'était probablement une façon de mettre d'emblée la pression sur leur interlocuteur.

— Je vous présente Katrina Sizemore, la veuve de Joseph Sizemore. Il semblerait que ce dernier ait pris contact avec vous pour contracter un emprunt.

— Si c'était le cas, je ne pourrais pas vous en parler, déclara Shepherd. Je suis tenu à une certaine confidentialité.

— Dans ce cas, je ferais une exception, si j'étais vous, déclara posément Dex. Joseph Sizemore se trouvait peut-être mêlé à un trafic de drogue sur lequel je suis chargé d'enquêter. Si cet emprunt a servi à acheter des stupéfiants, je pourrais vous considérer comme un complice. Même si cette accusation n'est pas retenue par le tribunal, en fin de compte, la DEA et le FBI auront le temps d'éplucher tous vos comptes. Et s'ils présentent la moindre irrégularité, je vous promets que nous ne la laisserons pas passer…

— D'accord, d'accord ! s'exclama Shepherd. Pas besoin d'en venir aux menaces. Je suis prêt à collaborer. Mais le nom ne me dit rien. Laissez-moi vérifier.

Il ferma son tableur et ouvrit une base de données qui devait contenir la liste de ses clients et les prêts qu'il leur avait accordés.

— Joseph Sizemore, lui rappela Katrina. Il a dû venir vous voir, au cours de l'année dernière.

— Je n'ai aucun client sous ce nom, déclara Shepherd au bout de quelques instants. Auriez-vous une photo de votre mari ?

Katrina sortit son portable et ouvrit la galerie de photos pour sélectionner l'une des dernières qu'elle avait de Joseph. Elle avait été prise dans les jardins du Maoli Lodge et son mari arborait un large sourire. Comment aurait-elle pu deviner alors que cette expression décontractée cachait tant de mensonges ?

— C'est lui, murmura-t-elle en tendant le téléphone à Shepherd.

Ce dernier considéra le cliché durant quelques instants avant de hocher la tête.

— Je me souviens de lui, en effet. Il est bien venu à la boutique, mais il n'a jamais contracté d'emprunt.

— Pourquoi ? s'enquit Dex.

— Il avait besoin de cinquante mille dollars, répondit Shepherd. C'est une somme assez conséquente. Et lorsque je lui ai dit combien ça lui coûterait, il a refusé tout net.

— Vous en êtes vraiment sûr ? insista Katrina, le cœur au bord des lèvres.

— Absolument certain. Votre mari m'a dit qu'il allait se débrouiller autrement. Il me semble qu'il a parlé d'actions qu'il pourrait revendre pour couvrir ses dettes. Et puis, il est parti. Je ne l'ai jamais revu depuis.

Dex avait pris congé de Shepherd en prenant soin de lui laisser sa carte de visite au cas où un détail lui reviendrait en mémoire. Ils ressortirent ensuite sur le parking.

— Si Joseph a bien vendu ces actions, nous devrions facilement pouvoir retrouver la trace de cette transaction, déclara Dex.

Katrina hocha la tête. Elle aurait sans doute dû se féliciter que Joseph n'ait pas emprunté de l'argent à Shepherd – et plus encore qu'il ne se soit pas impliqué dans ce trafic de drogue. Mais elle avait beaucoup de mal à lui pardonner le fait qu'il ne lui avait jamais fait part de toutes ces démarches.

— C'est plutôt rassurant, vous savez, reprit Dex. Cela tendrait à indiquer que votre mari n'a pas fait affaire avec le cartel comme nous avions pu le craindre.

— Je sais, soupira-t-elle. Ce que je ne comprends pas, c'est pourquoi il a jugé bon de me cacher tout ça…

— S'il avait besoin de cet argent pour s'acheter de la drogue, il avait peut-être honte de vous le dire, suggéra Dex tandis que tous deux prenaient place dans la voiture de Katrina.

Elle quitta le parking et reprit la direction du Maoli Lodge sans parvenir à chasser le sentiment de frustration qui l'habitait.

— Tout cela ne nous dit pas ce que cherche la personne qui m'a envoyé cette lettre anonyme, déclara-t-elle au bout d'un moment. J'imagine qu'elle ne comptait pas uniquement me faire prendre conscience de la duplicité de mon mari.

— Excellente question, murmura Dex, songeur.

D'autant que ce que nous avons découvert tendrait à prouver que Joseph n'a pas été mêlé au trafic… Il reste évidemment la possibilité qu'il ait été assassiné justement parce qu'il refusait de collaborer avec le cartel. Ou alors, votre mystérieux correspondant cherche délibérément à vous lancer sur une fausse piste. Toute la question serait alors de savoir ce qu'il cherche à dissimuler…

9

— Katrina ? fit Alyson en passant la tête par l'embrasure de la porte de son bureau. L'employé de la maintenance de la piscine est arrivé. Tu m'avais demandé de te prévenir quand ce serait le cas.

— Merci, répondit Katrina en reposant le livre de comptes qu'elle était en train de parcourir. Je vais aller lui parler.

— Est-ce que tout va bien ? lui demanda son assistante en fronçant les sourcils. Tu ne sembles vraiment pas dans ton assiette, aujourd'hui.

— Je vais bien, je t'assure, lui promit Katrina.

Elle ne voulait surtout pas inquiéter inutilement Alyson. D'autant que celle-ci ne pouvait pas faire grand-chose pour l'aider à résoudre les problèmes auxquels elle se trouvait confrontée, ces derniers temps.

— J'ai juste un peu de mal à me concentrer, aujourd'hui, avoua-t-elle.

— Ça m'arrive aussi, acquiesça Alyson.

— Comment s'appelle le type de la maintenance ?

— Neeson. Marc Neeson.

— Merci. J'espère qu'il sera aussi compétent que Wendy.

— Personne ne peut être aussi compétent que Wendy, répondit Alyson en souriant.

Katrina ne pouvait lui donner tort : Wendy Holokai avait un don pour la mécanique et, loin de se cantonner à l'entretien de la piscine dont elle avait la charge, elle avait réparé au fil des années un nombre incalculable de choses, des machines à expresso aux aspirateurs en passant par le moteur du petit Zodiac de l'hôtel.

Mais elle avait décidé récemment de prendre sa retraite pour aller vivre auprès de sa fille sur la grande île d'Hawaï. Et Katrina avait dû se résigner à lui chercher un successeur. Quittant le bureau, elle traversa le hall de réception pour emprunter la porte qui donnait sur l'arrière de l'hôtel.

En approchant de la piscine, elle aperçut de loin un homme qui portait un bleu de travail et se tenait près de la *poolhouse* qui abritait la pompe de filtration de la piscine.

— Monsieur Neeson ? l'appela-t-elle en se rapprochant de lui.

Il se retourna et Katrina se figea sur place, le cœur battant la chamade. Un brusque accès de panique la submergea, la faisant violemment frissonner.

— C'est vous ? balbutia-t-elle.

— Moi ? répéta-t-il.

— Qu'est-ce que vous me voulez au juste ?

Il la considéra avec une pointe de stupeur et elle prit alors conscience que, contrairement à ce qu'elle avait pensé initialement, ce n'était pas l'homme qu'elle avait vu au centre commercial.

Certes, tous deux se ressemblaient beaucoup. Mais Neeson était un peu plus grand, moins athlétique et son nez était différent.

— Je suis là pour la piscine, lui dit-il, visiblement décontenancé. Marc Neeson. Nous nous sommes parlé au téléphone…

— Monsieur Neeson, oui, bien sûr, bredouilla Katrina en se sentant rougir. Je suis vraiment désolée, je vous avais pris pour quelqu'un d'autre.

— Ce n'est rien, lui assura-t-il, presque aussi gêné qu'elle. Je ne voulais pas vous faire peur.

— Ce n'est pas votre faute, répondit Katrina en lui tendant la main. Katrina Sizemore, je suis la propriétaire de cet hôtel.

Il serra la main qu'elle lui tendait et parut se détendre un peu.

— C'est un très bel endroit que vous avez là, madame Sizemore.

— *Mahalo*, répondit-elle.

Plus elle discutait avec Neeson et moins la ressemblance avec l'homme du centre commercial lui paraissait évidente. Et elle se demanda avec une pointe d'inquiétude si, au fond, Alyson n'avait pas raison de s'inquiéter pour elle. Peut-être ferait-elle mieux de s'accorder un ou deux jours de repos, le temps que Dex découvre qui était son mystérieux correspondant et ce qu'il lui voulait au juste.

— Le dealer en question s'appelle Julio…

Lynda s'agenouilla pour récupérer la balle que Barnabas venait de lui rapporter et la relança. Dex suivit des yeux le golden retriever tandis qu'il s'élançait en courant à travers le verger.

— Est-ce que Larry t'a donné d'autres précisions, à son sujet ? demanda la jeune femme.

— Il m'a seulement dit que ce Julio avait probablement

quitté l'île récemment. Mais si c'est bien lui qui fournissait à Sizemore les drogues qu'il consommait, il a très bien pu lui vendre des échantillons surdosés, que ce soit par accident ou parce qu'on lui avait demandé de le faire… Il pourrait également nous en dire un peu plus sur les activités du cartel et sur le rôle que joue le Maoli Lodge dans cette affaire.

— Nous allons devoir mettre la main sur ce fameux Julio, acquiesça Lynda en récupérant de nouveau la balle de Barnabas.

Elle la tint à bout de bras pour forcer le chien à sauter et Barnabas se mit à aboyer joyeusement.

— Je vais transmettre le nom et la description du suspect à la section renseignements. Ils parviendront peut-être à trouver une correspondance. Le fait que nous soyons à Hawaï joue en notre faveur. Le réseau de trafiquants n'est probablement pas aussi étendu que sur le continent…

— J'espère qu'ils trouveront quelque chose, répondit Dex. Pour le moment, c'est notre meilleure piste.

Avec un peu de chance, le témoignage de ce Julio permettrait également à Katrina de connaître les circonstances exactes de la mort de son époux. Cette question la taraudait et il sentait confusément que, tant qu'elle n'y aurait pas répondu, elle ne pourrait tourner complètement la page.

— As-tu découvert d'autres pistes ? s'enquit alors Lynda.

— Eh bien, il semble de plus en plus certain que ni Katrina ni Joseph n'ont activement pris part au trafic de drogue. Le cartel utilise donc probablement le Maoli Lodge à leur insu. J'ai vérifié cette histoire d'actions et Joseph a dit la vérité à l'usurier. Il a revendu un certain nombre d'actions qu'il avait achetées avant même de se marier, ce qui explique que Katrina n'en ait pas eu connaissance. Une partie de cet argent a servi à renflouer les caisses du Maoli Lodge. Le reste lui a probablement permis d'acheter de la drogue, ou de rembourser son dealer. Nous en aurons le cœur net si nous parvenons à discuter avec ce Julio. Et vous ? Avez-vous progressé, de votre côté ?

Lynda catapulta de nouveau la balle à la poursuite de laquelle Barnabas s'élança avec un enthousiasme apparemment inépuisable.

— Nous avons une piste, répondit-elle. En ce moment même, Ishikawa est allé jeter un coup d'œil à des entrepôts situés à proximité du Maoli Lodge et qui pourraient servir à stocker la drogue.

— J'aurais pu l'accompagner et emmener Barnabas, remarqua Dex.

— Ishikawa t'appellera sûrement si le besoin d'un chien policier se fait sentir. Et sinon, j'ai reçu les résultats des tests en laboratoire sur la deuxième lettre anonyme. Les seules empreintes qui figuraient dessus appartenaient à la jeune fille qui a été chargée de l'apporter à Katrina.

— Cela ne m'étonne pas outre mesure, opina Dex. Ce type est bien trop prudent pour se laisser coincer aussi facilement.

— Est-ce que Katrina a de nouveau eu l'impression d'être suivie ?

— Oui, encore ce matin, alors qu'elle marchait sur la plage. Mais elle n'a repéré personne. Elle se demande si elle ne se fait pas des idées, si ce n'est pas un effet du stress.

— Et toi, qu'est-ce que tu en penses ?

Dex haussa les épaules.

— Pour être franc, j'étais très sceptique, au début. Mais il est évident que ce type, quel qu'il soit, veut jouer au chat et à la souris avec elle. Dans le cas contraire, il s'exprimerait de façon nettement plus claire et directe dans ses lettres. Ou alors, il prendrait directement contact avec elle, que ce soit en personne ou par téléphone s'il ne tient vraiment pas à être identifié. Au lieu de cela, il livre des informations fragmentaires, de vagues suggestions et des sous-entendus. Il est clair qu'il cherche à provoquer une réaction de la part de Katrina. Et je ne serais donc pas surpris qu'il la surveille pour voir si son stratagème porte ses fruits.

— Quel genre de réaction espère-t-il, selon toi ?

— C'est difficile à dire. Lui faire peur, peut-être, pour la rendre plus susceptible d'accepter par la suite une proposition de la part du cartel, par exemple. Ou bien, au contraire, éveiller sa curiosité pour qu'elle s'intéresse aux activités des trafiquants et leur complique la tâche.

— Dans un cas comme dans l'autre, il s'agirait de quelqu'un qui a une bonne connaissance des acteurs et des enjeux.

— Oui, je ne pense pas qu'il s'agisse d'un simple canular. Cette personne est sans doute en lien avec le cartel, que ce soit parce qu'elle sert ses intérêts ou parce qu'elle les combat. Ou peut-être les deux en même temps…

— Que veux-tu dire ?

— Qu'il pourrait s'agir d'un repenti ou d'un flic corrompu. Cela expliquerait l'ambiguïté de la méthode et du propos.

— En tout cas, il avait connaissance de ta véritable identité. Et, dans ce cas, il y a des chances pour qu'il connaisse aussi la mienne et celle d'Ishikawa. Alors pourquoi ne nous a-t-il pas exposés ?

— Peut-être estimait-il que cela n'avait pas d'intérêt, que cela ne servait pas sa cause, quelle qu'elle soit.

— Pour le moment, murmura Lynda. Mais il pourrait changer d'avis en fonction des circonstances.

— Exact. C'est la raison pour laquelle nous devons demeurer vigilants. Il y a beaucoup trop d'acteurs dont nous ignorons les motivations. Et d'autres dont nous connaissons les intentions mais dont nous ignorons l'identité. Ça ne me plaît pas beaucoup.

Comme Lynda s'apprêtait à lui répondre, son téléphone portable se mit à sonner.

— C'est Ishikawa, lui indiqua-t-elle avant de décrocher et d'enclencher la fonction mains-libres. Ishi ? Je suis avec Dex. Quoi de neuf ?

— Je viens de recevoir un coup de fil de Clayton Pietz, leur indiqua Ishikawa d'une voix qui trahissait une certaine excitation. Il m'a annoncé que son équipe était passée à l'action et venait d'arrêter un suspect dans l'enquête sur la mort de Roxanne Yamamoto !

Les bras croisés sur sa poitrine, Dex se tenait immobile derrière la glace sans tain, les yeux rivés sur le suspect qui était assis dans la petite salle d'interrogatoire du poste de police de Lihue.

Kenneth Monaghan était un homme d'une trentaine d'années, dont les longs cheveux blonds étaient ramenés en queue-de-cheval. Il avait des yeux très noirs et portait un jean noir et un T-shirt gris délavé.

Face à lui, de l'autre côté de la table métallique, était assis Clayton Pietz qui arborait un visage sévère.

— Vous êtes dans de sales draps, Monaghan, déclara-t-il posément. Nous savons que c'est vous qui avez sectionné les câbles de freins de la voiture de Roxanne Yamamoto, durant la nuit du 7 janvier. Cela a provoqué une sortie de route qui lui a été fatale. Et avant que vous protestiez de votre innocence, je vais nous faire gagner un temps précieux : nous avons retrouvé l'une de vos empreintes digitales sur l'un des câbles.

— Ça ne prouve pas que c'est moi qui l'ai sectionné, objecta Monaghan.

— Mais nous avons des témoins qui vous ont vu rôder sur le parking du Maoli Lodge à proximité du véhicule de l'agent Yamamoto, quelques minutes seulement avant qu'elle prenne la route. Et la perquisition que nous avons menée à votre domicile nous a également permis de retrouver les cisailles dont vous vous êtes servi pour sectionner les freins. Étant donné vos antécédents, aucun jury ne croira à votre innocence dans cette affaire. Et la sentence encourue pour le meurtre avec préméditation d'un agent fédéral est la prison à perpétuité.

Pietz marqua une pause pour laisser à Monaghan le temps de prendre toute la mesure de la situation.

— Par chance pour vous, nous savons que vous n'avez pas agi de votre propre chef. Vous étiez en service commandé. Et si vous acceptez de nous dire pour qui, vous avez une chance de pouvoir obtenir une réduction de peine. C'est à vous de voir…

Dex se mordilla nerveusement la lèvre. Le moment de vérité était venu. Monaghan mordrait-il à l'hameçon ? Comprendrait-il qu'en assassinant une agente de la DEA, il était allé trop loin ? Ou bien craindrait-il plus la vengeance du cartel que la punition de la justice ?

— C'est vrai, soupira enfin Monaghan. C'est moi qui ai coupé les freins.

Pietz hocha la tête et se pencha légèrement en avant, les coudes posés sur la table.

— Qui vous a engagé pour le faire ? demanda-t-il d'une voix presque douce.

Dex devait bien reconnaître que le policier avait un certain talent pour les interrogatoires. S'il n'avait pas été personnellement affecté par la mort de Roxanne, il aurait sans doute pris plaisir à cette confrontation.

— Je ne sais pas exactement, répondit Monaghan. On m'a offert vingt mille dollars pour le faire. Mais je n'ai pas vu le commanditaire. Je ne lui ai parlé que par téléphone.

— Comment étiez-vous sûr qu'il était fiable et que vous seriez payé ?

— Il a accepté de me verser la moitié à l'avance en liquide.

— Comment a-t-il procédé ?

— Il m'a donné une heure et m'a indiqué une poubelle qui se trouvait dans le parc Mano'Okalanipo. Il y avait une enveloppe avec la somme convenue à l'intérieur. Le lendemain de l'accident…

— Du meurtre, le reprit sèchement Pietz.

— Le lendemain du meurtre, j'ai trouvé le reste de la somme promise dans une autre poubelle du même parc.

Dex savait que le parc en question se trouvait à une courte distance du Maoli Lodge.

— Est-ce que le commanditaire vous a recontacté par la suite ?

Monaghan secoua la tête et Dex jura intérieurement. Leurs adversaires ne laissaient décidément rien au hasard. Il se demanda si l'homme qui envoyait des lettres anonymes à Katrina pouvait aussi être celui qui avait commandité l'assassinat de Roxanne.

Alors même qu'il se posait cette question, la porte du petit bureau dans lequel il se trouvait s'ouvrit, laissant apparaître Katrina en personne. Sa seule vue fit naître en lui un brusque élan d'affection et de désir mêlés qu'il s'efforça vainement de réprimer.

— Je suis content que vous ayez pu venir, lui dit-il.

Elle hocha la tête et lui décocha un pâle sourire avant de désigner Monaghan, de l'autre côté de la vitre sans tain.

— Est-ce que c'est lui ? demanda-t-elle.

— C'est bien lui…

Lorsque Dex l'avait appelée pour lui signaler que la police avait arrêté l'assassin de Roxanne, Katrina avait espéré que cet homme était le même qui lui avait envoyé ces mystérieux messages. Mais Kenneth Monaghan ne ressemblait pas du tout à l'homme qu'elle avait vu au centre commercial et que lui avait décrit la jeune fille qui lui avait apporté la deuxième lettre.

Elle réprima cependant la pointe de déception qu'elle éprouva en le découvrant assis dans la salle d'interrogatoire. Le plus important, c'était que l'assassin de Roxanne serait bientôt traduit en justice et mis en prison. Katrina n'avait pas très bien connu la jeune femme, mais celle-ci n'avait certainement pas mérité de finir de cette façon.

— Ce n'est pas l'homme qui me suivait, déclara-t-elle.

— C'est ce que j'avais compris en le voyant, acquiesça Dex. Je suis désolé de vous avoir fait venir pour rien.

— Il n'y a pas de quoi, lui assura-t-elle. J'aurais été heureuse de pouvoir vous aider.

— Est-ce que vous avez déjà vu cet homme, par hasard ?

Katrina étudia attentivement le visage de Kenneth Monaghan.

— Oui, répondit-elle sans hésiter.

Dex se tourna vers elle et la considéra avec curiosité.

— Il y a deux mois de cela, il a brièvement travaillé au Maoli Lodge, dans l'équipe chargée de la maintenance. Mais je l'ai renvoyé lorsque l'une de nos clientes l'a accusé d'avoir volé des bijoux qui se trouvaient dans sa chambre. Il a nié, mais on a retrouvé les bijoux en question dans sa voiture.

— Est-ce que vous avez porté plainte contre lui ?

— Je voulais le faire, mais ma cliente a dit que ce n'était pas la peine : tout ce qui lui importait, c'était d'avoir récupéré ses bijoux. Elle était en vacances et ne voulait pas perdre son temps à aller faire une déposition et témoigner contre Monaghan.

— En tout cas, remarqua pensivement Dex, cela établit un lien entre Monaghan et le Maoli Lodge.

— Vous ne pensez tout de même pas qu'il aurait pu s'en prendre à Roxanne pour se venger d'avoir été renvoyé, prononça Katrina d'une voix blanche.

Dex secoua la tête.

— Aucune chance, lui assura-t-il. De son propre aveu, Monaghan a agi sur commande. Quelqu'un l'a engagé pour saboter la voiture de Roxanne. Nous sommes convaincus que cette personne avait découvert qu'elle appartenait à la DEA et peut-être qu'elle disposait de certains éléments compromettants sur les trafiquants. Le but était de la réduire au silence définitivement.

Katrina ne put réprimer un frisson glacé.

— Est-ce que vous pensez que ces gens continuent à utiliser le Maoli Lodge, à l'heure actuelle ? demanda-t-elle.

— Rien ne nous permet de l'affirmer pour l'instant,

répondit Dex. Mais je suis convaincu que le cartel ne renoncera pas facilement à un point de vente qui semblait lui réussir. Raison de plus pour que nous agissions rapidement et que nous fassions tomber l'ensemble de l'organisation une bonne fois pour toutes.

Katrina hocha la tête. Elle comprenait qu'une opération de cette ampleur ne devait pas être évidente à mener. Elle n'avait d'autre choix que de se montrer patiente en espérant que les policiers parviendraient à trouver les preuves dont ils avaient besoin pour procéder à des arrestations. À ce titre, l'interpellation de Kenneth Monaghan était déjà encourageante.

Comme elle se faisait cette réflexion, Clayton Pietz mit un terme à son interrogatoire. Deux de ses collègues vinrent chercher Monaghan pour le ramener en cellule tandis que l'inspecteur venait les rejoindre.

— Au moins, nous avons obtenu des aveux, leur dit-il.

— Effectivement, acquiesça Dex. Vous avez fait du très bon boulot.

— C'était un travail d'équipe, répondit modestement Pietz. Je regrette juste que cela ne nous ait pas permis d'identifier également le commanditaire. Mais je vous assure que nous poursuivrons nos efforts jusqu'à ce qu'il soit derrière les barreaux.

— Je n'en doute pas, répondit Dex.

— Madame Sizemore, reprit Pietz en se tournant vers elle, je tenais à vous remercier pour votre précieuse coopération dans cette enquête.

— C'est la moindre des choses, lui affirma-t-elle. Je tiens à ce que mon hôtel soit débarrassé une fois pour toutes de ces trafics. N'hésitez pas à faire appel à moi si vous avez besoin de quoi que ce soit qui puisse vous aider à atteindre cet objectif.

— Je m'en souviendrai, assura Pietz.

Dex l'informa alors de ce que Katrina venait de lui apprendre au sujet de Kenneth Monaghan.

— Intéressant, murmura pensivement l'inspecteur. C'est peut-être au moment où il travaillait à l'hôtel que le cartel l'a remarqué.

— Possible, concéda Dex. Ça vaudrait peut-être le coup de savoir avec qui Monaghan traînait, à l'époque où il travaillait au Maoli Lodge.

10

— Est-ce que ça vous dirait d'aller manger un morceau ? proposa Dex à Katrina lorsque tous deux quittèrent le poste de police.

Il commençait à se faire tard et Dex n'avait rien avalé depuis le matin.

— Avec plaisir, répondit Katrina. C'est moi qui invite.

— C'est moi qui vous ai proposé, protesta Dex en riant.

— Mais vous êtes sur mon territoire, agent Adair.

Dex leva les mains en signe de reddition.

— Très bien, lui dit-il. Loin de moi l'idée de vouloir refuser l'hospitalité légendaire des habitants d'Hawaï. Et puis, de cette façon, j'aurai une bonne excuse pour vous rendre la pareille, un jour prochain.

— Vous n'avez pas besoin de prétexte, vous savez, répondit-elle.

Le regard qu'ils échangèrent alors éveilla un délicieux frisson sur sa peau : il lui confirmait qu'il n'était pas le seul à être sensible à l'alchimie qui existait entre eux. Il vit d'ailleurs les joues de Katrina s'empourprer légèrement.

— Est-ce que vous avez une idée de l'endroit où nous pourrions aller dîner ? lui demanda-t-il pour dissiper son embarras.

— Si ça vous dit, je connais un restaurant très sympathique sur Kiahuna Plantation Drive. Ce n'est pas très loin du centre commercial de Poipu.

— Ça me convient parfaitement, répondit Dex. Je vous suis.

Katrina hocha la tête et se dirigea vers sa voiture tandis que Dex s'installait au volant de la sienne. Lorsqu'elle démarra, il la suivit et tous deux ne tardèrent pas à s'engager sur la route 50 qui partait de Lihue et se dirigeait vers l'ouest de l'île. Au bout d'une dizaine de kilomètres, ils quittèrent cette artère principale pour s'engager sur la petite route qui obliquait vers le sud et conduisait à Poipu. Elle passait entre deux rangées d'arbres immenses dont les frondaisons se rejoignaient et qui formaient un tunnel naturel.

Ils traversèrent le petit village de Koloa puis atteignirent enfin Poipu alors que le soleil se couchait. Après s'être garé sur le parking du petit centre commercial, Dex rejoignit Katrina et tous deux se dirigèrent vers le restaurant qu'elle avait choisi.

C'était un bel établissement, entièrement fabriqué en bois, dont l'intérieur était aussi coquet que confortable. La terrasse sur laquelle on les installa dominait un joli jardin savamment éclairé.

Dex parcourut le menu qu'on leur avait remis et qui témoignait de l'amour des métissages qui caractérisait la gastronomie hawaïenne.

— Est-ce que vous voyez quelque chose qui vous tente ? lui demanda Katrina.

Il résista à l'envie de lui dire que ce qui le tentait le plus, c'était elle. Cela n'aurait pas été très professionnel de sa part.

— Je vous laisse choisir, lui dit-il. Faites-moi découvrir votre plat préféré.

— D'accord, acquiesça-t-elle.

Elle héla la serveuse qu'elle connaissait visiblement très bien et échangea quelques mots avec elle avant de passer commande. Dex en profita pour l'observer à la dérobée, admirant la grâce naturelle de chacun de ses gestes et l'éclat cristallin de son rire.

— Selina travaillait au Maoli Lodge avant, expliqua-t-elle à Dex.

— J'imagine que tout le monde doit se connaître au moins de vue, dans le coin, remarqua-t-il.

— C'est vrai, reconnut Katrina. Heureusement que nous recevons à longueur d'année des visiteurs venus du monde entier. Ils viennent chercher de l'exotisme sans se rendre compte qu'en venant ici, ils nous en apportent un peu, eux aussi. Mais parlez-moi plutôt de vous, Dex.

— Que voulez-vous savoir ? lui demanda-t-il.

— Eh bien, je ne sais pas grand-chose, à vrai dire. Vous travaillez pour la DEA. Vous êtes célibataire. Vous avez failli vous marier, mais votre petite amie de l'époque vous a trahi… Est-ce que vous avez des enfants ?

— Pas d'enfants, non.

— J'imagine que ce ne serait pas forcément très simple pour quelqu'un qui mène une carrière telle que la vôtre, remarqua Katrina.

Dex se demanda si la question était innocente ou si c'était une façon de le sonder.

— J'espère bien fonder une famille, un jour, répondit-il. Et, à vrai dire, mon métier est justement l'une des raisons qui m'y pousse. Lorsque l'on a une vie aussi dangereuse et incertaine, on a besoin de stabilité, d'une base arrière sur laquelle on puisse compter en toutes circonstances.

— J'imagine, acquiesça Katrina.

— Et vous ? Est-ce que Joseph et vous comptiez avoir des enfants ?

— Nous en parlions, de temps en temps, répondit Katrina avec un pâle sourire. Notre idée, c'était de commencer par consolider le Maoli Lodge avant de fonder une famille. Mais depuis que Joseph est mort, je me suis souvent demandé si ce raisonnement n'était pas une façon pour nous de repousser la décision. Je ne saurai jamais si nous aurions fini par nous décider… La vie prend parfois des chemins de traverse que personne n'aurait pu anticiper…

Dex hocha la tête.

— Croyez-moi, j'en sais quelque chose, lui dit-il d'une voix pleine d'amertume. Lorsque j'étais jeune, j'étais très proche de ma sœur aînée, Rita. J'étais persuadé qu'elle serait toujours là pour moi et moi pour elle. Je n'ai jamais envisagé que quoi que ce soit puisse un jour nous séparer… Jusqu'à ce qu'elle sorte avec ce dealer… À cause de lui, elle s'est retrouvée accro à l'héroïne. Et elle est morte d'une overdose avant même d'avoir pu fêter ses vingt ans…

Katrina se pencha en avant pour lui prendre la main et la serrer doucement dans la sienne.

— Je suis vraiment désolée, Dex, lui dit-elle d'une voix très douce.

— Moi aussi, répondit-il. Mais comme vous venez de le dire, la vie suit parfois un cours imprévu. Tout ce que l'on peut faire, c'est tenter de s'y adapter…

— Est-ce pour cela que vous avez décidé de rejoindre la DEA ?

— Disons que cela n'a fait que renforcer ma vocation. Mais Rita n'était malheureusement pas la première personne de mon entourage à succomber à ce fléau. J'ai grandi à Detroit, dans un quartier difficile, et la drogue était partout. Très jeune, je me suis juré que si j'en avais un jour l'occasion, je ferais tout ce qui était en mon pouvoir pour éradiquer ce fléau.

— Et c'est ainsi que, par un étrange concours de circonstances, vous vous êtes retrouvé ici, à Kauai…

Ils furent interrompus par la serveuse qui revenait avec les plats que Katrina avait commandés. Pour Dex, elle avait choisi une pièce de thon jaune accompagné de feuilles de taro cuisinées comme des épinards et d'une purée de patates douces.

Elle-même avait commandé un risotto de poisson et fruits de mer assorti d'une poêlée de champignons shiitake. Le tout était accompagné d'une bouteille de chardonnay frais et minéral.

— On partage ? suggéra-t-elle.

— Avec plaisir ! répondit Dex.

Ils attaquèrent leurs plats et Dex se félicita d'avoir laissé Katrina choisir le restaurant et le menu. Tout en mangeant avec appétit, ils devisèrent de sujets plus légers et ne tardèrent pas à découvrir qu'en dépit des existences très différentes qu'ils avaient eues l'un et l'autre, ils avaient un bon nombre de goûts en commun.

— Est-ce que vous vous sentez d'attaque pour le dessert maison ? lui demanda Katrina lorsqu'ils furent venus à bout de leurs assiettes. Ils font un délicieux cheesecake à la noix de coco.

— Je suis partant si vous l'êtes.

Katrina éclata de rire.

— Si vous misez sur ma gourmandise, vous gagnerez à tous les coups, répondit-elle avant de faire signe à leur serveuse.

Dex ne put s'empêcher de sourire. Katrina était incontestablement la femme la plus irrésistible qu'il eût jamais rencontrée. Et partager avec elle ce gâteau à la noix de coco ne fit que renforcer cette conviction. Même la façon dont elle mangeait avait quelque chose de terriblement sensuel.

— Alors ? lui demanda-t-elle lorsqu'il eut avalé quelques bouchées. Qu'en pensez-vous ?

— Je pense qu'on ne m'avait pas menti, déclara-t-il en souriant. Cette île est un véritable paradis. Je comprends mieux pourquoi vous avez décidé de vous y installer...

Katrina hocha la tête.

— J'imagine que quelqu'un comme vous s'y sentirait un peu à l'étroit, opina-t-elle.

Une fois de plus, il ne put s'empêcher de se demander si elle cherchait juste à faire la conversation ou si elle essayait de le sonder.

— À vrai dire, je n'ai jamais imaginé pouvoir vivre un jour dans un endroit tel que celui-ci, reconnut-il. Très franchement, je n'imaginais même pas que de tels endroits existaient... Mais je suppose que vous avez raison : je ne me verrais pas y vivre...

Le sourire de Katrina vacilla l'espace d'un instant.

— En tout cas, reprit Dex, pas tant que ma vie est ce qu'elle est. Une fois que nous vous aurons débarrassé du cartel qui s'est installé à Kauai, je n'aurai plus grand-chose à faire ici. Mais je ne compte pas passer le reste de mon existence à me consacrer exclusivement à ma carrière. Un jour viendra probablement où je rencontrerai quelqu'un avec qui je voudrai faire un bout de chemin, auprès de qui je voudrai me réveiller chaque matin... Et ce sera plus important que tout le reste.

— Vous êtes un homme plein de surprises, Dex Adair, remarqua Katrina en souriant.

Il haussa les épaules.

— Je suis juste un homme blessé, répondit-il. Un homme qui a perdu sa sœur parce qu'elle avait besoin de se perdre elle-même. Un homme qui a perdu la femme qu'il aimait parce qu'il n'a pas su lui prouver qu'elle était ce qu'il avait de plus important. Mais malgré tout, je m'entête à croire que tout n'est pas perdu, qu'en fin de compte, c'est l'amour qui finira par triompher.

— Vous êtes un romantique.

— Incurable, concéda-t-il en riant. J'imagine que cela doit vous paraître un peu démodé…

Katrina secoua la tête.

— Au contraire, répondit-elle. J'étais comme vous au moment où j'ai rencontré Joseph. Au moment où j'ai accepté de venir vivre ici avec lui…

— Que s'est-il passé ?

Katrina laissa échapper un soupir. Durant quelques instants, elle demeura silencieuse, plongée dans ses pensées.

— J'aimerais vous dire que nous avons eu une grande dispute, une rupture tragique, quelque chose d'homérique… Mais ce n'est pas du tout ce qui s'est passé. À vrai dire, je ne sais même pas s'il s'est réellement passé quelque chose. Nous nous sommes lentement, insensiblement éloignés l'un de l'autre. Jusqu'à ce que je finisse par me demander pourquoi j'avais bien pu décider un jour de sortir avec lui… Ce serait facile de me dire rétrospectivement que c'était à cause de la drogue, à cause de ses mensonges. Mais ce n'est pas le cas. Nous nous sommes juste éloignés l'un de l'autre… comme deux navires à la dérive.

— Je suis désolé, lui dit-il.

Katrina lui décocha un sourire doux-amer.

— J'aimerais l'être aussi, lui dit-elle. Mais la vérité, c'est que je suis soulagée que nos relations aient évolué de cette façon.

— Soulagée ? répéta Dex, surpris.

Elle hocha la tête.

— C'est sans doute très égoïste de ma part, reconnut-elle. Mais si Joseph et moi ne nous étions pas éloignés au fil du temps, je serais sans doute complètement effondrée, à l'heure actuelle. Et puis, je serais incapable de ressentir ce que je ressens pour vous…

Dex sentit les battements de son cœur s'emballer dans sa poitrine. Le temps parut brusquement s'arrêter tandis que Katrina et lui se dévoraient du regard.

— Nous devrions peut-être y aller, prononça-t-il enfin.

— C'est précisément ce que j'étais en train de me dire, répondit-elle d'une voix que le désir rendait légèrement rauque.

Le cœur de Katrina battait à tout rompre tandis que, d'une main fébrile, elle se battait contre la serrure de la porte d'entrée de son bungalow. Jamais elle ne s'était sentie aussi nerveuse et excitée à la fois. Jamais elle n'avait eu à ce point envie de quelqu'un.

Son corps tout entier était parcouru d'irrépressibles frissons à l'idée de ce qui était sur le point de se passer. Son ventre se nouait sous l'effet du désir qui pulsait en elle, faisant bouillir son sang et éveillant au creux de ses cuisses une douce sensation de chaleur.

La clé tourna enfin dans la serrure. Elle poussa la porte et alluma la lumière.

— Est-ce que vous voulez boire quelque chose ? demanda-t-elle d'une voix légèrement tremblante.

Dex secoua doucement la tête. La façon dont il la dévorait du regard, en cet instant, ne fit que renforcer le trouble qui l'habitait.

— J'ai vraiment très envie de vous embrasser, lui dit-il alors.

— Ce n'est pas moi qui vous en empêcherai, répondit-elle avec un petit rire nerveux.

Il s'avança vers elle, comblant la distance qui les séparait, et posa doucement la main sur sa joue. Un violent frémissement dévala le long de sa colonne vertébrale. Dex se pencha alors sur elle et posa très doucement les lèvres sur les siennes.

À ce contact, Katrina ne put réprimer un petit gémissement de pur désir. Encouragé par cette réaction, Dex effleura sa lèvre inférieure de l'extrémité de sa langue. Incapable de résister à la tentation, elle fit de même et leur baiser prit soudain un tour plus ardent.

Cela faisait très longtemps que personne ne l'avait embrassée de cette façon. À vrai dire, elle n'était pas certaine que, même aux débuts de leur relation, Joseph et elle se soient montrés si passionnés.

Il lui semblait que son corps tout entier se consumait sous l'effet du besoin impérieux qu'elle avait de Dex. Elle voulait sentir ses mains sur son corps. Elle voulait se donner à lui corps et âme.

Aussi éprouva-t-elle un sentiment de frustration presque insoutenable lorsque Dex s'arracha à ses lèvres et esquissa un pas en arrière.

— Est-ce que tu es vraiment sûre que c'est ce que tu veux ? lui demanda-t-il d'une voix étrangement rauque.

— Certaine, répondit-elle sans la moindre hésitation. Pas toi ?

Son rire grave fit courir un nouveau frisson sur la peau de Katrina.

— Oh si, répondit-il. Mais je préfère te poser la question pendant que je suis encore capable de m'arrêter.

— Ne t'arrête pas, lui dit-elle en se rapprochant de lui.

Il la reprit dans ses bras et ils échangèrent un nouveau baiser, peut-être plus intense encore que le précédent. Ils avaient à présent dépassé le point de non-retour et, lorsqu'ils s'écartèrent l'un de l'autre pour reprendre haleine, Katrina prit Dex par la main et l'entraîna en direction de la chambre à coucher.

Là, elle ôta l'élastique qui retenait ses cheveux en queue-de-cheval, les laissant retomber librement sur ses épaules. Dex y plongea ses doigts avec délice.

— J'ai eu envie de faire ça dès l'instant où je t'ai rencontrée, avoua-t-il. J'adore tes cheveux…

— Merci, murmura-t-elle, le cœur battant à tout rompre.

— Il y a tellement de choses que j'adore chez toi… Ton front.

Du bout des lèvres il y posa un petit baiser qui la fit tressaillir.

— Ton nez…

Un nouveau baiser.

— Tes pommettes… Tes joues… Tes oreilles…

À mesure de cette énumération, il constellait son visage de petits baisers qui faisaient délicieusement fourmiller sa peau.

— Ton cou, souffla-t-il en y posant ses lèvres.

Sa bouche glissa plus bas encore, jusqu'à l'échancrure de son corsage. Déjà ses mains commençaient à déboutonner son chemisier qui vint mourir à ses pieds, bientôt suivi par son soutien-gorge.

Du bout des lèvres, il captura l'extrémité de l'un de ses seins qu'il agaça de sa langue, lui arrachant un gémissement de plaisir inarticulé. Tandis qu'il provoquait ainsi son téton qu'elle sentait durcir à ce contact, ses mains traçaient de mystérieuses arabesques sur son dos, ses flancs et son ventre.

Comme envoûtée, elle s'abandonnait à lui, renversant la tête en arrière pour mieux s'offrir à ses caresses. Il s'enhardit alors, déboutonnant son pantalon qu'il fit glisser le long de ses cuisses. S'agenouillant devant elle, il fit tomber le dernier rempart de sa nudité.

Lorsque sa bouche se posa au creux de ses cuisses et que sa langue effleura le point le plus sensible de son anatomie, elle ne put réprimer un cri de pure extase et craignit un instant que ses jambes ne se dérobent sous elle.

Puis les mains de Dex se posèrent sur ses fesses tandis qu'il se faisait plus gourmand, l'entraînant malgré elle vers une extase qui explosa soudain en elle, la traversant de part en part comme si elle venait de se faire foudroyer sur place.

Se redressant face à elle, Dex lui laissa le temps de recouvrer ses esprits tandis que lui-même se déshabillait. Elle fut frappée par l'impression de force et de grâce qui émanait de lui. Sans vergogne, elle admira son torse puissant, ses bras musclés, son ventre plat et ses longues jambes. Son regard s'attarda alors sur son membre gorgé de désir sur lequel il fit glisser le préservatif qu'il avait sorti de son portefeuille.

Puis il la repoussa doucement mais fermement jusqu'au lit sur lequel elle se laissa tomber. Il l'y rejoignit et elle le prit dans ses bras, fascinée par sa force et par l'envie impérieuse qu'elle ressentait au plus profond d'elle-même.

Enlacés, ils roulèrent sur le matelas, peau contre peau, bouche contre bouche. Leurs baisers se faisaient morsures tandis qu'ils s'entre-dévoraient. Leurs mains partaient à la découverte de leurs corps enfiévrés, parfois caressantes et douces, parfois possessives et conquérantes.

Katrina n'était plus que besoin. Plus rien n'existait pour elle que cette urgence sans cesse croissante, cette envie qui la consumait. Ses soupirs s'étaient faits gémissements puis feulements auxquels répondaient les grondements de son amant.

Mais c'est un cri sauvage qui lui échappa lorsqu'elle le sentit entrer en elle. Sa propre chair brûlante et moite était depuis longtemps prête à l'accueillir et il plongea en elle d'un mouvement aussi lent et précautionneux qu'inexorable, la clouant sur le matelas.

Il demeura enfoui en elle, sans bouger, se redressant sur ses coudes pour la contempler avec une fiévreuse fascination.

— Tu es si belle, prononça-t-il d'une voix que le désir rendait méconnaissable.

Elle noua alors ses jambes autour de lui de façon à l'attirer plus loin encore, jusqu'au cœur incandescent de sa chair en fusion. Et il commença à bouger en elle, très lentement, tout d'abord, puis de plus en plus vite à mesure que leur envie devenait incontrôlable.

Elle bougeait contre lui, se mouvant parfaitement à l'unisson, répondant à chacune de ses impulsions. Il lui semblait que son corps ne lui appartenait plus, qu'il était mû par une force qui lui était extérieure et dont elle n'était que la marionnette.

Inexorablement, le plaisir montait comme une vague,

une houle, un raz-de-marée qui les emportait toujours plus haut, jusqu'au moment précis où, ayant atteint le point culminant de la passion qui faisait rage en eux, ils furent violemment balayés, emportés par une extase au sein de laquelle tous deux ne faisaient plus qu'un seul être.

11

Dex n'aurait su dire combien de temps il demeura étendu aux côtés de Katrina, haletant, le cœur battant à tout rompre, s'efforçant vainement de recouvrer un semblant de self-control tandis que refluaient lentement les derniers échos du plaisir qu'ils s'étaient donné l'un à l'autre.

— Tu sais, lui dit-elle au bout d'un moment, je ne veux pas que tu te sentes d'obligations particulières. Ce qui est arrivé s'est produit parce que nous en avions tous deux très envie. Mais cela ne nous engage à rien.

Dex se redressa sur un coude et la contempla avec fascination. Katrina était indubitablement la femme la plus séduisante qu'il ait jamais connue. Elle s'était aussi révélée être une amante terriblement sensuelle. Et ce qu'il venait de vivre entre ses bras dépassait en intensité tout ce qu'il avait pu connaître jusqu'alors.

Il était convaincu que ce n'était pas uniquement une question de compatibilité physique. Il y avait chez elle quelque chose qui éveillait un écho au plus profond de lui, une résonance qui lui donnait l'impression que tous deux se complétaient.

Et il était prêt à parier que pas plus que lui, Katrina n'avait pour habitude de collectionner les aventures sans lendemain. La façon dont elle s'était donnée à lui sans retenue était bien trop honnête pour cela.

— Je ne suis pas d'accord, lui dit-il. Il s'est passé quelque chose entre nous. Quelque chose d'important.

Le sourire qui se dessina sur les lèvres de Katrina lui prouva qu'il ne s'était pas trompé : ce qu'elle venait de lui dire n'était probablement qu'une façon de se protéger. Mais Dex n'avait aucunement l'intention de lui faire du mal.

— Peut-être, reconnut-elle comme à regret. Mais cela ne fait que compliquer les choses, non ? Je vis ici, à Kauai, et toi à Los Angeles. Et nous avons des métiers très prenants, chacun à notre façon…

— C'est vrai, reconnut Dex à contrecœur.

— Est-ce que tu t'imagines vraiment entretenir une relation avec quelqu'un qui vivrait à plusieurs milliers de kilomètres de toi et que tu ne pourrais voir au mieux que tous les deux mois ?

— Pas vraiment, en effet, soupira-t-il.

Pour autant, il ne s'imaginait pas non plus renoncer à elle. Car il savait déjà que jamais il ne retrouverait quelqu'un d'aussi parfait pour lui. Il avait rencontré la femme de ses rêves et s'il la laissait filer à présent, il passerait probablement le reste de sa vie à le regretter.

— Je tiens vraiment à toi, Katrina, lui dit-il gravement.

— Moi aussi, je tiens à toi, Dex. Mais est-ce que c'est vraiment suffisant ?

— C'est déjà un bon début, répondit-il. Rien ne nous force à décider ici et maintenant de ce qu'il adviendra de notre histoire. Laissons-nous le temps de la vivre sans nous poser de questions. Ce n'est pas comme si je devais repartir demain…

Katrina demeura quelques instants silencieuse, considérant ce qu'il venait de lui dire.

— D'accord, acquiesça-t-elle enfin. Laissons-nous un peu de temps.

Le soulagement qu'il ressentit en l'entendant prononcer ces mots lui prouva s'il en était besoin à quel point il avait peur de la perdre.

— Parfait, déclara-t-il avant de se pencher sur elle pour l'embrasser tendrement.

Elle répondit à son baiser avec enthousiasme et il sentit renaître en lui le désir qu'il avait d'elle. Elle dut s'en rendre compte, car il perçut son sourire contre ses lèvres. Il sentit alors ses doigts se poser sur lui et le guider entre ses cuisses.

Ils firent de nouveau l'amour, plus lentement, plus tendrement que la fois précédente. Débarrassés de l'impatience qui avait présidé à leur première étreinte, ils prirent le temps de se découvrir, de s'explorer l'un l'autre.

S'il fut aussi intense, le plaisir qu'ils se donnèrent mutuellement fut aussi plus doux. Et Dex ne put s'empêcher de s'émerveiller de la parfaite complicité qui existait entre eux. Il avait l'impression de connaître Katrina depuis toujours. Et peut-être était-ce le cas, au fond. Car elle était celle qu'il avait toujours espérée sans même le savoir.

Après coup, ils demeurèrent longuement enlacés, serrés l'un contre l'autre, front contre front, jouissant du simple plaisir d'être ensemble.

— Il va falloir que je parte, soupira Dex au bout d'un moment.

La déception qu'il lut dans le regard de Katrina le toucha en plein cœur.

— Crois-moi, je préférerais vraiment passer toute la

nuit avec toi, lui dit-il. Mais j'ai laissé Barnabas dans le jardin et je ne l'ai même pas nourri.

— Le pauvre ! Il doit se demander où tu es passé.

— Probablement. Il n'aime pas que nous soyons séparés trop longtemps.

— Je peux le comprendre, répliqua Katrina en souriant. Tu es quelqu'un de très attachant.

— Merci, répondit-il en riant. Toi aussi.

Il se pencha vers elle pour déposer sur son épaule un petit baiser qui la fit frissonner. Puis, au prix d'un effort de volonté surhumain, il s'arracha à son lit. Elle fit mine de se redresser, mais il secoua la tête.

— Ne bouge pas, lui dit-il. Je devrais pouvoir me débrouiller pour trouver la sortie.

Il récupéra ses vêtements répandus sur le sol et se rhabilla à la hâte.

— On se voit demain, lui dit-il.

Il admira une dernière fois son corps magnifique qui se dessinait dans la pénombre de la pièce puis, le cœur lourd, il s'arracha à cette contemplation et se détourna.

À l'instant précis où il ouvrit la porte de son bungalow, Dex comprit que quelque chose n'allait pas. En pénétrant dans le salon, il s'aperçut qu'il ne s'était pas trompé. La pièce avait été mise à sac. Tous les placards étaient ouverts, les coussins du canapé et les livres de la bibliothèque gisaient sur le sol…

Dex dégaina aussitôt son Glock 27 et s'avança prudemment à l'intérieur. Passant d'une pièce à l'autre, il constata que l'intégralité de la maison avait été méthodiquement fouillée.

Qu'était-on venu chercher ici ? La preuve de son

implication dans cette enquête ? Ou des éléments que Roxanne aurait pu y cacher lors de son séjour ? Rien ne lui permettait de le dire.

Le cœur battant, Dex alla ouvrir la porte de la cuisine qui donnait sur le jardin où il avait laissé Barnabas. L'idée que son fidèle compagnon ait pu être blessé ou tué le rendait malade. S'attendant au pire, il alluma les lumières extérieures.

Barnabas se trouvait juste au bas des marches, tranquillement allongé, le museau posé sur ses pattes avant. En avisant Dex, il se redressa et laissa échapper un petit aboiement amical.

— Content de te voir aussi, lui dit Dex en descendant à sa rencontre.

Il le caressa affectueusement.

— Tu sais que j'ai vraiment eu peur pour toi, lui dit-il.

Percevant sans doute son inquiétude, Barnabas répondit par un nouvel aboiement rassurant.

— Reste ici, lui dit Dex. Je vais aller te chercher à manger.

Il retourna dans la cuisine et remplit l'écuelle de Barnabas avant de la lui apporter. Tandis que le chien se mettait à manger avec appétit, Dex réfléchit à ce qui venait de se passer. Le fait que l'on fouille sa maison de cette façon indiquait clairement que ses adversaires étaient nerveux, ce qui, d'une certaine façon, était un signe encourageant.

Était-ce parce que la police avait arrêté Kenneth Monaghan ? Parce que Katrina et lui avaient commencé à enquêter sur le passé trouble de Joseph Sizemore ? Ou bien encore parce qu'Ishikawa s'intéressait d'un peu trop près à ces entrepôts situés à proximité du Maoli Lodge ?

Dans le doute, Dex appela successivement Lynda et

Ishikawa puis Clayton Pietz pour leur faire part de la situation. Moins d'une demi-heure plus tard, une équipe de la police locale se trouvait sur les lieux. Tandis que ses hommes passaient au crible l'ensemble de la maison, relevant les empreintes et photographiant chaque pièce sous tous les angles, l'inspectrice Vera Tolentino s'entretint avec lui.

C'était une charmante jeune femme aux yeux bruns pétillants d'intelligence et aux cheveux noirs coupés en un carré plongeant.

— Est-ce qu'on vous a volé quelque chose, monsieur Adair ? lui demanda-t-elle.

Dex considéra pensivement le chaos qui régnait dans le salon.

— Pas que je sache, répondit-il, se félicitant d'avoir pris la précaution de conserver son ordinateur portable dans le coffre de sa voiture chaque fois qu'il quittait la maison.

Il savait en effet que l'on n'avait jamais retrouvé celui de Roxanne et ne tenait pas à ce que le sien disparaisse à son tour.

— Vous avez de la chance, lui dit Vera. Récemment, il s'est produit une vague de cambriolages dans la région de Koloa. La plupart du temps, ils sont commis par des jeunes qui cherchent à financer les drogues qu'ils consomment. Certains le font même seulement pour se distraire et tuer le temps.

— Je crois qu'il ne s'agissait pas d'un simple cambriolage, déclara Dex. Les gens qui se sont introduits ici cherchaient quelque chose de précis. C'est la raison pour laquelle ils ont retourné méthodiquement les lieux.

Vera observa la pièce à son tour et finit par hocher la tête.

— Je vois ce que vous voulez dire, déclara-t-elle enfin. À votre avis, qu'espéraient-ils trouver ?

Avant que Dex ait pu lui répondre, Clayton Pietz les rejoignait dans le salon.

— Je ne m'attendais pas à ce que vous veniez en personne, remarqua Dex en serrant la main que lui tendit l'inspecteur.

— Je ferais bien mal mon travail, dans ce cas. Le fait qu'on vous cambriole le jour même où nous avons arrêté Kenneth Monaghan n'est probablement pas un hasard.

— C'est ce que je me disais, en effet. Toute la question est de savoir si c'est moi ou Roxanne qui était visé par cette effraction…

— Que voulez-vous dire ? s'enquit Pietz, surpris.

— Que Roxanne aurait pu laisser des indices de ce qu'elle avait découvert, des documents mettant en cause les trafiquants, par exemple.

— S'ils le pensaient vraiment, ils auraient eu tout le temps de fouiller la maison avant que vous y emménagiez, objecta Pietz.

— Peut-être l'ont-ils fait et n'ont-ils rien trouvé.

— Dans ce cas, pourquoi revenir ?

— Peut-être parce que Katrina Sizemore et moi avons commencé à fouiller dans le passé de son mari. Que les trafiquants sachent que j'appartiens à la DEA ou qu'ils me prennent pour un simple détective privé, il ne leur a probablement pas échappé que j'habitais la même maison que Roxanne. À leur place, ça me rendrait nerveux.

— Effectivement, reconnut Pietz, pensif. Il y a peu de chance pour qu'ils se disent qu'il ne s'agit que d'une coïncidence. Cette intrusion n'est d'ailleurs peut-être qu'une façon de vous avertir qu'en allant plus loin, vous vous exposez à des représailles.

— Possible, concéda Dex avec un sourire mauvais. Mais s'ils s'attendent à ce que je laisse tomber l'enquête, ils vont être amèrement déçus.

— Prenez garde à vous, Adair. Les gens à qui nous avons affaire ne sont pas des enfants de chœur. Ils n'ont pas hésité à assassiner Roxanne.

— Ne vous inquiétez pas pour moi : je les attends de pied ferme. Et puis, il faut voir les choses du bon côté : s'ils réagissent de cette façon, c'est que nous sommes sur la bonne piste. Nous devons poursuivre nos efforts et nous finirons par faire tomber toute l'organisation.

De fait, Dex était plus décidé que jamais à abattre cette branche du cartel – non seulement parce que c'était la mission dont on l'avait chargé, mais aussi et surtout parce qu'il voulait assurer la sécurité de Katrina.

À mesure que retombait l'euphorie qu'elle avait éprouvée entre les bras de Dex, une pointe d'inquiétude et de mélancolie s'était insinuée dans l'esprit de Katrina, l'empêchant de trouver le sommeil. Car en dépit de l'alchimie extraordinaire qui existait entre eux, elle ne se faisait pas beaucoup d'illusions sur les chances qu'ils avaient de rester ensemble très longtemps.

La vie de Dex était ailleurs – très loin de cette petite île où elle était venue s'installer, quelques années auparavant. Quoi qu'il ait pu laisser entendre, lors de leur dîner au restaurant, il ne pouvait pas renoncer à sa carrière.

Il était évident qu'il adorait son métier – que c'était une part importante de son existence et même de son identité. Et elle ne pouvait espérer qu'il y renonce pour une histoire encore balbutiante.

De son côté, elle ne s'imaginait pas quitter Kauai et

le Maoli Lodge auquel elle s'était consacrée corps et âme, tout particulièrement depuis la mort de Joseph. C'était pour elle, bien plus qu'un simple travail, une passion et une vocation.

Katrina se morigéna intérieurement. Il ne servait à rien de se poser ce genre de questions alors qu'ils ne s'étaient même pas fixé de deuxième rendez-vous. Elle ne pouvait se permettre de faire des plans sur la comète.

Le plus sage était sans doute de laisser les choses se faire, comme Dex le lui avait suggéré. Son enquête était encore loin d'être bouclée et ils avaient tout le temps de parler de leur relation, qu'il s'agisse de l'amorce de quelque chose de sérieux ou bien d'une simple romance passagère.

Elle préférait la première hypothèse, bien sûr, mais saurait se contenter de la seconde, le cas échéant. Dex lui avait déjà redonné confiance en elle, en son pouvoir de séduction et en son aptitude au plaisir. C'était déjà beaucoup.

Les réflexions de Katrina furent interrompues par quelques coups frappés à la porte de son bungalow. Surprise, elle reposa le verre de lait qu'elle venait tout juste de se servir. Il était très rare qu'on la dérange à une heure si tardive.

Mais il s'agissait peut-être d'un problème urgent : un client mécontent ou une panne, par exemple. Réprimant un soupir, Katrina se dirigea vers la porte d'entrée qu'elle ouvrit. À sa grande surprise, ce n'était pas l'un de ses employés qui se trouvait devant chez elle mais bien Dex, accompagné de son fidèle Barnabas.

— Salut, lui dit-elle, aussi étonnée qu'enchantée de le trouver là. Je ne m'attendais pas à te revoir si vite.

— Barnabas et moi sommes venus te demander asile pour la nuit, répondit Dex.

Elle sentit un large sourire se dessiner sur ses lèvres.

— Avec plaisir ! s'exclama-t-elle joyeusement.

Ce n'est qu'alors qu'elle avisa l'expression préoccupée qui se peignait sur le visage de Dex.

— Qu'y a-t-il ?

— Quelqu'un s'est introduit dans mon bungalow par effraction et l'a entièrement retourné, expliqua-t-il.

Elle le considéra avec effarement.

— Tu sais qui a pu faire une chose pareille ?

— C'est ce que nous essayons de déterminer, répondit-il. Il y a une équipe de la police scientifique qui est en train de passer la maison au peigne fin dans l'espoir de trouver le moindre indice. Mais je ne me fais pas trop d'illusions. Ce sont probablement des hommes du cartel qui ont fait le coup et ces types-là sont des professionnels.

— Tu penses qu'ils savent que tu travailles pour la DEA ? lui demanda Katrina, inquiète.

— Je ne sais pas, reconnut-il. Ils pourraient croire que je suis un simple détective privé. Mais, dans un cas comme dans l'autre, ils savent que mon enquête les concerne directement.

— Je vois, murmura Katrina. Entre…

Il la suivit jusqu'au salon et Barnabas trottina à sa suite, observant avec attention son nouvel environnement.

— Est-ce que tu penses que l'homme qui m'espionne et qui m'a envoyé ces lettres appartient lui aussi au cartel ? demanda Katrina.

— C'est possible, répondit-il. Ce pourrait également être un policier corrompu. Une chose est sûre : il en sait long sur ce qui se passe sur cette île. Et j'aimerais bien pouvoir m'entretenir en tête à tête avec lui.

— Je ne comprends toujours pas quel rôle il joue dans cette affaire, remarqua Katrina en fronçant les sourcils. Je ne sais même pas s'il cherche à me mettre en garde ou à me menacer.

— Je donnerais cher pour le savoir, moi aussi, murmura Dex.

12

Lorsque Katrina ouvrit les yeux, ce matin-là, elle s'aperçut avec une pointe de déception qu'elle était seule dans son lit. Un sourire teinté d'autodérision se dessina sur ses lèvres. Jamais elle n'aurait pensé qu'il lui serait si facile de s'habituer à la présence d'un nouvel homme dans sa vie.

Mais elle ne pouvait nier l'évidence : en l'espace de quelques jours, Dex Adair avait su se faire une place dans sa vie et dans son cœur.

La veille, ils avaient fait l'amour avec un mélange de passion et de tendresse qui dépassait en intensité tout ce qu'elle avait connu jusqu'alors. Jamais elle n'aurait pensé pouvoir retrouver un jour une telle complicité physique aussi bien qu'émotionnelle.

Après avoir pris une douche et s'être habillée, Katrina alla se préparer une tasse de thé et des toasts. Elle consulta alors son téléphone et trouva un SMS que lui avait envoyé Dex de bonne heure, ce matin-là. Il l'informait qu'il était parti promener Barnabas et qu'ensuite, tous deux partiraient directement travailler.

Il lui demandait également de le contacter s'il se produisait quoi que ce soit en rapport avec l'enquête

– notamment si elle avait de nouveau l'impression d'être suivie ou épiée. Il concluait son message par ces mots :

Tu me manques déjà.

En les lisant, elle sentit son cœur se serrer dans sa poitrine. Lorsqu'elle avait fait la connaissance de Dex, elle avait été frappée par l'attirance qu'il exerçait sur elle. Et elle avait craint qu'elle puisse ne pas être réciproque. Pas un instant elle n'avait pas imaginé que le fait que ses sentiments soient partagés pourrait s'avérer plus douloureux encore.

Mais elle prenait conscience aujourd'hui de la peine que lui causerait leur séparation, le moment venu. Malgré les bonnes résolutions qu'elle avait prises la veille, elle avait beaucoup de mal à faire abstraction de cette déprimante perspective. Et il lui semblait un peu étrange de se sentir tout à la fois si heureuse et si mélancolique.

Après avoir terminé son petit déjeuner, Katrina gagna son bureau et commença par passer en revue les chiffres des dernières réservations.

Jamais le Maoli Lodge n'avait été aussi prospère : presque toutes les chambres étaient réservées au cours des six semaines suivantes. L'hôtel avait retrouvé une excellente profitabilité. Et rétrospectivement, Katrina en venait à se demander si Joseph n'avait pas commis des erreurs de gestion bien plus sérieuses qu'elle ne l'avait imaginé.

Mais elle savait que cette soudaine embellie financière n'était pas une garantie suffisante : tant que le Maoli Lodge ne serait pas débarrassé du trafic de drogue qui le gangrenait, il resterait à la merci du cartel.

— Bonjour, Katrina.

Relevant les yeux des comptes qu'elle était en train

d'éplucher, Katrina avisa Alyson qui venait de pénétrer dans leur bureau.

— Bonjour, lui dit-elle. Tout va bien ?

— Eh bien, nous avons un problème. Sophie Fernandez, la femme de chambre que nous avons embauchée pour remplacer Roxanne, vient tout juste d'appeler. Elle est sortie tard, hier soir, et a eu une panne de réveil…

— Est-ce que quelqu'un peut la remplacer, au moins pour la matinée ?

— Je crois que j'ai trouvé une solution, acquiesça Alyson. J'ai juste quelques coups de fil à passer mais nous devrions nous en sortir.

— Que ferais-je sans toi ?

— Je suis certaine que tu t'en tirerais tout aussi bien, déclara modestement Alyson.

— Je n'en suis pas si sûre, objecta Katrina. Depuis que j'ai repris les tâches de Joseph, je n'ai quasiment plus de temps à consacrer aux questions de logistique.

— Justement, je pense que nous devrions reparler de ma fiche de poste, un de ces jours. Je pourrais reprendre une partie des missions de Joseph, histoire de te décharger un peu.

— C'est gentil, répondit Katrina. Je vais y réfléchir.

Elle se promit que, si elle étendait les attributions d'Alyson, elle veillerait à lui accorder une augmentation substantielle.

— À propos de fiche de poste, on dirait bien qu'un certain pianiste a pris du galon, ces derniers temps, remarqua son assistante avec un petit sourire malicieux.

Katrina se sentit rougir jusqu'à la racine des cheveux.

— C'est vrai, reconnut-elle. Nous nous entendons bien, tous les deux.

— C'est ce que j'ai cru comprendre. Et ça te réussit

plutôt bien : tu es radieuse. Je suis vraiment heureuse pour toi. Je sais que tu aimais beaucoup Joseph, mais tu es encore jeune et tu as le droit d'être heureuse.

Katrina hocha la tête. Sa rencontre avec Dex l'avait en effet convaincue que le moment était venu pour elle de tourner la page. Le temps du deuil touchait à sa fin et il était temps pour elle de renouer avec la vie. Elle pouvait à présent se permettre de retomber amoureuse...

Alors même que cette idée lui traversait l'esprit, elle ne put réprimer un frisson qui trahissait un mélange d'excitation et d'inquiétude. Car elle prenait soudain conscience du fait qu'elle était effectivement en train de tomber amoureuse de Dex Adair.

C'était peut-être un peu étrange. Après tout, tous deux ne se connaissaient que depuis quelques jours. Mais elle ne pouvait nier l'évidence de ses sentiments. Ce qu'elle éprouvait ne tenait pas seulement au désir qu'il lui inspirait – si intense soit-il. C'était un mélange complexe d'admiration, de respect, de tendresse et de complicité. Lorsqu'elle se trouvait avec lui, elle se sentait bien, heureuse même.

Certes, Dex et elle se connaissaient à peine. Mais elle avait cru connaître Joseph dont elle partageait la vie. Et que découvrait-elle, maintenant qu'il était mort ? Qu'elle n'avait en réalité su de lui que ce qu'il avait bien voulu lui laisser voir. Qu'elle avait ignoré des pans entiers de sa personnalité et de son existence.

Il y avait sans doute bien des choses qu'elle ignorait au sujet de Dex. Mais elle était profondément convaincue de connaître l'essentiel – de savoir qui il était réellement.

— Je ne sais pas où cela nous mènera, dit-elle à Alyson. Pour le moment, j'essaye de prendre les choses comme elles viennent.

— C'est très sage de ta part, approuva son assistante. Rien ne presse et vous avez tout le temps devant vous.

Katrina n'en était malheureusement pas convaincue. Lorsque l'enquête de Dex serait bouclée, il repartirait probablement pour Los Angeles, ne lui laissant que ses yeux pour pleurer. Mais bien sûr, elle ne pouvait le dire à Alyson sans trahir la couverture de Dex.

— J'ai toujours rêvé de sortir avec un musicien, déclara alors son assistante.

Katrina avait presque oublié cet aspect de la personnalité de Dex – la raison première pour laquelle elle avait fait sa connaissance. Elle se demanda comment il pouvait bien trouver le temps de pratiquer la musique, étant donné la vie trépidante qu'il menait.

— Sortir avec un détective privé a aussi des avantages, remarque, poursuivit Alyson. Et, à ce propos, est-ce que Dex est parvenu à identifier ton mystérieux correspondant ?

— Malheureusement, non. Il a exploré plusieurs pistes qui se sont révélées être des impasses. Pour le moment, nous ignorons de qui il peut bien s'agir.

Alyson haussa les épaules.

— Le fait que ce type n'ait pas cherché à te recontacter est plutôt rassurant, opina-t-elle. Ce n'était peut-être qu'une mauvaise plaisanterie, en fin de compte…

Katrina aurait bien voulu pouvoir s'en convaincre. Malheureusement, la seconde lettre qu'elle avait reçue et les accusations qu'elle contenait rendaient cette hypothèse hautement improbable…

Convaincu que sa présence ne risquait plus d'éveiller les soupçons, Dex avait décidé de faire le tour de l'hôtel avec Barnabas dans l'espoir que ce dernier parviendrait à localiser les drogues qui étaient vendues dans l'enceinte de l'établissement.

Si les trafiquants le soupçonnaient d'appartenir à la police ou même de s'intéresser au cartel en tant que détective privé, ils vcillcraient peut-être à faire momentanément disparaître ces substances prohibées. Il ne pouvait donc se permettre de perdre du temps.

Et plus vite il parviendrait à identifier les dealers, plus vite ceux-ci seraient arrêtés. Localiser ces drogues contribuerait donc directement à assurer la sécurité de Katrina. Et c'était devenu la première de ses priorités.

Il ne laisserait personne faire de mal à une femme dont il était tombé amoureux. Car Dex ne se faisait aucune illusion : il était bel et bien amoureux d'elle. Et cela n'avait rien de surprenant : elle possédait toutes les qualités qu'il rêvait de trouver chez une compagne. Elle était intelligente, pleine d'humour, dotée de valeurs solides et de grandes qualités de cœur. Et c'était aussi l'une des femmes les plus séduisantes qu'il lui ait été donné de rencontrer.

Le seul problème, en définitive, venait du fait que tous deux vivaient à plus de quatre mille kilomètres l'un de l'autre, séparés par la moitié de l'océan le plus vaste de la planète. Ce n'était pas une difficulté insoluble, mais s'il voulait que cette relation ait un avenir, il allait sans doute devoir consentir quelques sacrifices.

Dex savait qu'il devrait bientôt avoir une discussion avec Katrina à ce sujet. Mais il devait d'abord clore cette enquête et abattre le cartel qui sévissait au Maoli Lodge. Et pour cela, il comptait beaucoup sur le flair infaillible de son compagnon à quatre pattes.

Tous deux remontèrent le couloir qui conduisait au

Kahiko Lounge. À cette heure de la journée, le bar était désert. Il n'y avait même pas trace de Gordon, l'ombrageux maître des lieux. Avisant le piano qui trônait dans un coin de la pièce, Dex fut pris d'une soudaine envie de jouer.

Il n'avait pas de set programmé, ce jour-là, mais cela ne l'empêchait pas de réviser les derniers morceaux traditionnels hawaïens qu'il avait appris et n'avait pas encore eu l'occasion de jouer. Après avoir décroché la laisse de Barnabas, il prit place sur le tabouret et laissa ses mains courir sur le clavier, esquissant quelques gammes pour s'échauffer.

Barnabas fit mine de s'étendre à ses côtés. Mais, alors qu'il était sur le point de s'allonger, il se redressa brusquement, les oreilles dressées et le museau en alerte. Dex cessa aussitôt de jouer et observa attentivement le chien qui se dirigea droit vers le bar.

Parvenu à proximité, Barnabas se dressa sur ses pattes arrière et posa celles de devant sur le comptoir avant d'émettre un aboiement bref qui ne trompait pas. Il avait repéré quelque chose de suspect.

Sans attendre, Dex le rejoignit et avisa ce qui avait attiré son attention : c'était une boîte en plastique ronde qui devait contenir un gâteau. Curieux, Dex attrapa une serviette en papier et s'en servit pour soulever précautionneusement le couvercle de la boîte.

En guise de gâteau, l'intérieur de la boîte était empli de grains de café au milieu desquels reposait une brique de poudre blanche enveloppée dans du papier cellophane. Dex le souleva et l'approcha de ses narines tandis que Barnabas laissait échapper un nouvel aboiement.

— Bien vu, mon vieux, le félicita Dex. C'est bien de la cocaïne.

Il y avait deux autres paquets identiques, ce qui devait représenter au moins deux kilos. Il y en avait donc pour plusieurs dizaines de milliers de dollars. Toute la question était de savoir qui avait apporté cette drogue ici et à qui elle était destinée.

Dex tapota affectueusement le crâne de Barnabas.

— Tu es le meilleur, lui dit-il.

Le chien aboya pour marquer son approbation.

C'est alors que Gordon Guerrero pénétra dans la pièce. Il portait une caisse de vin.

— Salut, dit-il à Dex qui avait tout juste eu le temps de remettre en place le couvercle de la boîte.

— Est-ce que vous savez d'où vient ce gâteau ? demanda Dex.

— Pourquoi cette question ? s'enquit Gordon.

Dex décida qu'il était temps de tomber le masque. S'il voulait interroger le barman, il aurait besoin de la légitimité que lui procurait son statut d'agent de la DEA. Cela permettrait également que le témoignage de ce dernier puisse être utilisable dans l'enceinte d'un tribunal.

— Je suis l'agent spécial Dex Adair, de la DEA, se présenta-t-il en exhibant son badge. Et Barnabas est un chien renifleur spécialisé dans la détection de stupéfiants.

Gordon le considéra avec une évidente stupeur mêlée d'une pointe d'inquiétude.

— Est-ce que Katrina est au courant ? demanda-t-il.

— Oui, répondit Dex sans ajouter plus de précision.

Pour le moment, tout ce qui lui importait, c'était ce que Barnabas venait de découvrir.

— Revenons-en à cette boîte, reprit-il. Qui l'a apportée ?

— Une employée de la pâtisserie, répondit Gordon. Elle m'a dit que c'était pour un client qui devait fêter son anniversaire.

— Est-ce que ce genre de chose se produit souvent ?

— Tout le temps, répondit Gordon en haussant les épaules. Il y a des anniversaires, des demandes en mariage, des baptêmes ou des bar-mitsvah... Dans le cas des remises de diplômes ou des cérémonies de mariage, on peut nous livrer des dizaines de gâteaux.

— Dites-moi tout ce que vous savez au sujet de cette livreuse.

— Puis-je savoir pourquoi vous vous intéressez autant aux pâtisseries, agent Adair ?

— Parce que cette boîte ne contient pas un gâteau mais de la cocaïne.

— C'est une blague ?

— Croyez-moi, je n'ai pas pour habitude de plaisanter lorsqu'il est question de drogue, lui assura Dex. À quel client ce prétendu gâteau est-il destiné ?

— Elle a juste dit qu'il s'appelait Julio, répondit Gordon.

Dex se figea. Se pouvait-il qu'il s'agisse du dealer qui fournissait du fentanyl et de la méthamphétamine à Larry Nakanishi et Joseph Sizemore ? Celui qui avait mystérieusement disparu, peu de temps auparavant ? Et si tel était le cas, cela signifiait-il que Larry lui avait menti à ce sujet ?

— Quand ce Julio est-il censé venir récupérer son gâteau ? demanda Dex.

— La livreuse a dit qu'il passerait vers midi.

Dex jeta un coup d'œil à sa montre et constata que cela lui laissait environ une heure. Ce serait probablement un peu juste, mais il n'avait pas le choix : Julio pouvait se révéler être un témoin capital – le maillon faible dont ils avaient besoin pour faire tomber le cartel.

— Très bien, déclara Dex. Katrina semble vous faire

confiance et je vais vous laisser le bénéfice du doute, Guerrero. J'espère vraiment que vous n'êtes pas mêlé à tout ça.

— Non ! Bien sûr que non ! s'exclama Gordon avec emphase. Et si quelqu'un vend vraiment de la drogue au sein du Maoli Lodge, vous pouvez compter sur moi pour vous aider à le coincer.

— D'accord, acquiesça Dex. Commencez donc par me décrire cette femme. Ensuite, j'aurai besoin de votre aide pour tendre un piège à ce Julio.

— Entendu. Vous n'aurez qu'à me dire quoi faire. En ce qui concerne la fille, elle est de type hawaïen, entre vingt et trente ans, mince, très jolie, avec de longs cheveux noirs attachés en queue-de-cheval. Je ne peux pas vous en dire beaucoup plus.

— Cela devrait suffire pour commencer, surtout si vous connaissez le nom de la pâtisserie pour laquelle elle travaille…

— Malheureusement, non.

Réprimant un soupir, Dex s'écarta légèrement pour appeler Ishikawa et Lynda. Il leur fit rapidement part de ce qu'il venait de découvrir. Puis il appela Pietz et recommença. Le policier accueillit la nouvelle avec enthousiasme et lui promit de lui envoyer tous les hommes dont il aurait besoin.

Il ne restait plus à Dex qu'une chose à accomplir, peut-être la plus difficile : il allait devoir annoncer à Katrina que les soupçons de la police s'étaient avérés fondés et que son hôtel servait bel et bien de couverture à un trafic de drogue.

Pire encore, l'homme qu'ils s'apprêtaient à arrêter était peut-être celui-là même qui, volontairement ou non, avait provoqué la mort de Joseph Sizemore.

13

En apprenant que le cartel avait fait livrer plus de deux kilos de cocaïne cachés dans une boîte de gâteau, Katrina avait éprouvé un puissant mélange de dégoût et de colère. Pire encore, l'homme à qui la drogue était destinée était peut-être celui à qui Joseph avait acheté les stupéfiants qui avaient causé sa mort.

À peine remise de cette surprise, Katrina avait découvert que Dex n'était pas le seul agent de la DEA à s'être infiltré au sein de l'hôtel. Avec stupeur, elle avait appris que Sylvester Ishikawa et Lynda Krause qu'elle connaissait sous le nom de Hayashi travaillaient également sous couverture.

— Nous pensons que la drogue transite par une pâtisserie qui sert sans doute de façade et permet au cartel d'acheminer la drogue en toute impunité. Nous essayons à l'heure actuelle de localiser la femme qui a transporté la cocaïne.

— Depuis combien de temps se servent-ils de ce subterfuge, à ton avis ? s'enquit Katrina.

— C'est difficile à dire. Mais si la méthode leur a aussi bien réussi, cela peut faire des mois qu'ils opèrent de cette façon. Le fait que ce Julio ait été en contact avec Joseph tendrait à prouver que leur implantation ne date pas d'hier.

— Est-ce que tu as vérifié si nous avions un client portant ce nom ?

— Oui et il ne semble pas que ce soit le cas.

— Peut-être utilise-t-il un pseudonyme.

Dex secoua la tête.

— Très franchement, je ne pense pas qu'il ait pris une chambre. Je n'en vois pas l'intérêt : cela représenterait un risque inutile alors qu'il lui suffit de se présenter à l'heure dite pour récupérer le prétendu gâteau.

— Et quand est-il censé le faire ?

— D'ici quelques minutes, répondit Dex en jetant un coup d'œil à sa montre. Après réflexion, nous avons décidé de lui remettre la drogue et de le filer discrètement en espérant que cela nous permettra de remonter jusqu'à ses commanditaires. Au pire, nous pourrons toujours l'arrêter ultérieurement si cette stratégie n'aboutit pas. A priori, l'opération est sans danger, mais je te conseille tout de même de rester tranquillement dans ton bungalow en attendant que tout soit terminé.

— Tu crois vraiment que c'est nécessaire ?

— Disons que je préfère ne courir aucun risque inutile, répondit-il. Je tiens beaucoup à toi, Katrina, et s'il t'arrivait quelque chose, je ne me le pardonnerais jamais.

— Moi aussi, je tiens à toi, Dex, lui avoua-t-elle, le cœur battant à tout rompre. Alors promets-moi que tu ne prendras aucun risque inutile.

— Je te le jure. J'ai beaucoup trop à perdre à présent pour me conduire de façon irresponsable. Tu ne te débarrasseras pas de moi aussi facilement.

Katrina ne put s'empêcher de sourire. Comment était-elle censée résister à un homme tel que lui ? Il était aussi courageux et volontaire qu'attentionné et tendre. Et elle savait déjà que, s'il devait disparaître de sa vie, il laisserait derrière lui un vide qu'elle ne parviendrait sans doute jamais à combler.

— *Mahalo*, lui dit-elle. Je vais suivre ton conseil et retourner dans ma chambre. Viens me prévenir dès que ce sera fini, d'accord ?

— C'est promis, lui assura-t-il.

Se penchant vers elle, il effleura ses lèvres d'un petit baiser qui éveilla en elle un délicieux frisson. Puis il se détourna et s'éloigna à grands pas en direction du Kahiko Lounge. Tandis qu'elle le suivait des yeux, Katrina s'efforça de se défaire du sombre pressentiment qui l'habitait.

— Tout se passera bien, murmura-t-elle. Il le faut.

Dex était assis à l'une des tables du Kahiko Lounge en compagnie de Lynda et d'Ishikawa. Tous trois faisaient mine de discuter en sirotant des cocktails dépourvus de la moindre goutte d'alcool.

D'autres policiers en civil se trouvaient dans la salle du bar ainsi qu'en différents endroits stratégiques du Maoli Lodge. Ils se faisaient passer pour des touristes ou pour des membres du personnel. Leur présence n'était qu'une précaution qui, si tout se passait comme prévu, s'avérerait inutile.

Si Dex avait initialement pensé arrêter le fameux Julio pour pouvoir l'interroger, Ishikawa et Pietz l'avaient convaincu qu'il serait plus judicieux de le laisser repartir et de le prendre en filature.

Sur le papier, cette stratégie semblait effectivement prometteuse. Mais Dex travaillait pour la DEA depuis suffisamment longtemps pour savoir que les plans les plus parfaits pouvaient virer au désastre en l'espace de quelques minutes.

Aussi avait-il disposé les hommes fournis par Pietz de façon à sécuriser les lieux et à protéger les véritables clients et employés de l'hôtel. Où qu'il se trouve, Julio serait toujours dans la ligne de mire d'un ou de plusieurs de ses collègues.

Le fait que Katrina se soit laissé convaincre de demeurer à l'abri contribuait à rassurer un peu Dex. La savoir en sécurité lui permettait de se concentrer pleinement sur l'opération en cours.

À midi pile, la porte du Kahiko Lounge s'ouvrit, laissant apparaître un homme de type hawaïen. Il était plutôt petit mais solidement bâti, avec d'épais cheveux noirs et un bouc bien dessiné. Il portait un T-shirt sans manches qui mettait en valeur ses bras musculeux, un jean moulant et une paire de baskets montantes neuves.

— C'est parti, murmura Dex à l'intention de ses compagnons.

Le suspect s'avança tranquillement vers le bar sur lequel était posée la boîte à pâtisserie.

— Il ne nous manque que du pop-corn, ironisa Ishikawa.

— Je préférerais un morceau de gâteau, objecta Lynda. Enfin, pas celui-là, bien sûr…

Dex avait déjà sorti son téléphone portable pour envoyer le message indiquant à tous les agents que leur suspect était arrivé.

Ce dernier était en train d'échanger quelques mots avec Gordon qui joua le jeu et lui répondit de façon décontractée. Au bout de quelques instants, le barman lui remit la boîte. Julio le remercia et fit demi-tour pour regagner la sortie. Les trois agents de la DEA attendirent qu'il ait quitté la pièce avant de sortir à leur tour en feignant de poursuivre leur discussion.

Parvenus dans le hall de réception, ils virent Julio emprunter la porte principale pour se diriger vers une jeep Cherokee de couleur noire qui était garée non loin de là. C'était une voiture de ce genre que conduisait l'homme qui avait envoyé les lettres anonymes à Katrina.

Julio ne correspondait cependant pas à la description de l'homme qui l'avait suivie dans le centre commercial et de celui qui avait payé la fille pour lui apporter la deuxième lettre. S'agissait-il d'un associé de Julio ? Et si tel était le cas, pourquoi avait-il transmis ces informations à Katrina ?

À ce stade de l'enquête, rien ne permettait de répondre à ces questions. Suivant le plan qu'ils avaient établi, les trois agents de la DEA empruntèrent la voiture de Dex pour prendre Julio en filature. Ils prirent garde de maintenir une certaine distance entre les deux véhicules.

— Où crois-tu qu'il va emporter la drogue ? demanda Lynda qui était assise à côté de Dex, sur le siège passager.

— Vu la quantité de drogue qu'il transporte, probablement dans un endroit où il va pouvoir la réensacher et éventuellement la couper.

— Je suis d'accord, approuva Ishikawa qui se trouvait sur la banquette arrière. Il ne peut pas se permettre de se promener très longtemps avec autant de cocaïne sur lui…

Dex remarqua alors que la jeep qu'il suivait de loin avait brusquement accéléré. De toute évidence, Julio cherchait à les semer.

— On dirait que nous sommes repérés, remarqua Dex.

Lynda laissa échapper un juron haut en couleur et décrocha son téléphone pour prévenir les autres policiers.

Comprenant que la discrétion n'était plus de mise, Dex accéléra à son tour.

— Tu peux fuir, mais tu n'as nulle part où te cacher, murmura-t-il.

— De l'avantage d'être sur une île, ironisa Ishikawa.

Julio ne paraissait pas décidé pour autant à se déclarer vaincu et il augmenta encore l'allure. Si Dex ne redoutait pas de le voir s'échapper, il craignait que Julio ne finisse par provoquer un accident qui pourrait causer des victimes innocentes.

— Je crois que je sais où il va, déclara Ishikawa au bout d'un moment. Aux entrepôts où je suis allé faire des repérages, juste avant que Pietz arrête Kenneth Monaghan.

— C'est vrai, s'exclama Dex. Ça m'était complètement sorti de l'esprit. Tu ne m'as jamais dit comment tu étais tombé dessus, d'ailleurs.

— J'ai repéré une camionnette qui est régulièrement garée sur le parking du Maoli Lodge. Le logo correspondait à un centre de stockage, le genre d'endroit où tu peux louer un box ou un entrepôt.

— Et qu'as-tu trouvé ?

— Rien de très concluant. Il y a des tas d'unités de stockage et la drogue aurait pu être dans n'importe laquelle.

— Nous n'allons peut-être pas tarder à en apprendre un peu plus, murmura Lynda.

Et, de fait, l'intuition d'Ishikawa se révéla être la bonne : ils poursuivirent la jeep de Julio jusqu'au centre de stockage qui était situé sur Koloa Road, dans la petite ville de Kalaheo, juste à côté de Poipu. Ils arrivèrent juste à temps pour voir Julio descendre de voiture, sa boîte de gâteau à la main, et se précipiter en direction de l'un des hangars les plus importants à l'intérieur duquel il s'engouffra.

Craignant que la jeep ne puisse être piégée, Dex se gara à prudente distance. Tous trois descendirent de voiture et convinrent d'attendre Pietz et ses hommes avant de passer à l'action.

— S'il est venu ici, c'est probablement qu'il espère y trouver des renforts, remarqua Lynda.

— Oui. Il n'a pas l'air de vouloir se rendre, acquiesça Dex en fronçant les sourcils.

Le tour que prenait la situation ne lui plaisait pas du tout. Si Julio était décidé à résister, il risquait fort de se faire tuer et ils perdraient un témoin précieux. Dex commençait à regretter amèrement de ne pas avoir suivi son instinct.

D'un autre côté, s'ils avaient essayé d'arrêter Julio à l'hôtel et que ce dernier avait résisté, cela aurait pu virer au véritable bain de sang. Ici, au moins, le risque de causer des victimes collatérales était nettement plus limité.

Ils ne tardèrent pas à être rejoints par Clayton Pietz et ses hommes qu'ils mirent au courant de la situation. Après les avoir écoutés, le policier employa un mégaphone pour ordonner à Julio de sortir du hangar et de se rendre.

Quelques minutes s'écoulèrent avant qu'ils se rendent à l'évidence : Julio n'avait visiblement pas l'intention de se constituer prisonnier.

— Nous allons donner l'assaut, déclara Pietz. Nous ne pouvons pas attendre indéfiniment alors qu'il y a peut-être un tunnel qui part de l'intérieur du hangar et qui pourrait lui permettre de s'échapper.

— Je suis d'accord, approuva Dex. Mais essayons de le prendre vivant dans la mesure du possible.

Les policiers enfilèrent leurs gilets pare-balles et s'équipèrent de fusils à pompe et de carabines. Ils avaient bien conscience de ne pas bénéficier de l'effet de surprise. De plus, contrairement à leurs adversaires, ils évolueraient en terrain inconnu.

Pietz constitua donc des paires d'agents chargés de se protéger mutuellement. Lui-même serait avec Dex tandis que Lynda et Ishikawa feraient équipe. Au signal de Pietz, les policiers s'élancèrent en direction du hangar. Deux d'entre eux, munis de béliers, enfoncèrent les portes métalliques avant de s'écarter pour laisser passer leurs collègues.

Dès qu'ils pénétrèrent dans l'entrepôt, ils furent accueillis par un tir de barrage nourri. Se dispersant, ils se placèrent à couvert et contre-attaquèrent. Dans l'enceinte confinée, le bruit était assourdissant.

— Rendez-vous ! hurla Pietz dans son mégaphone. Vous n'avez aucune chance.

Une réponse lui parvint sous la forme d'une nouvelle salve de tirs. Comprenant qu'il n'y avait aucune reddition à attendre, Pietz déploya ses hommes en tenaille, de façon à ce qu'ils contournent les caisses métalliques derrière lesquelles leurs adversaires avaient trouvé refuge.

Le combat fut aussi bref que déséquilibré. S'ils étaient munis de fusils-mitrailleurs, Julio et son complice n'étaient que deux face à une dizaine d'hommes. En dépit du combat acharné qu'ils livrèrent, blessant deux des policiers, ils se retrouvèrent rapidement pris au centre d'un feu croisé qui ne leur laissait aucune chance.

Au grand dam de Dex, leur entêtement leur coûta la vie, privant les enquêteurs de deux témoignages qui auraient pu s'avérer précieux. Dex se convainquit cependant que, même s'ils étaient parvenus à les capturer vivants, les deux hommes auraient probablement refusé de parler. Après tout, ils n'avaient pas hésité à sacrifier leur vie pour le cartel.

Le contenu du hangar confirma en revanche s'il en était besoin l'importance du trafic qui sévissait sur l'île. En plus de la cocaïne que Julio était passé chercher au Maoli Lodge, ils trouvèrent d'importantes quantités d'oxycodone, d'hydrocodone, de fentanyl et de méthamphétamine. Au moins, songea Dex, cette descente éviterait que tous ces stupéfiants ne se retrouvent dans les rues.

— Regarde ce que j'ai trouvé, s'exclama Lynda.

Dans sa main gantée, elle tenait ce que les policiers avaient surnommé un pistolet fantôme, une arme assemblée de façon artisanale qui n'était donc pas officiellement répertoriée et ne possédait pas de numéro de série.

— Il y en a toute une caisse, précisa Lynda. J'ai aussi trouvé des armes plus classiques : des Bushmaster .223, des carabines AR-15 et des pistolets HS Produkt de calibre .45. Sans parler de tas de munitions…

— Il y a aussi pas mal d'argent en liquide, renchérit Ishikawa. Probablement le fruit de la vente de drogue.

— Bonne pioche, on dirait, ironisa Dex. Même si rien ne nous permet de remonter jusqu'aux gros bonnets du cartel, nous aurons au moins la satisfaction de leur avoir infligé un coûteux revers.

— Malheureusement, ils doivent en avoir l'habitude, intervint Pietz. Ce genre de descentes fait partie des risques du métier, pour eux. Je suis prêt à parier que leurs comptables les budgètent à l'avance. Mais nous n'allons pas en rester là. Nous avons un autre fil à tirer : la pâtisserie d'où provenait la drogue. Il faut que nous désorganisions durablement leur filière.

— Mais s'ils apprennent que ce hangar est tombé,

ils sauront que nous sommes sur leurs talons et ils risquent d'arrêter les activités de la pâtisserie en question, remarqua Dex. Il va falloir frapper vite et fort. Avec un peu de chance, nous les forcerons ainsi à bouger et à se dévoiler…

14

En pénétrant dans le Kahiko Lounge, Katrina observa attentivement les lieux. Mais rien ne laissait deviner le drame qui s'était joué là moins de deux heures auparavant.

Dex l'avait appelée pour lui dire qu'elle ne risquait plus rien. Apparemment, Julio les avait conduits jusqu'à un hangar où étaient stockées de la drogue et des armes. Malheureusement, le dealer avait résisté et s'était fait tuer avant d'avoir pu livrer l'identité des autres trafiquants.

Cela signifiait hélas que le Maoli Lodge n'était pas encore à l'abri des agissements du cartel. En attendant que Dex et ses collègues en viennent à bout, Katrina était bien décidée à rassurer ses clients et son personnel.

Elle traversa donc la salle en échangeant quelques mots avec les uns et les autres. Parvenue devant le bar, elle adressa un petit salut de la tête à Gordon.

— Est-ce que ça va ? lui demanda-t-il d'un ton plein de sollicitude.

— Aussi bien que possible, en de telles circonstances, répondit-elle avec un pâle sourire.

— Depuis combien de temps savais-tu que Dex était un agent de la DEA sous couverture ? s'enquit le barman, curieux.

— Quelques jours, répondit-elle. Mais je lui avais juré de garder le secret.

— Je vois, acquiesça Gordon.

— Merci d'avoir accepté de jouer le jeu, lui dit-elle. Sans ton aide, Julio aurait probablement compris bien plus vite qu'il s'agissait d'un piège.

— J'ai fait ce que j'estimais juste, répondit-il modestement. Et je te jure que si j'avais su ce que contenait cette boîte, je n'aurais jamais laissé cette fille la déposer sur mon bar.

— Je m'en doute, opina Katrina. Il faudra que nous soyons nettement plus prudents, à l'avenir. Nous ne pouvons pas courir le risque d'être accusés de complicité de trafic de drogue.

— Je suis d'accord, approuva Gordon. Et je te promets que cela ne se reproduira pas. Au moins, la police a réussi à retrouver le QG de ce type, si j'ai bien compris.

— Oui. J'espère que cela permettra de sauver des vies.

Au fond, c'était pour cela que Dex s'était engagé au sein de la DEA : il espérait éviter à d'autres de subir le même sort que sa sœur qu'il n'avait pu protéger. Elle n'osait imaginer ce qu'il avait bien pu ressentir en apprenant la nouvelle de la mort de Rita.

— Moi aussi, je l'espère, répondit Gordon.

— Bien, je vais te laisser, conclut Katrina en avisant les nombreux clients qui se massaient devant son bar. Encore merci.

— Il n'y a pas de quoi, lui assura-t-il.

Katrina regagna son bureau où Alyson l'attendait. Une expression préoccupée se peignait sur le visage de son assistante.

— Tu peux me dire ce qui s'est passé au Kahiko

Lounge ? lui demanda-t-elle. J'ai entendu dire que la police avait fait une descente. Est-ce que c'est vrai ?

— Pas exactement, répondit Katrina.

Alyson fronça les sourcils.

— Que veux-tu dire par là ?

Katrina décida qu'il y avait désormais suffisamment de personnes au courant de la situation pour qu'elle puisse en parler ouvertement à son assistante.

— Quelqu'un a livré ce qui était censé être un gâteau d'anniversaire à remettre à l'un de nos clients. En réalité, la boîte contenait de la cocaïne.

— C'est une blague ? s'exclama Alyson.

— Malheureusement, non. Lorsque la police l'a su, elle a décidé de filer l'homme à qui le paquet était destiné. Apparemment, ils l'ont suivi jusqu'à un hangar où il s'était réfugié avec un autre criminel. Ils ont voulu résister à leur arrestation et se sont fait tuer. Mais cela a permis à la police de retrouver une quantité importante d'armes et de drogue.

— Tu aurais quand même pu me prévenir, s'exclama Alyson. J'aurais bien aimé savoir quoi répondre à tous les clients et membres du personnel qui me bombardaient de questions.

— Je suis désolée, s'excusa Katrina. Mais la police préférait limiter au maximum le nombre de gens au courant de l'opération afin d'éviter tout risque que la nouvelle parvienne aux oreilles de l'homme qu'ils cherchaient à piéger.

— Je comprends, acquiesça gravement Alyson. Et j'imagine en effet qui tu n'avais pas vraiment le choix, étant donné les circonstances.

— Exact. Mais je suis contente que tout cela soit terminé. J'espère que ce cauchemar sera très vite terminé et que nous pourrons nous remettre au travail sans craindre que le Maoli Lodge ne serve de façade à un trafic de drogue.

— Je suis d'accord, approuva Alyson. Ce genre d'incidents risquerait de nuire à notre réputation. Je suis heureuse que la police ait pu tuer le serpent dans l'œuf.

Katrina ne put réprimer un frisson en l'entendant prononcer ces mots. De son côté, elle aurait largement préféré que Dex et ses collègues parviennent à capturer Julio vivant pour pouvoir l'interroger non seulement sur le cartel mais aussi sur ce qui était réellement arrivé à Joseph.

Malheureusement, le dealer avait emporté ses secrets dans sa tombe…

Quelques heures après la fusillade qui avait eu lieu à l'entrepôt, Lynda vint informer Dex qu'elle avait obtenu les résultats des recherches effectuées dans le fichier central des empreintes digitales.

— Ces types étaient effectivement des pros, lui indiqua-t-elle. Sans surprise, ils étaient tous les deux fichés.

— Je t'écoute, l'encouragea Dex en prenant place à côté d'elle dans le bureau qu'on leur avait attribué temporairement au sein du quartier général de la police à Lihue.

— Le complice de Julio est un Américain originaire des Philippines âgé de trente-six ans appelé Freddie Bautista. Il a été arrêté à deux reprises à New York et Honolulu, la première fois pour avoir revendu de la méthamphétamine et la deuxième fois de fausses pilules d'oxycodone qui contenaient en réalité du fentanyl.

— Charmant garçon, apparemment, commenta Dex. Et le fameux Julio ? Qui était-ce, exactement ?

— Son nom complet est Eduardo Julio Nihei, répondit Lynda. Il est âgé de trente-deux ans et a également été inculpé à de nombreuses reprises dans des affaires de trafic de drogue et d'armes. Il est notamment recherché dans l'Arizona pour avoir revendu du fentanyl, de l'ecstasy et de la méthamphétamine.

— Cela tendrait donc à confirmer que c'est bien lui qui a fourni à Sizemore les drogues qu'il consommait, ainsi que nous l'a indiqué Larry Nakanishi, remarqua Dex. Cela ne nous explique toujours pas quel intérêt il aurait bien pu avoir à le tuer, si c'est vraiment ce qui s'est passé. Ni quels liens existent avec l'homme qui a envoyé ces lettres anonymes à Katrina.

— Une chose est sûre, en tout cas, Bautista et Julio n'agissaient pas seuls. J'ai fait quelques recherches sur leurs complices potentiels et j'ai découvert que Julio avait un frère plus âgé que lui appelé Rafael Carlos Nihei. Lui aussi a un casier judiciaire chargé avec des affaires de drogue, d'agression avec violence et de racket.

Elle fit apparaître sur son écran une photo de l'homme en question. Il ressemblait à Julio mais son visage était plus rond, il n'avait pas de bouc et avait les cheveux courts et rasés sur les côtés.

— On soupçonne Carlos de superviser l'acheminement de la drogue du continent vers Hawaï.

— Ce qui signifierait que Julio travaillait pour lui et non l'inverse.

— C'est ce que je pense, en effet.

— Beau boulot, Lynda. On dirait bien que tu as réussi à identifier un autre morceau du puzzle.

— La question que je me pose, c'est combien il nous en reste encore à découvrir, remarqua-t-elle.

Avant que Dex ait pu lui répondre, ils furent rejoints par Ishikawa.

— Je viens d'avoir le rapport de la police scientifique concernant la jeep que Julio conduisait. Pour le moment, les seules empreintes exploitables qu'ils sont parvenus à relever sont celles de Julio et de Freddie Bautista.

— Et les analyses ADN ?

— Elles sont toujours en cours.

— J'espère qu'elles seront plus probantes. Je ne crois pas aux coïncidences et je reste convaincu qu'il s'agit bien du véhicule que conduisait l'homme qui suivait Katrina et qui lui a fait parvenir ces lettres.

— Est-ce qu'on a des nouvelles de la femme qui a apporté le gâteau ? demanda Lynda.

Ishikawa prit place sur l'une des chaises qui se trouvaient face à eux.

— Clayton Pietz semble convaincu qu'ils auront très bientôt un nom et une adresse.

— Espérons que cette prédiction se réalise, acquiesça Dex.

Cette femme pourrait peut-être leur fournir une image un peu plus précise de l'organisation du cartel et leur dire qui y était mêlé. Malheureusement, si Carlos Nihei apprenait les circonstances de la mort de son frère, il déciderait peut-être de se débarrasser de ce témoin gênant – ou, au moins, de l'exfiltrer rapidement.

Plus que jamais, tout était une question de temps et chaque minute qui s'écoulait jouait en leur défaveur. Plutôt que de rester les bras croisés en attendant le résultat des investigations de Pietz et de ses hommes, Dex décida donc d'aller vérifier l'une de ses hypothèses.

— Agent spécial Dex Adair, DEA, se présenta Dex en montrant son badge.

Larry Nakanishi le considéra d'un air effaré.

— Je croyais que vous étiez détective privé ? objecta-t-il.

— Je travaillais sous couverture, répondit Dex. Mais les circonstances ont changé.

— Vous venez m'arrêter pour cette histoire de méthamphétamine ? lui demanda Larry, inquiet.

— Par chance pour vous, je ne m'intéresse pas à vos erreurs passées, ni même à celles que vous pourriez commettre aujourd'hui.

— Si vous enquêtez toujours sur la mort de Joseph, je vous ai déjà dit tout ce que je savais.

— Peut-être pas tout, répondit Dex.

Il sortit son téléphone portable et fit apparaître une photo d'Eduardo Julio Nihei.

— Est-ce bien le dealer dont vous m'avez parlé ? Le fameux Julio qui a vendu de la méthamphétamine à Joseph, le jour où il est mort ? Prenez tout votre temps.

— Inutile, lui dit Larry. C'est bien lui. Je le reconnais parfaitement.

Dex s'était attendu à cette réponse, mais il avait désormais un témoignage concret à verser au dossier.

— Est-ce qu'il est de retour à Kauai ? s'enquit Larry, curieux.

— Je ne suis pas sûr qu'il ait vraiment quitté l'île, déclara Dex. Pourquoi cette question ? Vous comptez lui acheter quelque chose ?

— Non, je vous l'ai dit : j'en ai vraiment terminé avec tout ça.

— Ça tombe bien, répondit Dex. Parce que Julio ne fournira plus jamais aucun camé. Il est mort.

Il vit Larry pâlir légèrement.

— Je vais vous laisser retourner à votre travail, déclara Dex.

Sur ce, il tourna les talons et quitta la boutique aussi soudainement qu'il y était entré.

De retour au Maoli Lodge, Dex alla directement trouver Katrina dans son bureau.

— Je ne te dérange pas ? lui demanda-t-il lorsqu'elle l'eut invité à entrer.

— Jamais, répondit-elle sans hésiter. Je suis heureuse de te voir et infiniment soulagée que tu n'aies pas été blessé dans cette fusillade !

— Très franchement, ils n'avaient aucune chance. Je regrette seulement qu'ils ne l'aient pas compris. Nous n'aurions sans doute pas tiré grand-chose d'eux mais, au moins, ils auraient pu être traduits en justice.

— J'imagine, approuva Katrina. Mais ils ne vous ont pas vraiment laissé le choix, si j'ai bien compris.

Dex hocha la tête.

— Le dealer qui est venu chercher la cocaïne et que nous avons suivi est le même que celui qui a vendu de la drogue à Joseph, le jour où il est mort. Larry Nakanishi me l'a confirmé. Il s'appelait Eduardo Julio Nihei.

Dex sortit son téléphone et afficha une photo du dealer qu'il montra à Katrina.

— Est-ce que sa tête te dit quelque chose ?

Elle étudia longuement son visage avant de secouer la tête.

— Je ne pense pas l'avoir déjà vu. Et je n'arrive toujours pas à croire que Joseph ait pu fréquenter ce genre de personnes.

— Malheureusement, les consommateurs de drogue

ont une fâcheuse tendance à se retrouver en contact avec des individus peu recommandables.

Il ne put s'empêcher de penser à sa sœur et à son petit ami dealer.

— J'imagine, soupira tristement Katrina.

Dex lui montra ensuite les photos de Rafael Carlos Nihei et de Freddie Bautista.

— Et ceux-là ? Ils te disent quelque chose ?

— Pas plus, répondit-elle. Pourquoi ? Ils devraient ?

— Celui-ci était avec Julio, dans le hangar. Celui-là est le frère de Julio et il est probablement mêlé au trafic de drogue. Je me demandais si l'un d'eux pouvait être l'homme que tu as vu dans le centre commercial.

— Non. Il était de type caucasien.

— C'est ce qu'il m'avait semblé, en effet, reconnut Dex. Mais je voulais en être sûr. J'avoue que je ne vois toujours pas quel rôle il peut bien jouer dans cette affaire, pour le moment.

— Qu'est-ce qui te fait dire qu'il pourrait avoir un rapport avec ces gens-là ?

— La voiture que Julio conduisait : une jeep Cherokee de couleur noire.

Il vit Katrina pâlir légèrement.

— Je vois, murmura-t-elle d'une voix blanche. Cela expliquerait au moins pourquoi il était si bien informé au sujet de Joseph.

— Cela veut dire aussi que nos adversaires avaient percé à jour ma couverture dès le début, remarqua Dex.

— C'est vrai.

— Nous sommes malheureusement loin d'en avoir fini avec le cartel, ajouta-t-il. Je te conseille donc de redoubler de prudence. Tu intéressais déjà au moins ton mystérieux correspondant qui est toujours dans la nature. Et le fait que nous sortions ensemble, désormais, fait potentiellement de toi une cible.

— Alors nous sortons ensemble ? lui demanda-t-elle avec un pâle sourire.

— J'en ai bien peur, acquiesça-t-il en riant. J'espère que ça ne te pose pas de problème…

— Au contraire, répondit-elle. C'est la seule bonne nouvelle de la journée !

Avant que Dex ait pu lui répondre, ils furent interrompus par la sonnerie de son téléphone portable. Il aurait voulu pouvoir l'ignorer mais, étant donné les circonstances, c'était totalement impossible.

— Il faut que je décroche, s'excusa-t-il.

— Bien sûr, lui dit-elle.

— Adair ? C'est Pietz. Je tenais à vous informer que nous avions formellement identifié la livreuse de la cocaïne. C'est une certaine Laurie Hoapili. Elle est âgée de vingt-sept ans et tient une pâtisserie appelée Aux délices de Laurie qui est située à Hanapepe. C'est sur la côte, à quelques kilomètres à l'ouest de Poipu. Nous pensons qu'elle travaille également pour Rafael Carlos Nihei, le frère de Julio. Je viens de vous envoyer sa photo.

Dex fit apparaître le message qu'il venait de recevoir et qui contenait effectivement la photo d'une très jolie jeune femme de type hawaïen avec de grands yeux bruns, une bouche sensuelle et de longs cheveux d'un noir de jais.

— Nous sommes actuellement en route pour la pâtisserie avec un mandat d'arrêt au nom de Mlle Hoapili. Nous avons également un mandat de perquisition pour fouiller sa boutique et son domicile. Si vous voulez nous rejoindre avec votre chien, son aide sera la bienvenue.

— Je vous retrouve là-bas, déclara Dex.

— Parfait, je vous envoie l'adresse.

Dex raccrocha et rapporta à Katrina ce que Pietz venait de lui dire. Par acquit de conscience, il lui montra aussi la photo de la jeune femme.

— Je ne la connais pas non plus, j'en ai peur, déclara Katrina.

— C'est plutôt une bonne nouvelle, en fait. Cela tendrait à prouver qu'elle ne fréquente pas le Maoli Lodge de façon régulière.

— Je n'avais pas vu les choses sous cet angle, reconnut Katrina. Mais tu as raison, en effet.

— Je vais devoir te laisser, déclara-t-il en se levant. Pietz et ses hommes sont sur le point d'arrêter cette fille et ils vont avoir besoin de Barnabas pour fouiller les lieux.

— Sois prudent, lui dit-elle en se redressant à son tour.

Elle contourna son bureau pour venir déposer un petit baiser sur ses lèvres.

— Pour te porter chance, lui dit-elle.

— Nous en avons bien besoin, approuva-t-il en souriant malicieusement.

Elle l'embrassa de nouveau.

— Tu crois que ça suffira ?

Il secoua la tête.

— Je ne crois pas que je puisse être un jour rassasié de tes baisers, lui répondit-il avec un mélange de sérieux et d'humour. Mais il faut vraiment que je file. Je reviens dès que je peux.

— Je t'attends, lui dit-elle d'un ton qui sonnait comme une promesse.

15

Après être passé chercher Lynda et Ishikawa, Dex prit la direction de la petite ville côtière de Hanapepe. Lorsqu'ils arrivèrent à proximité de la pâtisserie de Laurie Hoapili, l'endroit grouillait déjà de policiers qui, par précaution, avaient fait évacuer les boutiques et les appartements voisins.

Pietz tenait en effet à se prémunir contre tout accident au cas où Laurie se montrerait aussi jusqu'au-boutiste que les deux hommes de l'entrepôt. Dex laissa Barnabas dans la voiture : il ne le laisserait en sortir que lorsqu'il serait certain que le chien ne courrait aucun risque.

Les trois agents de la DEA s'équipèrent de leurs gilets pare-balles avant de rejoindre Pietz et ses hommes.

— Une camionnette de livraison et une Dodge Charger blanche toutes deux immatriculées au nom de Hoapili sont garées derrière le magasin, indiqua Pietz à son équipe. Nous avons donc tout lieu de croire qu'elle se trouve bien à l'intérieur du bâtiment.

— Soyez très prudents, ajouta Dex. La suspecte ne se trouve peut-être pas seule dans la boutique. Il peut y avoir d'autres employés ou des clients qu'elle pourrait prendre en otage.

— J'ai contacté un négociateur qui se tient prêt à

intervenir en cas de besoin, signala Pietz. Mais nous n'avons pas vu de clients entrer dans la boutique depuis que nous sommes arrivés.

— Tant mieux, déclara Dex qui tenait à tout prix à éviter que des victimes innocentes ne payent le prix de leur intervention.

— Notre meilleure chance de limiter les risques est de frapper vite et fort, reprit Pietz. Ne lui laissez surtout pas le temps de se retrancher, seule ou, pire encore, avec des otages. Et ne la laissez pas filer.

— Si vous êtes obligés de tirer, tâchez de viser des zones non létales, ajouta Ishikawa. Les jambes, tout particulièrement. L'idée est de capturer Mlle Hoapili vivante, si possible, pour qu'elle puisse nous conduire jusqu'à Rafael Carlos Nihei.

— S'il n'y a pas de questions, il est temps de passer à l'action, déclara Pietz.

Ils se déployèrent très rapidement tout autour de la pâtisserie. Dex faisait partie du groupe de tête, celui qui passerait par la porte de devant. Celle-ci s'avéra être fermée à clé et Pietz fit signe à l'un de ses hommes qui, à l'aide d'un bélier, l'enfonça promptement.

À l'intérieur, ils découvrirent le décor typique de ce genre de magasin, avec de belles vitrines dans lesquelles s'alignaient d'alléchantes pâtisseries : *malasadas* à la goyave, cookies, donuts, profiteroles, tartelettes à la noix de pécan et croissants fourrés aux amandes.

Il n'y avait en revanche aucun signe de la propriétaire des lieux ni d'ailleurs du moindre employé. Pietz désigna la porte métallique qui devait conduire à la cuisine. Dex et lui s'en approchèrent, arme au poing.

— Laurie Hoapili, je suis l'agent spécial Adair, de la DEA, appela Dex. Nous avons un mandat d'arrêt contre vous. Alors sortez de là les mains en l'air et rendez-vous. Nous ne tenons pas à vous faire de mal !

Aucune réponse ne lui parvint – ni même le moindre son susceptible d'indiquer que quelqu'un se trouvait bien dans la cuisine. Il se pouvait bien sûr que leur suspect les ait vus approcher et ait pris la fuite à pied. Il était aussi possible qu'elle ait été prévenue à l'avance, peut-être même par l'un des leurs.

Dex ne se faisait effectivement pas beaucoup d'illusions : le fait que le correspondant anonyme de Katrina ait su qu'il était un agent sous couverture laissait supposer que leurs ennemis disposaient d'un ou de plusieurs informateurs dans les rangs de la police.

Dex adressa un petit signe de tête à Pietz qui se mit en position pour le couvrir. Il poussa alors la porte de la cuisine et y pénétra, arme au poing. À son grand soulagement, aucun coup de feu ne retentit. Parcourant la pièce des yeux, il ne vit personne.

Mais une odeur cuivrée familière flottait dans l'air – celle du sang. Le cœur battant, Dex contourna le plan de travail central et découvrit le corps d'une femme gisant dans une mare écarlate.

S'en approchant prudemment, il reconnut Laurie Hoapili en dépit de la plaie béante qu'elle avait à la tête. Juste à côté du corps se trouvait un Luger de calibre 9 mm, ce qui pouvait indiquer un suicide. Mais il pouvait également s'agir d'une exécution maquillée.

Lorsque les policiers se furent assurés que personne d'autre ne se trouvait dans la boutique ou dans l'appartement situé juste au-dessus, Dex alla chercher Barnabas avec qui il entreprit d'inspecter les lieux. Le chien détecta très rapidement les stupéfiants qui se trouvaient cachés dans l'un des réfrigérateurs de la réserve.

Il y avait là de nombreuses cartouches pour vapoteuse contenant du THC dosé à quatre-vingts pour cent, des champignons hallucinogènes riches en psilocybine, plusieurs kilos de marijuana, une grande quantité de fentanyl et différents médicaments opiacés.

Pietz laissa échapper un petit sifflement admiratif.

— Sacrée réserve, commenta-t-il.

— Et livrable à domicile sur simple appel, j'imagine. Trois beignets offerts pour deux cents grammes de marijuana commandée…

En fouillant les caisses qui se trouvaient dans le cellier, les policiers découvrirent aussi une dizaine d'armes à feu parmi lesquelles se trouvaient même deux fusils semi-automatiques.

— Sacré arsenal à consommer sur place ou à emporter, ironisa Pietz. C'est un nouveau coup dur que nous venons de porter à leur organisation.

— Mais, une fois de plus, hélas, nous n'avons aucun témoin, précisa Dex qui était nettement moins optimiste que son collègue.

Quelques minutes plus tard, Francesca Espanto, la médecin légiste, les rejoignit pour effectuer les premiers constats.

— Je pourrai vous en dire plus lorsque j'aurai procédé à l'autopsie, bien sûr, leur dit-elle. Mais je peux déjà vous dire que l'angle du tir, la taille de la plaie et la position du pistolet au sol sont tous parfaitement concordants avec l'hypothèse d'un suicide par arme à feu. Je crois pouvoir dire sans grand risque de me tromper que c'est bien ce dont il s'agit.

— On dirait que nous avons affaire à des criminels fanatisés, remarqua Dex. Deux d'entre eux ont lancé une attaque désespérée contre la police. Et Hoapili a préféré se suicider plutôt que de tomber entre nos mains.

— Peut-être n'a-t-elle tout simplement pas supporté l'idée de se retrouver en prison, objecta Pietz.

Dex aurait voulu pouvoir s'en convaincre, mais il avait la désagréable impression que les choses n'étaient pas aussi simples.

— Il ne nous reste plus qu'à trouver où se cache Rafael Carlos Nihei, poursuivit Pietz. Il doit savoir qu'il est le prochain sur la liste, à présent. Il se peut qu'il essaye de fuir, mais j'ai déjà transmis son signalement à tous les ports et aéroports. Quelqu'un quelque part finira bien par le localiser.

— Espérons-le, acquiesça Dex.

Il était convaincu que Carlos était celui qui avait donné l'ordre d'exécuter Roxanne Yamamoto et il comptait toujours le lui faire payer chèrement. Cette fois, avec un peu de chance, ils parviendraient à le capturer vivant et feraient en sorte qu'il soit condamné à la prison à perpétuité pour trafic de stupéfiants et pour meurtre.

Devinant qu'elle risquait de s'inquiéter pour lui, Dex avait appelé Katrina dès qu'il en avait eu l'occasion et lui avait fait part de la macabre découverte qu'ils avaient faite à la pâtisserie. Il lui avait également indiqué qu'il risquait de rentrer un peu plus tard que prévu et lui avait proposé de passer prendre des pizzas au passage.

Katrina avait accepté sans hésiter, se réjouissant de la complicité qui existait entre eux et ne cessait de s'affirmer à force de petits gestes, de mots tendres et de moments d'intimité partagée. Et loin de lui paraître prosaïque, cette familiarité croissante lui paraissait au contraire porteuse de mille promesses.

C'est donc le cœur léger qu'elle se remit au travail. Mais comme elle était sur le point de se replonger dans le devis qu'elle était en train de rédiger pour une cérémonie de mariage qui devait se tenir au Maoli Lodge, son téléphone fit entendre une nouvelle sonnerie, lui indiquant l'arrivée d'un SMS.

En le lisant, elle sentit les battements de son cœur s'emballer dans sa poitrine.

> Ce n'est pas terminé. Ne baissez surtout pas la garde. Vous êtes toujours une cible, comme l'était votre défunt mari. Adair ne pourra pas toujours vous protéger. Personne ne le peut. Je vous observe.

Un frisson glacé dévala entre les omoplates de Katrina et le long de sa colonne vertébrale. Une fois de plus, la nature du message paraissait ambiguë. S'agissait-il d'une mise en garde ou d'une menace ? Les derniers mots, notamment, avaient un aspect vaguement inquiétant.

Fallait-il les prendre au premier degré ? Son mystérieux correspondant l'observait-il réellement ? Se trouvait-il à l'intérieur même du Maoli Lodge ? Ou avait-il des espions qui le tenaient informé de tous ses faits et gestes ?

Katrina se refusait à céder à la panique mais elle était bien forcée de reconnaître que ce message la mettait terriblement mal à l'aise.

— Ça ne va pas ? lui demanda Alyson qui avait dû remarquer son désarroi.

— Cette fois, il m'a envoyé un SMS, murmura Katrina d'une voix légèrement tremblante.

— Qui ça ? s'enquit son assistante en quittant son bureau pour se rapprocher de celui de Katrina. L'homme qui t'a envoyé la lettre ?

Katrina hocha la tête et lui tendit son téléphone. S'en saisissant, Alyson lut le message. À mesure qu'elle le parcourait, son expression se faisait plus grave.

— Je pense que ce type essaye de jouer avec tes nerfs, déclara-t-elle. Il prend plaisir à te faire peur.

— Je ne suis pas sûre que ce soit seulement un jeu malsain, objecta Katrina. J'ai déjà eu à plusieurs reprises l'impression qu'on m'observait. Comme l'autre jour, lorsque nous marchions sur la plage…

— C'est pour cette raison que tu te comportais si bizarrement ?

Katrina hocha la tête.

— Tu te fais des idées, protesta Alyson. Ce n'est pas étonnant, d'ailleurs, vu tout ce qui s'est passé au cours des derniers jours. Il y a de quoi devenir complètement paranoïaque…

Katrina ne pouvait le nier. Et pourtant, elle était convaincue que son correspondant cherchait à lui faire comprendre quelque chose. Toute la question était de savoir ce dont il s'agissait, au juste.

L'homme semblait persuadé que Joseph avait été assassiné et qu'elle-même était directement menacée. En revanche, il n'expliquait pas pourquoi ni par qui. Il paraissait plus que probable que cela avait un rapport avec le trafic de drogue, bien sûr. Mais pourquoi le cartel s'en serait-il pris à elle ? Jusque très récemment, elle n'avait même pas eu connaissance de son existence.

D'ailleurs, sans ces lettres, elle l'ignorerait probablement toujours – et elle n'aurait sans doute jamais découvert le rôle que jouait Dex Adair dans cette histoire. Paradoxalement, les mises en garde de cet inconnu la mettaient probablement plus en danger qu'elles ne la protégeaient.

— Tu devrais peut-être aller te reposer, suggéra Alyson. La journée a été éprouvante.

— Tu as sans doute raison, reconnut Katrina. Tu es sûre que ça ne t'ennuie pas de tenir le fort en mon absence ?

— Pas du tout ! File. Fais-toi couler un bon bain moussant ou regarde un de tes films préférés. Tâche de te détendre.

— *Mahalo*, Alyson, lui dit Katrina, reconnaissante. On se voit demain.

— Banco ! s'exclama Lynda en pénétrant dans leur bureau temporaire, au poste de police. Le labo a trouvé une empreinte ADN qui ne correspond ni à Julio et ni à Bautista !

Dex releva les yeux du rapport d'autopsie que Francesca Espanto venait de lui envoyer et qui confirmait la thèse du suicide de Laurie Hoapili.

— Sont-ils parvenus à identifier celui ou celle à qui elle appartient ? demanda-t-il, curieux.

— Oui, répondit Lynda. À un certain Zachary Lawrence qui apparaît dans deux de nos bases de données.

— Le nom me paraît vaguement familier, mais je ne sais plus où je l'ai entendu. Qui est-ce ?

— L'un des nôtres… Ou plutôt, il était l'un des nôtres. Il y a encore deux ans, Zachary Lawrence était agent spécial de la DEA au sein de la division de Phoenix. Mais sa femme et sa fille ont été assassinées lors d'un cambriolage qui a mal tourné et Lawrence a basculé. Il a apparemment été suspendu pour avoir empoché de l'argent saisi lors de descentes chez des trafiquants de drogue. Les charges contre lui ont été abandonnées mais, visiblement, on l'a forcé à démissionner. Ensuite, il a complètement disparu des radars… jusqu'à aujourd'hui.

— Bizarre, commenta Dex, pensif.

Il n'était pas sûr de comprendre comment le traumatisme qu'avait dû représenter le meurtre de ses proches avait pu le conduire à détourner de l'argent. Avait-il complètement perdu sa foi dans le système ? Avait-il besoin d'argent pour préparer une vengeance personnelle ? Ou bien avait-il été piégé ?

— Est-ce que tu as trouvé une photo de lui ?

— En voici une, lui dit Lynda en lui tendant son ordinateur portable.

Zachary Lawrence était un homme de type caucasien aux yeux bleus et aux cheveux très noirs dont le regard semblait refléter une volonté farouche.

— Intéressant, déclara Dex. Pour une fois, nous avons un suspect qui pourrait correspondre à la description de Katrina.

— C'est ce que je me suis dit en le voyant, acquiesça Lynda. Mais pourquoi Lawrence aurait-il pris contact avec elle ?

— Bonne question… Peut-être espérait-il ainsi pouvoir saboter notre enquête ? Ou bien, au contraire, il cherche peut-être à écarter Carlos et ses sbires pour pouvoir se substituer à eux et prendre le contrôle du marché de la drogue à Hawaï…

— Ce serait un peu ambitieux.

— Peut-être, concéda Dex. Mais, comme tu viens de le dire, nous ne savons pas ce que Lawrence a bien pu faire au cours des deux dernières années. Peut-être a-t-il gravi les échelons au sein du cartel…

Dex haussa les épaules.

— Tout ceci n'est que spéculation, déclara-t-il. La

première chose à faire, c'est de vérifier que Lawrence est bien l'homme que Katrina a vu au centre commercial. Ensuite, nous aviserons. Je vais l'appeler.

Dex composa aussitôt le numéro de Katrina. Celle-ci répondit à la première sonnerie.

— Dex, c'est toi ?

En entendant la tension nerveuse qui transparaissait dans sa voix, il sentit les battements de son cœur s'accélérer.

— Kat ? Quelque chose ne va pas ?

— J'ai reçu un nouveau message de mon correspondant anonyme, lui dit-elle. Cette fois, il ne s'agit pas d'une lettre mais d'un SMS.

— Que dit-il, exactement ?

Katrina lui lut le message qu'elle avait reçu, ce qui ne contribua guère à apaiser les craintes de Dex.

— Je n'aime pas ça du tout, murmura-t-il.

— Moi non plus. La façon dont il dit qu'il m'observe me donne l'impression qu'il se trouve à l'hôtel en ce moment même.

— J'espère que non. Où es-tu, exactement ?

— Chez moi, dans mon bungalow.

— Parfait. Ne bouge pas de là. J'arrive tout de suite. Il y a quelque chose que j'aimerais te montrer. Surtout n'ouvre à personne à part moi, d'accord ?

— D'accord, répondit-elle d'une voix mal assurée.

Dex prit à peine le temps d'expliquer la situation à Lynda avant de quitter le bureau au pas de course.

16

Lorsqu'elle entendit frapper à sa porte, Katrina ne put s'empêcher de sursauter violemment.

— Kat, tu peux ouvrir, c'est moi ! appela Dex.

Un soulagement indicible s'empara d'elle. Elle se précipita vers la porte qu'elle ouvrit avant de s'élancer dans les bras de Dex qui la serra très fort contre lui, percevant sans doute l'angoisse qui l'habitait.

— Tout va bien, lui dit-il doucement. Je suis là.

Elle demeura longuement nichée contre lui, puisant dans ce contact un peu de réconfort.

— Est-ce que tu peux me montrer le message ? lui demanda-t-il lorsqu'elle trouva enfin la force de s'écarter de lui.

— Bien sûr. Entre.

Il la suivit jusqu'au salon où elle récupéra son téléphone portable qui était posé sur la table basse. Après avoir ouvert le message, elle le lui tendit. Dex le lut avec attention.

— Qu'est-ce que tu en penses ? lui demanda-t-elle.

— Je suis aussi perplexe que toi, avoua-t-il. Je ne sais pas très bien s'il cherche à te mettre en garde ou à te menacer. En revanche, il se peut que nous ayons découvert qui t'envoie ces fameux messages !

— Vraiment ? s'exclama-t-elle, sidérée.

Elle ne s'était pas du tout attendue à une telle avancée. Dex sortit son propre téléphone et afficha une photo qu'il lui montra. Katrina ne put réprimer un petit cri de stupeur en découvrant le visage de l'homme qu'elle avait repéré au centre commercial.

— C'est bien lui ! s'exclama-t-elle. J'en suis sûre. Qui est-ce ?

— Il s'appelle Zachary Lawrence et c'est un ancien agent de la DEA.

Katrina le considéra avec stupéfaction.

— Ça alors, murmura-t-elle. Et comment vous êtes-vous dit que ce pouvait être lui ?

— On a retrouvé un échantillon de son ADN dans la jeep Cherokee de Julio, expliqua Dex.

— Mais pourquoi est-ce qu'un agent de la DEA m'enverrait de tels messages ? s'exclama-t-elle, passablement incrédule.

— Apparemment, Lawrence a basculé après la mort de sa femme et de sa fille. Il semble être passé du côté obscur et n'a pas hésité à détourner l'argent des dealers qu'il arrêtait. Il a plus ou moins été renvoyé, mais personne ne sait ce qu'il est devenu après ça. Il est possible qu'il se soit associé avec les frères Nihei.

— J'imagine que bénéficier de l'expertise d'un ancien de la DEA constituerait un atout majeur pour des trafiquants.

— C'est le moins que l'on puisse dire. Lawrence connaît parfaitement nos méthodes. Et il est peut-être même parti avec des listes d'agents, ce qui expliquerait qu'il ait su qui j'étais réellement.

— Au moins, ça me rassure de savoir que cet homme existe vraiment et que je n'ai pas tout imaginé. Je finissais par me demander si je n'étais pas en train de sombrer dans la paranoïa la plus totale.

— Lawrence existe bel et bien, la rassura Dex. Et maintenant que nous savons qui est derrière tout cela, nous allons pouvoir lancer un mandat d'amener à son encontre. Kauai n'est pas très étendue et le retrouver ne devrait pas prendre tant de temps que cela. En attendant, tu peux compter sur moi pour te protéger.

Katrina n'était pas dupe : elle savait que Dex ne pourrait pas demeurer continuellement à ses côtés. Et si Lawrence voulait réellement lui faire du mal, il n'aurait qu'à attendre que son chevalier servant s'éloigne d'elle pour passer à l'action. Mais, malgré cela, la promesse de Dex lui mettait un peu de baume au cœur.

S'approchant de lui, elle posa doucement ses mains sur ses épaules et se pencha vers lui pour l'embrasser avec une infinie tendresse. Mais ce doux baiser ne tarda pas à attiser le désir qu'ils avaient l'un de l'autre. Dex la prit alors par la main pour l'entraîner jusqu'à la chambre à coucher.

Là, ils se déshabillèrent l'un l'autre avant de faire l'amour avec un mélange enivrant de tendresse et de passion qui les emporta plus loin encore qu'auparavant. Loin de s'estomper, l'envie qu'ils avaient l'un de l'autre semblait s'être encore renforcée.

Ils demeurèrent longuement enlacés, ensuite, se parlant à mi-voix de tout et de rien jusqu'à ce que le sommeil les submerge tous deux. La présence de Dex à ses côtés suffit à chasser les angoisses et les cauchemars et elle dormit profondément, comme si rien ne pouvait l'atteindre lorsqu'elle se trouvait entre les bras de son amant.

Le lendemain matin, ils partagèrent un solide petit

déjeuner constitué de crêpes au taro, de bacon et d'*uli fiti*, le fruit de l'arbre à pain.

— Dis-moi, suggéra Dex, est-ce que cela t'ennuierait que je place un traqueur GPS sur ton téléphone ? Je sais que ce n'est pas le genre de chose que l'on est censé proposer à sa petite amie, ajouta-t-il avec un sourire teinté d'autodérision. Mais étant donné les circonstances, je t'avoue que ça me tranquilliserait beaucoup.

— Ça ne me pose aucun problème, affirma Katrina.

À vrai dire, l'idée que Dex puisse la retrouver facilement au cas où il lui arriverait quelque chose la rassurait un peu. Elle ignorait toujours les véritables intentions de Lawrence, mais il était évident qu'il ne comptait pas la laisser tranquille. Et s'il fallait en croire ce que lui avait dit Dex, il était potentiellement instable psychologiquement.

— Tant mieux, déclara Dex. Si je pouvais, je resterais à tes côtés le temps que cette affaire soit résolue.

— Je compte sur toi pour la résoudre, justement, lui dit-elle.

— Je ferai tout mon possible, lui assura Dex. Et, en attendant, j'ai demandé à Lynda de veiller sur toi puisqu'elle travaille toujours sous couverture, pour le moment.

Katrina hocha la tête. Elle avait eu l'occasion de discuter à plusieurs reprises avec la collègue de Dex, qu'elle trouvait très sympathique.

— Si tu veux, tu peux t'installer chez moi pour le reste de ton séjour à Kauai, suggéra Katrina. Comme cela, tu pourras veiller sur moi personnellement.

— C'est une excellente idée, acquiesça Dex avec un large sourire.

Dex attendit l'arrivée de Lynda avant de quitter le bungalow de Katrina. Comme il le lui avait dit, il aurait nettement préféré demeurer à ses côtés – et pas uniquement pour garantir sa sécurité. Mais il savait aussi qu'il lui serait plus utile en continuant à lutter contre le cartel qui avait gangrené son hôtel.

Il décida de faire un crochet par la maison où il était censé habiter durant son séjour, afin de remettre un peu d'ordre et de récupérer quelques affaires dont il aurait besoin s'il devait s'installer plus durablement dans le bungalow de Katrina.

En arrivant, Dex se mit rapidement au travail. Et tandis qu'il rangeait la maison, il se demanda qui avait pu s'y introduire : Zachary Lawrence, l'énigmatique ex-agent de la DEA ou bien encore Carlos Nihei qui semblait diriger la branche locale du cartel ?

Étaient-ils venus chercher quelque chose de précis ou avaient-ils seulement tenté de l'impressionner ? Si tel était le cas, il s'agissait d'un échec total : Dex était plus décidé que jamais à aller jusqu'au bout de cette enquête.

Sa motivation professionnelle se doublait désormais d'une motivation plus personnelle parce qu'il savait que venir à bout du cartel était la seule façon vraiment définitive d'assurer la sécurité de Katrina.

Après avoir remis le salon en ordre, il passa à la chambre à coucher et commença à préparer le sac qu'il emporterait chez Katrina. Au bout de quelques minutes, il prit conscience du fait que Barnabas aboyait avec insistance.

Il avait initialement cru que son chien était tombé une fois de plus sur l'un des geckos ou des petits lézards omniprésents à Hawaï et qui l'intriguaient toujours autant.

Mais si tel avait été le cas, le reptile en question aurait dû se carapater depuis bien longtemps.

De retour dans le couloir, Dex s'aperçut avec étonnement que Barnabas se trouvait dans les toilettes et qu'il continuait à aboyer avec insistance. Or cela ne pouvait signifier qu'une chose…

— Qu'est-ce que tu as trouvé ?

Barnabas se tourna vers lui puis de nouveau vers les toilettes avant d'aboyer de plus belle. Dex dévissa le bouton de la chasse d'eau pour pouvoir soulever le couvercle. Jetant un coup d'œil au réservoir, il découvrit ce que Barnabas avait dû sentir.

C'était un petit sac étanche, comme ceux qu'utilisaient les surfeurs ou les plongeurs. Dex le repêcha au fond du réservoir et l'ouvrit précautionneusement. Une odeur familière de marijuana vint lui chatouiller les narines.

— Bien vu, Barnabas, dit-il à son chien.

Regagnant la cuisine, Dex vida le contenu du sachet sur la table. Outre une généreuse quantité de marijuana, il découvrit à l'intérieur une clé USB. Se pouvait-il que Barnabas ait découvert ce que Dex avait espéré trouver – ce que le cartel avait probablement recherché, lui aussi ?

Dex alla chercher son ordinateur portable qu'il alluma avant de connecter la clé USB. Après avoir vérifié qu'elle ne contenait aucun virus, il l'ouvrit et constata qu'elle contenait deux dossiers. L'un d'eux attira aussitôt son attention. Il était intitulé « Zachary Lawrence » et contenait uniquement un enregistrement vidéo. Dex double-cliqua dessus et vit apparaître Lawrence, filmé de face.

« Agente spéciale Yamamoto, j'imagine qu'à ce stade, vous vous posez pas mal de questions à mon sujet. Et je vais essayer d'y répondre.

Comme vous le savez sans doute déjà, je suis l'agent spécial Zachary Lawrence. Si vous avez fait des recherches à mon sujet, vous avez probablement connaissance de mon histoire : officiellement, j'ai été renvoyé après avoir détourné des fonds, j'ai trahi la DEA et je suis devenu un agent renégat.

En réalité, ceci n'est qu'une couverture qui m'a permis d'infiltrer le cartel sur lequel vous enquêtez. Si vous avez des doutes à mon sujet, contactez Rachel Zavatti qui est mon officier traitant, dans cette affaire. Elle vous confirmera que j'ai été chargé de noyauter le cartel.

Elle vous dira peut-être aussi que je n'ai pas repris contact avec elle depuis un certain temps. Et pour cause. Je suis parvenu à m'infiltrer au cœur du cartel et à devenir le bras droit de Rafael Carlos Nihei. Je me trouve pour le moment sur le fil du rasoir et je ne peux me permettre de commettre la moindre erreur.

Je ne sais pas si nous aurons l'occasion de nous rencontrer un jour, Roxanne. Mais j'espère que vous parviendrez à protéger Katrina Sizemore. Elle n'est pour rien dans cette affaire et ce n'est pas parce que son époux a commis des erreurs qu'elle mérite de finir de la même façon.

Si jamais ma propre mission venait à échouer, sachez que le quartier général de Carlos Nihei se trouve dans une enceinte fortifiée située au cœur du canyon de Waimea. Bonne chance. »

La vidéo prit fin et Dex demeura quelques instants figé par la stupeur. Se pouvait-il qu'il se soit trompé à ce point au sujet de Lawrence ? Il n'y avait probablement qu'une façon d'en avoir le cœur net.

Sans attendre, il composa le numéro de Rachel Zavatti. Celle-ci décrocha presque aussitôt.

— Quoi de neuf, Adair ? lui demanda-t-elle.

— Il faut que je sache si Zachary Lawrence est réellement un agent infiltré au sein du cartel, déclara-t-il de but en blanc.

Rachel hésita quelques instants avant de lui répondre.

— C'est une excellente question.

— Je ne suis vraiment pas d'humeur à jouer aux devinettes, rétorqua sèchement Dex.

— Dois-je vous rappeler que je suis votre supérieure hiérarchique ? répliqua Rachel d'une voix glaciale.

— Justement. Je compte sur vous pour nous fournir toutes les informations dont nous avons besoin pour mener à bien notre mission.

Un silence tendu s'ensuivit.

— Le problème, c'est que je n'avais pas d'informations fiables à vous fournir à ce sujet, concéda Rachel au bout d'un moment.

— Que voulez-vous dire ?

— Que Lawrence a effectivement été chargé d'infiltrer le cartel, mais que nous n'avons plus de nouvelles de lui depuis des mois.

— Je vois, murmura Dex.

— Dois-je comprendre que vous avez des informations à son sujet ?

— Oui. Il a fait parvenir à Roxanne une vidéo que je vais vous envoyer.

— Vraiment ? s'étonna Rachel. Elle ne m'en a jamais parlé.

— Peut-être est-elle morte avant d'avoir pu le faire. Quoi qu'il en soit, je pense qu'il est de bonne foi et qu'à ses yeux, sa mission est toujours d'actualité.

— J'aurais préféré qu'il m'en tienne directement informé, répliqua Rachel.

— Ne tirez pas sur le messager, protesta Dex. J'ignorais jusqu'à l'existence de ce type avant que vous m'envoyiez en mission à l'autre bout du monde.

— Je suis désolée, Dex, lui dit-elle d'une voix qui se voulait conciliante. Vous avez raison : j'aurais peut-être dû vous en parler, même sans entrer dans les détails.

— Ce que je voudrais savoir, à présent, c'est si le fait que Lawrence ait réussi à infiltrer le cartel est de nature à modifier notre mission.

Rachel réfléchit longuement à la question avant de lui répondre.

— Votre mission n'a pas changé, déclara-t-elle enfin. Vous devez faire tout ce qui est en votre pouvoir pour démanteler la branche du cartel qui sévit à Kauai.

— Même si nous devons pour cela compromettre la couverture de Lawrence ? demanda Dex.

— Même dans ce cas, affirma Rachel. À ce stade, nous ne pouvons pas savoir de quel côté il est vraiment. Comme je vous l'ai dit, il n'a pas donné signe de vie pendant des mois. Et si cela se trouve, c'est lui qui a dénoncé Roxanne. Jusqu'à nouvel ordre, considérez-le comme un électron libre.

— C'est bien compris, répondit Dex. Je vous tiens au courant dès qu'il y aura du nouveau.

— Je compte sur vous, acquiesça Rachel avant de raccrocher.

Dex demeura pensif durant quelques instants. Il avait déjà entendu parler de cas de ce genre : des agents si profondément infiltrés qu'ils finissaient par en oublier qu'ils se trouvaient sous couverture. Était-ce ce qui était arrivé à Lawrence ? Ou bien se savait-il surveillé au point de ne pouvoir reprendre directement contact avec sa hiérarchie ?

Avec un peu de chance, le dossier intitulé « Roxanne Yamamoto » qui se trouvait sur la clé USB lui permettrait d'en apprendre un peu plus. Il l'ouvrit et découvrit deux fichiers : un autre enregistrement vidéo et un document Word. Dex hésita un instant avant de déclencher la lecture de la vidéo.

Lynda et Katrina s'étaient installées sur le *lanai* du bungalow pour prendre le thé.

— J'aime beaucoup la façon dont vous avez décoré votre intérieur, déclara l'agente de la DEA.

— Merci, répondit Katrina. Si vous voulez rapporter un souvenir de votre séjour à Hawaï, je pourrai vous donner l'adresse de quelques artisans locaux à qui j'ai acheté mes meubles.

— Avec plaisir, si vous pensez qu'ils peuvent me livrer à Los Angeles. Je suis sûre que ça plairait beaucoup à mon vrai fiancé.

Katrina ne put s'empêcher de sourire.

— Je sais maintenant que c'est juste une couverture, mais j'ai vraiment cru que l'agent Ishikawa et vous étiez en couple.

Lynda hocha la tête.

— Nous nous connaissons depuis longtemps, tous les deux, et nous avons très souvent eu l'occasion de travailler ensemble. Mais il n'y a jamais eu la moindre ambiguïté entre nous. Si tel avait été le cas, d'ailleurs, je doute que notre supérieure nous aurait envoyés sur une telle mission.

— Est-ce que votre véritable fiancé est dans la police, lui aussi ?

— Oui. Martin travaille pour le shérif du comté de

Los Angeles. Qui sait ? Vous le rencontrerez peut-être. Ça me dirait bien de revenir à Kauai en vacances avec lui, un de ces jours.

— Si vous décidez de revenir au Maoli Lodge, je vous offrirai la chambre.

— Je ne peux pas accepter, protesta Lynda.

— C'est le moins que je puisse faire si vous parvenez à me débarrasser des trafiquants de drogue qui se servent de mon hôtel, insista Katrina. Sans parler de la mission de baby-sitting que vous a confiée Dex, ajouta-t-elle avec un sourire malicieux.

— Je vous assure qu'il y a pire comme mission que de prendre le thé au soleil en bonne compagnie, rétorqua Lynda en riant. Je comprends mieux à présent pourquoi Dex est tombé amoureux de vous.

Katrina ne put s'empêcher de rougir.

— Vous le pensez vraiment ? ne put-elle s'empêcher de demander.

— Ça ne fait strictement aucun doute, lui assura Lynda. Depuis que je le connais, c'est la première fois que je le vois comme ça.

— Je ressens la même chose, avoua Katrina. Mais j'ai peur que notre relation ne soit condamnée d'avance. Nos vies sont bien trop différentes…

Lynda demeura quelques instants silencieuse, pensive.

— Je ne sais pas ce que Dex décidera de faire, déclara-t-elle enfin. Mais je serais vraiment très surprise qu'il renonce à ce que vous avez commencé à construire, tous les deux…

Avant que Katrina puisse lui répondre, elles entendirent frapper à la porte d'entrée.

— Vous attendez quelqu'un ? s'enquit Lynda, sur le qui-vive.

— Non, répondit Katrina. Mais c'est sans doute l'un de mes employés qui veut me parler.

Katrina se dirigea vers la porte, suivie de près par Lynda qui gardait la main à proximité de son arme de service.

— Katrina, tu es là ? fit la voix d'Alyson.

— C'est mon assistante.

Lynda parut se détendre légèrement et Katrina ouvrit la porte d'entrée.

— Je suis venue m'assurer que tu allais bien, lui dit Alyson qui se trouvait sur le seuil.

— Je vais beaucoup mieux, lui affirma Katrina. Je te remercie.

— Tant mieux. Je voulais aussi te signaler qu'il y avait eu un problème à la piscine. Une cliente s'est cogné la tête en tombant du plongeoir et a bien failli se noyer.

— Est-ce qu'elle va bien ? s'enquit Katrina, inquiète.

— Je crois que oui. J'étais sur le point de passer la voir dans sa chambre. Je ne sais pas si tu veux venir avec moi…

— J'arrive tout de suite, acquiesça Katrina.

Elle se tourna vers Lynda qui hocha la tête.

— Je vous accompagne, lui dit-elle.

Katrina emboîta le pas à Alyson et Lynda la suivit de près. Mais, alors qu'elles descendaient les marches qui menaient à la terrasse du bungalow, Katrina surprit un mouvement brusque derrière elles.

Elle eut tout juste le temps de se retourner avant que l'homme qui s'était tenu caché derrière la balancelle se jette sur Lynda. Avant que celle-ci ait pu réagir, son assaillant lui assena un violent coup de crosse de revolver au niveau de la nuque. La policière s'affaissa sur elle-même, sonnée.

Sidérée, Katrina se retrouva nez à nez avec l'homme qu'elle reconnut aussitôt d'après les photos que lui avait montrées Dex.

— Je suis ravi de faire enfin votre connaissance en personne, Katrina, lui dit Carlos Nihei en pointant son revolver sur elle.

17

Dex sentit son cœur se serrer en voyant apparaître à l'écran le visage de Roxanne Yamamoto. Et tandis qu'elle commençait à parler, il eut l'impression très étrange qu'elle communiquait avec lui par-delà la mort.

« Je suis l'agente de la DEA Roxanne Yamamoto. Si vous regardez cette vidéo, c'est probablement que ma couverture a été compromise. J'ai été chargée d'enquêter sur un trafic de drogue centré sur le Maoli Lodge, à Poipu, sur l'île de Kauai.

J'ai noté sur le fichier ci-joint tout ce que j'ai pu découvrir au cours de mes investigations. J'ai également placé sur cette clé USB une vidéo que m'a fait parvenir un agent de la DEA qui est parvenu à infiltrer le cartel en profondeur.

De mon côté, j'ai découvert qu'il existait bien un lien entre l'hôtel et les trafiquants. Joseph Sizemore, l'ex-copropriétaire du Maoli Lodge, consommait diverses drogues qu'il achetait un dealer nommé Eduardo Julio Nihei. Ce Julio se trouve être le frère de Rafael Carlos Nihei qui est le représentant du cartel pour la zone d'Hawaï.

Carlos a immédiatement compris l'intérêt qu'il aurait à utiliser un hôtel comme le Maoli Lodge pour revendre de la drogue. Il s'agit d'un lieu de passage ouvert et très fréquenté. Lorsque Joseph Sizemore a découvert l'usage que les frères Nihei faisaient de son établissement, il a cherché à leur en interdire l'accès. Je suis convaincue que Julio l'a tué, même si je ne peux pas le prouver, à ce stade.

Après la mort de Sizemore, Carlos Nihei a trouvé un nouvel agent au sein du Maoli Lodge en la personne d'Alyson Tennison, l'assistante de Katrina Sizemore. J'ai pu établir qu'Alyson et Carlos étaient amants. Malheureusement, j'ai peur qu'Alyson ne se soit aperçue que je la surveillais. J'espère obtenir aujourd'hui la preuve de son implication, mais s'il devait m'arriver quelque chose, cette vidéo vous donnera un aperçu de la situation. »

La vidéo s'arrêta brusquement et Dex demeura quelques instants interdit. Il était évident que Roxanne avait compté faire parvenir cette vidéo à ses collègues de la DEA. Malheureusement, elle s'était probablement fait tuer avant d'avoir pu l'envoyer.

Ce qui importait le plus, à présent, c'était d'informer Katrina et Lynda au plus vite de ce nouveau développement. Car si ce que disait Roxanne était exact, toutes deux se trouvaient peut-être en danger en cet instant même.

Dex sortit son téléphone portable. Mais comme il s'apprêtait à composer le numéro de Lynda, le nom de celle-ci s'afficha à l'écran et l'appareil se mit à sonner. Dex décrocha aussitôt.

— Lynda, il faut que je te dise…

— Katrina vient de se faire enlever ! l'interrompit-elle.

Un frisson glacé le parcourut de la tête aux pieds.

— Que s'est-il passé ? parvint-il à prononcer.

— Alyson, son assistante, est venue la chercher pour

l'emmener voir une cliente qui s'est blessée. Je les ai suivies et quelqu'un m'a frappée par-derrière. Lorsque j'ai repris connaissance, il n'y avait plus trace de Katrina ni d'Alyson. Je crois que Lawrence les a enlevées toutes les deux.

— Lawrence n'y est pour rien, répondit Dex en tentant de surmonter la terreur glacée qu'il sentait monter en lui. C'est Carlos Nihei. Et il est de mèche avec Alyson.

— Comment est-ce que tu le sais ? s'enquit Lynda d'un ton stupéfait.

— J'ai trouvé une vidéo de Roxanne. Mais peu importe. Quand est-ce que ça s'est passé ?

— Il y a vingt minutes environ. Lorsque j'ai repris connaissance, l'employé de la réception m'a dit qu'il avait vu Katrina et Alyson monter à bord d'un SUV avec un homme.

— Est-ce qu'il t'a décrit le véhicule ?

— Par chance, l'employé en question est un fan de voiture, répondit Lynda. D'après lui, il s'agissait d'un SUV GMC Yukon Denali de couleur beige métallisé. J'ai transmis le signalement du véhicule à Pietz… Je suis vraiment désolée, Dex, ajouta-t-elle piteusement. Je me suis fait piéger comme une bleue…

— Tu ne pouvais pas savoir qu'Alyson était dans le coup, répondit-il. Et tu as fait ce qu'il fallait.

Dex prit une profonde inspiration, s'efforçant de dominer la panique qui menaçait de le submerger.

— Est-ce que Katrina avait son téléphone sur elle ? demanda-t-il à Lynda.

— Je crois que oui, répondit-elle.

— Dans ce cas, nous avons peut-être une chance… J'ai placé un traqueur dessus, ce matin même.

Dex activa la fonction mains-libres et ouvrit l'application qui lui permettait de repérer le mouchard en question.

— J'ai leur localisation, s'exclama-t-il. Apparemment, ils se dirigent vers le nord.

Katrina avait encore du mal à se remettre du choc qu'elle avait éprouvé en comprenant que son assistante, qu'elle considérait aussi comme une amie, était en réalité la maîtresse du trafiquant qui utilisait son hôtel pour vendre de la drogue.

Assise à côté d'elle, Alyson la tenait en joue à l'aide d'un revolver. Carlos Nihei avait pris place sur le siège passager tandis qu'au volant du SUV se trouvait Zachary Lawrence, l'ancien agent de la DEA qui l'avait espionnée et lui avait envoyé plusieurs messages anonymes. De toute évidence, il était de mèche avec le chef du cartel.

— Je ne comprends pas, murmura enfin Katrina en se tournant vers Alyson. Comment peux-tu sortir avec un homme qui a ordonné la mort de Joseph et celle de Roxanne ?

— Joseph ne nous a pas laissé le choix, répondit Alyson. Il menaçait de dénoncer Carlos à la police. Après tout ce que Julio avait fait pour lui…

— Julio lui fournissait de la drogue ! protesta Katrina.

— Gratuitement, précisa Carlos. Ou, plus exactement, en échange de son silence et de sa coopération tacite. Mais Joseph s'est mis soudain à avoir des états d'âme. Évidemment, ajouta-t-il avec un petit ricanement méprisant, cela ne l'empêchait pas de continuer à demander de la drogue chaque fois qu'il en avait envie. Mal lui en a pris, d'ailleurs. Le dernier cocktail que lui a concocté Julio s'est révélé fatal…

— Vous êtes un monstre ! murmura Katrina, horrifiée.

— Quant à Roxanne, poursuivit Carlos sans tenir compte de cette interruption, elle aussi n'a eu que ce qu'elle méritait. Je n'allais tout de même pas laisser la DEA réduire à néant le business très juteux que nous avions mis en place.

— Elle y est pourtant parvenue, en fin de compte, répliqua Katrina.

— En effet, répondit Carlos d'une voix glaciale. Et votre petit ami a également causé la mort de mon frère et celle de mon amie Laurie. Mais il va bientôt comprendre ce que c'est que de perdre un proche.

Katrina ne put réprimer un frisson glacé.

— Pourquoi ne m'avez-vous pas déjà tuée ? trouva-t-elle le courage de demander.

— Parce que tant que nous n'aurons pas quitté cette île, vous êtes plus utile comme otage que comme victime, répondit froidement Carlos. Une fois que nous serons à bord de mon avion et que nous aurons décollé, en revanche, vous ne me serez plus d'aucune utilité…

Tout en roulant à vive allure en direction du nord de l'île de Kauai, Dex composa le numéro d'Ishikawa qui devait se trouver sur la même route, quelques kilomètres derrière lui.

— Je crois que je sais où ils vont, déclara-t-il après avoir activé la fonction mains-libres.

— Où ça ?

— Il y a un aérodrome juste à côté de Kalihiwai. L'aérodrome de Princeville. Je suis prêt à parier que Carlos a un jet qui l'attend là-bas. Nous devons absolument les rattraper avant qu'ils montent à bord. Sinon, Katrina est condamnée.

— Peut-être va-t-il la libérer lorsqu'il n'aura plus besoin d'elle, suggéra Ishikawa d'une voix qui manquait singulièrement de conviction.

— Nous avons tué son frère, objecta Dex. Et il a déjà prouvé à deux reprises qu'il n'hésitait pas à se débarrasser des gens qui le gênaient.

— Dex a raison, intervint alors Lynda qui se trouvait avec Ishikawa. Pietz confirme que Carlos Nihei possède bien un jet privé.

— Est-ce que tu sais où en est Pietz ?

— Il est juste derrière nous avec une section d'intervention tactique de la police.

— Parfait, approuva Dex.

Malheureusement, il n'était pas convaincu que Pietz et ses hommes arriveraient à temps pour empêcher Carlos d'embarquer à bord de son avion.

— Retrouvez-moi là-bas aussi vite que possible, dit-il.

— Surtout, ne prends pas de risques inutiles, lui conseilla Ishikawa.

Dex se garda de lui répondre et raccrocha. Il était bien décidé à courir tous les risques parce qu'il savait que si Katrina montait à bord de ce jet, elle était morte. Et il n'était pas question qu'il la perde.

Le simple fait de la savoir en danger lui avait fait prendre conscience des sentiments qu'il éprouvait pour elle. Et il n'envisageait pas un seul instant de pouvoir passer le reste de sa vie sans elle.

Dex accéléra encore, roulant aussi vite que l'état de la chaussée le lui permettait et doublant à toute allure tous les véhicules qui se trouvaient sur sa route. Au bout de ce qui lui parut être une éternité, il arriva enfin en vue de l'aérodrome de Princeville.

Comme il s'en rapprochait, il repéra le gros SUV beige métallisé qui était garé en bordure de la piste. Les portes du véhicule étaient grandes ouvertes, mais on ne voyait personne à l'intérieur. Dex se gara juste à côté et descendit de voiture, suivi de près par Barnabas.

Terrifié à l'idée que le jet avait peut-être déjà décollé, Dex parcourut des yeux l'aérodrome. Éperdu de soulagement, il avisa un groupe de cinq personnes qui se dirigeaient vers un petit biréacteur Hawker 400 qui stationnait en bout de piste. Dégainant son Glock 27, il s'élança à leur poursuite.

Comme il se rapprochait, il vit que le groupe se composait de Carlos Nihei qui tenait Katrina par le bras, d'Alyson Tennison et d'un homme de type hawaïen au physique de catcheur et au crâne rasé. Le dernier membre de l'équipe n'était autre que Zachary Lawrence en qui Dex ne savait pas trop s'il devait voir un adversaire ou un allié.

Dex tira un coup de feu vers le ciel et tout ce petit monde se figea sur place.

— Laissez-la partir, Carlos ! ordonna-t-il.

Mais Carlos se repositionna de façon à ce que Katrina lui serve de bouclier humain. Il plaça le canon de son propre pistolet sur la tempe de la jeune femme.

— Je ne crois pas, agent Adair, répondit-il froidement. Votre petite amie vient avec moi.

— Tout est fini, Carlos, rétorqua Dex. D'ici peu, Pietz et ses hommes vont débarquer. Vous ne monterez jamais dans cet avion. Le mieux que vous ayez à faire, c'est de déposer les armes et de vous rendre.

— Au cas où vous ne l'auriez pas remarqué, nous

sommes en supériorité numérique et votre copine a un canon sur la tempe. Si vous tentez de nous arrêter, vous la verrez mourir sous vos yeux.

Dex n'avait aucun moyen d'estimer le temps qu'Ishikawa, Lynda, Pietz et les hommes du SWAT mettraient à le rejoindre. Il ignorait également de quel côté se trouvait véritablement Lawrence. Mais il savait aussi que s'il laissait Carlos monter à bord avec Katrina, il ne la reverrait jamais vivante.

Comme il hésitait, ce fut justement Katrina qui prit l'initiative. D'un geste vif, elle repoussa le pistolet pointé sur elle tout en abattant violemment le talon de sa chaussure sur le pied de Carlos. Carlos poussa un hurlement de douleur et de rage et, reculant d'un pas, fit mine de mettre Katrina en joue.

Mais celle-ci avait eu la présence d'esprit de se laisser tomber sur le sol, dégageant la ligne de visée de Dex. Celui-ci n'hésita pas un seul instant et fit feu. Frappé en pleine tête, Carlos s'effondra lourdement sur le sol.

L'homme de main de Carlos dégaina à son tour pour tirer sur Dex, mais Lawrence repoussa son bras et le coup de feu manqua sa cible. Lawrence décocha un coup de poing qui cueillit l'homme en pleine mâchoire. La violence du coup aurait eu raison de la plupart des gens, mais le colosse encaissa sans broncher.

Levant son arme, il fit feu à bout portant et Lawrence, projeté en arrière, s'effondra sur le tarmac. Comme l'homme s'apprêtait à tirer sur Dex, Barnabas fondit sur lui. La mâchoire puissante du golden retriever se referma sur l'avant-bras du colosse qui lâcha son arme et s'efforça vainement de se dégager. Dex tira de nouveau en l'air.

— Allongez-vous sur le sol !

Comprenant qu'il n'était plus en position de négocier,

l'homme s'exécuta. Ce n'est qu'alors que Barnabas consentit à relâcher son bras. Dex menotta rapidement le colosse avant de se tourner vers Katrina.

Celle-ci était en train de se battre avec Alyson. Il s'apprêtait à voler à son secours lorsque Katrina assena un violent coup de tête à son assistante qui chancela et tomba à genoux, le nez en sang. Dex se rua sur Alyson et la menotta à son tour.

— Rappelle-moi de ne jamais t'énerver, dit-il à Katrina.

— Lawrence…, s'exclama-t-elle en se tournant vers ce dernier.

Dex s'approcha de lui, s'attendant à le voir baigner dans une mare de sang. Au lieu de cela, il vit Lawrence se redresser en grimaçant.

— Je crois que ce salopard m'a cassé une côte, dit-il.

Avisant le regard sidéré de Dex, il lui décocha un sourire torve.

— J'évite de sortir sans mon gilet pare-balles, lui dit-il en se relevant péniblement. Quand on fait ce métier, ça fait parfois toute la différence entre un héros mort et un petit malin bien vivant.

Dex ne put réprimer un sourire.

— En tout cas, je suis soulagé que vous soyez de notre côté, en fin de compte. Nous ne savions pas trop si vous cherchiez à mettre en garde Katrina ou à la menacer…

— C'est vrai, renchérit Katrina qui les avait rejoints. Pourquoi ne m'avez-vous pas dit qu'Alyson était de mèche avec les trafiquants ?

— Parce qu'elle ne représentait pas une menace pour vous, initialement. Carlos et elle n'avaient aucun intérêt à vous faire du mal. Au contraire, même ! Avoir quelqu'un d'irréprochable à la tête du Maoli Lodge était tout à leur avantage. S'ils s'en sont pris à vous, aujourd'hui, c'était uniquement pour se venger de Dex.

— Mais pourquoi m'avoir écrit ces lettres, alors ? s'enquit Katrina.

Un sourire appréciatif se dessina sur les lèvres de Dex.

— Ce n'est pas vraiment à toi qu'elles étaient destinées, murmura-t-il. C'est moi que vous cherchiez à guider à travers elles, n'est-ce pas ?

— Exact. Mais je ne pouvais pas me permettre d'être trop explicite non plus. Sinon, Carlos aurait rapidement compris qui vous fournissait ces renseignements. En dehors de Julio et d'Alyson, j'étais le seul à en savoir aussi long sur son organisation…

Ils furent interrompus par l'arrivée en trombe de plusieurs voitures et d'une camionnette qui se garèrent au bord de la piste. Lynda et Ishikawa en descendirent, suivis de Pietz et des hommes du SWAT.

Dex se tourna vers Lawrence.

— Je compte sur vous pour tout leur expliquer, lui dit-il. Il faut que je parle à Katrina.

Un sourire malicieux se dessina sur les lèvres de Lawrence.

— Vous pouvez compter sur moi.

Dex prit la main de Katrina et l'entraîna un peu à l'écart, à l'ombre du jet qui attendait toujours en bout de piste. Barnabas les suivit en trottinant.

— Est-ce que ça va ? s'enquit Dex en regardant Katrina droit dans les yeux.

— Oui, grâce à toi, lui dit-elle. Si tu n'étais pas intervenu, je serais probablement morte, à l'heure qu'il est.

— Je ne pense pas que Lawrence aurait laissé Carlos te tuer.

— Sans doute pas. Mais tout seul, il n'aurait eu aucune chance. Heureusement que tu es arrivé à temps. Que *vous* êtes arrivés, se reprit-elle en caressant affectueusement la tête de Barnabas.

Ce dernier laissa échapper un aboiement approbateur.

— Si tu n'avais pas réagi avec autant de sang-froid, nous n'aurions pas pu faire grand-chose, remarqua Dex.

— J'étais très motivée, répondit-elle en souriant. Je ne voulais pas mourir avant de t'avoir dit que j'étais amoureuse de toi.

Dex ne put s'empêcher de rire.

— Tu m'as volé ma réplique ! protesta-t-il. C'est justement ça que je voulais te dire, Kat. Je t'aime.

Un petit sourire se dessina sur les lèvres de la jeune femme.

— Je crois que je m'en doutais un peu, répondit-elle. Malheureusement, cela ne va pas nous faciliter les choses.

— Pourquoi cela ?

Elle haussa les épaules.

— Eh bien, tu vis à Los Angeles et moi ici, lui dit-elle. Ça ne va pas être pratique de se retrouver tous les week-ends…

— Justement… Je me disais qu'étant donné la façon dont les choses se sont terminées avec Alyson, tu allais peut-être avoir besoin d'un nouvel assistant…

Katrina le considéra avec stupeur.

— Je serais bien resté comme pianiste, mais Gordon ne m'apprécie déjà pas beaucoup alors je m'en voudrais de voler le poste de sa cousine…

— Je ne veux pas que tu renonces à ton travail à cause de moi, protesta Katrina.

Dex secoua la tête.

— Je n'y renonce pas à cause de toi, j'y renonce parce que je préfère être avec toi. Et si tu ne veux pas de moi comme assistant, je pourrai toujours demander un poste à Glenn Nakao, le détective privé pour lequel j'étais justement censé travailler.

Katrina secoua la tête.

— Je serais ravie de travailler avec toi, protesta-t-elle. Mais je préférerais que ce soit en tant qu'associée.

— Va pour associé, répondit Dex. J'ai suffisamment d'argent de côté et je serais ravi d'investir dans le Maoli Lodge. Et puis, qui sait, le moment venu, nous pourrons peut-être devenir un peu plus que de simples associés…

— À quoi penses-tu ? lui demanda Katrina d'une voix légèrement tremblante.

— Eh bien… Si un jour tu t'y sens prête, je serais ravi de pouvoir devenir ton mari et peut-être même le père de tes enfants.

Le mélange de surprise et de joie qu'il devina dans le regard de la femme qu'il aimait le rassura un peu.

— Et moi, je serais ravie de devenir ta femme et la mère de tes enfants, Dex Adair.

— Alors, c'est entendu, déclara-t-il d'un ton malicieux. Comment proposes-tu que nous célébrions cet accord ?

— J'aurais bien une idée, mais j'ai peur que le lieu et le moment soient mal choisis, répondit Katrina en riant.

— Ce n'est que partie remise, répliqua Dex sur le même ton. Que dirais-tu d'un baiser, en attendant ?

— Va pour un baiser, répondit-elle.

Il se pencha vers elle et leurs lèvres se mêlèrent, scellant la promesse qu'ils venaient de se faire l'un à l'autre. Et tandis que le rire laissait place à la passion,

Dex se prit à songer que le destin suivait parfois un cours bien capricieux.

Jamais il n'aurait imaginé que ce serait sur la petite île de Kauai, dans l'archipel d'Hawaï, au beau milieu de l'océan Pacifique qu'il trouverait un jour la femme de sa vie.

Vous avez aimé *Trompeuse apparence* ?
Retrouvez en numérique votre série
« Enquêtes dans le Pacifique » :

1. *Mortelle ressemblance*
2. *Trompeuse apparence*

Et découvrez la suite dès le mois prochain
dans votre collection Black Rose !

BARB HAN

Les infiltrés de Houston

Traduction française de
ANDRÉE JARDAT

BLACK ROSE

HARLEQUIN

Titre original :
NEWLYWED ASSIGNMENT

1

Pourquoi fallait-il qu'à chaque réunion familiale, Ree Sheppard soit la cible des piques de sa mère qui lui faisait invariablement sentir à quel point elle la décevait ? Certes, à trente-six ans, elle n'était pas mariée, elle n'avait pas en tête de fonder une famille et elle ne savait même pas se faire cuire un œuf.

Était-ce si grave ?

Surtout lorsqu'on savait que Ree travaillait comme agent à l'ATF, la brigade de répression contre le trafic d'alcool, de tabac et d'armes à feu – un boulot qu'elle adorait –, qu'elle était propriétaire d'une maison qu'elle avait payée de ses propres deniers et qu'elle menait une vie amoureuse épanouissante. Quoique ce dernier élément restât discutable. Mais si ne pas avoir de relation stable lui allait, en quoi cela pouvait-il gêner les autres ?

— Tu n'irais pas te rafraîchir avant de passer à table ?

Elle se crispa sous l'insulte à peine déguisée. Sa mère lui reprochait de ne pas se laver, maintenant ?

— J'ai pris une douche ce matin, rétorqua-t-elle sèchement.

Mais son ton ne suffit pas à dissuader sa mère qui insista lourdement :

— Tu pourrais quand même arranger un peu tes cheveux, non ?

Un silence de plomb se fit autour des deux femmes. Tous sentaient l'orage prêt à éclater. Tous, sauf la mère de Ree qui semblait n'avoir aucune conscience de ce qui l'attendait si elle persistait sur la même voie.

— C'est bon, grommela-t-elle entre ses dents serrées.

Elle pointa du menton la boîte en carton que Ree avait posée sur une table d'appoint, près du barbecue.

— Tiens, va mettre ce que tu as apporté dans le réfrigérateur.

— Tu veux dire le cheesecake que j'ai acheté ? demanda Ree, au bord de l'explosion.

— Evelyn a fait un gâteau. Nous garderons le tien pour plus tard.

Ree avait deux options : soit elle crachait ce qu'elle avait sur le cœur – et elle risquait de plomber un peu plus l'ambiance –, soit elle ravalait sa rancœur et faisait comme sa mère venait de lui demander. Elle en profiterait pour s'attarder dans la maison, histoire de faire retomber un peu la pression.

Talonnée par son frère, Shane, elle entra dans la cuisine comme une furie. Les larmes lui brûlaient les yeux, mais elle s'exhorta à les refouler.

— Je suis désolée de ne pas être le genre de fille à porter des robes à frous-frous et de gros nœuds dans les cheveux ! fulmina-t-elle.

— Tu la connais. Ce n'est pas ce qu'elle a voulu dire.

— Vraiment ? Comment suis-je censée prendre ses commentaires, alors ? Et d'abord, qu'est-ce qui ne va pas avec ma coiffure ?

— Rien. Tu es très bien comme ça. Et si tu veux mon avis, quelle que soit ta coiffure, tu seras toujours belle. Ce que je veux dire, c'est qu'il ne faut pas que tu prennes les remarques de maman trop à cœur.

Mais il en fallait plus pour apaiser Ree qui lança un regard noir à son frère.

— Tout y est passé ! poursuivit-elle sans décolérer. Mon apparence, mes cheveux, mon gâteau. Tout le monde ici sait pourtant que je ne suis pas fichue de cuisiner. Encore moins de faire des desserts.

— Je ne crois pas qu'elle ait voulu te blesser intentionnellement.

Elle afficha un air sceptique en même temps qu'elle se mit à arpenter la pièce.

— Comment devrais-je réagir, à ton avis ? demanda-t-elle finalement.

— Prends-le à la légère, dit Shane. Avec humour.

— C'est vrai que maman a un tel sens de l'humour ! ironisa-t-elle.

— En tout cas, elle rit à mes blagues.

— Excuse-moi, mais ce n'est pas un critère.

Ree poussa un long soupir chargé de frustration. Shane n'avait aucune idée de ce que cela pouvait être de se sentir la brebis galeuse, lui qui était le chouchou de leur mère. Elle ne lui en voulait pas. Elle le trouvait même touchant d'essayer de la calmer.

Elle remarqua qu'il la dévisageait en silence, la tête légèrement inclinée sur le côté.

— Tu es sûre qu'il n'y a pas autre chose ?

— Évidemment, répondit-elle trop vite. Qu'est-ce qui pourrait bien me mettre hors de moi à part les commentaires cyniques de notre chère vieille mère ?

Shane secoua la tête.

— Tu ne devrais pas parler d'elle comme ça.

Elle résista à l'envie de répliquer qu'elle savait très bien ce qu'elle devrait faire ou pas. Car sa colère commençant à retomber, elle reconnaissait que Shane avait raison. En parlant de leur mère comme elle le faisait, elle lui manquait de respect. Mais elle était sur la défensive en ce moment. Plus exactement, depuis que sa dernière mission avait pris fin, quelques jours plus tôt. Une mission sur laquelle elle avait travaillé en équipe avec Quinton Casey, Quint pour les intimes. Ils avaient échangé un unique baiser passionné qui, depuis, hantait les rêves de Ree mais que Quint avait déjà dû reléguer aux oubliettes. Sans doute devait-il être sur une nouvelle affaire à présent. Il était si occupé à retrouver le responsable de la mort de sa meilleure amie et ancienne partenaire que Ree ne devait être pour lui qu'un lointain souvenir.

— Elle sait comment me pousser à bout, se défendit-elle encore en agrippant le rebord du comptoir si fort que ses phalanges en blanchirent.

— Ne le prends pas mal, mais maman doit penser la même chose de toi.

— Tu ne vas pas t'y mettre, toi aussi !

— Je n'ai rien dit.

— Si. À cause de toi, je suis à deux doigts de culpabiliser.

Elle s'en voulut de s'être laissé entraîner dans cette discussion qui aurait dû s'arrêter avant même d'avoir commencé. Elle vivait un moment difficile. Ce n'était pas la peine d'ajouter à sa frustration.

Le grincement de la porte moustiquaire la tira de ses pensées. Elle alla faire de la place dans le frigidaire pour y caser le gâteau qu'elle avait acheté et que sa mère avait dédaigné de manière si ostensible pour préférer les macarons framboise-rose confectionnés par sa belle-fille.

Evelyn adorait s'adonner à la pâtisserie. Elle avait raison. Elle avait les moyens de ses ambitions.

Tandis que Shane allait rejoindre sa femme dans le salon, Ree étira ses doigts endoloris. Voilà pourquoi elle avait arrêté de venir à ces barbecues du dimanche. Elle détestait le stress qui découlait de ces conflits larvés avec sa mère. À vrai dire, il lui était plus facile de se priver de ces réunions familiales que de se contrôler sans cesse.

La voix de Preston, son ex, lui parvint soudain de la pièce voisine. Preston étant l'ami d'enfance de Shane, il n'y avait rien d'étonnant à ce qu'il débarque ici comme s'il était un membre de la famille. La perspective de devoir lui parler raviva sa mauvaise humeur.

— Salut ! dit-il en entrant dans la cuisine, un large sourire aux lèvres.

Preston était un bel homme. Grand, bien bâti, des cheveux souples et blonds comme les blés, des yeux bleus. Le genre qui faisait soupirer les femmes dès qu'il entrait quelque part.

— Salut, Preston. Contente de te voir.

Elle avait eu beau essayer d'y mettre du cœur, ses mots sonnaient faux même à ses oreilles.

Preston, qui avait sans doute vu dans ces paroles une sorte d'encouragement, s'approcha d'elle et se pencha pour l'embrasser sur la bouche. Mais elle tourna prestement la tête et lui offrit sa joue à la place.

— Tu vas bien ? demanda-t-elle, histoire de dissiper le malaise entre eux.

Il accrocha son regard, cherchant visiblement à lire en elle.

— Oui, répondit-il. Et toi ? Ton boulot ?

— Super.

Pourquoi devrait-elle se sentir gênée ? Après tout,

Preston et elle, c'était de l'histoire ancienne. Elle avait bien envisagé, dans un moment de faiblesse, de renouer avec lui, mais elle s'était ravisée. Ça n'aurait pas été loyal de se jeter dans ses bras uniquement pour tenter d'oublier Quint.

Evelyn et Shane passèrent la tête par la porte.

— On retourne voir les enfants, annonça Shane en entraînant sa femme vers la sortie.

Les traîtres avaient décidé de la laisser seule en tête à tête avec Preston. Qu'espéraient-ils ? Un retour de flamme improbable ?

Merci pour ton soutien, frérot.

— Si nous allions les rejoindre ? suggéra-t-elle d'un ton qu'elle voulait léger.

— Si tu veux. Sinon nous pouvons rester un peu ici pour discuter.

— D'accord, répondit-elle, faute de mieux.

Cela lui permettrait d'éviter sa mère, ce qui n'était pas une mauvaise chose, finalement.

— Un thé glacé ? lui proposa Preston, comme s'il était chez lui.

Ignorant sa proposition, elle alla se servir elle-même.

— Ce sera une bière, plutôt, décréta-t-elle.

Ses pensées dérivèrent encore une fois vers Quint. Décidément, tout la ramenait à lui. Elle se rappela qu'elle lui avait suggéré de lui passer un coup de fil s'il lui prenait l'envie de boire une pinte avec elle. Mais comme elle s'y attendait, il ne l'avait pas appelée.

— À cette heure-ci ?

Preston affichait une moue réprobatrice.

— Je suis en congé, rétorqua-t-elle en guise d'explication.

En vérité, elle pensait que l'alcool l'aiderait à prendre

un peu de distance. Elle regretta que son grand-père ne soit pas encore arrivé. Où était-il ? Que faisait-il ? S'il était là, il se joindrait à elle pour la boire, cette bière. Et peu importait l'heure. Elle était si peu habituée à boire que, lorsqu'elle aurait vidé sa canette, elle irait dormir un peu et, en se réveillant, elle aurait mal à la tête. Au moins, elle donnerait à sa mère une raison supplémentaire de lui tomber dessus.

— Tu sais quoi ? Finalement, je vais prendre un café. Tu en veux ?

Il secoua la tête. À voir son air affligé, elle comprit qu'il considérait comme une hérésie de boire un café alors que la température extérieure avoisinait les trente degrés.

Elle aurait bien pris un Coca. Mais la maison obéissait à des règles bien précises. Pas d'armes à feu, pas de sodas, pas de bagatelle. D'accord, ce dernier point, c'était elle qui venait de l'ajouter.

— Tu es en congé pour combien de temps ?

— Trois jours. Je sors juste d'une mission assez intense, alors je…

En voyant son visage grimaçant, elle s'arrêta net de parler.

— Quoi ? demanda-t-elle pour la forme, car elle savait que son travail était pour lui un sujet tabou.

Elle ne connaissait que trop bien la vieille rengaine selon laquelle elle faisait un métier dangereux et qu'elle ferait mieux de se trouver un boulot pépère dans un bureau et blablabla et blablabla.

La porte de derrière s'ouvrit soudain sur sa mère. Pour une fois, Ree fut contente de la voir. Son arrivée allait lui épargner une discussion aussi pénible que stérile avec Preston.

— Preston ! J'ignorais que tu serais des nôtres, aujourd'hui.

Ree esquissa un sourire moqueur. Pour qui la prenait-on ? Comme si sa mère pouvait être étrangère à cette invitation !

En guise de réponse, Preston lui sourit et s'approcha d'elle pour l'embrasser sur la joue.

— Ree, pourras-tu apporter de la glace dehors ? lui demanda sa mère sans même la regarder.

Elle inspira profondément. Surtout, ne pas se sentir blessée. Elle n'était plus une enfant en quête de reconnaissance maternelle. Elle réussissait sa vie professionnelle. Elle n'avait besoin de personne.

— Bien sûr.

— Merci. Et fais en sorte que Preston se sente chez lui ici, n'est-ce pas ?

— Pas de problème. Je veillerai bien à ce qu'il retire ses vêtements pour ne pas avoir trop chaud et qu'il mette les pieds sur la table.

Sa mère afficha aussitôt un air sévère, signe visible que son trait d'humour n'avait pas eu l'effet escompté.

Ree la regarda s'éloigner, raide comme la justice. Shane aurait-il raison ? N'aggravait-elle pas la situation en mettant sa mère au défi comme elle le faisait plutôt que de l'ignorer ? Elle irait s'excuser. Plus tard. Tout en gardant en tête qu'elle n'était pas responsable du fait que son père était mort dans l'exercice de ses fonctions et qu'elle n'avait pas à payer pour sa disparition. Sans doute sa mère lui en voulait-elle, consciemment ou pas, d'avoir choisi le même métier que son défunt mari. Mais les choses étaient différentes aujourd'hui. Les agents étaient mieux formés. Le risque zéro n'existait pas, bien sûr. Des erreurs de jugement pouvaient entraîner la mort, mais Ree entendait bien ne pas faire partie des statistiques.

Un bruit de pneus roulant sur le gravier de l'allée l'arracha à ses considérations. Son grand-père arrivait. Enfin !

— Excuse-moi, il faut que j'aille ouvrir, dit-elle en se précipitant vers l'entrée. C'est mon grand-père. Il y a trop longtemps que je ne l'ai pas vu.

Elle ouvrit la porte à la volée. Son cœur se mit à battre plus fort. Ce n'était pas son grand-père qui s'était garé dans l'allée. C'était Quint Casey.

Que venait-il faire ici ?

En se rendant chez Ree, Quint ne savait pas à quoi s'attendre. Allait-elle l'accueillir à bras ouverts ou, au contraire, lui signifier qu'il n'était pas le bienvenu ? Il allait le savoir très vite.

Il avait garé son pick-up derrière une file de véhicules, signe visible qu'il débarquait en pleine réunion familiale. Le fameux déjeuner du dimanche, « le rituel », tel que le lui avait mentionné Ree ?

Quand il la vit au bas des marches qui menaient au porche de la maison, son cœur s'emballa un peu, en même temps qu'une boule d'émotion se formait dans sa gorge. Elle était aussi belle que dans son souvenir avec ses longues jambes, sa chevelure rousse foisonnante et ses yeux vert émeraude.

Elle avait croisé les bras dans une posture dont il ne savait dire si elle était défensive ou offensive. Elle se tenait immobile, les yeux rivés sur lui, le visage indéchiffrable.

Il sortit de son pick-up et se dirigea vers elle au

moment où une silhouette masculine se découpait à contre-jour dans l'entrée.

— Tu es bien la dernière personne que je m'attendais à voir débarquer ici, dit-elle en guise de salut.

Pour toute réponse, il désigna la silhouette du menton.

— C'est ton petit ami ? s'enquit-il assez bas pour ne pas être entendu de la silhouette en question.

— Juste un ami, répondit-elle.

La réponse, vague, laissait comprendre qu'elle n'en dirait pas plus sur le sujet.

— Qu'est-ce que tu es venu faire ici, Quint ?

Il lui fit un clin d'œil.

— Eh bien, je suis venu te voir.

Le visage de Ree se ferma. Manifestement, elle n'était pas d'humeur légère.

— Plus sérieusement, dit-il, pourrions-nous aller un peu à l'écart ? J'ai à te parler.

Son « ami » ne lui laissa pas le temps de répondre.

— Tout va bien, Ree ? lança-t-il.

Voilà qu'il jouait les chevaliers blancs, maintenant. Ceci dit, Quint lui reconnaissait un certain courage. En général, compte tenu de sa stature impressionnante, les hommes ne cherchaient pas à se frotter à lui.

— Ree ? insista le chevalier d'une voix plus forte.

— Tout va bien, répondit-elle sans se retourner. Cela concerne mon travail.

— Un dimanche ?

Sa voix était teintée d'une pointe de scepticisme.

Quint croisa les bras à son tour, parfait reflet de la posture de Ree. Cette situation commençait à l'amuser.

— Nous en parlerons plus tard, Preston. Quint et moi devons parler en privé, dit Ree.

Visiblement, Preston n'entendait pas se laisser mettre à l'écart aussi facilement, car il insista :

— C'est le type avec qui tu as travaillé sur ta dernière mission ?

— Preston… Tu sais bien que je suis lié au secret professionnel.

Elle regardait Quint fixement, le mettant au défi de dire quelque chose.

— Oui mais quand même, un dimanche… Dans ta famille…

C'est alors que le miracle se produisit. Ree se dérida pour se fendre d'un large sourire. Puis elle prononça en silence « Quel boulet ! » avant d'aller trouver Preston. Quint n'entendit pas ce qu'elle lui dit mais, visiblement, elle sut se montrer convaincante, car Preston retourna à l'intérieur après lui avoir gentiment pressé l'épaule.

Quand elle revint vers lui, elle avait retrouvé son visage fermé.

— Qu'est-ce que tu veux vraiment, Quint ? attaqua-t-elle d'emblée.

— Toi, répondit-il du tac au tac.

— Et si je refuse ?

— Pourquoi ? Nous formons une bonne équipe tous les deux, non ?

— Je suis très honorée que tu aies pensé à moi, mais…

— Je ne t'ai encore rien dit.

— Ce n'est pas la peine. Je sais. Tu cours après le type que tu considères comme responsable de la mort de Tessa. Je me trompe ?

— Disons que j'essaye de faire d'une pierre deux coups. Nous avons déjà notre couverture. Ça a plutôt bien marché, la dernière fois, non ?

— En fait, ce n'est pas moi que tu veux. Tu recherches la facilité.

— Ce n'est pas du tout ce que j'ai voulu dire.

— C'est exactement ce que tu as dit, rétorqua-t-elle.

— OK. Si je te disais que travailler avec toi me manque ?

Elle leva les yeux au ciel.

— Il va falloir trouver mieux. En fait, tu sais quoi ? Je m'en fiche.

Quint sourit. Voilà ce qui lui avait manqué au cours de ces deux derniers jours : cette flamme, ce culot qu'elle dégainait à la moindre occasion.

— Tu es un très bon élément, Ree. J'ai besoin de quelqu'un comme toi, qui sache travailler main dans la main avec moi sans chercher à me mettre des bâtons dans les roues.

— Je ne peux pas accepter et nous savons tous les deux pourquoi.

— Vraiment ?

— Tu es mon supérieur hiérarchique, éluda-t-elle. Tu aurais pu me contacter par voie officielle. Pourquoi t'être déplacé en personne ?

— Parce que tu es un sacré bon agent, répéta-t-il. Le meilleur que j'aie connu depuis longtemps. Je ne veux personne d'autre que toi sur cette affaire.

Elle resta immobile, hésitant encore.

Il attendit, le cœur battant, mais ce fut lui qui rompit le silence le premier :

— Prends au moins le temps d'y réfléchir.

— Ce n'est pas une bonne idée, Quint.

Sur ce, elle lui tourna le dos pour rentrer chez elle.

Comme elle ne lui avait pas opposé une fin de non-recevoir, il lui emboîta le pas.

2

— Ree… Attends.

Elle s'immobilisa sans se retourner, soucieuse de lui cacher le trouble que suscitait en elle sa voix chaude et caressante.

Ils venaient à peine de boucler leur dernière mission qui consistait à démanteler un réseau de blanchiment d'argent via un bar-restaurant. Seul courait encore le grand patron, un certain Dumitru que Quint jugeait responsable de la mort de son amie Tessa et qui, pour l'heure, restait insaisissable. Assister Quint dans sa chasse à l'homme ne lui paraissait pas judicieux.

Car, elle le savait, il lui serait difficile, pour ne pas dire impossible, de résister bien longtemps à ce géant d'un mètre quatre-vingt-dix tout en muscles qui, lorsqu'il plantait dans les siens ses yeux bleu saphir, lui ôtait toute capacité de discernement.

D'un autre côté, elle rechignait à céder sa place à quelqu'un d'autre – une femme peut-être ? – tant Quint et elle formaient l'équipe parfaite. Sans compter qu'elle avait beaucoup appris de cet agent, le plus expérimenté de l'ATF. Le seul point noir était cette alchimie presque palpable qui existait entre eux, seul élément qui pourrait la pousser à décliner la proposition de Quint.

— J'admets que je ne suis pas la personne la plus facile à vivre, dit-il. Mais je t'en supplie, Ree. Réfléchis avant de dire non. Au risque de me répéter, je ne peux rêver meilleure coéquipière que toi.

— Tu es sûr de ça ? demanda-t-elle pour se donner un peu de temps, car elle n'était pas loin de flancher. Je parie qu'il doit y avoir d'autres agents qui seraient prêts à se couper un bras pour travailler avec toi.

— Sûr à cent pour cent, répondit-il avec conviction. Je peux te poser une question ?

— Vas-y. Je t'écoute.

C'était le moins qu'elle puisse faire après les kilomètres qu'il avait avalés pour venir la trouver. Et puis, elle devait bien l'avouer, le temps qu'elle passait avec lui, elle ne le passait pas en famille. C'était déjà ça. D'autant plus que son grand-père, le seul qui lui rendait ces réunions supportables, n'était pas encore là.

— Qu'est-ce qui te retient *vraiment* d'accepter ?

— Tu tiens *vraiment* à le savoir ?

— Oui. Quoi que tu me dises, je crois que je m'en remettrai.

S'il voulait vraiment savoir, alors…

— Eh bien, je pense que tu fais de la mort de Tessa une affaire personnelle qui pourrait te conduire à commettre des erreurs.

Voilà. C'était dit. Tessa avait été un dommage collatéral au cours d'une mission qui consistait à démanteler un trafic d'armes. Si le chef du gang, Dumitru, était bien présent au moment de la descente, c'était le seul qui avait réussi à leur échapper. Tous les autres, écroués, avaient été retrouvés morts dans leur cellule.

— Je vois, dit-il sobrement.

Elle discerna dans son regard une lueur fugace qui disait qu'elle avait touché une corde sensible.

— Ce n'est pas pour rien que les avocats ne peuvent pas défendre des membres de leur famille, ajouta-t-elle.

— Bien sûr. Il pourrait y avoir conflit d'intérêts.

— Exact. Je déteste devoir soulever un tel problème, car tu es, de loin, la meilleure personne que j'aie jamais connue, poursuivit-elle en faisant de son mieux pour atténuer la dureté de son propos. Mais tu ne peux pas nier qu'il te serait difficile de lâcher une piste qui te conduirait au responsable de la mort de Tessa alors que tu es censé te tenir en dehors de cette enquête.

Il acquiesça en silence puis, toujours sans dire un mot, retourna vers son pick-up.

— Quint !

Elle lui courut après et lui posa une main sur l'épaule.

— Parle-moi. Dis-moi quelque chose.

— À quoi bon ?

— Je ne sais pas. Parce que c'est ce que font les gens normaux.

Elle se positionna entre la portière et l'habitacle pour l'empêcher de se glisser derrière le volant. Elle qui n'était pas capable de discuter avec sa mère, voilà qu'elle cherchait à forcer Quint à lui parler. Pourquoi était-il si facile de donner des conseils et si difficile d'en recevoir ?

— De toute façon, ta décision est prise, n'est-ce pas ? demanda-t-il. Ça ne servirait à rien de poursuivre cette discussion. Ne t'inquiète pas, je n'insisterai pas. Je n'exercerai aucune pression en haut lieu pour que tu sois choisie pour cette mission.

— Attends un peu. Tu veux dire que ta décision n'était pas prise ?

— Non. Pas encore. C'est pour cela que je suis venu

ici. Je voulais t'en parler en personne. Et le fait que tu puisses penser que j'ai manigancé dans ton dos prouve que je ne te connais pas aussi bien que je le croyais.

— Je pensais que…

— Quoi ? Que j'avais décidé à ta place ? Sans t'en parler d'abord ? Et maintenant, si tu veux bien t'écarter, je dois y aller. Je t'ai fait perdre assez de temps.

Il pointa le menton en direction de la maison.

— Ta famille t'attend, poursuivit-il. Tu devrais aller la retrouver.

Elle resta clouée sur place, abasourdie par cette réaction qu'elle jugeait disproportionnée. Mais cette inertie ne dura qu'un court instant. Très vite, elle se ressaisit. Son choix était fait.

— Que fais-tu ? lui demanda-t-il en la voyant s'installer sur la banquette arrière.

Pour toute réponse, elle leva les mains devant elle et les rabaissa aussitôt, en guise de capitulation.

— Ree, je suis sérieux. Je dois partir.

— Si tu pars, je pars avec toi.

— Je vois, dit-il en riant. Madame veut s'attirer mes bonnes grâces.

Visiblement, il avait retrouvé sa nature enjouée. Elle en éprouva un profond soulagement.

— Nous en reparlerons quand tu auras entendu ce que j'ai à te proposer.

— Tu m'inquiètes, rétorqua-t-il d'un ton mi-figue mi-raisin.

— J'ai besoin d'un temps de réflexion. Le temps du barbecue. Avec toi.

— Je me demande si je n'aurais pas intérêt à passer par la voie hiérarchique, finalement, ironisa-t-il.

— Tu ne feras pas ça.

— Pourquoi ?

— Parce que tu ne gagnerais rien à me forcer. Je risquerais de me montrer très désagréable.

— Je sais déjà que tu as du tempérament, répliqua-t-il avec un sourire en coin.

Un sourire qui accéléra instantanément les battements de cœur de Ree. L'attirance presque hypnotique qu'il exerçait sur elle était à mettre dans la colonne des « moins ». Définitivement. En revanche, l'idée de faire de nouveau équipe avec lui l'excitait énormément. On ne pouvait rêver meilleur partenaire que Quint Casey.

— Mais je suis prêt à subir tes foudres si c'est pour la bonne cause, ajouta-t-il en riant à demi.

— Je suis une fille très chanceuse, finalement.

C'était peu de le dire, railla-t-elle en son for intérieur. N'allait-elle pas se glisser dans le rôle de l'épouse comblée de Quinton Casey pour la deuxième fois ? À plusieurs reprises, elle s'était surprise à se laisser prendre au jeu. Cette fois, au moins, elle savait où elle allait mettre les pieds.

— Ma mère doit trépigner d'impatience, dit-elle. Nous devrions y aller.

— Je ne suis pas fan des réunions de famille, rétorqua-t-il avec amusement. Mais je vais faire une exception, pour cette fois. Simplement, n'en prends pas l'habitude.

— Et toi, rappelle-toi que je ne me suis pas encore décidée, répliqua-t-elle en mentant.

— Tu vas accepter.

Il lui tendit sa main qu'elle prit en feignant d'ignorer les frissons de désir que ce simple contact fit courir au creux de ses reins.

— Tu as l'air bien sûr de toi. Qu'est-ce qui te fait croire que je vais accepter ?

— Ta famille va tomber sous mon charme irrésistible, plaisanta-t-il. Je vais tellement me les mettre dans la poche que tu vas accepter ma proposition juste pour te débarrasser d'eux.

Il était si proche de la vérité qu'elle éclata de rire.

— Ah oui ? Je te souhaite bonne chance. Surtout avec ma mère.

C'était peu de le dire, mais cela, Quint l'ignorait encore.

Quint n'avait aucun problème avec ça. Dîner avec la famille nombreuse de Ree ne représentait pas pour lui un obstacle insurmontable. Être l'enfant unique d'une mère célibataire n'avait pas fait de lui un être asocial. La preuve, il n'avait jamais décliné une invitation aux réceptions données par le département, même s'il préférait rester tranquillement chez lui, le soir, plutôt qu'en présence d'une douzaine de personnes qu'il connaissait à peine.

Au cours des dix dernières années, il s'était évertué à se faire passer pour quelqu'un d'autre. Il pouvait bien reprendre ce petit jeu l'espace de quelques heures, non ?

— Prêt ?

La voix de Ree le ramena brusquement sur terre.

Elle se pinça l'arête du nez tout en prenant une profonde inspiration, ce qui, à ses yeux, n'augurait rien de bon.

— J'ai survécu à bien pire qu'à un barbecue familial, assura-t-il d'un ton qu'il voulait dégagé.

Une désinvolture feinte, sans doute destinée à cacher une pointe de nervosité qu'il ne s'expliquait pas.

— Nous verrons bien, dit-elle tout bas, comme pour elle-même.

En chemin, ils passèrent devant deux garçonnets

qui s'ébattaient joyeusement dans une petite piscine en plastique qu'un tuyau d'arrosage alimentait en eau.

Quint, que le soleil rasant faisait cligner des yeux, songea à retourner à sa voiture pour y prendre ses lunettes de soleil. Il finit par y renoncer. Pour une première rencontre, la famille de Ree voudrait sans doute le regarder dans les yeux.

Ree le conduisit à l'arrière de la maison, dans un vaste jardin où deux tables de pique-nique en bois avaient été installées sous un chêne imposant. Entre elles, une plus petite, en plastique rouge. Des rires joyeux fusaient de toutes parts. Une femme d'un certain âge, auréolée de la même chevelure flamboyante que Ree, posait un panier rempli de victuailles sur l'une des tables. Cette scène champêtre avait quelque chose d'intime qui mit Quint mal à l'aise. Soudain, il ne se trouvait plus dans sa zone de confort. Ni à sa place. Mais il ferait un effort. Pour Ree.

Il allait lui reprendre la main, comme il avait pris l'habitude de le faire, mais le regard mauvais que lui lança Preston l'arrêta net. Il comprenait. Il était l'imposteur. L'empêcheur de tourner en rond. Il n'avait pas à jouer le type marié et Preston s'intégrait bien mieux dans cette famille que lui ne le ferait jamais.

Ree frappa dans ses mains pour attirer l'attention générale.

— S'il vous plaît, tout le monde ! appela-t-elle à la cantonade. J'aimerais vous présenter un de mes collègues de travail, Quinton Casey. Quint, je te présente ma famille.

Tous les regards se mirent à converger vers lui et lui donnèrent l'impression d'être un insecte coincé sous la loupe d'un entomologiste.

— Bonjour, dit-il à la ronde.

Il accompagna son salut d'un petit geste de la main qui lui donnait plus l'air de la marionnette Howdy Doody que d'un super agent de l'ATF.

La mère de Ree lui répondit par un bref hochement de tête tandis que Preston continuait de l'épingler d'un regard pénétrant que Quint feignit d'ignorer.

Un grand gaillard se leva de sa chaise pour venir à sa rencontre, un sourire cordial aux lèvres.

— Je suis Shane, se présenta-t-il en lui tendant la main. Nous nous sommes parlé au téléphone une ou deux fois quand vous cherchiez à joindre Ree.

— Ravi de vous rencontrer.

— Je vous laisse faire plus ample connaissance, intervint Ree. Je reviens tout de suite.

Elle se dirigea alors tout droit vers une glacière, en sortit deux canettes de bière, en apporta une à Quint puis s'éclipsa de nouveau pour aller rejoindre la table des enfants.

Il ne l'avait jamais imaginée appréciant la présence de gamins turbulents. Mais pourquoi pas ?

— Venez, dit Shane à Quint. J'aimerais vous présenter mon meilleur ami, Preston.

— Nous nous sommes déjà rencontrés.

— Oh…

— Mais c'est toujours intéressant de mieux connaître quelqu'un, s'empressa-t-il d'ajouter pour couper court à l'embarras de Shane.

— Dans ce cas…

Shane le conduisit à la table où se trouvait Preston.

— Voici mon frère, Finn, dit-il.

Finn interrompit la discussion animée qu'il avait avec le petit garçon roux debout à côté de lui pour lancer un rapide :

— Salut. Enchanté.

Puis il reprit le fil de sa discussion.

— C'est mon fils, Liam, dit Shane, rayonnant de fierté. Il est très mûr pour son âge. Il a toujours préféré la présence des adultes.

Quint le trouvait plutôt mignon, ce gosse, avec ses yeux vifs et sa bouille angélique piquetée de taches de rousseur.

— Là-bas, à l'autre table, c'est Patrick, et à côté de lui, Connor.

En entendant leur nom, les deux hommes levèrent la tête et saluèrent Quint d'un geste vague de la main.

Shane s'assit à côté de Preston et fit signe à Quint de s'installer en face d'eux.

— Depuis quand connaissez-vous Ree ? attaqua aussitôt Preston.

— Pas très longtemps. Mais nous nous sommes très vite bien entendus.

— Vraiment ? C'est curieux.

— Ce que veut dire Preston, intervint Shane, c'est que Ree n'est pas d'une nature très ouverte.

— Dans la vraie vie, sans doute, rétorqua Quint. Mais dans notre profession, lorsqu'il s'agit de jouer au couple marié, mieux vaut être convaincant si l'on tient à la vie. Du coup, les barrières tombent très vite.

Mme Sheppard porta une main à son cœur et recula de quelques pas, visiblement effrayée par ce qu'elle venait d'entendre. De toute évidence, Quint avait touché un point sensible.

— Ce n'est rien, maman, dit Ree pour la rassurer. Jouer un rôle, c'est notre quotidien. Et tu vois bien que je suis toujours là.

— Si vous connaissiez si bien Ree, l'apostropha

Preston, vous n'évoqueriez pas les dangers liés à votre métier devant sa famille.

Quint réprima avec peine le soupir de lassitude qui lui montait aux lèvres. Il n'était pas si doué que ça pour composer avec les Sheppard, finalement.

Ree, qui avait visiblement senti le malaise, vint le rejoindre. Au passage, elle lança un regard noir à la tablée puis se laissa tomber sur une chaise en lui tournant le dos.

— Si nous partions ?

— Tu crois que c'est une bonne idée ? Notre départ ne mettrait pas un peu plus d'huile sur le feu ?

— C'est moi qui décide.

— Dans ce cas…

Entre l'accueil plus que glacial de la mère de Ree, celui mitigé de ses frères et la jalousie presque palpable de Preston, il se demandait en effet ce qu'il faisait là. La réponse lui parvint, évidente. Ree n'avait pas eu envie de subir sa famille, seule. Elle avait vu en lui une bouée de secours, un rempart, qui, malheureusement, ne lui avait pas été d'une grande aide. Il se rappela qu'un jour, au détour d'une discussion, elle lui avait touché un mot de la relation compliquée qui existait entre sa mère et elle. Mais elle ne s'était pas étendue sur le sujet.

— Allez, viens. Nous levons le camp.

Elle se leva, l'invitant en silence à faire de même.

— Hé, Ree ! Qu'est-ce que vous faites ? demanda Shane. Où allez-vous ?

— Quelque part où les invités sont bien reçus, rétorqua-t-elle sèchement.

Sur ce, elle les planta là et s'éloigna d'un pas rapide. Quint la suivit, bien conscient que ses chances de devenir populaire auprès de la famille Sheppard s'arrêtaient définitivement sur ce départ précipité.

— Passe devant, dit-elle. Je te suivrai avec ma voiture.

— Où va-t-on ?

— Où tu veux, pourvu que ce soit loin d'ici.

Sa voix tremblait d'une colère difficilement contenue.

C'est alors qu'ils virent Preston arriver en courant.

— Ree… Attends… Ne pars pas comme ça.

— Je dois aller travailler, répondit-elle sans même se retourner.

Par souci de discrétion, Quint regagna son pick-up, les laissant seuls.

— Vraiment ? Tu choisis encore de t'engager dans une nouvelle mission ? Crois-moi, si tu persistes dans cette voie, il ne faudra pas t'étonner si, dans quelques années, tu te retrouves toute seule.

Pas vraiment la bonne tactique pour retenir une femme comme Ree, s'amusa Quint intérieurement. Ce dont elle avait besoin, c'était être portée, soutenue et sûrement pas critiquée. Les critiques, elle devait en avoir son compte avec sa mère.

Une fois sa portière refermée, il n'entendit pas ce qu'elle lui répondit. En revanche, il entendit le moteur de sa décapotable vrombir puis ses pneus crisser sur le gravier quand elle le dépassa à vive allure.

3

Ree roula quelques mètres sur le chemin de terre puis se gara sur le bas-côté. Elle baissa la vitre et fit signe à Quint de s'arrêter à sa hauteur. Elle perdait rarement le contrôle d'elle-même mais, là, c'était à croire que tout le monde s'était donné le mot pour la pousser à bout. Quant à Preston… C'était à désespérer. Il n'avait toujours pas compris qu'elle n'avait pas à choisir entre sa vie professionnelle et sa vie privée. Cette pression qu'il exerçait sur elle ! Que dire de sa mère ? Le mieux serait que Ree lui présente des excuses pour la manière plus que cavalière dont elle avait quitté cette réunion familiale. Mais plus tard. Pour l'heure, le plus urgent était qu'elle se calme.

— J'habite près d'ici, dit-elle. Ça te dirait d'aller prendre un café chez moi ?

Quint pourrait en profiter pour lui donner plus de détails sur la mission qui les attendait pendant qu'elle préparerait ses affaires.

— Je te suis, répondit-il.

Le cœur de Ree se mit à battre plus fort à l'idée que Quint allait se retrouver dans son espace intime. Mais elle chassa prestement cette pensée, s'exhortant à se concentrer sur son travail. Sur cette nouvelle mission qui pouvait s'avérer plus dangereuse que la précédente. Ce n'était pas qu'elle s'en souciait, mais elle allait mieux s'y préparer.

Même si, elle le savait, il fallait compter avec la part d'inconnu.

Arrivée chez elle, elle se gara sur le côté de sa maison et fit signe à Quint de stationner juste derrière elle puisqu'ils repartiraient dans son pick-up.

Elle ne prit pas la peine de l'attendre. Elle alla ouvrir sa porte, la laissant grande ouverte. Elle posa son sac à main ainsi que ses clés sur la console de l'entrée et se rendit aussitôt dans la cuisine. Un bon café lui remettrait les idées en place, et Dieu sait qu'elle en avait besoin ! Ce n'était pas tant sa querelle avec Preston qui la contrariait – elle s'en fichait, même – que le fait qu'elle était en mauvais termes avec sa mère et qu'elle se sentait impuissante à arranger les choses entre elles.

Le bruit des pas de Quint sur le sol carrelé l'arracha à ses pensées.

— Je suis dans la cuisine ! lui cria-t-elle.

Cette présence masculine dans sa sphère privée suscita en elle un flot d'émotions qu'elle refoula tant bien que mal. Un sourire se dessina sur ses lèvres quand elle le vit si grand, si athlétique dans l'espace exigu de sa cuisine. Il avait un dossier coincé sous le bras gauche. Sans doute concernait-il la mission qui les attendait.

Elle prépara rapidement deux cafés et lui en tendit un.

— Merci, dit-il avant d'en prendre aussitôt une gorgée. Ce café est moins bon qu'une bière, mais il aura au moins le mérite de m'éclaircir les idées.

Il accompagna ces paroles d'un clin d'œil de connivence qui la fit sourire.

— Allons nous installer à côté, dit-elle en l'entraînant vers la salle à manger.

Une fois qu'ils furent assis face à face autour de la table ronde, Quint poussa le dossier vers elle. Une chemise cartonnée, tout ce qu'il y avait de plus ordinaire et qui ne présentait aucun caractère officiel.

— Ça n'a rien d'un document protocolaire, fit-elle remarquer.

— Normal. C'est un dossier personnel.

— Ce sont des renseignements que tu as rassemblés toi-même ? s'enquit-elle en pressentant le pire.

— Oui et non.

— Quint… Dans quoi comptes-tu m'embarquer, au juste ?

Car elle le savait, il serait prêt à franchir n'importe quelle ligne rouge si ça lui permettait de coincer le responsable de la mort de Tessa.

— Et si nous ne mettons pas la main sur Dumitru cette fois encore ?

Il resta un long moment silencieux, à fixer le fond de sa tasse, avant de répondre enfin :

— Je suis bien décidé à aller au bout, Ree. Libre à toi de me suivre ou pas. De décider de ce que tu voudras faire à tout moment. Je veux que tu saches que, quelle que soit ta décision, je la respecterai.

— Tout cela c'est bien joli, mais ce ne sont que des mots, rétorqua-t-elle. Tu sais très bien que si je m'engage à tes côtés, je ne te laisserai pas tomber en cours de route. Le couple Casey ne pourra pas exploser en pleine mission sans que cela te mette en danger.

— C'est juste, admit-il.

Elle comprit à son ton que la réciproque était vraie.

— Voyons un peu ce que contient ce dossier.

Sur la première feuille figurait une sorte d'arbre généalogique. Dumitru se trouvait au sommet. En bas, le nom de ses comparses arrêtés au cours de la descente au Greenlight. Entre les deux, un grand vide.

— Reste à trouver les ramifications qui existent entre le Greenlight et Dumitru et qui pourraient nous conduire à lui. C'est bien ça ?

Il acquiesça en silence avant d'ajouter :

— Je sais juste, mais c'est une certitude, qu'il est en lien avec une société de transport basée à Houston.

— C'est très possible, surtout quand on connaît l'homme. Quoi de plus pratique qu'une société de transport pour faire du trafic d'armes ? Cependant, en général, celles-ci font l'objet d'inspections aussi fréquentes que rigoureuses.

— C'est exact. C'est pourquoi j'ai creusé. Et j'ai trouvé.

— Quoi ?

— Cette société de transport appartient à une société-écran domiciliée aux Bahamas. La Trux.

Il pointa le nom de son index.

— J'imagine qu'elle gère d'autres « affaires ».

— C'est ce que je veux m'employer à découvrir. Mais tu sais comme moi comme il est difficile d'établir les liens entre des sociétés-écrans et des sociétés réelles.

— En effet.

— En ce qui concerne cette société de transport, je pressens que cette piste pourrait se révéler payante.

Il se tut un court instant durant lequel il but une nouvelle gorgée de son café.

— D'accord, dit-elle. Dis-moi juste que je ne serai pas serveuse, cette fois. Parce que j'ai rangé mon plateau et je compte bien ne pas avoir à le ressortir.

Son expérience de serveuse au Greenlight avait bien

failli lui faire rendre son tablier. Sans compter la fatigue liée aux changements de service qui l'avaient laissée chaque jour un peu plus éreintée.

Pour toute réponse, Quint se mura dans un profond silence auquel elle répondit par un « Pas question », prononcé en silence.

— Sans blague ? dit-elle tout haut. Encore ?

— Ce n'est pas ma faute si ces trafics se traitent en général dans des établissements de ce genre, finit-il par dire. C'est là que ces escrocs se retrouvent ; pas dans les chœurs d'église.

— On voit bien que ce n'est pas toi qui vas parader dans une tenue qui laisse peu de place à l'imagination mais beaucoup aux fantasmes.

Cette vision les fit s'esclaffer ensemble.

— Je pourrais, mais je doute que quiconque payerait pour voir un tel spectacle.

Tout en souriant, il tourna les six pages suivantes, chacune d'elles portant le portrait des complices de Dumitru assorti d'un extrait de leur casier judiciaire.

— Je suppose qu'ils ont tous un lien avec la mort de Tessa, dit-elle après avoir attentivement scruté chacun de ces visages.

— Oui. Et je ne les lâcherai pas. D'autant que j'ai la preuve que l'un d'eux est associé aux trafiquants d'armes.

— Bien. Ce sera donc Houston ?

— Oui. Mais nous avons un problème.

— Arrête. Tu sais bien que j'accepte. Mais à une condition. Pas de blague douteuse sur la NASA.

— Donc, nous avons bien un problème.

Son trait d'humour ne fit rire que lui.

— Je plaisante. Parole de scout.

— Parce que tu as été scout, toi ? Laisse-moi rire.

En se présentant à l'improviste chez les parents de Ree comme il l'avait fait, Quint avait joué quitte ou double. Il ne se doutait pas que quelques heures plus tard, il serait chez elle, installé à sa table, à discuter des modalités de leur mission. Il se félicita intérieurement de ce coup de tête qui s'était révélé payant.

— Merci, dit-il, sincèrement touché.

— Ne me remercie pas encore, rétorqua-t-elle avec une lueur de malice dans le regard. Tu le feras quand tous ces truands seront derrière les barreaux.

— Et Preston ?

Il avait beau vouloir faire équipe avec elle, un reste de loyauté le poussait à essayer de lui faire prendre conscience qu'elle risquait de passer à côté de quelque chose d'important en renonçant à lui.

— Il a l'air d'un type bien.

La petite flamme qui s'était mise à danser au fond des yeux de Ree s'éteignit d'un coup en même temps que ses traits se figeaient.

— Je suis désolé. Visiblement, je t'ai prise au dépourvu. Ce n'était pas mon intention, dit-il.

Elle le regarda fixement avant de dire :

— Tu veux parler avec moi de ma relation avec Preston ? Sérieusement ?

Il n'y tenait pas tant que cela, mais il avait compris qu'elle avait besoin de vider son sac. Aussi se lança-t-il le premier pour l'encourager.

— Depuis que je fais ce boulot, j'ai eu plusieurs fois l'occasion de voir à quel point il peut faire des ravages au sein de couples pourtant unis. Le taux de divorce est assez élevé dans la profession.

— Oui, et alors ? Où veux-tu en venir exactement ?

— Ce travail n'est pas facile pour les conjoints de

longue date. Encore moins pour les nouvelles relations, ajouta-t-il d'un ton qu'il voulait léger. Mais ce n'est pas à moi de te dire comment gérer ta vie personnelle.

— Tu as raison sur une chose. Peut-être deux. Le taux de divorce est assez élevé et ce boulot n'est pas fait pour faciliter les nouvelles rencontres. Cela tombe bien. Je connais Preston depuis longtemps et ce que nous avons partagé un temps est terminé à présent. Si je suis amenée à le voir, c'est parce qu'il est le meilleur ami de mon frère et que ma mère prend ce prétexte pour l'inviter à ses fichus repas dominicaux. Je n'y suis pour rien. Donc, je ne vois pas l'intérêt de me faire la morale.

— Qui te parle de morale ? Ce que j'essaye de te dire, c'est que tu rates peut-être la chance de connaître une vie plus harmonieuse, plus rangée, avec quelqu'un qui t'aime. Quand on s'investit trop dans son boulot, on n'a pas de temps pour autre chose et on finit par se retrouver seul.

Voilà. C'était dit. Il arrêterait là son beau discours.

— On croirait entendre parler ma mère, lui assena-t-elle avec dédain.

Le coup était bas, mais il l'encaissa sans broncher.

— Loin de moi cette idée, répliqua-t-il. Je serais le premier perdant à me priver d'un de mes meilleurs éléments.

— Dans ce cas, je ne vois pas de quoi nous parlons. Et à titre d'information, je pense que le mariage et la famille ne sont pas une fin en soi. D'ailleurs, je n'envisage pas d'avoir d'enfants.

— Sérieusement ?

— Tu ne vas pas t'y mettre, toi aussi.

— Non, bien sûr que non. Tu connais mon avis là-dessus. Je n'ai rien d'un macho qui pense que les femmes sont faites pour rester à la maison à s'occuper de leurs enfants. C'est juste que, comme tu viens d'une famille nombreuse, tu pourrais avoir envie de reproduire le schéma. De recréer l'ambiance chaleureuse d'une famille nombreuse.

— Tu étais avec moi chez ma mère, n'est-ce pas ?

— Oui.

— Alors, la frustration des uns et des autres n'a pas dû t'échapper. Excuse-moi, Quint, mais tu ne peux pas comprendre.

— Ce que j'ai vu ressemblait plutôt à un tableau de Rockwell.

— C'est parce que tu as fantasmé la réalité. Mais crois-moi, elle est bien différente. Entre ceux qui te jugent, ceux qui veulent mettre le nez dans tes affaires, pour ton bien, évidemment…

— Nous faisons un boulot dangereux. Nos proches s'inquiètent pour nous. Je ne vois pas ce qu'il y a de mal à cela.

En règle générale, Quint ne s'appesantissait pas sur son passé. Mais il surgissait parfois, l'obligeant à y faire face. Comme cet officier qui lui avait sauvé la vie. Une fois, au cours des séances qu'ils avaient passées à s'interroger sur leur passé pour pouvoir donner le change en public, il en avait parlé à Ree. Jusque-là, la seule à qui il avait confié cet épisode sombre de sa vie, c'était Tessa, sa meilleure amie. Et elle était morte.

Les traits de Ree se firent plus doux.

— Je suis désolée, dit-elle.

Ces trois petits mots assortis à la compassion qui pointait dans sa voix eurent sur lui l'effet d'un baume lénifiant.

— Merci, dit-il.

Il y avait quelque chose en elle qui le remuait, mais qu'il préférait ne pas chercher à analyser. Il repensait très souvent aux quelques baisers qu'ils avaient échangés. Des baisers qui dépassaient largement le cadre de la comédie et qui ne l'avaient pas laissé de marbre. Loin de là. Il redoutait les réactions qu'il pourrait avoir à trop vouloir coller à son rôle de mari épris.

N'avait-il pas déjà réussi à avoir ce qu'il était venu chercher ? Ree n'avait pas été longue à convaincre. Ils allaient donc reprendre la route ensemble ; se couler de nouveau dans leur rôle de couple amoureux.

— Je vais préparer mes affaires, dit-elle en s'éclipsant.

— OK. Pendant ce temps, je vais passer un coup de fil à l'agent Grappell pour qu'il nous trouve un appartement.

Il lui apparut soudain comme une évidence qu'il avait bien fait d'insister auprès de Ree. Avec elle à ses côtés, il allait rendre justice à Tessa.

Il n'en doutait plus.

4

— On ne change pas une équipe qui gagne, annonça Quint une fois Ree installée dans le siège passager. Nous utiliserons donc la même couverture. Couple de jeunes mariés… follement amoureux l'un de l'autre…

— Très bien, approuva-t-elle. Dans ce cas, nous n'avons plus qu'à relancer la machine.

— L'amoureux transi… C'est un bon moyen de faire oublier mon physique de gros bras.

Il était en effet impératif de le faire passer pour moins dangereux qu'il n'était s'ils voulaient endormir l'ennemi.

— En ce qui te concerne, tu as dû renoncer à ton boulot de déménageur à cause de ton genou, lui rappela-t-elle. Tu t'es blessé en portant un meuble trop lourd.

— Je dois me ménager. Je suis sur la voie de la guérison, récapitula-t-il à son tour.

— Nous avons eu notre premier rendez-vous galant dans un restaurant italien à Austin, sur la 3e Rue, poursuivit-elle.

— Et nous y retournons régulièrement, car on y sert les meilleures pizzas au feu de bois du coin, récita-t-il en souriant.

— C'est Ronnie, le patron, qui vient toujours en personne prendre la commande.

Il acquiesça d'un hochement de tête.

— Pour ce qui est de ton boulot, il consistera à assister la barmaid, une certaine Lola, précisa-t-il. Tu lui faciliteras la vie en t'occupant des verres, de la plonge. Tu vois le genre. Mais, au moins, tu n'auras pas à porter de plateaux trop lourds. L'établissement est un troquet country, fréquenté par une clientèle hétéroclite. On y croise aussi bien le gratin local que des truands. Cette Lola fréquente un certain Constantin, un des hommes de main haut placés de Dumitru. Tu devras te rapprocher le plus possible d'elle ; la mettre en confiance pour essayer de lui tirer les vers du nez.

— Compris.

— Dernier petit détail : dans le milieu, Constantin est affublé du charmant surnom de « Extinction des Feux ». Il adore tuer ses proies pendant leur sommeil.

— Charmant, en effet.

Elle réalisa soudain qu'ils venaient de franchir un cran au-dessus dans la criminalité. Cette affaire allait se révéler plus risquée, car les personnes en cause étaient plus violentes et plus dangereuses. Et puis, elle devrait compter avec le manque d'objectivité de Quint, qui ne reculerait devant rien pour rendre justice à son amie. Ne lui demandait-il pas l'impossible ? Elle préféra s'en assurer.

— Avant de nous lancer dans cette aventure, j'ai besoin que tu me promettes une chose, Quint, commença-t-elle.

— Oui. Quoi ?

— Jure-moi que tu m'écouteras si je te dis que tu vas trop loin.

Il lui lança un regard éloquent. Manifestement, il n'appréciait pas ce qu'il venait d'entendre.

— Si j'insiste, c'est parce que j'ai appris à te connaître

et que j'ai bien vu de quoi tu es capable. Quand tu tiens une piste, tu ne lâches rien, ce qui serait plutôt une qualité. Sauf…

— Sauf ?

— Sauf quand tu agis de manière impulsive, au détriment de ta sécurité. Je développe ?

Les traits de Quint se crispèrent, mais il prit sur lui pour ne pas réagir à chaud. Il se contenta de serrer un peu plus les doigts autour de son volant. Sans doute parce qu'il savait qu'elle avait raison.

— Inutile, dit-il finalement. Et tu as ma parole.

Le temps dirait si elle avait raison de lui faire confiance. Pour l'heure, elle allait se satisfaire de cette promesse, qu'elle lui avait un peu arrachée au forceps, elle devait bien l'admettre.

— Je suppose que je vais devoir porter une tenue olé olé ? dit-elle avec un soupir navré.

Il esquissa un sourire amusé.

— Tu supposes bien. Mais attention : de l'olé olé chic, répliqua-t-il.

— Je vois ça d'ici. Minishort et talons hauts.

— Exact. Mais il faudra y rajouter une paire de bretelles sur une chemise blanche, un nœud papillon rouge et, bien sûr, des bas résille noirs.

— S'il te plaît, Quint. Dis-moi que ce n'est pas un club de strip-tease.

— Pas du tout. C'est un endroit tout ce qu'il y a de plus branché.

— Génial, rétorqua-t-elle d'un ton sinistre. Me voilà rassurée.

— Ree, je te l'ai dit. Tu n'es pas obligée d'accepter.

L'attention qu'il lui prêtait la toucha à l'extrême. Il se montrait protecteur à son égard d'une manière différente de celles de Preston et de sa mère. Quand eux lui donnaient l'impression d'être une écervelée qui n'avait aucune conscience des dangers qu'elle encourait, Quint lui laissait le choix. Et tandis que Preston et sa mère cherchaient à la dissuader en exerçant sur elle une pression qui lui était insupportable et ne faisait que la braquer, Quint, lui, croyait en elle. Il était fier de ses compétences. Il ne l'étouffait pas.

— Tu auras une photo de Lola à me montrer ? demanda-t-elle.

— Oui, dit-il alors qu'il entrait dans le parking d'un immeuble du centre-ville. Le bar est situé dans le quartier de Green Street. C'est tout près. Tu pourras t'y rendre à pied.

Elle approuva d'un hochement de tête.

— Grappell nous a loué un meublé, poursuivit-il. Pas très spacieux mais fonctionnel, paraît-il.

Sur la précédente affaire, ils avaient passé une semaine dans un studio minuscule. Aussi, « un meublé pas très spacieux » pouvait passer pour un appartement luxueux. Qui sait ?

— Je vois. De ceux destinés à des gens de passage, comme nous.

— Grappell a choisi cet immeuble parce que c'est là que vit Lola. Son appartement est au neuvième étage. Le nôtre au septième.

— Nous risquons de nous croiser dans l'ascenseur, alors, pointa-t-elle.

Elle regarda avec une pointe d'appréhension Quint garer son pick-up à l'emplacement 13. Pourvu que cela ne leur porte pas malheur !

— Quel est le numéro de notre appartement ? ne put-elle s'empêcher de demander.

— 73, répondit-il sans avoir la moindre conscience que ce détail futile la préoccupait.

Au moins, ils partaient sur de meilleures bases que la fois précédente où elle avait voulu fixer les règles dès les premières heures. Il en était résulté un baiser qui, aujourd'hui encore, la faisait frissonner de désir à chaque fois qu'elle y pensait.

Elle attrapa son sac tandis que Quint disparaissait derrière une porte qui menait aux ascenseurs. Il revint un court instant plus tard, poussant devant lui un chariot comme ceux des chasseurs des grands hôtels.

Elle attendit qu'ils soient arrivés dans l'appartement et la porte bien refermée derrière eux pour poser à Quint la question qui lui trottait dans la tête depuis un moment.

— Lola s'est installée ici avec son petit ami ?

— D'après les renseignements de Grappell, Constantin lui rend souvent visite et passe pas mal de temps ici, mais il ne vit pas avec elle. Officiellement, il vit à Galveston, dans une maison qui lui appartient et qu'il partage avec son frère. Mais Grappell n'a rien trouvé sur celui-ci.

— Voilà qui est louche.

En effet, les seules personnes qui vivaient en dehors du système étaient celles qui ne voulaient pas attirer l'attention sur elles. Comme les criminels. Il était de notoriété publique que les gros bonnets de la drogue, plutôt que de posséder leurs propres voitures, ne se déplaçaient qu'à bord de véhicules « empruntés » et conduits par des chauffeurs. Ceci afin d'éviter toute déclaration administrative qui pourrait les trahir et faire remonter les flics jusqu'à eux. Elle l'avait compris le jour où, faisant des recherches dans des archives universitaires, elle avait découvert que la photo de l'homme qu'elle recherchait avait disparu de l'album de la promotion.

Ces gens-là ne laissaient rien au hasard et surtout pas de quoi les identifier aisément.

— C'est aussi mon avis, renchérit Quint en faisant le tour de l'appartement.

L'appartement en question se résumait à une pièce unique dotée d'une kitchenette qui ouvrait sur un salon plutôt spacieux et meublé avec goût. Le mur du fond, entièrement vitré, offrait une perspective intéressante sur les immeubles environnants en même temps qu'une impression de profondeur.

— En tout cas, c'est moderne, très lumineux et fonctionnel, commenta-t-elle en passant devant ce qui devait être un lit-bibliothèque escamotable, vu qu'il n'y avait pas d'autre pièce. Tu crois qu'il y a une buanderie ?

— Oui. Au sous-sol.

— On dirait un appartement témoin, dit-elle encore en se dirigeant avec sa valise vers l'unique placard. Le genre un brin impersonnel mais chic.

— Tu as raison. Pour un peu, on craindrait de mettre du désordre. Tu prendras le lit, je dormirai sur le canapé.

— Pas question que tu te sacrifies encore une fois. Ce lit est assez grand pour nous deux. Inutile d'en discuter. Je ne changerai pas d'avis.

— Ce que femme veut..., plaisanta Quint, un sourire narquois aux lèvres.

Pour toute réponse, Ree leva les yeux au ciel.

— Je te vois, dit-il.

— C'est bien le problème, rétorqua-t-elle en commençant à ranger ses affaires sur les étagères du haut.

Quint attendit qu'elle ait terminé pour défaire sa valise à son tour.

Alors qu'elle le regardait faire, elle sembla remarquer que sa garde-robe était essentiellement constituée de jeans et de T-shirts noirs. La tenue de rigueur du parfait geek. L'idée étant que le cerveau de brillants technophiles soit uniquement concentré sur des tâches essentielles sans avoir à se soucier de préoccupations plus triviales comme celles qui consistaient à se choisir une tenue chaque matin.

— Si nous allions faire le tour du propriétaire ? proposa-t-il une fois qu'il eut fini. Il faudrait faire quelques courses, aussi.

Pour toute réponse, elle lui demanda :

— Quand doit avoir lieu l'entretien avec le patron du bar ?

— Ce ne sera pas utile. Tu commences demain. L'Agence s'est occupée de tout. À vrai dire, Randy Halo lui est redevable. Il y a quelques années, il a épousé un top model qui a connu des problèmes de drogue. Nos services ont accepté de la couvrir en échange de « faveurs » ponctuelles. Bref, elle et son mari se sont racheté une conduite et depuis, ils misent tout sur la transparence. De toute façon, ils n'ont pas le choix s'ils veulent garder leurs licences.

Elle approuva d'un hochement de tête.

— Avant que nous sortions, cela te dérange si je passe un coup de fil à mon grand-père ? Nous sommes partis avant qu'il arrive et je voudrais m'assurer que tout va bien.

— Je t'en prie. Je te laisse. Je vais m'isoler dans la cuisine.

Ils éclatèrent d'un rire joyeux.

Joignant le geste à la parole, il fit les quelques mètres qui le séparaient de la kitchenette puis entreprit de passer en revue l'intérieur du frigo, qu'il trouva vide, bien sûr. Il n'eut pas à attendre longtemps. Moins d'une minute plus tard, Ree le rejoignait au comptoir et s'installait sur l'un des deux tabourets. Elle posa son smartphone devant elle, affichant un air vaguement inquiet.

— Il ne répond pas et il est presque 20 heures.

— Tu lui as laissé un message ?

Il ne l'avait pas entendue parler, mais cela ne voulait rien dire. Peut-être avait-il été distrait quelques secondes ou Ree s'était-elle exprimée si bas que le message lui avait échappé.

— Non. Nos téléphones ne sont pas compatibles. Ils ne signalent pas les appels passés. Je lui ai laissé un texto.

— J'ai eu ce problème avec ma dernière petite amie. Je soupçonne que c'est la raison de notre rupture. Comme je n'étais pas prévenu de ses appels, je ne la rappelais jamais. Du coup, elle croyait que je lui cachais quelque chose.

— Ce n'est pas quelque chose qu'on ferait à quelqu'un qu'on aime, si ?

— Ve dire ça à Amber.

— Elle ne sait pas à côté de quoi elle est passée, dit Ree.

Il s'étonna de ses paroles. Elle semblait mieux le connaître que son ex avec qui il avait pourtant vécu six mois.

— Je suis d'accord avec toi, répliqua-t-il sur un ton faussement léger. Mais elle a retrouvé l'amour, semble-t-il. Avec un certain Todd.

— Tu l'aimais vraiment ?

— Qui ça ? Todd ?

— Arrête, idiot…

— Disons que j'étais bien avec elle.

— Ce n'est pas de l'amour, ça. On peut être bien avec… avec son animal de compagnie.

— En ce qui me concerne, c'est le mieux que je puisse faire.

Le visage de Ree s'assombrit. Un silence embarrassé s'installa entre eux, brutalement interrompu par des coups frappés à la porte.

5

— Qui est-ce ? s'enquit Ree, l'œil rivé au judas.

Quint, une main sur son holster, lui tendit de l'autre une des deux alliances qu'il avait sorties de la poche de son pantalon ; puis il alla éteindre les lumières du coin cuisine où il se tint caché et immobile.

— C'est Angie, répondit une voix juvénile.

Ree ouvrit la porte sur une jeune femme blonde d'une vingtaine d'années. Son visage en cœur piqueté de taches de rousseur, son large sourire qui dévoilait une dentition parfaite, sa petite taille et ses proportions idéales, tout cela lui donnait l'air d'une ravissante pom-pom girl.

— Vous venez juste d'emménager, dit cette dernière sans se départir de son lumineux sourire. Je me trompe ?

— Non, répondit Ree. C'est tout frais. Nous n'avons pas encore déballé toutes nos affaires.

— Je suis votre voisine de palier, expliqua Angie. J'habite là avec mon petit ami, Brad. Mais mes parents ne le savent pas. Ils croient que je vis en colocation avec une de mes copines de lycée. Ils me tueraient s'ils savaient ça ! Brad et moi, on s'est installés il y a quelques mois, mais on ne s'est pas encore fait beaucoup d'amis dans l'immeuble. En ce moment, je travaille l'examen qui me permettra, j'espère, d'intégrer la faculté de droit.

— Bien. Et Brad ? Que fait-il ?

— Il est pompier.

Les yeux d'Angie se mirent à briller d'une admiration sans bornes pour l'élu de son cœur.

— Génial ! s'exclama Ree, faute de mieux.

— Vous faites du sport ? lui demanda Angie après l'avoir jaugée de la tête aux pieds.

— Quand je peux, oui.

— Il y a une super salle, ici, au deuxième étage. Elle est équipée pour le CrossFit, mais on peut aussi suivre des cours de gym ou de zumba. Vous connaissez la zumba ?

— Oui.

— Moi, j'adore. Brad, lui, est fou de CrossFit. En fait, il est fou de tout.

Elle accompagna ses paroles d'un petit rire cristallin qui la fit paraître encore plus jeune.

Ree, qui y voyait son intérêt, jugea utile de poursuivre un brin cette discussion futile.

— Moi, ce qui me plaît le plus, c'est le Pilates. C'est possible, ici ?

— Oui ! La prof est super !

— Nous pourrions y aller ensemble de temps en temps, proposa-t-elle avant d'ajouter avec un soupir faussement navré : Mais il faut que je vous laisse. Je commence un nouveau boulot demain et vous savez ce que c'est, j'ai encore une tonne de choses à faire.

— Bien sûr. Je comprends. J'ai été ravie de faire votre connaissance.

— Moi aussi, affirma Ree en lui souriant. À bientôt.

— À bientôt.

Sur ce, Angie recula en lui faisant un petit geste de la main, puis elle retourna chez elle.

Porte 72, eut le temps de noter Ree.

— On dirait bien que tu t'es fait une amie, ricana Quint en rallumant les lumières.

— Lola vit dans l'immeuble et elle a à peu près le même âge qu'Angie. J'ignore si elles se fréquentent mais, si c'est le cas, cela pourrait me faciliter les choses.

Quint approuva sans rien dire.

— Tu as faim ? demanda-t-elle.

— C'est peu de le dire.

— Idem. Nous allons manger un bout quelque part ?

— Volontiers. Que dirais-tu d'aller prendre un verre ensuite ?

Ree, qui avait compris ce qu'il avait en tête, acquiesça.

— Bonne idée. Je suis impatiente de voir à quoi ressemble mon futur lieu de travail, dit-elle en souriant. Laisse-moi juste une minute. Le temps de me rafraîchir un peu et de me changer.

— OK. Pendant ce temps, je vais passer un jean et un T-shirt propres.

Quelques minutes plus tard, ils sortaient de l'immeuble, bras dessus bras dessous.

Tout en déambulant, Ree nota les recoins sombres qui jalonnaient la rue. Autant de possibilités de se cacher des autres ou d'observer sans être vu. Elle frissonna un peu à l'idée qu'ils pouvaient être épiés.

— Tacos ? proposa Quint qui avait lâché son bras pour lui prendre la main.

— Pile ce dont j'avais envie.

Ils traversèrent la rue pour se diriger vers le restaurant dont Quint avait repéré l'enseigne le premier. L'endroit était petit mais bondé. Ils se placèrent dans la file des commandes à emporter et attendirent patiemment leur tour. À un moment, Quint l'enlaça tendrement. Elle se fondit dans cette étreinte tout en scrutant les environs d'un regard acéré, mais elle ne releva rien d'alarmant.

Quint, qui décidément semblait se prendre au jeu, pencha la tête vers elle pour cueillir un baiser léger sur ses lèvres. L'espace d'un court instant, elle se laissa étourdir par l'odeur virile qui émanait de lui. Dire que cette mission n'avait même pas commencé !

Mais elle avait beau faire, elle se sentait irrésistiblement attirée par le très séduisant agent Quinton Casey. Comme envoûtée, même, devait-elle reconnaître en se moquant intérieurement d'elle-même. Lui procurait-elle la même émotion ?

C'est alors que son regard fut attiré par un homme qui venait de franchir la porte de l'établissement. Elle le reconnut tout de suite. C'était l'un des hommes recherchés par Quint, un de ceux qui figuraient dans son dossier.

Quint sentit le corps de Ree se tendre contre le sien. Elle leva sur lui ses grands yeux d'un vert profond, capables de lui faire perdre la tête. Mais tandis qu'il se perdait avec délice dans ce regard envoûtant, il la vit incliner imperceptiblement la tête en direction de la porte.

Il tourna légèrement la tête et aperçut le profil d'un homme brusquement surgi du passé.

Il ne pouvait mettre un nom dessus mais, même à demi caché comme il l'était par les gens qui le précédaient, ce visage lui était familier. À tous les coups, ce devait être un des types du dossier.

Son pouls s'accéléra légèrement. La venue de cet homme dans cet établissement était-elle une simple coïncidence ou, au contraire, ne devait-elle rien au hasard ?

Les avait-il filés depuis leur sortie de l'immeuble ou même bien avant ?

Ree s'éclaircit la gorge et posa une main à plat sur son torse.

— Ça va être à nous, chéri, dit-elle selon l'accord qu'ils avaient passé de ne jamais s'affubler du surnom « bébé » qu'ils exécraient tous les deux.

Cette règle obéissait à l'une des nombreuses qu'ils avaient édictées avant de se lancer dans leur mission précédente. Ils avaient également passé de longues heures à partager des informations majeures les concernant puis, au terme de ces longs échanges, étaient devenus, devant la loi mais sur la foi de faux papiers, M. et Mme Matthews.

Après avoir étudié la carte, ils commandèrent des tacos au poulet et deux bières qu'ils allèrent attendre un peu à l'écart, munis de leur ticket de caisse.

Quint en profita pour couler un regard discret en direction de l'homme. Il avait disparu.

Il retint un juron en voyant sa silhouette s'éloigner dans la rue.

— Merde, il est parti, maugréa-t-il à voix basse.

Pour toute réponse, Ree lui pressa doucement la main, lui confirmant ainsi le message que ce type était venu leur faire passer : il avait retrouvé Quint. La menace plana entre eux, pesante.

Le numéro qui figurait sur leur ticket s'afficha, les avertissant que leur commande était prête. Munis de leurs sachets en papier, ils allèrent s'installer à une table à l'extérieur.

Affamée comme elle l'était, Ree avala ses tacos en moins de deux.

— En effet, tu avais faim, releva-t-il, un sourire taquin aux lèvres.

— Je ne plaisante jamais avec ça.

Il la couva d'un regard tendre. L'homme les avait vus ensemble. S'il était un des complices de Dumitru, il ne lui ferait pas de cadeau.

— Je suis sûre que j'ai vu ce type dans ton fichier, dit-elle, comme si elle avait lu dans ses pensées.

— Nous vérifierons cela à notre retour. Tu as terminé ? demanda-t-il quand il la vit boire sa dernière gorgée de bière.

— Oui, répondit-elle en se levant.

Aussitôt, Quint enroula un bras protecteur autour de son épaule.

— Ça t'a plu ? s'enquit-elle alors qu'ils s'éloignaient, enlacés.

Un sourire se dessina sur les lèvres de Ree.

— Les meilleurs tacos que j'aie jamais mangés, répondit-il.

Elle éclata d'un rire léger comme une bulle, qui résonna aux oreilles de Quint comme une douce mélodie.

Il se concentra sur ce rire, soucieux de chasser l'inquiétude qui s'était mise à le tenailler. Ce n'était pas le moment de laisser ses émotions prendre le dessus. Pas quand ils s'apprêtaient à se lancer dans une opération d'infiltration et qu'ils devaient garder la tête froide.

Ils arrivèrent bientôt en vue du Houstonian Night-Club, plus communément appelé le HNC. Il se trouvait à peine à une dizaine de minutes de marche de l'appartement. Conduire Ree sur son lieu de travail et revenir la chercher était un bon moyen pour moins l'exposer au danger, mais cette habitude pouvait passer pour étrange et éveiller les soupçons. Il fallait donc rester vigilant.

Ils entendirent la musique se déversant du HNC alors qu'ils se trouvaient encore à un pâté de maisons de là. Le bâtiment s'élevait sur deux étages auxquels on accédait par un escalier aux marches transparentes. Deux types se tenaient au comptoir, position stratégique qui leur permettait de loucher sur les cuisses des filles en minijupe quand elles gravissaient les marches.

Pauvres crétins ! songea Quint.

S'il n'avait pas eu à se faire le plus discret possible, il leur aurait bien mis son poing dans la figure, histoire de leur remettre les idées en place.

Il était soulagé que la tenue de Ree soit un peu plus couvrante qu'elle ne l'était au Greenlight. En plus, elle ne serait pas en première ligne puisqu'elle n'aurait pas à assurer le service en salle ; cette mission était dévolue aux serveuses qui, de toute évidence, avaient toutes été choisies pour leur physique avantageux. Toutes avaient une poitrine généreuse, la taille fine, des jambes interminables et fuselées. Elles portaient un chignon lâche placé haut sur le crâne, duquel s'échappaient quelques mèches ondulées. Un maquillage appuyé – yeux charbonneux et lèvres carmin – complétait le tableau.

Le comptoir qui courait tout le long du mur de gauche ouvrait sur la piste de danse qu'éclairait une boule à facettes. Le mobilier haut de gamme dont la signature rappelait celle d'un grand designer n'aurait pas déparé dans un hôtel de luxe. Les hommes présents semblaient s'être donné le mot. Tous étaient vêtus d'une chemise bleu marine, d'une veste noire et d'un jean en toile brute. Quant aux femmes, elles rivalisaient d'une élégance douteuse autant qu'ostentatoire dans des robes qui se voulaient glamour mais frisaient la vulgarité.

C'est alors que Quint le vit.

L'homme du restaurant.

Il se tenait au bout du bar.

6

Ree comprit aux muscles soudain tendus de Quint qu'il avait repéré l'homme en même temps qu'elle. Sans lui lâcher la main, elle le conduisit à une table libre qui se trouvait juste en face du bar. Ils virent l'homme parler à l'oreille d'une femme qui correspondait à la description qui leur avait été faite de Lola.

Visiblement, il n'était pas venu pour prendre un verre. Car, très vite, il quitta le comptoir et se dirigea vers la sortie. De peur qu'il ne la surprenne en train de l'épier, Ree tourna le visage vers Quint et l'embrassa.

Sans chercher à comprendre, Quint approfondit aussitôt leur baiser, sans doute pour lui donner plus de crédibilité. Et tandis que leurs langues s'emmêlaient, Ree se dit que la bière avait un goût divin sur ses lèvres.

Cela ne faisait que quelques jours qu'ils avaient bouclé leur mission précédente ? Vraiment ? Car ce baiser avait tout de celui, passionné et fébrile, que des amants pouvaient s'échanger après une trop longue séparation.

Elle dut se forcer à s'écarter de Quint pour jeter un coup d'œil furtif en direction de la sortie. L'homme était bien parti. Elle poussa un long soupir, s'exhortant à calmer les battements désordonnés de son cœur.

— Il est parti, annonça-t-elle tout haut, d'un ton qu'elle s'appliqua à garder neutre.

Quint, qui décidément avait un sens du devoir poussé à l'extrême, prit son visage entre ses mains et cueillit un baiser léger sur sa bouche avant de lui demander :

— Qu'est-ce que tu prends, chérie ?

— De toute évidence, ce n'est pas un bar à bières. Alors, un cocktail.

Tandis qu'il se dirigeait vers le bar, elle vérifia l'écran de son téléphone. Toujours aucune nouvelle de son grand-père.

Elle chercha à se convaincre qu'il n'y avait pas lieu de s'inquiéter. S'il était arrivé quelque chose, sa famille aurait cherché à la joindre. Le vieil homme, pas très à l'aise avec les nouvelles technologies, avait dû oublier de recharger sa batterie. Et puis, cette génération n'était pas comme la sienne où les gens dégainaient leur smartphone à tout bout de champ.

Était-elle devenue trop dépendante, elle aussi ? Probablement.

Il lui restait peu de temps avant de laisser son téléphone personnel de côté pour n'utiliser que celui qui lui serait confié, le temps de cette mission. Aurait-elle des nouvelles de son grand-père d'ici là ?

Elle l'espérait de tout son cœur.

Elle remit son téléphone dans son sac à main tandis que Quint revenait vers leur table, un cocktail dans chaque main. Un rouge et un bleu. Elle capta le regard des femmes sur son passage. Un regard d'envie et de désir. Une pointe de jalousie lui traversa le cœur.

Allons, ma vieille, ressaisis-toi. Tu es en mission. Quint n'est pas ton mari. Pas même ton amant.

— Bravo ! le félicita-t-elle en souriant. Tu m'avais caché tes talents de serveur.

— Pas facile de se frayer un passage dans cette foule sans renverser une goutte, rétorqua-t-il en posant adroitement les deux énormes verres sur la table.

Elle devina une pointe d'inquiétude derrière son ton léger. Quint ne s'inquiétait jamais pour rien.

— Ces cocktails coûtent un bras, poursuivit-il sur le même mode.

— Ce qui veut dire que Lola doit empocher de sacrés pourboires. De quoi pouvoir se payer le type d'appartement qu'elle occupe sans se faire entretenir.

— Exact.

Ree lança un coup d'œil à Lola qui s'affairait derrière son comptoir. Devait-elle aller se présenter à elle ? Lui annoncer qu'elle était la nouvelle qui allait prendre ses fonctions le lendemain ?

— Qu'en penses-tu ? demanda-t-elle à Quint après lui avoir livré ses pensées.

— Elle est trop occupée. Tu risques de la déranger.

— Tu as raison. Mieux vaut s'en tenir au plan initial.

Ils passèrent les minutes suivantes à siroter leur boisson tout en se lançant des coups d'œil énamourés.

— Quand tu veux, suggéra Quint lorsqu'ils eurent vidé leur verre.

— Je suis prête. Nous pouvons y aller.

Ils se levèrent dans un même mouvement. Leurs regards s'accrochèrent aussitôt. Quint pencha la tête vers elle puis effleura ses lèvres des siennes.

Bien que léger, ce baiser eut sur elle le même effet que le précédent pourtant largement plus fougueux.

— Bien.

Ce fut tout ce qu'elle trouva à dire, alors qu'elle s'écartait de lui, un peu étourdie.

Quint prit la main de Ree et entrecroisa ses doigts aux siens, dans un geste commun à tous les amoureux. Le trajet était court jusqu'à l'appartement, mais il restait sur le qui-vive, lançant de fréquents coups d'œil par-dessus son épaule. Pourtant, à aucun moment il ne trouva signe du mystérieux inconnu. Vivait-il dans le coin ? Était-il tapi dans quelque recoin, à les observer ?

Dans un geste instinctif, il serra Ree contre lui. Il pourrait mieux la protéger si elle était proche de lui.

— Je dois aller chercher la boîte à accessoires de pêche dans le pick-up avant de monter, dit-il.

Elle acquiesça en silence, mais il la sentit préoccupée. Normal. Elle allait devoir échanger son téléphone personnel contre celui que l'Agence lui avait alloué. Ce qui signifiait se couper des siens le temps de leur mission.

— Tu n'as toujours pas eu de nouvelles de ton grand-père ? s'enquit-il.

— Non.

— Je suis désolé, vraiment. Je sais à quel point il compte dans ta vie.

— J'essaye de rester positive en me disant que ma famille m'aurait contactée s'il lui était arrivé quelque chose.

— Tu as raison. C'est exactement ce qu'il faut te dire.

Elle approuva tout en affichant un air peu convaincu.

— Je pourrais appeler Shane pour toi, si tu veux, poursuivit-il. Je l'ai déjà fait. Il reconnaîtra mon numéro et décrochera.

— C'est gentil, mais il vaudrait mieux que ce soit

moi qui me manifeste. Après la sortie que j'ai faite… Oui, c'est ça. Je vais envoyer un texto pour leur dire que je viendrai m'excuser en personne une fois que nous aurons bouclé cette mission.

— Ils apprécieront, c'est sûr. Et si cela peut te rassurer, je vais supprimer les coordonnées de ton frère de mon téléphone.

Le souvenir de la bourde qu'avait commise Shane était encore trop présent à son esprit – convaincre l'Agence de lui communiquer le numéro de téléphone de Quint avait été une folie qui aurait pu leur coûter très cher. Depuis, Quint s'était juré de se tenir à l'écart des problèmes familiaux que Ree entretenait avec sa famille.

Il la regarda envoyer un SMS puis lire la réponse qui arriva presque instantanément.

Un large sourire se dessina sur ses lèvres.

— Shane dit qu'ils sont très heureux d'avoir de mes nouvelles, rapporta-t-elle.

La voyant quelque peu rassurée, il l'entraîna vers le garage où il alla récupéra sa boîte à pêche dans le coffre de son pick-up. Ree y prit la couverture et les coussins qu'elle avait emportés dans le but d'ajouter une touche personnelle à la décoration.

De retour dans l'appartement, ils se jetèrent sans attendre sur le dossier. Quint étala les photos sur le comptoir, cherchant avec Ree celle de l'inconnu.

— Tu le vois ? demanda Quint.

Lui-même n'avait aperçu que les cheveux noirs de l'homme, assez longs pour être attachés en catogan.

— Pas encore.

Il s'assit sur l'un des tabourets et repassa plus attentivement en revue les photos déjà vues et laissées de côté.

— Bon sang ! pesta Ree, dépitée. J'aurais pourtant juré le retrouver là-dedans.

— Tu l'as peut-être confondu avec quelqu'un d'autre. Cela peut arriver.

— Sans doute. La journée a été longue. Je suis vannée. Je vais aller me coucher.

Tandis qu'elle se préparait pour la nuit dans la salle de bains, il examina de nouveau les photos une par une. Rien ne s'alluma dans son esprit. Il les rangea dans la boîte qu'il alla remiser dans la penderie. Une boîte à pêche. Voilà qui n'attirerait pas l'attention si l'appartement venait à être fouillé.

Maintenir les apparences. Agir normalement, comme les gens attendaient d'eux qu'ils le fassent.

Poussé par cette dynamique, il effectua mentalement la liste des choses qu'ils auraient à faire dès le lendemain matin. Pour commencer, se rendre dans un supermarché pour faire des courses.

Ree sortit de la salle de bains, vêtue d'un pyjama en coton qui épousait un peu trop bien ses courbes. Il se racla la gorge en même temps qu'il détournait les yeux.

— Ton nouveau téléphone est sur le comptoir, dit-il. Je te laisse. Je prends la salle de bains.

Elle acquiesça d'un hochement de tête tout en jetant un coup d'œil au dépliant qui avait été laissé sur la table basse.

— Le cours de Pilates est à 9 heures, annonça-t-elle. Quelque chose me dit que ma nouvelle amie y sera.

— Pendant ce temps, je ferai du CrossFit, rétorqua-t-il.

Angie semblait du genre à fourrer son nez partout. Avec un peu de chance, ils obtiendraient d'elle des informations sur les autres occupants de l'immeuble.

Comme Lola, par exemple.

7

Ree s'étira comme une chatte, un sourire satisfait aux lèvres. Elle jeta un coup d'œil à l'horloge numérique qui se trouvait de son côté du lit : 8 heures. Le cours de Pilates était dans une heure, ce qui lui laissait largement le temps de savourer un bon café. Sauf que… ils n'avaient pas fait de courses la veille.

Elle réalisa soudain qu'elle était seule dans le lit, mais il n'y avait rien d'anormal à cela. Au cours de leur mission précédente, elle avait eu l'occasion de constater que Quint était un lève-tôt. Elle ne l'avait même pas entendu se lever tellement elle dormait d'un sommeil profond. Une vraie bûche.

Elle rejeta la couette et se glissa hors du lit. C'est alors qu'elle vit Quint qui, installé au comptoir, pianotait sur son ordinateur portable. Il leva les yeux sur elle, un large sourire aux lèvres.

— Bonjour, dit-il.

— Bonjour, lui renvoya-t-elle. Je préférerais commencer la journée avec un café, mais vu que…

Elle s'interrompit, jugeant inutile d'aller plus loin. Quint savait aussi bien qu'elle qu'ils n'avaient pas fait de courses. Et qu'elle n'aurait pas le café qu'elle rêvait de boire.

Elle se rendit dans la salle de bains et en ressortit quelques minutes plus tard dans sa tenue de sport : pantalon de yoga et brassière sous un T-shirt ajusté.

— Tiens, lui dit Quint en lui tendant un mug fumant.

— Qu'est-ce que c'est ?

— Du café.

— Du café ? D'où sort-il ?

— Du drugstore du coin. Comme tu sais, je me lève tôt.

— Tu es vraiment épatant ! Mais tu le sais déjà, n'est-ce pas ?

Ignorant cette basse flatterie, il ajouta :

— J'ai aussi pris des donuts, au cas où tu aurais une petite faim.

Il ponctua sa phrase par une drôle de mimique qui la fit rire. Décidément, elle ne pouvait rêver meilleur coéquipier. Quel collègue se montrerait aussi attentionné et prévenant ?

Salivant d'avance, elle plongea la main dans le sac en papier et en sortit un des donuts dans lequel elle croqua avec délice.

— Tu me donnes de mauvaises habitudes, dit-elle. Je risque de devenir très exigeante avec mes prochains partenaires. À moins que je n'en veuille pas d'autres que toi. À quelle heure t'es-tu levé ?

Puis, remarquant qu'il n'y avait pas de vaisselle sale dans l'évier :

— Tu as déjà pris ton petit déjeuner ?

— Je me suis levé à 5 heures. Je n'arrivais pas à dormir. Et oui, j'ai mangé.

— C'est le type d'hier qui te préoccupe ?

— En partie. Je me disais aussi qu'il faudrait que je trouve un moyen d'avoir accès aux ordinateurs en place.

— À mon avis, ça risque d'être compliqué. Mais je ne

manquerai pas de te recommander en tant que spécialiste si le cas se présente. J'ai comme l'impression que je vais être occupée toute la nuit. Tu as vu un peu le monde qu'il y avait hier soir ? Et pourtant, c'était dimanche.

— Le lundi, ça devrait être plus calme. Cela te laissera le temps de prendre tes marques.

— Espérons-le. Et Randy ? Il a fait placer des caméras un peu partout ?

— Dans les bureaux.

— Et lui ? Il ne peut pas t'embaucher comme technicien informatique ?

— Embaucher un couple au même endroit risquerait d'éveiller les soupçons.

— Tu as raison. En plus, c'est juste un indic. Il n'est pas vraiment impliqué dans cette histoire.

Il acquiesça d'un hochement de tête.

Délaissant leur discussion, Ree avala un autre donut puis termina son café. Voilà. Elle pouvait démarrer sa journée du bon pied.

— Tu crois qu'il faut prendre nos propres serviettes pour le cours ? demanda-t-elle alors qu'elle rinçait sa tasse.

— Non. Je me suis renseigné. Nous en trouverons sur place.

— Et les tapis de sol ? Ils les fournissent aussi ?

— Le tien est dans l'entrée, près de la porte. C'est fou ce que j'ai pu trouver dans ce drugstore.

— Merci. À charge de revanche, quoique j'aie déjà beaucoup de retard entre le tapis, les donuts et le café.

Elle s'arrêta brusquement de parler pour fixer sur lui un regard faussement suspicieux.

— Tu n'essayerais pas de m'acheter avec toutes tes largesses, par hasard ?

— C'est plutôt une façon de te remercier d'avoir

accepté cette mission, rétorqua-t-il avec un accent de sincérité qui ne trompait pas. Je ne voudrais personne d'autre que toi comme couverture.

Elle aussi aurait du mal avec quelqu'un d'autre que lui tant leur complicité coulait de source. Pourrait-il y avoir plus entre eux un jour ? Ou Quint la tiendrait-il toujours à distance à cause de son passé ?

La réponse lui parvint quelques secondes plus tard quand elle le vit froncer les sourcils devant son écran d'ordinateur. Elle comprit alors que la parenthèse de légèreté venait de se refermer. Quint avait replongé dans l'enfer de la culpabilité et il n'y avait rien qu'elle puisse faire pour l'aider à en sortir.

Elle connaissait l'histoire par cœur. Quint s'était laissé convaincre par Tessa de ne pas parler de sa grossesse à leur patron. Elle le ferait elle-même quand elle aurait jugé le moment opportun, lui avait-elle assuré. Malheureusement, elle n'en avait pas eu le temps. Elle avait été tuée au cours d'une descente contre des trafiquants d'armes. Quint ne se le pardonnait pas. S'il avait informé leur supérieure hiérarchique, Tessa aurait été affectée à des tâches administratives le temps de sa grossesse et son bébé et elle seraient vivants à l'heure qu'il est.

Il serait parrain de cet enfant dont le père s'était empressé de disparaître en apprenant la nouvelle. Ce que Ree ne parvenait pas à faire comprendre à Quint, c'est qu'il n'était pas responsable du choix de son amie. Il ne voulait pas entendre que le manque de communication était pour beaucoup dans ce drame affreux. C'était l'intervention d'autres agents sur les lieux qui avait provoqué la mort de Tessa. Elle avait été la victime collatérale de cette grande confusion.

Elle consulta sa montre : 8 h 45. Le moment était venu de descendre à la salle de sport.

— J'y vais, dit-elle. Tu viens ?

— Dans une minute, répondit-il distraitement sans même lever les yeux de son écran.

Elle acquiesça puis, munie de son tapis et de ses clés, sortit. Tandis qu'elle attendait l'ascenseur, elle entendit la voix guillerette d'Angie derrière elle.

— Salut, Ree !

Elle se retourna pour la saluer à son tour.

— On dirait que nous allons au même cours, dit Angie en montrant son tapis.

Elle hocha la tête en souriant. Une fois dans la cabine, Angie attacha ses cheveux avec l'élastique qu'elle avait au poignet. L'avait-elle entendue refermer sa porte ? L'avait-elle guettée pour sortir en même temps qu'elle ? Avait-elle besoin de compagnie à ce point ?

Peu importait, le principal étant qu'Angie pouvait se révéler, à son insu, une source importante de renseignements.

— Comment se passent vos cours ? s'enquit Ree gentiment.

La jeune femme exhala un profond soupir qui n'augurait rien de bon.

— Trop dur. J'ai bûché toute la journée d'hier et mes résultats se sont révélés catastrophiques. Je suis loin du score à atteindre.

— Au moins vous aurez une base de référence. Avez-vous compris ce sur quoi vous devez concentrer vos efforts ?

— Oui, mais c'est plus dur que je ne pensais.

Elle leva son tapis roulé devant elle.

— Si ça ne marche pas, je pourrai toujours me

reconvertir. J'ai déjà suivi assez de cours pour en donner moi-même.

Cette plaisanterie fit rire Ree. Elle aimait bien cette jeune fille pétillante. Elle trouvait sa présence rafraîchissante.

Un signal sonore retentit, leur annonçant qu'elles étaient arrivées. La porte ouvrait directement dans la salle de sport, vaste espace entièrement vitré.

— Waouh ! s'exclama Ree. Cette salle occupe tout l'étage ?

— Oui. C'est génial, non ?

— Je suis très impressionnée.

— Venez. Nous sommes en avance. Je vais vous faire visiter.

— Cela vous dérange si nous le faisons après le cours ? je me sens un peu rouillée. J'ai besoin de faire quelques exercices d'assouplissement.

Quint ressortit la boîte de la penderie et passa à nouveau les photos en revue. Encore une fois, aucun déclic ne se produisit. Il en ressentit une profonde frustration. Il sentait intuitivement qu'il tenait là quelque chose. Mais quoi ? Passait-il à côté d'une information de premier plan ? Cela avait-il un rapport avec la disparition de Tessa ? Était-ce quelque chose qui pourrait le garder en vie ou, au contraire, le faire basculer vers la mort ?

Ce n'était pas pour lui qu'il était inquiet mais pour Ree. Et si ce qu'il pressentait était le signe qu'elle était en danger ?

Après s'être connecté à la base de données de l'Agence, il avait consacré un bon moment à passer en revue ses vieux dossiers, mais il n'avait rien trouvé qui aurait pu le mettre sur la voie.

Il fut soudain pris d'une grande lassitude qui lui donna envie de bouger.

Il avait besoin de se défouler et s'il ne se pressait pas un peu, il allait rater sa séance d'entraînement. Juste après que Ree avait quitté l'appartement, il avait entendu une des portes du palier s'ouvrir puis une discussion s'engager. Sans doute avec Angie. Elle devait sacrément s'ennuyer pour rechercher la compagnie de Ree comme elle le faisait. Il faut dire qu'avec un pompier comme compagnon, elle devait passer pas mal de temps seule.

Cela dit, Ree avait dû comprendre l'intérêt qu'elle aurait à fréquenter cette jeune femme spontanée et volubile qui, manifestement, ne craignait pas de se montrer indiscrète.

Il se sentit vieux tout d'un coup. Le poids de ses quarante ans lui pesait physiquement.

Raison de plus pour te bouger un peu, mon vieux.

Il sauta dans sa tenue de sport. Il se limiterait à travailler les bras et le haut du corps puisqu'il était censé souffrir encore du genou.

Un court instant plus tard, il pénétrait dans la salle de sport. Instinctivement, il chercha Ree du regard.

C'était le moment de la pause. Elle papotait gentiment avec Angie et… Lola.

8

Ree vit Quint à la seconde où il sortit de l'ascenseur. Il y avait quelque chose d'animal en lui qui attirait tous les regards.

— On dirait que votre mari arrive pile à temps, pointa Angie.

— Il porte aussi bien le jogging que le jean, commenta Lola d'un ton approbateur.

Ree ne fit aucun commentaire. Qu'aurait-elle pu ajouter ? Elles avaient raison, Quint était parfait.

— On dirait qu'il boite, fit remarquer Angie. Il a mal quelque part ?

— Il s'est blessé au genou au cours d'un déménagement. Mais c'est un mal pour un bien. Depuis, il a laissé tomber sa boîte de déménagement pour se lancer dans l'informatique. C'est un nouveau chapitre de notre vie qui s'ouvre devant nous.

— J'imagine que vous aviez une bonne assurance, repartit Lola, dévoilant ainsi un sens pratique bien éloigné de l'image superficielle que son physique reflétait.

— Malheureusement, l'associé de mon mari lui avait caché qu'il l'avait résiliée. Quint a dû vendre ses parts de la société. Nous avons un peu d'argent d'avance, mais nous ne pourrons pas tenir éternellement avec ça. C'est la raison pour laquelle j'ai pris ce boulot au HNC.

— Tu aurais dû venir me parler, hier soir, dit Lola qui avait tout naturellement adopté le tutoiement.

— Je ne voulais pas te déranger, répondit Ree. Tu étais très occupée. Et puis, je savais que nous allions nous voir ce soir, de toute façon.

Lola lui répondit par un sourire lumineux. Dommage qu'une femme pareille se soit acoquinée avec un type comme Constantin, déplora Ree en son for intérieur. Elle semblait mériter mieux.

— En tout cas, je suis ravie de vous avoir rencontrées, toutes les deux, ajouta-t-elle. C'est toujours sympa de se faire des amies quand on arrive quelque part.

— C'est sûr. Je me rappelle quand Esteban et moi avons débarqué d'Argentine, il y a deux ans. On ne connaissait personne. C'était très dur. Puis nous avons tous les deux trouvé du travail et notre quotidien est devenu plus facile.

Angie baissa les yeux sur l'annulaire de Lola.

— Esteban, c'est ton mari ? s'enquit-elle.

Ree loua le ciel en silence. Quelle bénédiction d'avoir rencontré cette jeune femme si indiscrète qui posait à sa place des questions pouvant paraître trop intrusives.

Lola secoua la tête.

— Non. C'est mon frère.

— C'est drôlement courageux d'avoir quitté votre pays comme vous l'avez fait.

— J'ai rencontré mon petit ami peu de temps après notre installation. J'avoue qu'il m'a beaucoup aidée à m'intégrer. Aujourd'hui, tout va bien.

Pourtant, le ton avait changé. Il s'était teinté d'une pointe de mélancolie et une ombre fugitive était passée dans le regard de Lola. Ce revirement subtil n'échappa pas à Ree, et elle soupçonna aussitôt que la réalité n'était pas aussi rose que Lola voulait bien le laisser entendre.

Aussi jugea-t-elle bon de voler à son secours en mettant un terme à la curiosité sans fin d'Angie.

— Il y avait un monde fou hier soir au HNC. C'est toujours aussi plein le dimanche ?

Lola lui lança un regard reconnaissant. De toute évidence, Ree venait de marquer des points.

— Oui, répondit-elle. Les gens dépensent pas mal d'argent le week-end. À quel moment dois-tu prendre ton service ?

— Ce soir.

— Ça va bien se passer, la rassura-t-elle. Du lundi au jeudi c'est assez calme. Cela te laissera le temps de prendre tes marques.

Elle s'interrompit pour se tourner vers Angie.

— Tu devrais venir prendre un verre.

— Pourquoi pas ? Mon petit ami doit passer la nuit à la caserne et j'en ai plus qu'assez de plancher sur ce fichu examen.

Lola fronça les sourcils, dans un signe visible d'incompréhension.

— Le petit ami d'Angie est pompier, expliqua Ree. Et elle bûche l'examen d'entrée à la faculté de droit.

Le visage d'Angie rayonna. Il émanait d'elle, de son visage angélique, une pureté qui bouleversait Ree. Elle était d'autant plus touchée que l'univers violent dans lequel elle évoluait avait fini par écorner son âme d'enfant. Être sans cesse confrontée à ce que le monde avait de pire avait cet effet, même sur des personnes au départ équilibrées. Mais protéger les bons, envoyer les méchants derrière les barreaux, c'était cela qui la faisait tenir. Elle estimait que cela en valait la peine.

— Tu as bien dit que ton mari s'était spécialisé dans l'informatique ? demanda Lola avec une soudaine lueur d'espoir dans les yeux.

— Disons qu'il se débrouille bien.

— Je te demande ça parce que mon ordinateur ne tient pratiquement plus la charge. Il n'y a aucune raison parce qu'il n'est pas si vieux. Mon frère ne m'a pas été d'une grande aide. Il n'y connaît rien. Tu crois que ton mari pourrait y jeter un coup d'œil ?

Décidément, quand le destin s'en mêlait, il lui facilitait sacrément les choses !

— Je ne veux pas trop m'avancer, mais il peut toujours essayer, répondit-elle d'un ton le plus neutre possible. Nous lui demanderons après le cours.

Entre-temps, la prof avait repris sa place, donnant le signal que la pause était terminée.

— Ton mari sera toujours là ? insista Lola en pointa Quint du menton.

— Je pense. Depuis son accident, il passe pas mal de temps en salle, à renforcer sa musculature. J'ai passé un sale moment quand il a dû rester coincé à la maison, sans pouvoir faire un pas.

— J'imagine, approuva Lola qu'une telle perspective semblait horrifier.

— C'est sûr, ça n'a pas dû être facile tous les jours, renchérit Angie.

À la fin du cours, Ree était en nage. Preuve s'il en fallait qu'elle manquait d'exercice physique. D'un commun accord, les trois femmes se retrouvèrent à « la station d'hydratation », terme pompeux pour désigner une banale fontaine à eau.

— Quel moment te conviendrait le mieux pour rencontrer mon mari ? demanda-t-elle à Lola. Tu pourrais venir à la maison avec ton ordinateur. Ce serait plus simple. Nous sommes au 73, septième étage.

— Moi, je suis au neuvième, au 73 également. Est-ce que je pourrais passer avant d'aller travailler ?

— 15 heures, cela t'irait ?

— C'est parfait.

Ree n'en revenait toujours pas qu'une femme comme elle, aussi sympathique et solaire, puisse vivre avec un type dangereux qui avait été surnommé le Tueur des Ténèbres. Ceci dit, Ree en avait vu d'autres et de plus surprenantes.

— Ça vous dirait d'aller prendre un café en ville ? proposa Angie.

Lola ne répondit pas. Elle regardait fixement en direction de l'ascenseur.

— Excusez-moi, dit-elle en les plantant là toutes les deux.

Ree se retourna. L'homme qui les avait suivis la veille s'avançait dans la salle. Ce n'était pas Constantin, bien sûr. Alors, qui était ce mystérieux individu ? Et que venait-il faire ici, à découvert ?

— Ree ? Ça te dit ?

— C'est gentil, mais j'ai pris un petit déjeuner avant de descendre. Je te laisse. Je vais prévenir mon mari que Lola passera dans l'après-midi. Tu pourras te joindre à nous, si tu veux.

Elle avait proposé cela par pure courtoisie, s'attendant à ce qu'Angie décline sa proposition. Mais celle-ci sauta sur l'occasion sans se faire prier.

— 15 heures. C'est parfait pour moi aussi.

— À plus tard, alors.

— Tu veux que j'apporte quelque chose ?

— Non. Viens les mains vides. Ce sera très bien comme ça, lança-t-elle avant d'aller rejoindre son « mari ».

— Hé, ma belle.

Quint s'interrompit pour déposer un baiser plein de tendresse sur les lèvres de Ree. Un baiser qui se voulait de circonstance, pour la galerie. Du moins cherchait-il à s'en persuader. Car la vérité, c'était qu'il résistait chaque jour plus difficilement au besoin irrépressible de l'attirer à lui et de la couvrir de baisers beaucoup moins sages.

Il suivit des yeux le mystérieux inconnu qui avait emboîté le pas à Lola alors qu'elle se dirigeait vers l'ascenseur.

— Nous allons avoir de la visite cet après-midi, lui souffla Ree.

Ses yeux verts brillaient d'un éclat qui ne devait rien à l'éclairage artificiel des lieux.

— Angie, je suppose.

— Et Lola.

Elle avait lancé cette précision avec une fierté non dissimulée.

— Je préférerais t'avoir pour moi tout seul, rétorqua néanmoins Quint, histoire de parfaire le rôle du mari transi d'amour pour sa belle.

Précaution supplémentaire au cas où l'ennemi rôderait parmi les hommes présents dans la salle. Car qui pourrait lui certifier qu'aucun d'eux ne représentait un danger pour eux ?

— Il faudra pourtant que tu me partages un peu, chéri, répliqua-t-elle sur le même mode. Mais ensuite, je serai toute à toi.

— Promis ?

En réponse, elle se pencha pour lui susurrer à l'oreille :

— Tu l'as vu ?

Il lui adressa alors un sourire qui se voulait trompeur.

— Cela me convient parfaitement, ma chérie.

— Ils sont partis ? poursuivit-elle, toujours tout bas.

Le contact de sa bouche qui effleurait sa peau puis son souffle tiède dans son cou, tout cela allumait en lui le feu d'un désir qu'il peinait à contenir.

— Plus tard, d'accord, approuva-t-il en usant de la même ruse.

Ce métier avait de quoi vous rendre paranoïaque, mais vu l'évolution de la situation, mieux valait se montrer prudent. Non seulement leur mystérieux inconnu se trouvait dans les murs mais, de toute évidence, il connaissait bien Lola.

Il sentit son téléphone vibrer dans la poche de son pantalon.

Lynn Bjorn, la big boss, venait de lui envoyer un message :

Je vous appelle dans un quart d'heure.

— On dirait bien que ma séance est terminée pour aujourd'hui, dit-il tout bas en lui présentant l'écran de son smartphone à Ree.

— Je vais chercher deux bouteilles d'eau, dit-elle en réponse.

Elle lui décocha un de ses sourires qui lui chaviraient le cœur puis s'éloigna d'une démarche légèrement chaloupée.

Il se força à détourner les yeux de ces fesses sublimes qui lui donnaient quelques idées sur la manière dont il pourrait occuper les quinze minutes à venir. Malheureusement, la réalité était plus sombre. Un message de la grande patronne n'augurait jamais rien de bon.

Il s'essuya le visage avec sa serviette puis alla reposer les poids où il les avait pris avant de suivre Ree jusqu'à l'ascenseur.

— Je n'ai pas travaillé longtemps, mais je me suis donné à fond, dit-il avant de boire une longue gorgée d'eau.

— Tu pourras prendre la salle de bains en premier, chéri. Moi, je dois appeler ta mère, d'abord.

Ces précisions étant destinées au couple qui s'était engouffré dans la cabine juste avant que les portes se referment.

Un homme et une femme aussi mal assortis qu'on peut l'être. Un grand blond aux yeux verts et une petite brune aux yeux noirs. Mais ne disait-on pas que les extrêmes s'attirent ?

Ce n'est que lorsque Quint les vit sortir de la cabine qu'il comprit ce qui clochait.

— Je l'ai vu aussi, dit Ree quand ils furent chez eux. Ce type avait une arme cachée à l'intérieur de sa veste. Probablement dans un holster, vu la manière qu'il avait de garder le bras un peu raide. À tous les coups, nous avons affaire à des membres des forces de l'ordre.

— C'est sans doute de ça que veut nous parler Bjorn.

Il fléchit puis tendit les doigts plusieurs fois, façon bien pathétique autant qu'inutile de dissiper un peu de la tension qu'il ressentait depuis le message de Lynn.

— Ils n'ont peut-être rien à voir avec notre affaire, dit-il pour se rassurer.

— Combien de chances avons-nous pour que ce ne soit pas le cas ?

Il leva les mains puis les laissa retomber, dans un geste

visant à exprimer son impuissance. Une impuissance qui ne fit qu'accentuer son stress. Et puis, il y avait aussi la frustration liée au fait qu'il n'avait pas avancé sur l'identification de leur mystérieux inconnu.

— Lola t'a parlé du type avec qui elle est repartie ?

— Non. Nous n'avons pas parlé de lui. À vrai dire, je n'ai vu qu'au dernier moment qu'ils se connaissaient. Quand elle nous a plantées, Angie et moi, pour aller le rejoindre.

— Moi, je l'ai aperçu au moment où il sortait de l'ascenseur mais c'est tout.

— En tout cas, il la connaît assez pour savoir à quelle heure se termine son cours.

À ce moment-là, le portable de Quint se mit à sonner.

— Nous allons savoir à quelle sauce nous allons être mangés, prédit-il avant de prendre l'appel.

— J'ai du nouveau, attaqua Bjorn sans préambule.

Ce qui n'était pas bon signe non plus.

— Attendez. Ree est avec moi. Je mets l'appel sur haut-parleur.

— Je vais aller droit au but, dit Bjorn. La brigade des stups est également sur l'affaire et nous avons accepté de coopérer.

Le cœur de Quint s'affola dans sa poitrine.

— Pourquoi ? gronda-t-il d'une voix sourde.

— À votre avis ? Parce qu'ils sont sur un trafic de drogue, tiens.

— Ça risque de compliquer les choses, vous le savez bien.

— En effet. Je le sais. Mais il va falloir vous adapter. Et surtout, vous entendre avec eux.

9

Ree coinça machinalement derrière son oreille une mèche de cheveux qui n'avait pas besoin de l'être. La tension était presque palpable entre elle et Quint. Elle évita de le regarder, mais elle savait exactement ce qu'il ressentait. Six mois plus tôt, ce même cas de figure – deux organisations se télescopant sur la même mission – s'était déjà présenté et il avait abouti à la mort de Tessa. Un dénouement tragique autant que malheureux.

— Je ne vous entends pas, agent Casey, dit Bjorn d'une voix forte.

— C'est parce que j'essaye de voir comment ça peut marcher, rétorqua Quint.

Cette fois, Ree leva les yeux sur lui. L'angoisse qui se reflétait dans son regard démentait le ton lisse sur lequel il s'était exprimé. Elle posa une main sur son avant-bras, dans un geste qui se voulait réconfortant, mais qu'il refusa en se dégageant de manière brusque. Cette réaction épidermique la laissa perplexe. Il était urgent qu'elle prenne quelques minutes de réflexion. Qu'allait-elle décider ? Demander à être dessaisie de l'affaire équivaudrait à mettre Quint dans une situation délicate. Avec une excuse solide, il pourrait continuer sans elle, voire avec un autre agent. Mais quid de son boulot de barmaid au HNC ? De la relation qui se profilait avec Lola ? Grâce au lien qu'elle venait de nouer avec elle, ils allaient enfin savoir qui était ce mystérieux inconnu et quel rôle il jouait dans sa vie.

Quint était un agent chevronné dont les compétences étaient largement reconnues par ses pairs. Mais la disparition de son amie l'avait rendu vulnérable. Était-il réellement en perte de vitesse ou n'était-ce qu'un état passager ? Elle paria sur la deuxième hypothèse. Quint n'était pas du genre à se laisser aller bien longtemps. D'ailleurs, n'avait-il pas toujours en tête de retrouver Dumitru et de lui faire payer la mort de Tessa ? Ce qui augmentait d'un cran la dangerosité de la mission officielle dont il avait la charge.

Elle était incapable de le laisser tomber. Elle le sut à la seconde où leurs regards se croisèrent. Elle lui adressa un petit sourire d'encouragement auquel il répondit par un léger hochement de tête. Il parut soulagé. Elle en fut heureuse. Car elle sentait au plus profond d'elle-même que les baisers qu'ils avaient partagés dépassaient le simple cadre de la comédie.

— Qui sera notre contact à la brigade des stups ? s'enquit-elle.

— Nicholas Primer. Nous avons déjà travaillé avec lui. Son équipe est excellente.

Prendre des pincettes était bien le signe que Bjorn savait qu'en imposant à Quint cette coopération, elle ranimait chez lui ses vieux démons. Heureusement, elle ne pouvait pas le voir, posté à la fenêtre et visiblement plongé dans une profonde cogitation.

— Ça me paraît bien, dit Ree à sa place.

— Les détails vous ont été transférés.

Un silence pesant s'ensuivit que Bjorn rompit en rappelant Quint à l'ordre.

— Agent Casey ?

Quint sortit d'un coup de la torpeur dans laquelle il semblait être plongé. Il s'éclaircit la gorge.

— Je suis là. Je vous écoute.

— Tout va bien ?

— Pourquoi cette question ? Vous avez vu mon dossier. J'ai passé tous les tests psychologiques demandés et cela fait des mois que j'ai été jugé apte à reprendre mon travail.

— Je voulais l'entendre de votre bouche.

Bjorn semblait soulagée. Elle l'aurait sans doute moins été si elle avait pu voir la tête de Quint à ce moment-là. Culpabilité, remords, anxiété. Toute une palette d'émotions négatives se lisait ouvertement sur ses traits.

— Je vérifie ça très vite, assura-t-il d'un ton neutre qui ne laissait rien transparaître du mal qui le rongeait encore.

— Faites-moi savoir si vous avez des questions ou si vous rencontrez des problèmes avec les membres de l'équipe de Primer.

Ree comprit qu'elle s'attardait dans le but inavoué d'avoir la certitude que Quint ne lui avait pas menti. Qu'elle pouvait bien compter sur lui.

— Nous n'y manquerons pas, s'empressa-t-elle de répondre. Nous sommes très impatients de coopérer avec l'agent Primer et ses hommes. N'est-ce pas, Quint ?

— Tout à fait.

Il attendit que Bjorn ait mis fin à l'appel et dit à Ree :

— Le couple dans l'ascenseur. À tous les coups, c'était Primer avec un membre de son équipe.

— Nous le saurons dès que nous aurons vu sa photo dans le dossier transféré. Mais je suppose que tu as raison.

Quand ses frères étaient d'humeur chagrine, elle leur fichait la paix. Elle faisait profil bas, attendant que l'orage passe. Mais avec Quint, elle ne pouvait pas adopter une telle attitude. Ils faisaient équipe et, par conséquent, elle devait l'amener à parler. À se décharger de son fardeau.

— Quint..., commença-t-elle prudemment. Je sais que cette coopération ravive un souvenir douloureux que tu préférerais garder enfoui au plus profond de toi.

— Tu ne sais rien de cette histoire, riposta-t-il vivement. Et tu ne peux pas savoir ce que cela m'a coûté et me coûte encore.

— C'est vrai, Quint. Je ne peux pas, dit-elle d'une voix infiniment douce. Mais peut-être que je le pourrais si tu acceptais de me parler. Alors, voilà ce que nous allons faire : nous allons boire un bon café puis nous parlerons comme les deux adultes civilisés que nous sommes.

Son discours n'eut pas l'effet escompté. Le visage de Quint se ferma tandis qu'il lui lançait d'un ton sec :

— Tu n'as qu'à appeler Primer. Il devrait être assez civilisé pour toi.

Elle encaissa le coup sans broncher.

— Tu es injuste et tu le sais.

Elle marqua une courte pause avant de poursuivre :

— Je ne demande qu'à t'écouter et à te comprendre.

— À quoi bon ? Cela ne me ramènera pas Tessa, si ?

Elle comprit qu'il était inutile de poursuivre sur cette voie. Mais elle en connaissait une autre qui pourrait se révéler plus efficace.

— Bien. Je vais aller prendre une douche. Ensuite, je préparerai du café que je boirai en jetant un coup d'œil au dossier que Bjorn nous a envoyé. Libre à toi de te joindre à moi.

Ceci étant dit, elle fila dans la salle de bains et en ferma la porte un peu plus fort que nécessaire. Dix minutes plus tard, elle était prête à retourner dans l'arène.

Elle ignorait si Quint en avait profité pour sortir de l'appartement ou s'il était toujours là, dans le même état d'esprit. Elle espérait presque qu'il ne serait pas là tant son mal-être lui broyait le cœur.

D'un autre côté, elle estimait qu'ils ne pouvaient se payer le luxe de perdre un temps qu'elle jugeait précieux. Le reste de la journée s'annonçait chargé entre le rendez-vous fixé avec Lola puis sa prise de fonction au HNC, pour laquelle elle devait se préparer psychologiquement.

Une délicieuse odeur de café vint lui chatouiller les narines dès qu'elle ouvrit la porte de la salle de bains.

— Le café est prêt, annonça Quint, tout souriant. Et j'ai commencé à regarder le dossier.

En effet, son ordinateur portable était ouvert devant lui, sur la table basse du salon. Deux tasses de café fumant étaient posées là, attendant d'être bues.

Manifestement, elle avait choisi la bonne méthode.

Elle lui sourit en retour puis alla le rejoindre sur le canapé.

Assis face à l'écran de son ordinateur, Quint feignit d'ignorer le frisson de désir qui courut au creux de ses reins à l'instant où Ree fut assise à côté de lui, sa cuisse frôlant la sienne.

— C'est bien Primer que nous avons vu dans

l'ascenseur, dit-elle en fixant le portrait de l'homme qui occupait l'angle droit de l'écran.

— Je le savais.

— Nous pouvons donc supposer que la femme qui était avec lui est aussi un agent.

Il cliqua sur quelques touches jusqu'à faire apparaître le visage de la femme.

— Chelle Mickelberg, lut-il tout haut.

Elle se cala contre le dossier, soudain pensive.

— Lola nous a dit qu'elle avait un frère, Esteban. Et si c'était lui, notre mystérieux inconnu ?

— C'est fort possible. Il se pourrait même qu'ils partagent le même appartement.

— Cela expliquerait pourquoi il est au courant de l'emploi du temps de Lola.

— Je ne comprends pas pourquoi l'Agence ne nous a pas communiqué un tel renseignement.

— Lola nous a raconté qu'elle et son frère avaient quitté ensemble l'Argentine pour les États-Unis. Mais il se peut que, contrairement à elle, Esteban soit en situation irrégulière.

— Je vais demander à Grappell de creuser un peu de ce côté-là.

Joignant le geste à la parole, il lui envoya aussitôt un mail.

— Qu'avons-nous d'autre sur Primer ?

— Il semblerait que nous ayons affaire à l'étoile montante de la brigade. Encensé par la profession, décoré à de nombreuses reprises.

Il voyait déjà ça d'ici. Le genre pénible, qui chercherait par tous les moyens à tirer la couverture à lui et à s'attribuer tout le mérite d'une mission réussie. Les types comme lui, il les connaissait par cœur. Sans véritable substance, ils se souciaient davantage de glaner honneurs et distinctions personnels plutôt que de mettre en valeur le travail de toute une équipe.

— Je te propose d'être l'interlocutrice entre eux et nous, proposa Ree. Qu'en penses-tu ?

— Tu me crois capable de perdre mon sang-froid à un moment ou à un autre ?

Il regretta aussitôt son ton offensif. Heureusement, elle ne prit pas la mouche. Elle s'en tint aux faits.

— Aurais-je des raisons de le craindre ?

— Non.

— Dans ce cas, il n'y a pas de problème. Mais ta réponse ne change rien. Je pense que ce serait bien que ce soit moi le contact. À moins que tu n'y voies un inconvénient.

Pour toute réponse, il tourna l'écran vers elle.

— Tu as ses coordonnées là, dit-il. Je vais les noter aussi au cas où nous ne serions pas ensemble au moment où nous aurions besoin de nous contacter.

— D'accord.

Elle sortit son portable de la poche de son jean et entra le numéro de Primer dans la liste de ses contacts.

— Il se fait appeler Nick Driver, fit-elle remarquer.

— En général, les agents choisissent des noms faciles à retenir. Driver est très proche de Primer.

— Pour encore plus de facilité, il a gardé son prénom. Comme nous. Tu as vu ça ? ajouta-t-elle en pointant une ligne du dossier. Il va bosser au HNC comme responsable du marketing.

— Tant qu'il ne nous met pas de bâtons dans les roues et qu'il coopère, il peut bien faire ce qu'il veut, je m'en fiche.

Pas tant que ça, finalement. Car Primer travaillant

dans les bureaux, cela allait lui compliquer l'accès aux systèmes informatiques. Gérer tout ce qui touchait à l'informatique lui aurait donné une bonne raison de traîner au HNC et de pouvoir être réactif au cas où les choses tourneraient mal.

— Chelle Mickelberg, ou plutôt Shelly Driver, est professeur de yoga, poursuivit-il après s'être replongé dans l'étude du dossier.

— Non… Ne me dis pas qu'elle donne ses cours ici, dans cet immeuble.

— C'est déjà assez qu'ils soient logés là, soupira-t-il. Ils auraient pu les installer ailleurs. Ce ne sont pas les résidences qui manquent dans la rue. Pour en revenir à Chelle, non, ce n'est pas elle qui enseigne le yoga dans la salle de sport. Le studio où elle s'est fait embaucher ne se trouve pas très loin du HNC. Dans la même rue, à ce que je vois.

— Où ça, exactement ?

Il entra le nom de la salle dans Google Maps.

— À deux numéros du night-club.

Elle eut alors un hochement de tête qu'il ne sut comment interpréter.

— Tu pourras passer boire un dernier verre. Je dirai que compte tenu de nos horaires décalés – tu te lèves à l'heure où je me couche –, c'est le seul moyen que nous avons trouvé de nous voir un peu.

— Si tu penses que ça n'éveillera pas les soupçons…

— Lola se souvenait très bien de nous avoir vus, hier soir. Elle a trouvé curieux que je ne sois pas allée me présenter à elle.

— Et alors ?

— Je m'en suis sortie en lui disant qu'elle semblait débordée et que je ne voulais pas la déranger.

— Elle t'a crue ?
— En tout cas, elle n'a pas insisté.
— Il se fait tard. Si nous mangions ?
— Commence sans moi. J'avais prévu de faire quelques achats en ligne.
— Comme tu voudras. Je vais d'abord aller prendre une douche.

Quand il revint, elle avait terminé ses achats. Elle affichait un air ravi.

— C'est quand même merveilleux, s'extasia-t-elle. Tu te rends compte ? Je viens de passer ma commande et je serai livrée dans moins de quatre heures.
— C'est l'avantage qu'il y a à vivre dans une grande ville.
— Moi qui ai toujours vécu à la campagne, j'avoue que je me découvre une âme de citadine.

Elle marqua une pause, semblant hésiter à poursuivre.

— En fait, il ne m'en faut pas beaucoup pour être heureuse. Je sais me satisfaire de peu. Un verre de bon vin, un coucher de soleil, un livre intéressant. Ce genre de petites choses suffit à mon bonheur.

Quelle place accordait-elle aux hommes dans sa vie ? s'interrogea-t-il. À moins qu'elle envisage de s'en passer.

— Pas de compagnie masculine ? s'enquit-il, l'air de rien.
— Je ne connais pas de meilleure compagnie que mes bouquins.
— Je vois.
— Et toi ?
— Moi ?
— Oui. Qu'est-ce qui te rend heureux ?

Il faillit lui répondre « toi ». À la place, il balaya sa question d'un geste vague de la main.

10

Collaborer avec la brigade des stups risquait de saper le travail que Ree et Quint avaient déjà mis en place. Et Ree n'aimait pas ça du tout. Le fait que cette annonce ait perturbé Quint n'arrangeait pas les choses. Son comportement avait changé à la seconde où Bjorn leur avait balancé la nouvelle. Depuis, et malgré les efforts qu'il faisait pour ne rien en laisser paraître, elle voyait bien qu'il contenait en permanence une colère sourde qui ne demandait qu'à exploser.

Elle le laissa préparer le déjeuner pour passer un coup de fil à Nick. Après trois sonneries, son appel bascula vers sa boîte vocale. Elle lui laissa un message, crédible mais assez énigmatique pour le cas où il serait intercepté.

Quint fronça les sourcils, en signe de réprobation.

— Il ne répond pas ? s'enquit-il.

— Non. Mais je suis sûre qu'il me rappellera dès qu'il le pourra.

Il y avait toutes sortes de raisons pour lesquelles Nick n'avait pas pris son appel. Mais ça pouvait être aussi un jeu de pouvoir. Nick voulait peut-être assurer ainsi sa suprématie sur eux. Une manière de leur faire savoir qu'ils n'étaient pas sa priorité. Un jeu stupide qui, s'il se confirmait, risquait de compliquer la relation et de créer des tensions inutiles.

Ils déjeunèrent rapidement d'une salade César qui suffit à combler leur appétit. À peine avaient-ils rangé la cuisine que la sonnette de l'entrée retentit.

Par précaution, Ree vérifia d'abord par le judas. C'était Angie qui arrivait la première.

— Tiens, dit-elle en tendant un bol rempli d'un mélange de fruits secs.

— Angie. Je t'avais dit…

— Je sais. Mais il n'était pas question que je vienne les mains vides.

— Dans ce cas, merci.

Elle vit soudain Angie regarder fixement derrière son épaule, comme fascinée par ce qu'elle voyait. Elle comprit tout de suite.

— Bonjour, la salua Quint. Vous devez être Angie. Moi, c'est Quint.

— Je…

Angie s'interrompit pour s'éclaircir la gorge puis reprendre d'un ton plus assuré :

— Je vous ai aperçu à la salle de sport. Ravie de faire votre connaissance.

— Les amis de ma femme sont mes amis, répliqua-t-il d'un ton léger.

Ree se demanda s'il n'avait vraiment aucune conscience de l'effet qu'il faisait aux femmes ou s'il était tellement habitué qu'il ne le remarquait même plus.

Sans qu'elle s'y attende, elle ressentit une pointe de jalousie.

— Entre, dit-elle. Allons dans la cuisine. Tu as réussi à travailler un peu ?

Angie s'apprêtait à répondre quand des coups frappés à la porte l'en empêchèrent.

— Ce doit être Lola, indiqua Ree en retournant à la porte.

Un nouveau coup d'œil par le judas la fit se figer sur place. Ce n'était pas Lola derrière la porte mais Nick. Bon sang ! Que venait-il faire ici sans avoir d'abord cherché à la prévenir par téléphone ?

Elle se retourna vers Quint – heureusement, Angie tournait le dos à la porte – et lui fit non de la tête.

— Ah, chérie… J'ai oublié de te dire. J'ai demandé à un de nos nouveaux voisins s'il pouvait nous dépanner d'une boîte d'œufs en attendant que nous fassions des courses. C'est lui ?

Son cœur s'emballa. Une seule petite erreur et leur beau scénario pouvait s'écrouler. Elle ouvrit la porte et, posant un index sur sa bouche, prononça en silence : « Chuut ».

— Merci pour les œufs, dit-elle assez haut pour être entendue.

— Pas de quoi. Dites à votre mari de passer me voir quand il en aura l'occasion.

— Voulez-vous que je lui transmette un message ?

— Non, rien de particulier. Nous aurons sûrement l'occasion de nous voir bientôt.

— Très bien. Au revoir, alors.

Sur ce, elle ferma la porte et, priant pour qu'Angie ne se retourne pas, alla ouvrir et refermer le frigo, faisant croire qu'elle venait d'y déposer sa boîte d'œufs imaginaire.

— C'était qui ? ne put s'empêcher de demander Angie.

— Un type que j'ai rencontré à la salle de sport,

répondit Quint. Comment s'appelle-t-il, déjà ? Zut, j'ai oublié son nom.

— Il habite au septième ? insista Angie. Parce que je connais tout le monde à l'étage, plus quelques personnes des autres étages.

Ils n'eurent pas à se creuser la tête pour trouver une réponse plausible. En retentissant, la sonnette de l'entrée venait de les sortir de ce mauvais pas.

— J'y vais ! lança-t-elle.

Cette fois, c'était bien Lola.

— Entre. Angie est déjà là.

La jeune femme entra, son ordinateur portable sous le bras et une bouteille de vin à la main.

— Tiens, dit-elle. J'ai apporté ça, histoire de fêter votre installation ici et ton nouveau boulot au HNC.

— C'est trop gentil. Tu n'aurais pas dû.

— Arrête. Ce n'est pas grand-chose.

Elles s'avancèrent jusque dans la cuisine où, une fois de plus, Ree put constater que Quint exerçait un pouvoir hypnotique sur les femmes. Mais, à la différence d'Angie, Lola se ressaisit très vite. Il faut dire que, belle comme elle l'était, elle devait être très sollicitée. Et puis, il y avait Constantin, son petit ami. Un type dont le surnom était le Tueur des Ténèbres devait sans doute vous dissuader à jamais de vous prêter au jeu de la séduction.

— Alors ? Voilà l'objet de vos problèmes ? dit Quint en pointant l'ordinateur du menton.

— Oui. J'espère que vous allez pouvoir le réparer. Mon compagnon n'arrête pas de me seriner d'en acheter un autre, mais je suis trop habituée à celui-ci. En plus, j'ai toutes mes photos stockées là-dedans et j'ai peur de les perdre. J'y tiens beaucoup.

— Je vais jeter un coup d'œil pour voir ce que je peux faire.

— Pendant ce temps, nous allons goûter ce vin. Tout le monde en prendra ? Je sors quatre verres ?

— Volontiers, répondit Angie la première.

— Moi aussi, dit Lola.

— Et toi, chéri ?

Quint s'approcha d'elle et déposa un baiser tendre sur ses lèvres.

— Avec plaisir. Mesdames, si vous alliez vous installer dans le salon ? Je vais avoir besoin du comptoir pour travailler.

Ree invita ses nouvelles « amies » à se diriger vers le salon tandis qu'elle sortait quatre verres d'un placard, laissant à Quint le soin de déboucher la bouteille. Elle était tout à fait capable de le faire, mais elle avait appris que montrer une certaine faiblesse dans certains domaines pouvait parfois se révéler utile.

— Nous avons de la chance, dit-elle tout bas. Tout se passe plutôt bien, non ?

S'ils oubliaient que, un instant plus tôt, ils avaient failli frôler la catastrophe avec la visite inopinée de Nick. Heureusement, la présence d'esprit de Quint avait sauvé la situation in extremis.

D'ailleurs, maintenant que Ree y repensait, Lola et Nick s'étaient peut-être croisés dans l'ascenseur.

Elle remplit les quatre verres tandis que Quint s'installait au comptoir et plaçait son ordinateur à côté de celui de Lola.

— Au cas où j'aurais besoin de faire des recherches, expliqua-t-il.

Elle acquiesça puis alla s'installer dans un fauteuil, face à Angie et Lola qui avaient pris place sur le canapé.

Elles venaient de tremper leurs lèvres dans leur verre quand Quint demanda par-dessus son épaule :

— Mot de passe, Lola ?

La jeune femme lui donna une série de chiffres qui ressemblait à une date d'anniversaire puis elles se mirent à papoter gentiment, attendant sans le dire et pour des raisons différentes que Quint fasse des miracles.

Quint regarda fixement la page d'accueil. En fond d'écran figurait la photo d'une enfant de trois ans environ qui ressemblait comme deux gouttes d'eau à Lola. Il accusa le coup avant de lancer d'un ton qui se voulait désinvolte :

— Je vais d'abord établir un diagnostic.

Mais il doutait que sa voix ait couvert les rires qui fusaient du salon.

Ree avait eu une bonne idée d'ouvrir cette bouteille. En effet, quoi de mieux que quelques verres de vin pour délier les langues et pousser aux confidences ?

Il brancha une de ses clés USB sur l'ordinateur de Lola et lança la copie du disque dur. En attendant, il fouina un peu dans sa bibliothèque d'images, mais l'essentiel se résumait à des centaines de photos de la fillette et quelques-unes de Constantin. Les clichés de ce dernier remontant à un an à peine, il en déduisit qu'il ne devait pas être le père de l'enfant.

De toute évidence, Lola n'utilisait son PC que pour surfer sur le web et faire des achats en ligne.

— Vous n'auriez pas emporté votre chargeur de batterie, par hasard ? s'enquit-il en se tournant à demi.

— Non, mais je peux aller le chercher si vous en avez besoin.

Elle se levait déjà, prête à partir, mais Quint la fit rasseoir d'un geste de la main.

— Ça devrait aller, mais il faudra penser à changer la batterie. En attendant, veillez à ce qu'il soit chargé en permanence au minimum à dix pour cent.

Si Quint bavardait ainsi, c'était bien sûr pour donner plus de crédibilité à son intervention, mais également pour chasser Nick Primer de ses pensées. Ce type le hantait. Dire qu'il s'était pointé sans même avoir averti Ree de sa venue. C'était exactement le genre d'initiative malheureuse qui pouvait tout faire capoter. Si ce type était aussi bon que son dossier le mentionnait, il n'aurait jamais dû faire une erreur pareille. Le moment venu, il lui en toucherait deux mots et sans y mettre les formes, il s'en faisait la promesse.

Il attendit que le signal lumineux de sa clé USB lui indique que l'opération était terminée pour ajouter, toujours à l'adresse de Lola :

— J'ai remarqué que vous aviez un logiciel antivirus.

— Oui. Pourquoi ? Ce n'est pas une bonne chose ?

— Malheureusement non. C'est la première chose que les hackers craquent.

— Je croyais qu'un antivirus servait à protéger les données d'un ordinateur, justement.

— Le logiciel conserve une copie de votre système, ce qui permet à n'importe quel geek de pénétrer dedans. Je vais le retirer tout de suite.

— Ce ne sera pas pire ? s'inquiéta Lola.

— Je vais vous installer un pare-feu. Avec ça, vous ne risquerez pas d'être piratée.

— OK. C'est vous le spécialiste.

Moins de quinze minutes plus tard, il avait désinstallé le logiciel antivirus et installé un pare-feu.

— Normalement, lorsqu'un ordinateur s'éteint de manière inopinée, c'est soit un problème de batterie soit un problème de virus. Je pencherais pour la seconde hypothèse. C'est assez facile à vérifier.

Il attendit d'avoir téléchargé un logiciel pare-feu pour préciser :

— Quand une batterie ne tient pas la charge, c'est souvent parce qu'elle est trop ancienne ou parce qu'elle a été en contact avec de l'eau. L'ordinateur peut alors donner des signes de faiblesse, comme le vôtre.

— Je m'en sers parfois à la cuisine, quand j'expérimente une nouvelle recette. Vous pensez que la vapeur de cuisson a pu l'endommager ?

— Cela pourrait être une explication. Je vais vous commander une nouvelle batterie que je ferai livrer chez vous.

— Mon appartement est le numéro 73. Comme vous mais au neuvième.

Elle lui fit alors un sourire qui la fit soudain ressembler à l'actrice Penelope Cruz. Il en parlerait à Ree pour voir si elle était d'accord avec ça.

Laissant les trois femmes reprendre leurs bavardages, il passa commande d'une batterie neuve qui serait livrée le lendemain à l'adresse de Lola. Comme Ree l'avait fait avant lui, il s'émerveilla des prouesses des nouvelles technologies.

Il pensa à Constantin et à sa société de transport. Cette nouvelle ère de livraisons à domicile devait sacrément lui faciliter les choses, à lui aussi.

Il lança un coup d'œil furtif à Lola. Qu'est-ce qu'une femme comme elle faisait avec un type comme Constantin ? Les apparences pouvaient être trompeuses

– il était bien placé pour le savoir – mais il pressentait chez elle quelque secret bien gardé.

Ce secret avait-il un lien avec le visage angélique de la fillette qu'elle avait choisi comme fond d'écran de son ordinateur ? Si elle avait un enfant, qui le gardait quand elle travaillait de nuit au HNC ?

Au moment où il buvait une gorgée de vin, l'ordinateur émit un bip lui signalant que l'analyse avait rendu ses conclusions.

Il les parcourut rapidement.

Il n'en retint qu'une : un logiciel espion avait été installé sur cet appareil.

11

Ree coula un regard en biais à Quint. À la tête qu'il faisait, elle comprit tout de suite qu'il avait trouvé quelque chose. Quelque chose qui le tracassait.

— Je vous ressers, les filles ? proposa-t-elle à la ronde.

— Je veux bien, répondit Angie en posant son verre vide sur la table basse.

— Moi aussi, dit Lola, imitant Angie.

— Je vais chercher la bouteille. Je reviens tout de suite.

Dès qu'elle fut face à Quint, il lui confirma par un hochement de tête discret qu'elle avait vu juste. Il avait bien trouvé quelque chose.

Tout échange avec lui se révélant impossible, elle retourna auprès de ses invitées.

— Dis-moi, Lola, qui était ce type canon qui est venu te chercher à la salle de sport ? demanda Angie dont les joues rouges indiquaient qu'elle commençait à être un peu pompette.

— Personne d'important, éluda la jeune femme un peu trop vite. Mais parle-nous plutôt de ton pompier. Où est-il aujourd'hui ?

— Où voulez-vous qu'il soit ? À la caserne. Il y passe sa vie.

— Vois le côté positif des choses, commenta Ree.

Au moins, tes parents ne tomberont pas dessus s'ils viennent te rendre visite à l'improviste.

— Ne parle pas de malheur. Ils me tueraient s'ils savaient que je vis en couple avec un homme.

— Pourquoi est-ce si grave ? questionna Lola. Pourquoi ne pas s'asseoir autour d'une table et en parler librement ? Tu n'as pas douze ans, que je sache. Au fait, quel âge as-tu ?

— Vingt-deux. Le problème, c'est que ce sont mes parents qui payent le loyer.

— Et M. le pompier ? Il ne participe pas aux frais ?

— C'est moi qui ai insisté pour qu'il emménage chez moi parce que je ne voulais pas aller vivre chez lui. Il partageait une maison avec quatre collègues. À chaque fois que j'y allais, il flottait dans l'air une odeur de pizza et de chaussettes sales qui me soulevait le cœur.

— Tu tiens vraiment à passer ta vie avec ce type ?

Tout en parlant, Lola avait esquissé une moue dédaigneuse qui fit rire Ree.

— Désolée, s'excusa-t-elle. Mais si tu voyais la tête que tu fais !

— Arrêtez, toutes les deux. Brad est un mec bien. Il a accepté de s'installer chez moi alors qu'il paye toujours sa part de loyer de la maison. Il ne supporte pas que je fasse des cachotteries à mes parents. Il dit que je vis dans le mensonge et me menace régulièrement de tout dire à mes parents la prochaine fois qu'il les verra.

— En effet, il a tout l'air d'être un homme bien, plaida Ree qui le trouvait tout d'un coup digne d'intérêt.

— Des hommes comme ça, ça ne court pas les rues, renchérit Lola. Fais attention à ne pas te le faire piquer.

Sa bonne humeur se dissipa d'un coup quand son portable se mit à sonner.

— Excusez-moi, dit-elle.

D'une main fébrile, elle sortit son appareil de son sac puis prit l'appel après avoir vérifié le nom qui s'était inscrit sur l'écran.

— Hé, salut ! dit-elle alors qu'elle se dirigeait vers le palier où se perdit le reste de sa discussion.

Angie posa sur Ree un regard interrogateur auquel cette dernière répondit par un haussement d'épaules.

— Ça a l'air urgent, commenta Angie. Et confidentiel.

— J'espère qu'il n'y a rien de grave, commenta Ree.

Elle vida le reste de son verre d'un trait puis vérifia l'heure à l'horloge murale.

— Je dois être au bar dans moins d'une heure, annonça-t-elle.

Angie pouffa dans sa main.

— Je sais. Ce n'est pas très malin d'avoir bu comme je l'ai fait, mais quelques poignées de ce délicieux mélange de fruits secs et hop ! tout rentrera dans l'ordre.

Un court instant plus tard, Lola revenait, les épaules basses et le visage fermé. Toute la légèreté de ces dernières minutes s'était dissipée d'un coup.

— Tout va bien, Lola ? demandèrent Ree et Angie d'une même voix.

— J'avais complètement oublié que je devais retrouver une amie. C'est vraiment stupide de ma part.

— J'en ai pour deux minutes, déclara Quint.

Puis, voyant que Lola ne lui répondait pas, il se retourna vers elle.

— Ça ira ? Je peux vous le rendre tout de suite si vous êtes pressée.

— Non. Je peux attendre encore un peu, dit-elle. Cinq minutes ?

— Ça devrait aller.

Ree prit une autre poignée de fruits secs qu'elle mit d'un coup dans sa bouche.

— Ce mélange est vraiment délicieux, dit-elle. Qu'y a-t-il là-dedans ?

Angie commença à énumérer la liste des ingrédients sans quitter Lola des yeux.

— Lola…, dit Quint. Il faut que je vous dise quelque chose.

— Oui ? Quoi ?

— Quelqu'un a installé un logiciel espion dans votre ordinateur.

— Qu'est-ce que c'est exactement ?

À sa voix un peu altérée, Quint comprit qu'elle savait.

— C'est un moyen de vous espionner, répondit-il néanmoins. La personne qui a installé ça a accès en permanence à vos données. À distance.

— Elle n'a même pas besoin d'avoir mon ordinateur sous la main ? s'enquit Lola. Ni d'être dans la même pièce ?

— Non. Même pas dans le même bâtiment. Cette personne peut lire vos mails, voir quels sites vous avez consultés. Elle peut tout savoir, quel que soit l'endroit où elle se trouve.

Lola devint blême.

— Merci de m'avoir prévenue, dit-elle d'une voix blanche.

— Je ne l'ai pas bloqué. Celui qui a fait ça comprendrait tout de suite qu'il a été découvert.

— Je vois.

Tout d'un coup, Lola redressa les épaules et le menton, adoptant une posture bravache.

— Merci encore, Quint. Je vous suis très reconnaissante.

Sa voix avait repris de l'assurance et son visage des

couleurs, mais de là où elle se trouvait, Ree vit bien qu'elle luttait contre les larmes.

— Je vous en prie. C'est bien normal que vous sachiez.

— Ah, j'oubliais..., continuait Angie. J'ai mis des graines de courge aussi.

Mais Ree ne l'entendait plus, touchée par les larmes que Lola s'appliquait toujours à refouler. Était-elle à ce point naïve qu'elle ne pouvait envisager une trahison pareille ? Dès lors, on pouvait imaginer qu'elle ignorait tout des agissements de l'homme avec qui elle vivait. Ignorait-elle vraiment que Constantin était un criminel ?

Elle se leva pour aller rejoindre Quint au moment où il refermait l'ordinateur. Elle eut le temps d'apercevoir le visage d'une petite fille qui remplissait l'écran.

Qui était cette enfant ? Était-elle la fille du Tueur des Ténèbres ?

— Je ferais mieux d'y aller, dit Lola. Merci pour tout.

Quint lui répondit par un sourire plein de compassion. Il avait hésité à lui parler de ce logiciel espion, mais son attitude l'avait conforté dans l'idée qu'il avait pris la bonne décision. Voir comment elle réagissait en disait également long sur l'état de sa relation avec Constantin. Il referma l'ordinateur et le lui tendit.

— Vous avez une bien jolie petite fille, se hasarda-t-il à dire sans trop savoir où cela allait le mener.

Contre toute attente, le visage de Lola s'éclaira. Elle ne semblait pas lui tenir rigueur de ce qu'elle aurait pu prendre pour une intrusion dans sa vie privée.

— Merci. Elle s'appelle Lili. Elle est toute ma vie.

Il y avait quelque chose dans la manière qu'elle

avait eue de prononcer ces mots qui lui laissa penser que pour son enfant elle serait prête à tout. Même au pire. Comme rester avec un type comme Constantin qui semblait lui imposer une relation toxique.

Ree raccompagna les deux femmes à la porte. Angie prit congé la première après s'être confondue en remerciements.

— À plus tard, lui dit Lola.

— À plus tard.

Une fois qu'ils furent seuls, Ree entreprit de ranger un peu le salon. Ils n'échangèrent pas un mot tant qu'ils n'entendirent pas la porte d'Angie se refermer et le « ting » de l'ascenseur retentir.

— Je vais quand même vérifier, chuchota-t-elle.

Joignant le geste à la parole, elle se dirigea vers la porte sur la pointe des pieds.

Son silence, alors qu'elle gardait l'œil rivé au judas, intrigua Quint.

— Lola se tenait devant la porte comme si elle hésitait à frapper, expliqua-t-elle alors qu'elle revenait. Mais finalement, elle est partie.

— Elle voulait peut-être revenir pour me poser des questions sur le logiciel espion. Je me demande si c'était une bonne idée de la mettre au courant.

— Tu as bien fait. Il fallait qu'elle sache.

— Tu as vu sa tête quand elle a su ? Elle était vraiment choquée. Visiblement, elle ne s'y attendait pas du tout.

— Tu penses qu'il est possible qu'elle ignore tout des activités de Constantin ?

— Difficile à dire.

Elle s'était assise à côté de lui tout en veillant à

laisser assez d'espace entre eux pour que leurs jambes ne puissent pas se toucher.

— Elle va sans doute se méfier, maintenant. Et c'est plutôt une bonne chose.

Il acquiesça tandis qu'il insérait dans son ordinateur la clé USB qui avait recueilli toutes les données de Lola.

— Heureusement qu'elle n'avait pas un Mac.

— En effet.

Son ton était redevenu professionnel, tout comme sa posture. Mais ce n'était pas plus mal, finalement. Cela allait leur éviter de se retrouver dans des sables mouvants dont ils auraient le plus grand mal à s'extirper.

Il pointa la photo de l'enfant du menton.

— Quelles sont les chances que Constantin soit le père de cette enfant ?

Au lieu de répondre, elle observa attentivement le cliché.

— Quel âge dirais-tu qu'elle a ? s'enquit-elle pour toute réponse.

— Deux ans et demi ; trois ans maxi.

— OK, dit-elle en hochant la tête. Lola n'est aux États-Unis que depuis deux ans. Si l'on compte les neuf mois de grossesse, on peut en conclure que cette enfant a été conçue en Argentine.

— Je vois où tu veux en venir. Les chances sont minces pour que Constantin, qui est roumain, ait rencontré Lola là-bas. Je vais envoyer un autre mail à Grappell pour lui demander s'il peut faire remonter les infos sur lui à une dizaine d'années. À propos, il vient juste de nous envoyer l'adresse d'un entrepôt associé à l'entreprise de transport de Constantin. Il dit que nous devrions aller faire un tour par là-bas.

— D'accord.

Sa voix s'était radoucie. Il la sentit se détendre un peu.

— Je suis la première à dire que nous sommes censés nous en tenir aux faits et ne pas nous laisser guider par notre instinct, poursuivit-elle. Mais si Lola n'a rien à voir avec ces criminels, ça vaut le coup de le prouver, non ?

— Il y a quelque chose chez elle qui me fait douter, moi aussi, en effet.

— Tu vois. Nous pensons la même chose. Ce serait quand même difficile de nous berner tous les deux.

— Certes. Mais ne nous emballons pas. Gardons en tête les deux possibilités.

Elle acquiesça tout en consultant l'heure.

— Il est temps que j'aille me préparer pour aller travailler, dit-elle.

— Pendant ce temps, je vais voir ce que donne cette clé USB.

— Tu as installé un autre logiciel espion sur son ordinateur ?

— Non. Celui qui en a installé un est assez calé en informatique. Il l'aurait détecté très vite et c'est Lola qui en aurait payé les conséquences. Non, je n'ai fait que copier son disque dur.

— Bravo, le félicita-t-elle. C'est ce qu'il fallait faire.

— Merci.

Il lui savait gré de ne pas lui tenir rigueur de la réaction qu'il avait eue un peu plus tôt. Lui faire payer la décision de leur boss n'était pas très intelligent de sa part et il ferait bien de garder cela en mémoire s'il ne voulait pas voir se lézarder un peu plus la confiance que Ree avait en lui.

Il cliqua sur l'icône « messagerie ». Elle était protégée par un mot de passe. À tout hasard, il entra celui que Lola lui avait donné. Bingo ! C'était le bon.

L'accès à la messagerie s'ouvrit.

Allait-il y trouver les réponses aux questions qu'ils se posaient ?

12

Ree se maquilla légèrement puis attacha ses cheveux en une queue-de-cheval qu'elle ramena sur le côté. Comme elle ne disposait pas encore de sa tenue de travail, elle choisit de mettre les vêtements branchés mais chic qu'elle portait le jour où elle avait passé son entretien d'embauche au Cricket Creek – chemisier blanc rentré dans un pantalon vert bouteille qui lui prenait bien la taille et escarpins noirs – et qu'elle avait pris soin d'emporter au cas où.

Alors qu'elle boutonnait le col de son chemisier, elle se dit que ce choix n'était peut-être pas judicieux, compte tenu de la température encore élevée. Elle n'avait plus qu'à ménager ses efforts si elle ne voulait pas arriver en nage au HNC.

Elle trouva Quint dans la posture où elle l'avait laissé quelques minutes plus tôt, légèrement courbé en avant, les yeux rivés sur l'écran de son ordinateur.

— Voilà, je suis prête, dit-elle. Et toi ?

Pour toute réponse, il darda sur elle un regard si pénétrant qu'elle en rougit un peu.

— Quoi ?

— Tu es magnifique.

— Vraiment ? Pourtant, c’est la tenue que je portais quand nous nous sommes rencontrés.

— Eh bien, j’ai été idiot de ne pas te le dire à ce moment-là.

Ce souvenir amena un sourire amusé sur les lèvres de Ree.

— Il faut dire que je ne t’ai pas laissé le temps de dire grand-chose, dit-elle pour le défendre. J’étais quasiment hystérique.

— J’ai trouvé que la colère t’allait plutôt bien. Elle te rendait encore plus sexy.

Gênée par ce compliment inattendu, elle jugea préférable de changer de sujet.

— Tu as trouvé quelque chose ?

— Non. Elle est irréprochable. Mais cela ne veut rien dire. La plupart des criminels sont habiles à tromper leur monde.

Il referma son ordinateur puis se leva avant d’ajouter :

— J’ai trouvé la date d’anniversaire de sa fille. Elle est née un 24 avril.

Ree approuva d’un hochement de tête.

— Tu resteras boire un verre ?

— Pas ce soir. Comme c’est ton premier jour…

— Comme tu voudras, dit-elle d’un ton léger destiné à dissimuler la pointe de déception qu’elle ressentait. Je t’enverrai un texto pour te dire vers quelle heure je devrais avoir fini.

Il acquiesça en silence, puis lui ouvrit la porte et s’effaça pour la laisser passer avant de lui emboîter le pas. Elle avait beau n’en rien dire, elle aimait ces gestes galants d’une autre époque.

Quand ils furent arrivés devant le HNC, elle était en nage, comme prévu.

Quint l'embrassa, jouant si bien son rôle de mari épris qu'elle regretta, comme souvent, que ce ne soit qu'un jeu.

— À tout à l'heure, murmura-t-il alors qu'il posait son front contre le sien, donnant ainsi à la galerie l'impression qu'il ne pouvait se résoudre à la quitter.

Mais n'était-ce qu'une impression ? Était-elle la seule à se consumer de désir à chacun de leur baiser ?

— Vous devriez faire plus attention ou on risque de penser que vous vous prenez vraiment au jeu.

La voix sarcastique de Nick Driver les fit sursauter.

Ils se détachèrent brusquement l'un de l'autre et lancèrent des coups d'œil furtifs autour d'eux pour vérifier que personne n'avait pu entendre ce commentaire sardonique. Ree s'attendait à voir Quint répliquer vertement, mais il ne fit que serrer les dents.

— Espèce de crétin, jura-t-il assez bas pour ne pas être entendu de Nick qui, indifférent à la tension qu'il avait suscitée, s'éloignait en sifflotant.

— Laisse tomber, rétorqua-t-elle pour l'apaiser. J'y vais. À plus tard.

Aussitôt à l'intérieur, elle alla se présenter à Julian, le manager, qui lui attribua un des casiers du vestiaire. Là, elle trouverait sa tenue. Quelques minutes plus tard, elle avait revêtu son uniforme et s'apprêtait à rejoindre Lola derrière le bar.

Ree remarqua tout de suite les yeux rouges et gonflés de la jeune femme. De toute évidence, elle avait pleuré.

En la voyant, Lola tamponna furtivement ses yeux encore humides d'un Kleenex qu'elle jeta ensuite en boule dans la poubelle.

— Ah… Ree. Tu es là, dit-elle, gênée comme une enfant prise en faute.

— Je peux revenir dans quelques minutes si tu veux.

Si elle détestait voir Lola bouleversée au point de pleurer sur son lieu de travail, elle y vit cependant l'opportunité de la voir s'ouvrir aux confidences. Cette détresse pouvait faire avancer leur enquête.

— Non, non. Tout va bien. Reste là. J'ai besoin de toi.

— Que veux-tu que je fasse ?

— Range ces verres propres, là, sur cette étagère.

Elle pointa du doigt l'espace qui se trouvait sous le comptoir, à portée de main.

Ree s'exécuta docilement, manipulant avec précaution les verres à whisky en cristal.

— Ça va ? demanda-t-elle à Lola après quelques minutes.

— Oui, répondit Lola. Mais il ne faut pas que Julian me voie comme ça. Il ne supporte pas qu'on se laisse aller au travail.

— Ne t'inquiète pas. Je m'en occupe.

Elle venait de ranger le dernier verre quand elle vit Julian approcher. Elle lui décocha son plus beau sourire puis prévint Lola tout bas :

— Il arrive.

— Il va me virer s'il me voit dans cet état. Et j'ai vraiment besoin de ce boulot.

S'ensuivit un chapelet de mots en espagnol. Inutile d'être bilingue pour en comprendre le registre.

— Ah, Julian, dit Ree à l'adresse de Julian. Vous tombez bien. J'ai quelque chose à vous demander au sujet de mon casier.

Sur ce, elle sortit de derrière le comptoir et entraîna le manager en direction des vestiaires.

Non seulement Julian avait mordu à l'hameçon mais, en plus, il allait s'employer à faire de son mieux pour répondre à sa demande.

— J'aimerais que vous me disiez si j'ai bien verrouillé mon cadenas, dit-elle, faute de mieux. Je ne suis pas certaine de savoir bien l'utiliser.

Julian vérifia.

— Il ne s'ouvre pas, dit-il. C'est qu'il est bien verrouillé.

— Merci beaucoup.

Puis, consciente du silence perplexe qui avait suivi, Ree demanda pour la forme :

— Nous attendons beaucoup de monde ce soir ?

— En général, le lundi, c'est plutôt calme. Vous serez également moins nombreux à travailler. Il est inutile de gaspiller de l'argent en payant du personnel qui n'aurait rien à faire.

Il arbora un large sourire, visiblement très satisfait de sa réponse. N'était-ce pas là la preuve évidente de l'intérêt qu'il portait à l'entreprise qu'il dirigeait ? Ree s'en amusa intérieurement. Comment réagirait-il s'il savait que la petite amie d'un des plus gros trafiquants d'armes du pays officiait derrière son bar ?

Peut-être s'en ficherait-il, tant Lola était une employée compétente qui répondait aux attentes des clients.

Soucieuse de flatter son ego et, ainsi, de s'en faire à son insu un allié précieux, Ree rétorqua :

— Voilà qui est intelligent. Bravo.

Aussitôt, le visage de Julian s'éclaira. Il rayonnait littéralement de fierté. Sans doute s'imaginait-il déjà qu'elle parlerait de lui en termes élogieux à Randy.

— Est-ce que nous avons droit à deux uniformes ou devrai-je laver celui-ci tous les soirs ? poursuivit-elle sur le même ton mielleux.

— Chaque employé a droit à deux uniformes.

— Parfait.

— Nous avons commandé le second, mais il y a eu

du retard dans les livraisons. Aussi, dites-moi si vous avez besoin d'un peu de temps disponible pour laver celui-ci. Je devrais pouvoir vous dégager quelques heures supplémentaires.

— Merci, mais ce ne sera pas nécessaire, répondit-elle. Je vais m'organiser sans ça. Julian… Je voudrais que vous sachiez que je vous suis très reconnaissante de m'avoir embauchée. Ce travail était très important pour moi.

Julian balaya ses remerciements d'un geste de la main.

— Ne me remerciez pas. Je ne suis pas un philanthrope. Si je vous ai embauchée, c'est parce que j'ai flairé en vous un atout pour l'entreprise.

Cet excès de flatteries confirma à Ree qu'elle bénéficiait d'un régime de faveur.

— Sachez que dès qu'un poste de serveuse se libérera, il sera pour vous.

— C'est que… je ne voudrais pas prendre la place de quelqu'un d'autre.

— Ne vous y trompez pas. Il ne s'agit nullement de favoritisme, s'empressa-t-il d'affirmer. Simplement, ce sera la personne que je jugerai la plus compétente qui occupera ce poste.

Quelqu'un l'appela alors, attirant toute son attention.

— Ah, il faut que je vous laisse. Le devoir m'appelle.

— Je vous en prie.

Elle le regarda s'éloigner, un sourire aux lèvres. Lola avait dû avoir assez de temps pour sécher ses larmes et retoucher son maquillage.

En effet, elle la retrouva en train d'essuyer le comptoir, le visage transfiguré. Il n'y avait plus aucune trace du moment de faiblesse qu'elle avait connu quelques minutes plus tôt.

— Merci, dit-elle quand Ree eut repris sa place à côté d'elle.

— De rien, répondit celle-ci en lui souriant.

L'espagnol de Quint n'était pas assez bon pour qu'il puisse déchiffrer la correspondance de Lola. Même avec l'aide d'un traducteur automatique en ligne, il n'en saisissait que le sens global. Les subtilités lui échappaient. Qu'à cela ne tienne ! Il les transférerait à un de leurs spécialistes qui, une fois les textes traduits, les transférerait à son tour à un analyste chargé de les passer au crible. De ce que Quint en avait compris, Lola était blanche comme neige. Mais cela demandait néanmoins à être vérifié.

Il avait passé toute la soirée à éplucher ces mails, mais l'heure était venue d'aller chercher Ree. Elle lui avait envoyé un SMS un peu plus tôt pour lui dire que le bar fermerait à minuit. Elle avait précisé que les premiers clients commençaient à quitter les lieux et que d'ici vingt minutes il n'y aurait plus personne.

Comme cela lui était arrivé à plusieurs reprises au cours de la soirée, les pensées de Quint dérivèrent vers Nick. Comment un agent aussi expérimenté que lui pouvait-il commettre des fautes aussi grossières ? Il y avait d'abord eu le message de Ree resté sans réponse ; puis sa visite inopinée qui, dans d'autres circonstances, aurait pu les mettre tous en danger ; et enfin, ce commentaire déplacé devant la porte du HNC. Il devenait urgent qu'il mette les choses au clair avec lui. Mais comment ? Il était un peu pris à la gorge.

Alerter Bjorn ne ferait que l'inquiéter un peu plus sur l'évolution de cette coopération improbable qu'on lui avait imposée mais sur laquelle elle avait parié ; répondre aux provocations de Nick pouvait mettre Ree en porte-à-faux ; quant à lui coller son poing dans la figure – et Dieu sait si cela le démangeait ! –, cela ne ferait que mettre un peu plus d'huile sur le feu. Et visiblement, c'était ce qu'attendait Nick. Lui faire endosser la responsabilité totale de l'échec de cette association le sortirait grandi de cette rivalité.

La seule chose à faire était donc d'ignorer les provocations de Nick et de voir comment les choses allaient tourner.

Au moment où il arrivait devant le HNC, il vit Ree et Lola qui faisaient le pied de grue en bavardant.

— Ah, chéri. Te voilà, dit Ree dès qu'elle l'aperçut. Nous avons fini avec un peu d'avance, mais j'ai préféré t'attendre ici, de peur de te rater.

Elle effleura ses lèvres d'un baiser avant de reprendre, cette fois à l'adresse de Lola :

— Merci d'avoir patienté avec moi.

— De rien. C'est bien normal que nous nous serrions les coudes.

Juste à ce moment, une Lamborghini jaune vint se garer le long du trottoir, à quelques mètres d'eux.

— On dirait bien que mon chauffeur est arrivé, plaisanta Lola.

— À demain, lui dit Ree.

— Non, demain soir, je ne travaille pas. C'est ma journée de repos.

Puis, sans attendre, elle se précipita vers la voiture comme si sa vie en dépendait et s'engouffra dans l'habitacle tout aussi rapidement.

Quand la voiture passa devant eux en rugissant, elle leur fit un petit signe de la main.

— Je m'inquiète pour elle, dit Ree tandis que Quint entrecroisait ses doigts aux siens.

Ce geste lui était devenu naturel, presque aussi indispensable que l'air qu'il respirait. Un contact physique anodin mais qui suffisait pourtant à tenir momentanément ses démons à distance.

— Comment s'est passée cette première soirée ? s'enquit-il, changeant volontairement de sujet alors qu'ils croisaient des passants tardifs.

— Plutôt bien. Lola a passé pas mal de temps à me former et à m'expliquer en quoi consistait mon travail. Je n'ai pas empoché beaucoup de pourboires, mais c'est parce qu'il n'y avait pas beaucoup de monde.

Elle se serra amoureusement contre lui. Il voulut y voir seulement le signe qu'elle ne lui en voulait plus de lui avoir fait subir cette saute d'humeur après le coup de fil de Bjorn.

— C'est plutôt une bonne chose qu'il n'y ait pas eu grand monde. Cela t'a permis de prendre tes marques avant la foule du week-end, non ?

— Oui. Mais du coup, comme je débute, je n'aurai pas un jour de libre cette semaine.

— Quand on voit comme l'endroit était bondé dimanche soir, j'ose à peine imaginer le monde qu'il doit y avoir le vendredi et le samedi.

— D'après ce que m'a dit Lola, il commence à y avoir du monde le jeudi.

— C'est à croire que personne ne travaille le lendemain. Ou que les gens se fichent de ne dormir que quelques heures.

— Exactement.

Ils venaient de franchir les portes de l'immeuble.

À l'instant où ils furent dans l'appartement, elle envoya ses escarpins valser dans le salon.

— Je n'en peux plus, dit-elle avec un gémissement de plaisir. Finalement, je regretterais presque les santiags du Cricket Creek.

— Je te comprends. Je me demande même comment tu as pu tenir tout ce temps, perchée là-dessus.

— Je n'avais pas vraiment le choix.

Elle se dirigea vers le canapé et s'y laissa tomber mollement. Son regard se posa aussitôt sur les colis que Quint avait soigneusement empilés au pied de la table basse.

— Ma commande est arrivée ?

— On dirait bien.

— Je n'ai même pas la force de l'ouvrir. Je m'en occuperai demain.

— Tu veux boire quelque chose ? Un Coca ? Un verre de vin ?

— Un verre de vin. Merci.

Il la servit puis décapsula une canette de bière pour lui. Ce verre en sa compagnie était le meilleur moment de la journée. Il lui permettait de se détendre en même temps qu'il lui faisait oublier les mesquineries de Nick Driver.

13

Ree prit le verre de vin que Quint lui tendait et le remercia d'un sourire.

— Quand je suis arrivée, j'ai surpris Lola en train de pleurer, dit-elle.

Il vint s'asseoir à côté d'elle, sa bière à la main.

— Tu as su pourquoi ?

— Elle m'a juste dit qu'elle s'était accrochée avec le père de sa fille.

— Le mystérieux inconnu ?

— Figure-toi que nous avons un nom. Il s'appelle Matias Gimenez.

— Il vit aux États-Unis ?

— En tout cas, il l'a suivie jusqu'ici et il demande la garde exclusive de la petite.

— Ça ne marche pas comme ça ici, mais il est possible que ce soit le cas en Argentine, déclara-t-il. Tu crois que c'est pour lui échapper que Lola est venue s'installer ici avec sa fille, il y a deux ans ?

— Elle n'est pas entrée dans les détails, mais je le pense, oui.

— Je vais envoyer un mail à Grappell pour qu'il lance des recherches sur ce Gimenez.

Elle l'écouta pianoter sur le clavier de son ordinateur

tout en savourant son verre de vin. Elle se sentait bien. Détendue. En sécurité.

— Voilà. C'est fait, annonça-t-il quand il eut fini.

— Plus je fréquente Lola, plus je doute qu'elle ait quelque chose à voir avec les trafics de Constantin. Ceci dit, ce Gimenez ne me semble pas très recommandable non plus.

— Certaines femmes sont attirées par les hommes de pouvoir. Aussi intelligentes soient-elles.

— J'aime à croire que nous avons évolué depuis l'âge des cavernes.

— Sans aucun doute.

Il marqua une brève pause durant laquelle il prit une gorgée de bière puis lança d'un ton qu'elle devina faussement désinvolte :

— Et Nick Driver ?

— Personne ne l'a mentionné et je n'ai posé aucune question à son sujet. Mais comme il est censé faire un travail de bureau, je suppose que c'est en journée. Qu'est-ce que tu en penses ?

— Que tu as raison. Il n'interviendra que s'il se passe quelque chose en soirée. Tu devrais essayer de le recontacter pour en avoir le cœur net. Sinon, nous aurons toujours le dossier partagé. J'ai vérifié. Pour l'instant, il est vide.

— Je ne vais rien lui dire sur ce que je sais de Lola.

— Personne ne te l'a demandé. Et puis, ce serait risqué de le rencontrer ici. Entre une Angie qui fourre son nez partout et des murs fins comme du papier à cigarettes, on ne peut pas dire que la discrétion soit assurée.

— Je suis d'accord.

Joignant aussitôt le geste à la parole, elle envoya un

texto à Nick dans lequel elle lui demandait s'il avait du nouveau. Aucune réponse ne lui parvint.

— Je ne sais pas pourquoi cela ne m'étonne pas, ironisa-t-elle.

— Il faudra pourtant qu'il nous dise quelque chose. Ne serait-ce que pour rassurer Bjorn. Je me demande bien où elle a dégotté ses renseignements au sujet de ce « super agent » mais, contrairement à ce qu'elle nous a affirmé, il ne semble pas très coopératif.

Elle approuva d'un hochement de tête.

— C'est le moins qu'on puisse dire. Et l'ordinateur de Lola ? Ça a donné quelque chose ?

— Rien qui puisse l'incriminer, en tout cas. En grande majorité, je n'ai trouvé que des échanges en espagnol avec sa mère. Ça m'a fait regretter de ne pas avoir plus travaillé cette langue au lycée.

— Ce qui rend encore plus incompréhensible sa relation avec Constantin. Mais je l'ai déjà dit. Je ne radoterais pas un peu, moi ?

Il lui répondit par un sourire en coin.

— Tu raisonnes tout haut, voilà tout. Ceci dit, je suis d'accord avec toi.

— Au fait, je sais pourquoi Matias Gimenez se trouvait au restaurant mexicain en même temps que nous, hier soir. C'est Lola qui lui avait demandé de s'y arrêter pour lui rapporter des tacos. Elle a dit aussi qu'elle craignait que son petit ami lui fasse une scène. Ce qui expliquerait pourquoi Matias ne s'est pas attardé.

— Constantin sait que Matias est en ville ? s'étonna Quint.

— Moi aussi, cela m'a surprise. Mais d'après ce que m'a dit Lola, elle aurait demandé à Constantin de lui donner une chance d'arranger les choses avec lui au sujet de la garde de leur fille.

— Elle t'a dit depuis combien de temps il était là ?

Elle secoua la tête.

— C'est la raison pour laquelle Constantin a installé un logiciel espion sur son ordinateur.

— C'est ce que je pense. La jalousie fait parfois faire n'importe quoi. Constantin évolue dans un monde où l'on ne sait pas ce que faire confiance veut dire.

Elle était d'accord avec ça. Dans la même veine, les criminels ne tenaient pas compte des limites à ne pas franchir. Pour eux, il n'y en avait tout simplement pas. Pour bâtir leur empire, ils n'hésitaient pas à utiliser la force et à faire régner la terreur.

— Tu as entendu Lola dire qu'elle était de repos, demain ?

— Oui. Vous avez prévu de vous retrouver au cours de Pilates ?

— Non. Je ne veux pas lui donner l'impression d'être trop disponible ou de sauter sur la première occasion pour passer du temps avec elle. En plus, j'ai prévu de décorer l'appartement. On ne sait jamais, si nous avons d'autres visites.

— Et n'oublions pas que nous sommes de jeunes mariés, souligna-t-il. Comme tous les jeunes mariés, nous n'aimons pas être séparés trop souvent ni trop longtemps.

— Exactement, approuva-t-elle.

Elle regarda autour d'elle en poussant un soupir d'aise.

— Je dois dire que nous avons changé de standing.

— Je ne peux pas dire le contraire.

— Cela me fait penser à Zoey. Je me demande comment elle va.

— Mieux qu'à Cricket Creek, je parie. Mais je peux demander à Grappell de nous faire un rapport sur elle si cela peut te rassurer.

— Ce serait formidable.

— Veux-tu qu'il se renseigne aussi sur ton grand-père ?

— S'il se met à fouiller dans ma vie personnelle, il risque de ne pas être bien reçu. Et puis, comme je te l'ai dit, s'il était arrivé quelque chose à mon grand-père, ma famille aurait cherché à me joindre.

Surtout, elle ne souhaitait pas parasiter l'affaire en cours avec ses problèmes personnels. Pourquoi n'appliquait-elle pas cette logique à Zoey, cela restait un mystère. Elle avait vraiment à cœur d'avoir de ses nouvelles. Était-elle toujours dans ce refuge pour femmes battues vers lequel elle l'avait orientée après l'arrestation de son petit ami ? Zoey était une jeune femme attachante qui méritait qu'on s'intéresse à elle et qu'on lui donne une seconde chance. Mais elle était aussi d'une grande vulnérabilité qui pouvait lui attirer encore des ennuis.

Elle pensa au chiot qu'elle avait prévu de lui offrir quand elle irait mieux.

— Tout va bien ?

Elle leva les yeux sur Quint qui la scrutait d'un air inquiet.

— Oui, répondit-elle en lui souriant. C'est juste que penser à Zoey me rend triste.

— Grâce à toi, elle est entre de bonnes mains. Elle va s'en sortir, tu verras.

Elle battit plusieurs fois des cils, cherchant à refouler les larmes qui menaçaient de couler mais qui n'avaient pas échappé à Quint.

— Tu peux être fière de toi, poursuivit-il avec douceur.

Puis, dans un geste infiniment tendre, il lui prit le

menton entre le pouce et l'index pour la forcer à le regarder dans les yeux.

— Sans toi, elle serait à la rue. Personne d'autre que toi n'aurait pu lui faire entendre raison. Le fait que tu te sois occupée d'elle, que tu l'aies aidée, que tu aies voulu le meilleur pour elle lui a fait comprendre qu'il y avait des gens bien sur cette terre. Des gens dignes de confiance qui méritent qu'on ne les déçoive pas.

Malgré ses efforts, une larme coula sur sa joue, qu'elle s'empressa d'essuyer du revers de la main.

— Merci, Quint. Merci de me dire des choses aussi gentilles. Tu n'imagines pas à quel point cela me fait du bien.

Elle se pencha vers lui et déposa sur ses lèvres un baiser plein de tendresse. Cette fois, elle ne l'embrassait pas pour la galerie. Ni pour jouer les épouses éprises.

Elle l'embrassait juste parce qu'elle en avait envie.

Quint rompit le baiser le premier. Il appuya son front contre celui de Ree. Il ne lui faudrait pas grand-chose pour se laisser emporter et se perdre en elle. Et puis quoi ? Gâcher la relation professionnelle plutôt harmonieuse qu'ils avaient réussi à établir ? Depuis Tessa, il n'avait jamais connu une telle complicité avec une femme.

Ses sentiments pour Ree l'encombraient en même temps qu'ils risquaient de lui faire perdre toute objectivité. Il était urgent qu'il y mette un terme. D'ailleurs, ce baiser n'était dû qu'à un moment de faiblesse. Évoquer Zoey l'avait rendue momentanément émotive. Il ne devait rien y voir de plus qu'une grande empathie. À cause de lui, de sa négligence, Tessa était morte. La profonde amitié qui le liait à elle lui avait fait prendre la mauvaise décision et il était bien déterminé à ne pas reproduire la même erreur avec Ree. Rester sur un terrain professionnel, mettre les sentiments de côté, voilà ce qu'il allait faire.

— C'est elle, n'est-ce pas ? Tu penses à elle, en ce moment ?

— Comment as-tu deviné ?

Voilà qu'il était démasqué, lui qui pensait être passé maître dans l'art de dissimuler ses sentiments, de faire croire à son entourage qu'il allait bien. Mais rien n'échappait à la sagacité de Ree. Elle sentait toujours, de manière intuitive, le moment où il basculait dans l'abîme de culpabilité qui le rongeait encore à intervalles réguliers.

— Ce sont tes silences, Quint. Ils te trahissent aussi sûrement que des mots.

Elle marqua une courte pause avant de demander :

— Quint… Il n'y a jamais rien eu entre Tessa et toi ?

Cette question fit à Quint l'effet d'un coup de poignard en plein cœur. Il prit le temps de se ressaisir avant de répondre plus sèchement qu'il n'aurait voulu :

— Si cela avait été le cas, je te l'aurais dit. Je te connaissais à peine avant. Je n'avais aucune raison de te mentir.

— Excuse-moi. Mais c'est juste que cette disparition t'affecte tellement. Peut-être éprouviez-vous l'un pour l'autre, de manière plus ou moins consciente, des sentiments plus profonds que vous ne vouliez bien l'admettre.

Il secoua farouchement la tête.

— Je savais exactement où j'en étais avec Tessa. C'était une belle et profonde amitié. Nous étions comme frère et sœur. Nous n'aurions pas été plus proches si le même sang avait coulé dans nos veines. Que d'autres personnes dans notre service aient pu ne pas le croire, je veux bien. Mais toi…

Il s'interrompit, soucieux de ne pas lui dévoiler la véritable nature de ce qu'il ressentait pour elle. La vérité, c'est qu'il n'avait jamais éprouvé pour Tessa ce frissonnement de désir délicieux que Ree suscitait en lui à chaque fois qu'il se trouvait en sa présence.

Elle ne chercha pas plus à argumenter mais elle semblait sceptique. Sans ajouter un mot, elle reprit son verre et en but une gorgée. Quint fit de même, cherchant par quel moyen briser le silence pesant qui s'était mis à planer sur eux.

— Il faut que nous élaborions un plan pour rencontrer Constantin, lança-t-il, soucieux de changer de sujet.

Et aussi parce qu'il estimait qu'ils avaient assez parlé de lui. Le passé avait resurgi brutalement depuis le coup de fil de Bjorn qui leur avait imposé cette collaboration avec des agents de la brigade des stups. C'était à lui de mettre la pédale douce.

— J'y ai déjà pensé et j'ai eu une idée, dit-elle. Comme demain c'est le jour de repos de Lola, je suppose qu'elle sera à Galveston chez Constantin. Ce n'est donc pas le moment d'aller traîner par là-bas. Si on tombait sur eux, ils pourraient trouver ça louche. D'autant plus que Constantin a dû nous voir ce soir devant le HNC avec Lola.

— En effet.

— En revanche, nous pourrions aller rôder du côté de ses entrepôts, voir un peu ce qu'il s'y passe. En pleine nuit, nous aurons moins de chances de nous faire prendre.

— C'est une bonne idée, mais tu risques d'être exténuée si tu ne dors pas avant de retourner travailler demain soir.

Car si lui n'était pas un gros dormeur – il pouvait se

contenter de quatre à cinq heures de sommeil par nuit – ce n'était pas le cas de Ree.

— Je pensais me reposer un peu avant de partir. Et comme je ne travaille pas le matin, j'irai me recoucher en revenant de notre petite incursion. Au fait, Grappell t'a envoyé l'adresse de l'entrepôt ?

— Oui. Ce n'est pas très loin d'ici, en périphérie sud de la ville. J'ai vérifié sur Internet. Tu veux voir ?

— Plus tard, si tu veux bien. Pour le moment, je vais essayer de dormir un peu. Et tu ferais bien d'en faire autant.

— À quelle heure veux-tu que je te réveille ?

— 3 heures ? Cela t'irait ?

— Parfait.

Pendant que Ree se préparait dans la salle de bains pour sa courte nuit de sommeil, il attrapa son ordinateur et étudia sur Google Maps le meilleur itinéraire pour se rendre à l'entrepôt. Ce n'était pas là qu'ils trouveraient des armes, il n'en doutait pas. Constantin n'était pas stupide à ce point. Il se servait de son entreprise de livraison comme d'une façade à ses activités clandestines. Car bien malin qui remarquerait si une livraison passait à la trappe, une fois de temps en temps. Dans une grande entreprise comme celle-là, quelques lignes pouvaient disparaître des livres comptables sans attirer l'attention au premier coup d'œil. Pour cela, il faudrait une étude plus approfondie. Constantin avait donc toute latitude pour charger occasionnellement un de ses camions d'armes à feu. Des camions si gros qu'ils pouvaient contenir une cargaison impressionnante. Une livraison à quelques mois d'écart ou même quelques semaines pouvait passer inaperçue. Cette possibilité était sans doute la plus usitée, mais il en existait d'autres. Comme, par exemple, celle qui consistait à répartir une grosse cargaison dans des camions plus petits mais dotés d'un double fond ou d'un filet planqué sous le châssis de la remorque. Le risque étant, dans ces derniers cas, que le poids du véhicule soit supérieur au poids enregistré. En cas de contrôle, les douaniers ne manqueraient pas de noter cette anomalie. Cependant, les échelles n'étant pas vraiment fiables, cela restait une pratique très courante qui permettait aux camionneurs de se livrer à leurs trafics en toute impunité.

Pendant qu'il était en ligne, Quint en profita pour jeter un coup d'œil au rapport que Nick était censé leur faire parvenir. Il n'y avait toujours rien. Jusque-là, tout ce que Ree et lui savaient de cette équipe, c'était qu'elle était forcément sur les traces de trafiquants de drogue puisqu'ils travaillaient pour la brigade des stups.

Deux éléments lui faisaient penser que Nick ne comptait pas jouer franc-jeu avec eux. Il y avait d'abord cette visite inopinée qui, au mieux aurait pu faire capoter leur couverture, au pire aurait pu les mettre en danger. Et ensuite, il y avait cette absence de mise à jour qui ne pouvait être que volontaire.

Il serra machinalement les poings puis, conscient de son degré de nervosité, prit de profondes inspirations censées lui faire retrouver son calme. Il devenait urgent qu'il aille trouver Driver pour lui dire en face ce qu'il pensait de lui et de ses méthodes.

Mais Driver n'était pas l'unique raison de sa frustration. Il avait laissé échapper l'opportunité d'avouer à Ree la véritable nature de ses sentiments pour elle. De toute évidence, elle avait du mal à croire qu'entre Tessa et lui, ce n'était qu'une histoire d'amitié. C'était pourtant la stricte vérité. Et s'il lui était aussi difficile de se remettre de sa disparition, c'est qu'il s'en sentait responsable. Comment pourrait-il se pardonner un jour d'être à l'origine de la mort d'un petit être destiné à être son filleul ? Un enfant qu'il aurait eu le devoir de protéger et de guider toute sa vie durant.

Tessa et son bébé n'auraient jamais dû mourir. Si le drame n'était pas survenu, elle serait dans son dernier mois de grossesse. Elle lui faisait souvent part de ses craintes. Elle avait peur d'être une mauvaise mère ; de ne pas être à la hauteur ; de voir son enfant la détester en grandissant. Il tentait alors de la rassurer en lui affirmant qu'elle serait une maman formidable et que le seul fait qu'elle soit aussi inquiète était déjà la preuve que le bien-être de son enfant à venir lui tenait à cœur. Et puis, elle ne serait pas seule. Il serait là pour l'aider et la soutenir dans l'éducation de son bébé.

Pour en revenir à Ree, s'il voulait la protéger, mieux valait s'en tenir à une relation strictement professionnelle. Dépasser le cadre de leur mission serait le meilleur moyen de la mettre en danger. Tessa en était la meilleure et la plus tragique des illustrations.

Peu importait la force de ses sentiments pour Ree, qui allaient grandissant à mesure que les jours passaient. Il ferait désormais en sorte de ne pas en tenir compte.

La voix de Ree l'arracha brusquement à ses pensées sinistres.

— J'ai fini, dit-elle. Tu peux prendre la salle de bains.

— OK.

— N'oublie pas de venir me réveiller. Tu sais que je dors comme une bûche.

— Tu peux compter sur moi. Un seau d'eau glacée devrait te remettre les idées en place assez rapidement, rétorqua-t-il sur le mode de la plaisanterie.

— N'oubliez pas que je dors avec mon arme à portée de main, agent Casey, répliqua-t-elle sur le même mode.

— Dans ce cas, je ne discuterai pas. Un réveil plus en douceur s'impose. Et n'oublie pas de vérifier que la sécurité de ton arme est bien activée.

— Comme toujours, lança-t-elle.

Il la regarda se glisser sous la couette, luttant difficilement contre l'envie d'aller la rejoindre et de l'étreindre.

14

La voix chaude et grave de Quint tira progressivement Ree du sommeil profond dans lequel elle était plongée.

— Ree… Il est l'heure de se lever, l'entendit-elle répéter doucement à son oreille, comme à travers un filtre.

Elle cligna plusieurs fois des yeux puis s'étira langoureusement. Une fois bien réveillée, elle s'assit, ramenant les couvertures sur elle. Il était encore plus beau avec sa barbe naissante. Plus sexy, dirait-elle.

Son cœur se mit à battre plus vite.

— C'est bon, dit-elle, soucieuse de mettre un peu de distance entre elle et ce mâle viril qui, dès le réveil, lui inspirait des pensées inavouables.

— Un café ? proposa-t-il.

— J'en rêve.

— Je m'en occupe tout de suite, répondit-il.

— Tu ne serais pas un ange gardien tombé du ciel, par hasard ? ajouta-t-elle d'un ton taquin destiné à lui faire oublier l'onde de désir qui lui parcourait le creux des reins.

Il lui répondit par une mimique qui la fit rire, puis il s'éclipsa en direction du coin cuisine.

Elle rejeta les couvertures au pied du lit puis se rendit directement dans la salle de bains où elle s'aspergea le visage d'eau froide. Après s'être brossé les dents, elle attacha ses cheveux en queue-de-cheval puis enfila le pantalon de jogging et le sweat-shirt noirs qu'elle avait sortis de la penderie avant d'aller se coucher.

Enfin prête, elle alla rejoindre Quint qui lui tendit aussitôt une tasse de café fumant.

— Tu es définitivement un ange, dit-elle.

— C'est bien la première fois qu'on me trouve angélique, mais finalement, pourquoi pas ? C'est mieux que de me faire insulter, non ?

C'était agréable de le voir d'humeur plus légère. Après le coup de fil de Bjorn, elle s'était inquiétée de le voir sombrer dans un abîme de mélancolie d'où il aurait eu du mal à ressortir.

Elle souffla sur son café puis en prit une gorgée.

— Mmm. Il est parfait. Comme toujours. Comment fais-tu ?

— Je te révélerais bien mon secret mais, après, je serais obligé de te faire taire à jamais.

Elle rit de nouveau à ce trait d'humour noir. Allons, la journée s'annonçait sous les meilleurs auspices.

— Tu es prête ?

— Tout à fait, répondit-elle en remarquant que lui aussi s'était entièrement vêtu de noir.

Elle fourra son arme dans son holster puis s'assura que son blouson le couvrait bien. Mieux valait se montrer prudent même si, à une heure aussi matinale – ou tardive, c'était selon – ils ne devraient pas croiser grand monde dans l'immeuble.

Fidèle à ses principes, Quint lui ouvrit la porte puis la suivit jusqu'à l'ascenseur. Comme ils s'y attendaient, ils parvinrent au parking souterrain sans avoir vu âme qui vive.

Quarante minutes plus tard, ils arrivaient en vue d'une zone commerciale envahie d'herbes folles. La pleine lune baignait de sa lumière blafarde les bâtiments qui y avaient été implantés.

— Comment te sens-tu ? demanda Quint tandis qu'il ralentissait.

— Bien, répondit Ree distraitement. Quint... Il t'est déjà arrivé de rester assis dehors, à contempler un clair de lune ?

Elle avait bien conscience de ce que sa question pouvait avoir d'étrange pour un homme comme Quint qui ne semblait pas du genre à s'émerveiller devant les beautés de la nature.

— Cela va te surprendre, mais la réponse est oui.

— En effet, je ne m'attendais pas à une telle réponse.

— Pourquoi ? Qu'y a-t-il de si étrange ?

— C'est peut-être bête, mais j'ai du mal à t'imaginer assis près d'un feu de camp, les yeux fixés sur les étoiles.

— Je t'avoue que ça fait bien longtemps que ça ne m'est pas arrivé. La dernière fois, c'était quand ma mère est morte. J'étais tellement révolté ! Je ne savais pas comment évacuer toute cette colère qui me submergeait. Je me suis mis à courir comme un fou. Je ne me suis arrêté que lorsque j'ai senti mes poumons prêts à exploser. Il se trouve que c'était au bord d'un lac immense. Je me suis laissé tomber par terre et j'ai pleuré comme le gosse que j'étais. J'ai fini par me calmer et là, j'ai pris toute la mesure de la magie de l'endroit où je me trouvais. La lune était pleine, la nuit claire, presque lumineuse tant le ciel scintillait d'une infinité d'étoiles. Le ciel formait comme une voûte céleste magique au-dessus de ma tête.

— Oh ! Quint... Quelle belle histoire !

La nature d'une telle confidence et ce que cela révélait

de la personnalité de Quint la bouleversaient. Bien sûr, à cette époque, il n'était qu'un adolescent meurtri par la disparition prématurée de sa mère, mais elle devinait qu'il avait gardé enfouie en lui cette sensibilité qui ne demandait qu'à s'exprimer.

— Espérons que la pleine lune va nous porter bonheur, rétorqua-t-il alors qu'il se dirigeait vers un endroit discret où garer son pick-up.

— Tu sais où se trouve l'entrepôt de Constantin ? s'enquit-elle.

Il vérifia les données qu'il avait enregistrées sur son smartphone.

— Il devrait être dans une rue pas très loin de là où nous sommes, répondit-il. Ce sera le quatrième entrepôt sur notre droite.

— Comment vois-tu les choses ?

— Je pense que le mieux est de nous garer ici et de poursuivre à pied.

— Bien, chef, dit-elle pour plaisanter.

— À toi de voir si tu veux rester ici pour faire le guet…

Il brandit alors devant lui des oreillettes qu'ils pourraient utiliser pour communiquer via leur smartphone.

— … ou venir avec moi.

— Je viens avec toi, répondit-elle sans hésiter.

— OK.

Il fouilla dans la boîte à gants et en sortit une clé qu'il lui tendit.

— Tiens, prends le double de la clé de contact, au cas où nous serions séparés ou que l'un de nous deux ait besoin de partir au plus vite.

Elle prit la clé puis vérifia leur position sur son téléphone.

— En cas de problème, fixons le point de rendez-vous

au dernier carrefour que nous avons pris, à deux pâtés de maisons d'ici.

— D'accord.

Il consulta l'heure à sa montre.

— À 5 heures ?

— Ça me va.

Elle fourra tous ses appareils dans la poche latérale de son sweat-shirt puis sortit du pick-up, imitée de près par Quint à qui elle laissa prendre la direction des opérations.

Ils coupèrent à gauche avant de continuer tout droit, puis longèrent trois entrepôts suffisamment espacés les uns des autres pour permettre à des semi-remorques de manœuvrer.

Ree marchait prudemment, les sens en alerte mais attentive à ne pas se tordre une cheville dans un des nombreux nids-de-poule qui trouaient l'asphalte.

C'est alors qu'elle se heurta à Quint qui venait de s'arrêter brutalement. Il tourna la tête vers elle et, l'index posé sur sa bouche, lui fit signe de se taire.

Quint s'arrêta net. Il venait d'entendre le bruit d'une porte qui s'ouvrait, pile dans la direction qu'ils avaient prise. Il se plaqua contre le mur, tendant le bras pour presser Ree de faire de même.

— Mack est en route pour la livraison, dit une voix masculine. Il faut que tu te barres d'ici avant qu'il arrive.

— Depuis le temps que tu me rebats les oreilles avec la qualité de cette livraison, rétorqua une autre voix masculine. Tu pourrais peut-être me le présenter, ce Mack.

— Pas question.

— D'accord, d'accord. Pas la peine de piquer une crise.

— J'ai un truc à vérifier. Pendant ce temps, tu restes ici.

Au bruit des voix succéda celui de pas qui se rapprochaient dangereusement… vers Ree et Quint.

Quand Quint sentit que l'homme allait inévitablement tomber sur eux, il réagit le premier. Il bondit de sa cachette et d'une main le neutralisa d'une clé de bras tandis que de l'autre il le bâillonnait. L'homme se figea, immobilisé autant par la force de l'attaque que par l'effet de surprise. Mais, très vite, il se débattit, cherchant sinon à prendre le dessus, du moins à faire en sorte que Quint relâche son emprise. Mais cela n'eut pas l'effet escompté. Au contraire, Quint resserra son étreinte, encore et encore jusqu'à ce que l'homme s'affaisse mollement à terre.

— Aide-moi à le positionner, chuchota-t-il à Ree, le souffle un peu court.

Ils le mirent en position assise, le dos appuyé contre la façade, les mains sur ses jambes croisées et la tête inclinée sur le côté. Puis ils détalèrent en direction de l'entrepôt de Constantin.

— Nous n'avons pas beaucoup de temps avant que l'autre type s'inquiète de ne pas voir revenir son acolyte, prévint-il.

— Je sais, rétorqua-t-elle alors qu'ils arrivaient en vue du bâtiment. Regarde.

Une grande agitation régnait autour de la zone. Deux semi-remorques se dirigeaient vers l'entrepôt tandis qu'un troisième s'en éloignait.

— Il y a trop de monde, décida Quint. Mission annulée. Nous quittons le terrain.

— Attendons encore un peu. Ça semble se calmer.

— Non. Allons-y.

Mais Ree resta silencieuse, feignant de ne pas l'avoir entendu. Peut-être avait-elle raison, après tout. Ils pouvaient attendre que le calme soit totalement revenu pour aller voir l'entrepôt de plus près. Jusque-là, Quint n'avait jamais douté de ses propres décisions. Le fait qu'il ait manqué de discernement était le signe que quelque chose ne tournait pas rond chez lui. Et cela ne lui plaisait pas du tout.

— C'est bon, dit-elle. Il n'y a plus personne. Allons-y.

Il secoua la tête.

— Vas-y, toi.

— Tu es sûr ?

— Oui. Tu es plus petite. Tu pourras plus facilement te fondre dans le décor. Moi, je reste ici. Je fais le guet et je te couvre en cas de danger.

— D'accord.

Elle ne lui laissa pas le temps de changer d'avis. Déjà, elle filait au pas de course. Sans attendre, il sortit son arme de son holster et se tint prêt à tirer, l'index sur la gâchette. Il n'hésiterait pas à tuer pour protéger Ree.

Il regarda sa silhouette sombre se déplacer vite mais sans bruit. Elle zigzagua sur quelques mètres puis s'accroupit un bref instant, pour installer un des dispositifs qu'il lui avait donnés. Elle renouvela la même opération plusieurs fois, à des endroits différents, puis revint vers lui en courant.

Finalement, il avait eu raison de lui faire confiance.

Soulagé de l'avoir de nouveau à ses côtés, sous sa protection, il rengaina son arme puis ils se mirent en route.

Au moment où ils arrivaient en vue du pick-up, ils se figèrent sur place.

Deux types tournaient autour.

15

Ree attrapa la main de Quint pour le forcer à reculer de quelques pas. Même si ces hommes forçaient la serrure, elle et Quint n'avaient rien laissé dans l'habitacle susceptible de les trahir. Quant à la plaque minéralogique, elle les conduirait à une fausse identité. Une impasse. Il n'y avait donc pas de quoi paniquer.

Et pourtant, son cœur battait la chamade et son pouls pulsait à ses tempes tandis qu'elle observait ces deux crétins tourner autour de leur véhicule.

Un des types sortit son portable de la poche de sa veste et prit des clichés de la plaque d'immatriculation.

Elle vit soudain la lame d'un couteau briller dans la main de l'autre gars. Elle comprit ce qu'il allait faire avant même de le voir se baisser et la planter dans l'un des pneus avant puis dans les trois autres.

La lumière des phares d'un camion trouant l'obscurité les fit détaler sans demander leur reste. Manifestement en direction de l'entrepôt d'où étaient sortis les deux trafiquants de drogue.

— Prête ? s'enquit Quint.

— Plus que jamais, répondit-elle.

Ils allèrent récupérer le sac à dos qu'ils avaient laissé à l'intérieur de la voiture puis se mirent en route, cette fois à pied. Ils durent marcher environ un kilomètre avant de pouvoir capter de nouveau un réseau de téléphonie mobile. Ree appela aussitôt un Uber tandis que Quint joignait Bjorn pour lui demander d'envoyer une dépanneuse là où le pick-up était immobilisé et un véhicule de remplacement sur leur lieu de résidence.

Le jour était déjà bien levé quand le chauffeur de taxi les arrêta à un pâté de maisons de leur immeuble, comme ils le lui avaient demandé.

Un sourire amusé se dessina sur les lèvres de Ree lorsqu'elle aperçut son reflet dans la vitrine d'un magasin. Un véritable épouvantail ! Mais à quoi aurait-elle pu s'attendre après avoir travaillé une partie de la soirée et enchaîné sur une nuit de planque ?

Son estomac se mit à gronder, lui rappelant que son dernier repas était bien loin.

— Un dernier sprint ? proposa Quint.

— Si tu veux, répondit-elle. Au point où nous en sommes…

Il éclata d'un rire franc qui dissipa un peu de la tension qu'ils venaient de vivre.

— Un… Deux… Trois… Partez !

Ils s'élancèrent en même temps mais très vite, ce fut Quint qui se plaça en tête. Il avait beau feindre de ne pas être fatigué, il n'avait pas échappé à Ree que sa respiration était légèrement haletante quand il l'avait dépassée. Ce ne fut que lorsqu'ils furent en vue de leur immeuble qu'elle allongea peu à peu sa foulée jusqu'à sprinter sur les derniers mètres. De justesse, elle coiffa Quint au poteau.

— J'ai gagné ! s'écria-t-elle alors qu'elle faisait claquer la paume de sa main sur la vitre de la porte d'entrée.

Riant comme deux adolescents, ils coururent encore

jusqu'à l'ascenseur. Cette fois, ce fut Quint qui arriva le premier.

— Alors ? Qui a gagné, maintenant ?

— Personne. Nous sommes à égalité. Je propose une dernière course pour nous départager. Le premier arrivé à l'appartement remportera définitivement l'épreuve.

Sur ce, ils s'engouffrèrent dans la cabine. Quand ils approchèrent du septième étage, elle comprit au visage concentré de Quint qu'elle n'avait aucune chance. À moins que…

Elle s'approcha de lui puis, empoignant son T-shirt, elle l'attira à elle, se hissa sur la pointe des pieds et lui donna un baiser fougueux.

Quand elle entendit le bip qui annonçait l'ouverture des portes, elle le repoussa sans ménagement et se faufila à l'extérieur. En moins de trois secondes, elle était arrivée devant chez eux et faisait de nouveau claquer sa main sur la porte.

— C'est moi qui gagne par K.-O. ! s'exclama-t-elle en le voyant arriver, l'air un peu perdu.

Hébété, même.

— Parce que tu as triché, se défendit-il.

— J'ai gagné. Point.

— Très bien, Sheppard. Je m'incline. Tu as gagné une manche, mais la partie n'est pas encore terminée.

— Vraiment ?

— Nous en reparlerons. Pour le moment, préparons-nous à subir les foudres de Bjorn. Elle n'a pas apprécié que nous nous soyons fait avoir comme des bleus.

— C'est typiquement le genre de chose qui peut arriver. Et puis, nous n'avons pas agi à la légère que je sache. Nous ne pouvions pas prévoir que nous tomberions sur des trafiquants de drogue.

— Dixit la loi de Murphy, rétorqua-t-il d'un ton peu convaincu.

— Cela aurait pu être pire. Nous sommes en vie, c'est déjà bien, non ?

Bon sang, quelle idiote ! Elle regretta trop tard sa maladresse.

— Je suis désolée, Quint, s'excusa-t-elle.

Elle posa sa main sur son avant-bras, dans un geste qui se voulait réconfortant, mais elle sentit aussitôt ses muscles se tendre. Elle lui renouvela ses excuses puis laissa retomber sa main.

— Ree… Promets-moi quelque chose.

Son ton était empreint de tant de gravité qu'elle s'en alarma.

— Je ne peux rien te promettre tant que je ne sais pas ce que tu vas me demander, Quint. Tu le sais bien.

Mais il insista, comme s'il ne l'avait pas entendue.

— Donne-moi ta parole que tu ne parleras pas de moi à Bjorn dans mon dos tant que nous serons sur cette mission.

Il avait parlé les yeux baissés, sans doute pour ne pas voir la tristesse qui s'était inscrite sur ses traits.

— Je ne peux pas te faire une telle promesse. D'ailleurs, tu n'aurais jamais dû me demander une chose pareille, déclara-t-elle sans détour.

Elle se sentit soudain oppressée. Un peu comme si cet appartement était devenu tout à coup trop petit pour qu'elle puisse y respirer librement. Sa seule échappatoire était la salle de bains vers laquelle elle s'éclipsa sans ajouter un mot.

Resté seul, Quint s'installa au comptoir de la cuisine et ouvrit son ordinateur. Il y avait un retour de Grappell au sujet de Zoey. Il le parcourut rapidement. Les nouvelles étaient bonnes. Il fallait qu'il en informe Ree sans attendre. Elle serait trop heureuse et soulagée pour cette jeune femme en perdition qu'elle avait prise sous son aile.

Son premier réflexe fut donc d'aller la prévenir. Mais une fois devant la porte de la salle de bains, l'index recourbé prêt à toquer, il suspendit son geste.

Compte tenu de la tournure qu'avait prise la discussion, il y avait peu de chances pour que Ree ait envie de lui parler, encore moins de le voir.

Le mieux était qu'il respecte son besoin de s'isoler et que, de son côté, il sorte prendre l'air.

Le portable de Ree se mit à sonner au moment où il passait devant le comptoir. Il ne chercha pas à voir qui tentait de la joindre, trop anxieux d'aller évacuer la frustration qui l'avait envahi.

Quarante minutes plus tard, il se demandait encore quelle mouche l'avait piqué. Pourquoi s'était-il permis de mettre Ree dans une position aussi embarrassante ? Alors qu'il savait qu'elle ne pouvait pas répondre à sa demande ?

Quel idiot il avait été ! Il était en colère après lui-même. Que faire pour qu'elle lui pardonne ? Lui présenter des excuses ne suffirait pas.

Alors qu'il continuait à marcher sans but, il s'exhorta à se concentrer sur le cas qui les occupait. Y aurait-il un autre message de Grappell ? Il avait quitté l'appartement si précipitamment qu'il avait oublié d'emporter son téléphone. Son arme, en revanche, était encore sur lui.

Il avait beau faire, ses pensées dérivèrent encore une fois vers Ree. Elle avait dû sortir de la salle de bains maintenant. Il pouvait rentrer, porteur de la bonne nouvelle concernant Zoey. Alors qu'il tournait à l'angle de la rue, il faillit heurter un homme qui arrivait en sens inverse. Il l'évita de justesse mais eut le temps de voir qu'il s'agissait de Nick Driver.

Les deux hommes s'affrontèrent du regard.

— Nous habitons dans le même immeuble, dit-il le premier.

— En effet, répondit Nick.

— Même si nous ne nous sommes pas présentés l'un à l'autre, vous savez donc qui je suis.

— Absolument.

— Nos missions respectives se passeraient bien mieux si chacun y mettait du sien. Vous n'êtes pas d'accord ?

— Justement, c'est ce que j'allais vous proposer.

— Très bien. Je peux donc considérer qu'à partir de cet instant, nous allons travailler main dans la main, n'est-ce pas ?

Driver acquiesça d'un hochement de tête mais avec un sourire énigmatique dont Quint ne sut s'il devait y voir un signe d'amitié ou une nouvelle provocation.

Sur ce, Driver se remit en chemin sans un regard en arrière.

Quint en était encore à ruminer ce drôle d'échange quand il tomba sur Angie qui sortait de l'immeuble au moment où lui y entrait.

— Salut, Quint ! Ça va ?

— Salut, Angie. Ça va. Et vous ? Comment se passent vos révisions aujourd'hui ?

Elle lui montra du menton le classeur volumineux qu'elle tenait coincé sous le bras.

— Justement, je vais m'y mettre, répondit-elle. J'aime bien travailler dans les cafés.

— Si vous ratez votre examen, vous pourrez toujours

vous servir de ce classeur comme d'une arme, recommanda-t-il d'un ton léger.

Elle éclata du rire clair qui lui était habituel.

— Une arme redoutable, même, dit-elle. Vous êtes allé courir ?

— Je dirais plutôt que je suis allé prendre l'air.

Ils se quittèrent sur cette discussion légère qui avait dissipé un peu de l'appréhension que Quint ressentait à l'idée de retrouver Ree.

Arrivé devant la porte de l'appartement, il inspira un grand coup et entra.

— Ree… C'est moi, dit-il en chuchotant pour le cas où elle serait allée se coucher.

— Je ne dors pas, répondit-elle. Où étais-tu passé ?

— J'étais sorti faire un tour. J'avais besoin de m'éclaircir les idées.

— Et alors ? Ça a marché ?

Visiblement, elle était toujours aussi tendue.

— Il y a longtemps que tu es sortie de la salle de bains ?

— Non. Pourquoi cette question ?

— Parce que je voulais être le premier à t'annoncer la nouvelle. Nous avons reçu un mail de Grappell. Il dit que Zoey est toujours dans son refuge à Austin et, selon la psychologue qui la suit, elle serait sur la bonne voie.

Ree poussa un profond soupir de soulagement et Quint la vit se détendre un peu.

— C'est la meilleure nouvelle que j'aie entendue depuis longtemps, dit-elle sur un ton léger qui agit sur lui comme un baume lénifiant.

— J'ai autre chose à te dire, mais c'est moins réjouissant. J'ai croisé Driver en revenant.

— Vraiment ? Comment cela s'est-il passé ?

— Bien, je crois. En tout cas, nous sommes tombés d'accord sur le fait qu'il faut que les choses changent. C'est plutôt bien, non ?

— Ça dépend, répondit-elle en poussant un profond soupir. J'espère qu'il ne va pas me le faire payer.

Il revit le visage inquiet de Nick quand il lui avait parlé.

— Je ne veux pas trop m'avancer, mais à mon avis, il ne s'y hasardera pas.

Son regard se posa sur ses seins ronds qui pointaient sous sa veste de pyjama. Il se souvint du baiser qu'elle lui avait donné dans l'ascenseur.

Le cœur battant, il s'empressa de détourner les yeux, soucieux d'éteindre le feu qui s'était mis à couler dans ses veines.

16

Entendre Quint lui donner des nouvelles positives de Zoey remonta le moral de Ree.

— Et Bjorn ? s'enquit-elle. Elle a répondu à ton mail ? Elle s'occupe du pick-up ?

— Oui.

— C'est-à-dire ? Que compte-t-elle faire ?

— Elle a envoyé une dépanneuse pour le faire remorquer. Les pneus vont être changés dans la journée, mais nous ne pouvons pas espérer le récupérer avant demain. D'ici là, si nous avons besoin de nous déplacer, nous n'avons qu'à le faire à pied. Et je te passe le florilège d'amabilités qui accompagnent sa missive.

Ree esquissa un sourire amusé. Elle n'en attendait pas moins de leur boss, réputée pour ne pas mâcher ses mots.

Elle s'étira, hésitant à aller dormir un peu avant de reprendre son service. Heureusement, comme l'avait souligné Lola, le mardi était une soirée relativement calme qui ne lui demanderait pas beaucoup d'énergie.

— J'imagine qu'il est trop tôt pour détecter quoi que ce soit sur les caméras de surveillance que j'ai installées. Si, par chance, je les ai mises au bon endroit. Quant au dispositif d'écoute, je ne suis pas certaine d'avoir pu m'approcher d'assez près pour que ça donne quelque chose.

— Tu as fait ce que tu as pu et, compte tenu des circonstances, ce n'est pas si mal.

— Je pensais à quelque chose… Comme le pick-up a été repéré, nous ne pourrons pas retourner là-bas avec.

Il acquiesça d'un hochement de tête.

— C'est dommage que Lola ne travaille pas ce soir, poursuivit-elle. Elle était en veine de confidences, hier soir. En insistant un peu, j'aurais pu la faire parler un peu plus. Des nouvelles d'Esteban ou de Matias ?

— Attends. Je vais voir.

Il alla à son ordinateur et tourna l'écran de manière à ce qu'ils puissent vérifier la messagerie ensemble. Il n'y avait ni message de Grappell ni rapport émanant de Nick Driver.

C'est alors que le portable de Quint sonna. Un coup d'œil à l'écran lui fit froncer les sourcils.

— Allô.

Il se tut, laissant parler son interlocuteur avant de lui demander s'il pouvait mettre l'appel en mode haut-parleur.

Il regarda Ree et secoua doucement la tête. La réponse était non. Elle comprit alors que l'appel émanait de Bjorn et que Quint était en train de se faire passer un savon.

— Je n'ai pas… Non.

Il écouta encore en silence avant de tenter de se faire entendre.

— S'il n'avait pas… Je n'aurais pas eu besoin de… Ce n'est pas…

Il marmonna encore quelques vagues « Oui », « Bien », puis l'appel fut interrompu.

— Je suppose que c'était Bjorn, dit-elle, et que son

appel avait quelque chose à voir avec la discussion que tu as eue avec Nick Driver, tout à l'heure.

Il poussa un soupir chargé de lassitude.

— Apparemment, elle a reçu un coup de fil de Richard Magee.

— Le grand patron de la brigade des stups s'en mêle parce que tu as eu des mots avec Nick Driver ? Ça me semble un peu exagéré. Il doit quand même avoir mieux à faire, non ?

Pour toute réponse, Quint contracta les mâchoires et pinça les lèvres, affichant une colère qu'il peinait de toute évidence à contenir.

— Ça alors ! Je n'arrive pas à le croire. Mais pourquoi Magee s'impliquerait-il dans une affaire aussi insignifiante ? Si tant est qu'on puisse parler d'*affaire*.

— Parce qu'il se trouve que Driver et Magee sont parents, répondit-il. Le premier a épousé la fille du second.

— Népotisme, tu crois ? Quoi qu'il en soit, cela expliquerait pourquoi Driver bénéficie de rapports aussi élogieux.

Il afficha une moue méprisante.

— Personne ne doit contrarier le grand patron, proféra-t-il. Ceci dit, Driver ne peut pas bosser pour eux sans avoir quelques-unes des compétences qui lui sont attribuées. Il doit bien y avoir une part de vérité là-dedans.

— En tout cas, ça ne change rien pour moi. Si ça peut éviter des frictions entre vous, je continuerai à rester l'interlocutrice de Driver.

— Je ne t'en voudrais pas si tu souhaitais quitter le navire, Ree.

Elle comprit à son ton qu'il n'en avait pas la moindre envie, mais qu'il parlait sous le coup de la désillusion.

Un agent de son calibre, reconnu pour son seul mérite, ne pouvait évidemment pas pardonner qu'on puisse se hisser au sommet juste par le jeu des relations ou du piston. À combat égal, Quint sortirait vainqueur. Au jeu du favoritisme en revanche, il n'avait aucune chance. Mais qui le pourrait ? Une chose était certaine : leur instinct ne les avait pas trompés. Driver était bien une source d'ennuis potentiels.

— Ça va, Quint, finit-elle par répondre d'un ton qui se voulait rassurant.

Il accrocha son regard, comme pour s'assurer qu'elle ne lui mentait pas.

— Et je suis prête à poursuivre cette mission avec toi, appuya-t-elle.

— Bien. Où en étions-nous ?

Elle perçut une pointe d'admiration dans sa voix qui la fit se rengorger un peu. L'opinion d'un homme comme lui, respecté de tous, comptait beaucoup pour elle. Sans compter que la confiance qu'il lui témoignait la stimulait.

Cette fois ce fut son téléphone qui sonna.

— Il semble que nos homologues se soient donné le mot, dit-elle avant de prendre l'appel. Bonjour. Que puis-je faire pour vous ?

— Bonjour, répondit son interlocutrice. Je travaille avec l'agent Driver sur la mission qui nous occupe actuellement et je voulais m'excuser si mon partenaire a été mal perçu, tout à l'heure.

— Merci, agent…

— Shelly. Appelez-moi Shelly.

— Merci pour votre appel, Shelly. Je crois que nos partenaires ont échangé leur point de vue et il semblerait qu'ils se rejoignent. Il ne devrait plus y avoir aucune confusion entre nous, maintenant.

— Vous pouvez compter sur moi pour que les choses restent ainsi. Sachez que je n'apprécie pas que Driver use de ses relations comme il le fait.

Elle marqua une brève pause avant d'ajouter :

— Je compte sur vous pour que cette discussion reste confidentielle.

Elle semblait sincère. Et Ree comprenait sa frustration. N'importe qui verrait d'un mauvais œil de devoir faire équipe avec un type pistonné.

— Quelle discussion ? dit-elle. Je ne vois pas de quoi vous parlez.

— Merci, dit Shelly. J'ignore quelles informations vous détenez concernant notre mission, mais je peux vous dire que nous enquêtons sur un certain Matias Gimenez.

— Gimenez serait lié à un trafic de drogue ?

— J'en ai bien peur, en effet. Nous l'avons filé en Argentine, mais il revient sans cesse aux États-Unis. Nous n'avons appris que récemment qu'il était à Houston.

— C'est à cause de sa fille, Lili, expliqua Ree.

— C'est exact. Gimenez travaille pour un gros bonnet d'Amérique latine.

— Ce qui lui donne un certain pouvoir.

Et donc celui de ramener Lili en Argentine et de la garder loin de Lola.

— Ne quittez pas, dit brusquement Shelly.

Plusieurs secondes s'écoulèrent avant qu'elle se remette à parler.

— Driver vient de rentrer et il ne sait pas que je suis en communication avec vous. Je dois vous laisser, maintenant. J'espère vraiment que nous allons pouvoir travailler en bonne intelligence.

— Il n'en sera pas autrement, Shelly. Je peux vous l'assurer.

Elles se quittèrent sur ces mots qui sonnaient comme une promesse.

— Voilà une conversation qui s'est révélée intéressante, conclut Ree en souriant à Quint.

— J'ai cru comprendre que Matias n'était pas étranger au trafic de drogue sur lequel enquêtent Driver et sa coéquipière, dit Quint.

— En effet. Ce type est puissant, Quint. S'il arrive à ramener la petite Lili avec lui en Argentine, il est fort probable que Lola ne reverra jamais sa fille.

— Il faut trouver un moyen de les protéger toutes les deux, déclara-t-il d'un ton déterminé sans même avoir pris le temps d'y réfléchir.

De ce que Ree et lui percevaient de Lola, ils pouvaient dire sans trop se tromper qu'elle était une fille droite et honnête. Il y avait de fortes chances pour qu'elle se soit retrouvée embringuée malgré elle dans une situation périlleuse. Il avait déjà vu des femmes, pourtant intelligentes, se laisser prendre au jeu de pervers narcissiques. Des tombeurs, des séducteurs qui cachaient bien leur nature véritable. Cela arrivait même plus souvent qu'on ne pensait. Même Tessa était tombée dans les filets d'un charmeur qui était en fait un salaud de premier ordre.

— Je n'en attendais pas moins de vous, agent Casey, répliqua-t-elle en lui souriant. Pour en revenir à Shelly, elle n'a pas vraiment l'air emballée de faire équipe avec Driver. J'en suis même sûre.

— Jusqu'à son coup de fil, je n'avais jamais réalisé à quel point ça devait être pesant de travailler avec un type comme lui, aussi arrogant et condescendant.

— C'est sans doute la raison pour laquelle Shelly l'a balancé.

— Juste avant que vous raccrochiez, j'ai remarqué que tu avais l'air soucieuse.

— Shelly devait me laisser parce que Driver venait de rentrer. Comme il n'était pas au courant, elle a raccroché précipitamment.

— Tu crois que nous pouvons lui faire confiance ?

— Je le pense, oui.

— Tu as raison. Elle risquait gros en t'appelant dans le dos de Driver. Et encore plus gros en te donnant une info qu'il s'est bien gardé de nous révéler.

— C'était sans doute une façon de mettre un terme à cette guéguerre stupide. J'espère juste que le mérite lui en reviendra et que cette initiative ne se retournera pas contre elle. Ce serait trop injuste.

Il approuva d'un hochement de tête.

— Bjorn n'a pas été trop dure avec toi ? demanda-t-elle après avoir laissé passer quelques secondes de silence.

— Rien que je ne puisse gérer, répondit-il.

Ce qui était vrai. Il ne savait pas comment cette histoire pourrait impacter l'affaire et cela le dérangeait. Aurait-il pu donner une raison à la brigade des stups de ne pas dévoiler ses cartes ?

Son portable lui indiqua soudain l'arrivée d'un nouveau mail.

— Espérons que ce sera encore une bonne nouvelle, dit-il avec un soupir.

Suivi de Ree, il alla à son ordinateur consulter sa messagerie.

— Alors ? Qu'est-ce que ça dit ? s'enquit-elle en s'asseyant sur un des tabourets du comptoir.

— Grappell n'a trouvé aucune trace de la présence

d'Esteban sur le territoire américain. Ce qui veut dire qu'il y est en situation irrégulière.

— Cela ne veut pas dire pour autant qu'il trempe dans un trafic quelconque ou qu'il est un criminel.

— C'est exact. Il est peut-être juste là pour apporter son aide à sa sœur.

Cette notion pouvait lui être étrangère à lui qui avait grandi sans frères et sœurs. Mais pas à Ree qui était issue d'une grande famille. Elle s'était souvent plainte du fait que ses frères l'étouffaient ; qu'ils étaient trop intrusifs. Mais elle avait aussi laissé entendre que chacun des membres de cette fratrie serait prêt à se jeter dans le feu si l'un d'eux était en danger.

Était-ce la raison de la présence d'Esteban à Houston ? Avait-il suivi Lola et sa nièce pour tenter de les protéger d'un danger qui pouvait survenir à tout instant ? Cela, il pouvait le comprendre. Quand il avait appris la grossesse de Tessa, il avait senti se développer en lui un instinct de protection viscéral. Il avait ressenti un lien très fort pour cet enfant, né de l'amour fraternel qu'il portait à sa mère.

— J'en suis presque sûr, finit-il par ajouter. Malheureusement, je ne peux pas le prouver. Pas encore. Mais je serais prêt à le parier.

Elle hocha la tête en signe d'approbation.

— Cela paraît assez logique, quand on y pense, dit-elle. Si j'étais mère célibataire, mes frères feraient tout pour me protéger.

— Cela n'exclut pas qu'Esteban puisse avoir une activité criminelle en parallèle. Nous ne savons pas de quoi il vit ; s'il a une activité professionnelle. En tout cas, s'il travaille, il se fait payer en espèces, car, là encore,

Grappell n'a trouvé aucune trace de bulletins de salaire ni de déclaration auprès du trésor public.

Il s'interrompit un bref instant avant de reprendre :

— Il serait intéressant de savoir pourquoi Lola a quitté son pays.

— Je peux déjà dire que son départ coïncide avec la naissance de Lili.

— Intéressant.

— N'est-ce pas ? Lola ne m'a fait aucune confidence sur la raison qui l'a poussée à venir s'installer ici, mais je suppose que c'est parce qu'elle ne voulait pas que Lili soit élevée en Argentine.

— Au fait, tu y es déjà allée ?

— En Argentine ? Non. Pourquoi ?

— Parce que c'est un pays magnifique, à bien des égards. Mais les hommes y sont très machos, si tu vois ce que je veux dire.

— Je vois très bien. Constantin ne serait pas ravi d'apprendre que l'ex de Lola traîne dans le coin.

— Et s'il l'apprend, il y a de fortes chances pour que les choses ne se passent pas très bien entre eux.

— En Argentine, Matias aurait obtenu la garde de sa fille sans trop mal. Même sans l'aide d'appuis haut placés.

La vivacité d'esprit de Ree était l'une des qualités que Quint appréciait le plus chez elle.

— À moins qu'elle-même en bénéficie. Ce dont je doute.

— Tu crois que c'est Matias qui a installé le logiciel espion sur son ordinateur ?

— Ça m'étonnerait. Je vois mal Lola laisser Matias entrer chez elle et encore moins l'y laisser seul.

— Cette fille est une véritable énigme et pourtant, je

persiste à croire qu'elle ne trempe pas dans les magouilles de Constantin.

— C'est ce que j'aurais tendance à croire, moi aussi. Mais n'oublions pas que l'Argentine est un pays où le taux de criminalité est très élevé. Aussi, soit elle est en lien avec elle, soit elle cherche à la fuir.

17

Après la discussion qu'elle avait eue avec Quint, Ree alla se coucher, bien décidée à se reposer un peu avant de partir travailler. Mais ce fut peine perdue. Les événements de ces dernières heures tournaient et retournaient sans cesse dans sa tête, l'empêchant de trouver le sommeil. Aussi préféra-t-elle renoncer. Elle se leva, s'habilla puis, après avoir mangé sur le pouce, partit en compagnie de Quint avec une bonne demi-heure d'avance.

À l'heure où elle arriva, les clients étaient rares. Lola absente, elle assista Annie qui n'était pas du genre liant. Annie attendait juste d'elle qu'elle veille à ce qu'il y ait toujours des verres propres à disposition et que les amuse-bouches servis avec les boissons soient disposés dans des assiettes. En fait, son travail consistait à s'assurer que la barmaid en place avait tout ce dont elle avait besoin au moment voulu.

Mais la clientèle se faisant rare ce jour-là de la semaine, Ree se trouva souvent désœuvrée. Le temps lui sembla long jusqu'à minuit. Enfin, l'heure de fermeture arriva.

Soulagée de rentrer, elle retrouva Quint qui l'attendait devant la porte.

— Alors ? Comment s'est passée cette deuxième soirée ? s'enquit-il.

— Parlons d'autre chose, si tu veux bien.
— Très bien. Tu as faim ?
— Une faim de loup.

Ils effectuèrent le reste du trajet en papotant gaiement, puis Ree se débarrassa de ses escarpins dès qu'elle eut passé la porte d'entrée comme elle l'avait fait la veille.

— Je reviens tout de suite, dit-elle en s'éclipsant vers la salle de bains. Je vais enfiler une tenue plus confortable.

Elle troqua sa tenue de travail contre un peignoir moelleux dans lequel elle s'enveloppa avec délice.

— Qu'est-ce qui sent aussi bon ? demanda-t-elle à Quint quand elle fut de retour dans la cuisine.

— Cuisine tex-mex, répondit-il en s'affairant à dresser le couvert. La meilleure de la ville, selon les commentaires recueillis sur l'application où j'ai passé la commande.

Il posa devant elle une assiette d'enchiladas qui la fit saliver d'avance.

— Poulet sauce aigre ?

— Exactement. Et pour moi, des *chimichangas* au bœuf.

Incapable de résister, Ree attaqua son plat sans attendre Quint.

— Mmm… C'est vraiment délicieux !

— Je suis heureux que ça te plaise.

Ils mangèrent un moment en silence avant que Quint demande :

— Je sais bien que tu ne veux pas évoquer ta soirée, mais dis-moi au moins si tu as du nouveau concernant nos amis.

— Rien du tout. Et je ne me suis pas risquée à entamer une discussion d'ordre privé avec Annie. C'est la barmaid qui remplace Lola. Elle ne desserrait les dents que pour me donner des ordres. En plus, il n'y avait pas grand monde ; je me suis ennuyée à mourir. Il faudra que je pense à demander mes mardis, moi aussi. Et toi, de ton côté ? Tu as pu travailler sur les dispositifs que j'ai mis en place ?

— Oui. Malheureusement, le son est inaudible. Nous ne pouvons rien espérer de ce côté-là.

— Ça ne m'étonne pas vraiment. Je n'ai pas pu m'approcher suffisamment.

— Le labo arrivera peut-être à en tirer quelque chose.

— Et les caméras ? Nous avons des images ?

— Oui.

Il pianota sur le clavier jusqu'à trouver les images en question. On y voyait deux hommes s'échanger quelque chose. Mais là encore, la chance n'était pas avec Ree et Quint. La qualité plus que médiocre des images ne permettait pas de voir quelle était la nature de l'échange.

— Tu crois que c'est de la drogue ? s'enquit-elle.

— Possible. Mais regarde bien ce type. Il ne te rappelle pas quelqu'un ?

Il pointa du doigt l'un des deux hommes.

Ree scruta attentivement son visage avant de s'écrier :

— Mais oui ! Il ressemble à Lola. Tu penses que c'est son frère ?

— En tout cas, si ce n'est pas lui, il faut reconnaître que la ressemblance est troublante.

— Ce qui voudrait dire qu'il travaille pour Constantin ?

— Il n'y a qu'un pas qu'il est facile de franchir. Et cela expliquerait qu'Esteban soit payé en espèces et ne fasse aucune déclaration fiscale.

L'innocence de Lola paraissait moins évidente à présent. Ree le regrettait, mais tous les signaux semblaient être au rouge.

— Je n'arrive pas à croire qu'une fille comme Lola ait pu fréquenter un trafiquant de drogue en Argentine et soit aujourd'hui la petite amie d'un trafiquant d'armes, déplora-t-elle tout haut.

— Tu l'aimes bien, n'est-ce pas ?

— C'est vrai, admit-elle. Je ne comprends pas comment notre instinct a pu nous tromper tous les deux à ce point. Nous avons pourtant assez d'expérience.

— Il ne t'est jamais arrivé d'avoir tort ? D'avoir mal jugé une situation ? Parce que moi oui, ça m'est arrivé.

— Moi aussi, bien sûr, reconnut-elle volontiers. J'ai fait quelques erreurs de jugement.

— Les instincts les plus forts peuvent tromper les agents les plus expérimentés. Je peux en témoigner.

— Raconte-moi.

— C'était à Dallas, commença-t-il. J'étais persuadé à cent pour cent de l'innocence d'un gamin qui se disait victime des violences de son beau-père, un sale type arrêté plusieurs fois pour contrebande et blanchiment d'argent. Sa mère buvait sec et tous les soirs elle s'écroulait sur son lit, ivre morte. J'ai eu le tort de me fier à mon instinct, de même qu'aux apparences. Pour moi, ce n'était qu'un pauvre gosse de dix-sept ans, victime d'une famille dysfonctionnelle. Je ne pouvais pas l'imaginer me raconter des salades. C'était pourtant le cas. En fait, il n'était pas le fils de cette femme. Il avait usurpé l'identité de son fils qui vivait avec son père dans l'Oklahoma, et aidait son beau-père dans ses petits trafics. Plus l'enquête avançait, plus les preuves s'accumulaient contre lui, plus je persistais dans mes convictions. Ensuite, je lui trouvais des excuses. Je ne voulais pas voir la vérité.

— Quand as-tu accepté de la voir ?

— Le véritable fils de la femme s'est inquiété du fait que sa mère ne répondait pas aux messages qu'il lui envoyait. Il a demandé à son père de l'accompagner à Dallas voir si elle allait bien. Quand ils ont vu dans quel état elle était, ils l'ont aidée à dessoûler puis ont attendu qu'elle soit en état de raconter sa version des faits. En fait, elle n'avait aucune conscience de ce qu'il se passait sous son propre toit, car les deux hommes la droguaient tous les jours à son insu, en même temps qu'ils la faisaient boire. Elle était dans un tel état qu'elle n'avait pas réalisé que le jeune homme avait usurpé l'identité de son fils.

— Cette histoire est affreuse ! Comment s'est-elle terminée ?

— Les deux hommes ont été écroués et la femme a déménagé dans l'Oklahoma pour se rapprocher de son fils.

— Voilà qui est mieux. À quand remonte cette histoire ?

— Une dizaine d'années, environ.

— Cela veut donc dire que, depuis, tu as toujours pu te fier à ton instinct ? Tu n'as pas commis la moindre petite erreur de jugement ?

— C'est exact. Mais il semble que ce record vienne de tomber avec Lola.

Quint se mit à ranger la cuisine, soucieux de laisser Ree prendre un peu de repos. Depuis vingt-quatre heures, elle n'avait pas beaucoup dormi. Elle devait manquer de sommeil.

— En parlant de Lola, dit-il, sais-tu si elle travaille le mercredi ?

— Je pense que oui. Je crois bien avoir vu son nom sur le planning. Pourquoi ?

— Parce que j'ai l'intention d'aller faire un tour du côté de Galveston, demain soir, voir si je peux trouver quelque chose sur Constantin et Esteban. J'ai repéré un restaurant en bas de la rue. Le patron saura peut-être quelque chose.

— Quelle poisse ! Je préférerais aller là-bas avec toi plutôt que de travailler au bar.

— Malheureusement, tu vas devoir essayer de soutirer un peu plus d'infos à Lola. Surtout maintenant que nous sommes presque certains qu'elle est de mèche avec Constantin et son frère.

— Exact.

Elle s'était mise à se masser la plante des pieds, lui offrant un spectacle dont il avait bien du mal à se défaire. En revanche, il détourna vivement les yeux de son peignoir qui s'était entrouvert, lui dévoilant le renflement de ses seins.

Heureusement, elle se leva d'un bond.

— Je vais prendre une douche avant d'aller me coucher, annonça-t-elle, bien loin d'imaginer les pensées qui lui traversaient l'esprit.

— OK. Je vais finir de ranger puis j'enverrai un rapport à Driver. Lui et Shelly ont besoin de savoir que nous sommes allés à l'entrepôt et que nous avons déposé des dispositifs d'écoute sur place. Les analystes partageront leurs résultats.

— Merci pour tout, Quint.

Elle le regarda un instant en silence puis ajouta en lui souriant :

— Merci de me décharger de tous ces détails et de t'occuper de nos repas. Je n'ai jamais aussi bien mangé que depuis que je fais équipe avec toi. D'ailleurs, c'est dit, je n'accepterai plus d'autre coéquipier que toi.

— Si je le pouvais, je pousserais le zèle jusqu'à travailler au bar à ta place dans ta jolie tenue.

Elle éclata d'un rire mélodieux qui ravit le cœur de Quint. Elle semblait n'avoir aucune conscience de l'effet qu'elle produisait sur les hommes en général et sur lui en particulier. Et c'était mieux ainsi, car une relation entre eux ne les mènerait nulle part, se disait-il en la regardant disparaître dans la salle de bains.

Il poussa un profond soupir, puis, chassant ses pensées, se mit à charger le lave-vaisselle. Une fois cette tâche ménagère accomplie, il s'attela à télécharger les dernières informations dans le dossier partagé.

Aussitôt son ordinateur refermé, ses pensées dérivèrent de nouveau vers Ree. Lui aussi regrettait qu'elle ne puisse pas l'accompagner. Mais indépendamment du rôle qu'elle avait à jouer, il serait dangereux que Constantin les surprenne ensemble maintenant qu'il les avait vus devant la porte du HNC, en compagnie de Lola.

Ree sortit de la salle de bains au moment où il s'y rendait. Quand il alla se coucher, quelques minutes plus tard, il s'attendait à la trouver endormie. Mais non. Elle fixait le plafond, pensive et parfaitement immobile.

— Ça va ? demanda-t-il alors qu'il s'allongeait de son côté du lit.

— Oui. Je réfléchis.

Elle tapota l'espace vide entre eux pour l'inviter à se rapprocher d'elle. Elle posa alors sa tête au creux de son cou tandis qu'il glissait un bras autour de ses épaules.

— Tu as déjà songé à tout laisser tomber pour fonder une famille, un jour ? s'enquit-elle.

Si la question le surprit, il s'efforça de ne rien en montrer et de répondre le plus naturellement possible :

— Pour être honnête, je n'y avais jamais pensé avant la disparition de Tessa. Je pensais que c'était la pire chose qu'on puisse faire à un enfant.

— Tu réalises un peu ce que tu viens de dire ?

Elle semblait sincèrement offusquée par ses paroles.

— En fait, je fais référence à mon père. Heureusement, ma mère était une sainte.

— En ce qui me concerne, je n'aurais même pas assez de temps pour m'occuper d'un animal.

— Voilà. Tu as pointé le problème du doigt. Notre métier ne nous permet pas d'avoir d'enfants.

— C'est horrible, tu ne trouves pas ?

— Non. Je crois que je prendrai juste un chien un jour. Quand je serai vieux.

— Quand je pense que je n'ai même pas assez de temps pour aller chercher un chiot pour Zoey, ajouta-t-elle d'une voix ensommeillée.

— Un jour, Ree, tu auras le temps. D'aller chercher un chiot dans un refuge. D'avoir des enfants.

— Ah oui ? Je te rappelle que j'ai déjà trente-six ans et que l'horloge biologique tourne.

— Tu ne fais pas ton âge, la taquina-t-il.

— Et si nous prenions un chien ensemble ? On pourrait le garder à tour de rôle.

— Du coup, nous ne pourrions plus partir en mission tous les deux.

Il vit ses yeux se fermer en même temps qu'elle murmurait dans un bâillement contenu :

— Je suis sûre que nous aurions de beaux enfants.

Puis plus rien. Elle avait brutalement sombré dans un profond sommeil, le laissant figé. L'espace d'un bref instant, il imagina l'enfant qu'ils pourraient avoir. Une adorable petite fille qui ressemblerait à sa maman.

Mais très vite, il chassa cette image de sa tête.

La paternité, ce n'était pas son truc.

Il ne ferait jamais un coup pareil à un enfant.

18

— Cela faisait des lustres que je n'avais pas aussi bien dormi.

Ree s'assit et étira ses bras au plafond en laissant échapper un petit soupir d'aise. Une délicieuse odeur de café vint lui chatouiller les narines.

— Quint ? appela-t-elle.

Aucune réponse ne lui parvint.

— Quint ?

Nouveau silence.

Sans qu'elle en connaisse la raison, elle céda à une profonde panique. Elle savait juste qu'il aurait dû être là et qu'il n'y était pas. Elle rejeta la couverture et bondit hors du lit. Elle chercha le petit mot qui expliquerait son absence mais, là encore, elle ne trouva rien. Elle se précipita sur son téléphone portable. Quint n'avait pas cherché à la joindre et n'avait pas non plus envoyé de SMS. Elle était prête à déclencher le plan ORSEC quand elle entendit le bruit d'une clé dans la serrure. La porte s'ouvrit sur lui.

Les jambes en coton, elle chercha sur lui un signe visible de blessure. Mais rien. Il semblait en pleine forme. Comment avait-elle pu s'alarmer de la sorte, elle, la professionnelle en mission ?

— Salut. Où étais-tu passé ? s'enquit-elle d'un ton faussement désinvolte.

— Nous avons reçu un message de Bjorn, répondit-il. Le pick-up a été livré. Je suis allé au parking pour voir si tout allait bien et j'en ai profité pour passer à la boulangerie. J'ai pris des donuts et des bagels.

Il agita devant lui un sachet en papier brun.

— Et toi ? Ça va ? Tu as l'air bizarre.

Elle alla s'asseoir au comptoir, décidée à ne pas mentir.

— À vrai dire, je ne sais pas pourquoi mais j'ai paniqué en voyant que tu n'étais pas là.

— Eh bien, tu vois, tu t'es inquiétée pour rien. Tout va bien.

Elle feignit d'ignorer sa voix caressante qui lui faisait battre le cœur plus vite. À quoi bon ? Bientôt, cette mission serait achevée et chacun reprendrait le cours de son existence. Et rien ne pouvait leur assurer qu'ils feraient de nouveau équipe, tous les deux.

— C'est complètement idiot, rétorqua-t-elle. J'en conviens.

— Ça n'est pas grave. Ce doit être lié au stress, voilà tout.

— Tu as probablement raison.

— Ceci dit, je suis très honoré que tu t'inquiètes à ce point pour moi, dit-il, un brin taquin.

— C'est que tu comptes beaucoup pour moi. Tu le sais. Alors, c'est vrai, je ne voudrais pas qu'il t'arrive quelque chose.

— Tiens, bois un café, ça va te détendre, dit-il en lui tendant la tasse qu'il venait de remplir.

— En fait, je crois que ce qui me chiffonne, c'est de savoir que tu vas te retrouver seul à Galveston ce soir.

Voilà. Ce devait être cela sa source d'inquiétude.

— Je te promets d'être très prudent.

— Je sais que tu le seras. Mais surtout, je voudrais que tu ne prennes aucun risque inutile.

Car il avait beau se montrer rassurant, elle n'arrivait pas à se défaire d'un mauvais pressentiment.

— Tu vas prévenir Shelly de ta petite virée nocturne ?

— Ce n'est pas la peine, trancha-t-il. Je ne vais faire qu'aller en reconnaissance. Il n'y a encore rien d'anormal à signaler.

Elle acquiesça en prenant une gorgée de café brûlant.

— Tu te rappelles notre discussion d'hier soir ? demanda-t-il. Juste avant de t'endormir, tu as suggéré que nous partagions la garde d'un chien.

— Sans blague ? Je devais parler en dormant.

— Ça doit être ça. Au fait, comment as-tu dormi ?

— Comme une souche. Il y avait bien longtemps que je n'avais pas passé une aussi bonne nuit.

Elle avait beau essayer de se montrer d'humeur légère, le mauvais pressentiment revint, plus fort. Si fort qu'il l'oppressait.

Calme-toi. Quint a raison. C'est le stress.

Il y avait de quoi être stressée. Elle était passée d'une mission à une autre sans véritable rupture entre les deux. Et puis, il y avait son grand-père dont elle n'avait toujours pas de nouvelles. Il allait bien, c'était sûr ; mais ne pas en être informée lui mettait les nerfs à vif. Elle ne voyait pas d'autre raison à ce comportement irrationnel.

— Normalement, quand je passe une bonne nuit comme celle que je viens de passer, insista-t-elle, le matin, je suis reposée. Je ne suis pas sur le qui-vive, comme c'est le cas.

— Eh bien, c'est sans doute que tu n'as pas assez

dormi. Tu as besoin de quelques nuits de sommeil supplémentaires pour récupérer tout à fait.

— Tu as raison.

— Il nous arrive à tous de ne pas être au top, à un moment ou à un autre ; d'avoir des coups de mou. C'est normal dans le métier que nous faisons. Allons, oublie tout ça et allons jeter un coup d'œil à notre messagerie. Qui sait ? Il y a peut-être du nouveau du côté de Nick et Shelly.

Elle accepta en soupirant, résignée à subir cette humeur étrange.

Avant d'allumer l'ordinateur, Quint alla récupérer son smartphone personnel dans la boîte à pêche puis le lui tendit.

— Tiens. Tu te sentiras mieux quand tu auras eu des nouvelles de ton grand-père.

Elle lui prit l'appareil des mains, touchée qu'il la comprenne aussi bien.

— Merci, Quint, dit-elle avant d'envoyer un texto à son frère, Shane.

La réponse lui parvint, presque immédiate.

Un peu fatigué mais il va bien.

Elle ne chercha pas à cacher son soulagement alors qu'elle montrait l'écran à Quint.

— Tu avais raison, dit-elle. On dirait bien que je me suis inquiétée pour rien, encore une fois, dit-elle.

— C'est juste la preuve que tu te soucies des gens que tu aimes. Et c'est tout à ton honneur.

La sachant rassurée, il passa leurs mails en revue.

— Regarde. Driver a enfin daigné faire une mise à jour.

— Qu'est-ce que ça donne ?

Il parcourut rapidement le dossier.

— Rien que nous ne sachions déjà, annonça-t-il.

— Finalement, ce type ne sert à rien.

Cette remarque, qui dénonçait une telle évidence, le fit éclater de rire.

— Tu vois ? Tu as retrouvé la forme.

— Désolée. Je ne sais pas ce qui m'a pris. Je crois que tu as raison, j'ai du sommeil à rattraper. Je retourne me coucher. Tu peux me rejoindre si tu veux.

Consciente de ce que ses paroles avaient d'ambigu, elle s'empressa d'ajouter :

— Pour terminer notre café et essayer de dormir un peu.

— Dommage, l'entendit-elle dire tout bas avant de se reprendre plus haut : Nous pourrions visionner les images de la vidéo.

— Oui. Mais nous pourrions aussi parler de sujets plus légers, pour une fois.

Elle réalisa tout de suite que cette phrase pouvait paraître étrange. Ils étaient en mission, pas en villégiature.

— Je veux dire que nous pourrions essayer d'apprendre à nous connaître un peu mieux. Je te rappelle que nous sommes censés être mariés, ajouta-t-elle en riant pour apporter une note légère à son propos.

— Tu veux parler ?

Il hésita à poursuivre mais se décida finalement à dire :

— D'accord. Mais je te préviens, je ne suis pas très bon à cet exercice.

— Laisse-moi en juger, répliqua-t-elle en souriant.

Elle était encore troublée par la réaction excessive que son absence dans l'appartement avait provoquée. C'est pourquoi elle avait à cœur de démarrer la journée sur de nouvelles bases, plus saines.

Elle se cala contre ses oreillers, sa tasse à la main. Quint vint s'asseoir à côté d'elle.

— Tu es bien installé ? s'enquit-elle.

— Pas mal, répondit-il en évitant son regard. Et toi ?

— Super.

Elle le regarda pianoter sur le clavier de son ordinateur, consciente de la chaleur de son corps qui se communiquait au sien. Une flambée de désir l'embrasa tout entière.

— Du nouveau sur les images ? demanda-t-elle dans le but d'alléger l'électricité ambiante.

— Nous allons le savoir dans quelques minutes.

Mais elle ne l'entendait plus. Les baisers qu'ils avaient échangés, prétendument pour la galerie, occupaient le centre de ses pensées. Quint ressentait-il la même chose ou restait-il sur un registre professionnel ?

Sans doute loin d'imaginer les pensées qui lui traversaient l'esprit, il concentrait toute son attention sur son écran.

— Ree...

— Oui ?

— J'ai envie de t'embrasser.

La surprise fut telle qu'elle resta quelques secondes muette.

— Qu'est-ce qui t'en empêche ? finit-elle par dire.

Son cœur s'emballa. La perspective de ce qui allait se passer l'électrisa tout entière.

— Ree... Je voudrais que tu saches que ce ne serait pas un baiser de cinéma. J'ai *vraiment* envie de t'embrasser, juste pour le plaisir que cela me procure. Si tu acceptes, c'est une ligne rouge que nous franchirons.

— Je suis d'accord avec toi sur la première partie. La deuxième, quant à elle, est discutable.

— Tu veux dire que toi aussi, tu en as envie ?

Jugeant que les actes valaient mieux que les paroles, elle se tourna vers lui et pressa sa bouche sur la sienne. Et tandis qu'il répondait à son baiser, le feu se mit instantanément à couler dans ses veines.

Le café sur ses lèvres avait un goût divin de paradis.

Quint s'écarta légèrement de Ree, juste ce qu'il fallait pour poser l'ordinateur sur la table de chevet. À ce moment-là, il espéra que la raison allait prendre le dessus sur leurs pulsions ; qu'ils allaient se ressaisir. Mais ni lui ni elle n'étaient capables d'un tel renoncement.

Et la voir s'asseoir à califourchon sur lui n'arrangea pas les choses. Bien au contraire. Il n'eut alors plus conscience que de ce corps souple et chaud sur lui, qui se mouvait lascivement au gré des baisers qu'elle lui donnait. Il brûla de sentir sous ses doigts sa peau qui lui semblait douce comme du satin.

— Ree…, dit-il dans un souffle. J'ai très envie de te caresser.

Pour toute réponse, elle lui prit les mains et les posa sur ses tétons durs et dressés qui pointaient sous le tissu fin de sa veste de pyjama. Puis elle commença à se balancer doucement d'avant en arrière. Des gémissements de plaisir s'échappèrent de ses lèvres entrouvertes.

Tout en dardant sur lui son regard brûlant de désir, elle déboutonna lentement sa veste et la laissa tomber par terre. Quint était comme hypnotisé. Il ne pouvait détacher le regard de son buste offert à ses yeux mais aussi à sa bouche, de sa taille fine, de ses hanches rondes qu'il prit à pleines mains. L'espace d'un court instant, il hésita à aller plus loin. Si Ree et lui faisaient l'amour, cela risquait de changer la donne. Ils dépasseraient le cadre professionnel et qui sait quelle tournure prendrait alors leur relation ? Qui sait si cette intimité nouvelle n'aurait pas d'incidences sur leur travail ? Une fois qu'ils auraient sauté le pas, sauraient-ils redevenir les parfaits coéquipiers qu'ils étaient ?

Pourtant, il décida que la seule question à se poser était : avait-il vraiment envie de prendre le risque de se lancer dans une relation amoureuse avec Ree ? La réponse lui parvint, évidente. C'était oui.

Comme pour le conforter dans sa décision, Ree se pencha en avant, effleurant son torse de ses tétons dressés.

— Tu aimes ? lui susurra-t-elle à l'oreille.

— J'adore, murmura-t-il en retour.

Il la fit doucement rouler sur le côté puis envoya valser ses vêtements sur le sol tandis que Ree faisait de même avec le bas de son pyjama.

— Tu es si belle, dit-il d'une voix rauque de désir quand il la vit totalement nue sur lui.

Incapable de contenir plus longtemps le désir qui déferlait sur lui, il récupéra à tâtons un des préservatifs qu'il avait relégués dans sa table de nuit, déchira l'étui d'un coup de dent puis le déroula sur son sexe en érection.

— Oh oui, Quint…

Sa voix n'était plus qu'une longue plainte sensuelle alors qu'elle s'empalait sur lui.

— Prends-moi… Viens… Maintenant…

D'un coup de reins, il s'enfonça plus profondément en elle avant de la laisser l'entraîner dans un rythme d'abord lent puis plus cadencé. Il aurait voulu se fondre totalement en elle.

Faire l'amour avec elle allait changer la donne. C'était évident.

Ce fut la dernière pensée rationnelle qui lui traversa l'esprit. Ensuite, il sombra avec elle dans un océan de volupté qui les entraîna bien loin des rivages de la réalité.

19

Ree ouvrit les yeux et tendit le bras pour tâter la place à côté d'elle. Comme elle s'y attendait, elle était vide. Quint ne dormait donc jamais ? Elle s'étira avec des grâces de chatte tandis qu'un sourire béat se dessinait sur ses lèvres.

Elle se sentait détendue comme jamais. Il faut dire qu'elle ne comptait pas le nombre de fois où ils avaient fait l'amour ni le nombre de fois où elle avait joui. Qu'est-ce que cette intimité nouvelle allait changer dans leur comportement respectif ? Être amants allait-il nuire à leur collaboration ? Mais au lieu de s'en inquiéter ou de chercher une réponse à ces interrogations, elle décida que, pour l'heure, elle avait besoin d'un bon café.

Elle enfila son peignoir et alla rejoindre Quint dans la cuisine. Comme souvent, il pianotait sur son clavier d'ordinateur.

— Salut, dit-elle.

Ne sachant trop comment il allait l'accueillir, elle avait choisi de lui parler sur un ton neutre.

— Salut, répondit-il.

Son cœur s'emballa quand elle le vit quitter son tabouret pour venir la prendre dans ses bras et l'embrasser. Un baiser sensuel qui lui envoya aussitôt de délicieuses ondes électriques au creux des reins. Elle était si heureuse qu'il ne fasse pas comme si ces quelques heures n'avaient pas existé.

Il s'écarta d'elle le premier mais comme à regret.

— Nous avons du nouveau, annonça-t-il.

Il attendit qu'elle ait pris une gorgée de café et poursuivit :

— L'homme avec qui Esteban se trouvait hier soir a été identifié comme étant le frère de Constantin, poursuivit-il. Un dénommé Baptiste.

— Il est normal qu'Esteban mène des opérations illégales puisqu'il est sous le radar du gouvernement, rétorqua-t-elle.

— Même chose pour le frère de Constantin. Il n'est pas répertorié dans la liste des employés de l'entreprise et il fait de fréquents allers et retours vers l'Europe, sous de fausses identités bien sûr.

— Ce serait donc lui que nous avons surpris avec Esteban ?

— Oui, affirma-t-il.

— Ce qui place Lola sous un nouvel éclairage, n'est-ce pas ?

— Si l'on met de côté nos sentiments personnels pour s'en tenir aux faits, oui. Mais tu sais quoi ? Quelque chose me chiffonne là-dedans et je finirai bien par trouver quoi.

Elle n'en doutait pas. Ce n'était pas sans raison que Quint était auréolé de la réputation de super agent.

— Dis-moi si je me trompe, mais en général, les criminels sont des gens très suspicieux, reprit-il. Ils se méfient de tout le monde, même de leur entourage proche.

— Je confirme. Tu ne te trompes pas.

— Dans ce cas, en admettant que Lola soit une criminelle, comment a-t-elle pu ne pas se rendre compte que quelqu'un avait placé un logiciel espion dans son ordinateur ? Ce sont des pratiques courantes dans ce milieu. Elle aurait dû s'en apercevoir tout de suite.

— Or, elle nous a demandé de l'aide. Non seulement elle a eu l'air sincèrement surprise quand tu lui as appris la nouvelle, mais on voyait bien qu'elle était sous le choc.

— Ce comportement, ces réactions ne sont pas ceux d'une criminelle.

— C'est exact.

Elle prit une nouvelle gorgée de café, réfléchissant à ces nouvelles perspectives.

— Elle m'en dira peut-être un peu plus ce soir, dit-elle. L'idéal, ce serait une sortie entre filles un de ces jours. Mais je doute que Constantin lui laisse une telle liberté. Il doit lui serrer la bride.

Il acquiesça d'un hochement de tête.

— Tu aurais une photo de ce Baptiste à me montrer, que je puisse le reconnaître au cas où il viendrait faire un tour au club ?

Pour toute réponse, il tourna l'ordinateur vers elle. Elle fixa longuement le visage de l'homme, cherchant à mémoriser ses traits.

— Il ressemble beaucoup à Constantin, tu ne trouves pas ? En plus jeune et avec des cheveux plus noirs.

— Il y a un air de famille, c'est indéniable.

Jugeant le sujet clos, elle s'approcha de lui et effleura ses lèvres des siennes.

— Sois prudent, ce soir, murmura-t-elle contre sa bouche. N'oublie pas que tu seras seul.

— Ne t'inquiète pas. Nous en avons déjà discuté. Je ne prendrai aucun risque. Ceci dit, tu peux continuer à m'embrasser, histoire que je comprenne encore mieux le message.

La perspective n'était pas pour lui déplaire. Elle n'aurait pas eu à trop se forcer pour choisir de s'attarder avec lui. Malheureusement, une tout autre réalité l'attendait. Moins légère, celle-là.

— Et j'arriverai en retard au club, lança-t-elle d'un ton taquin. D'ailleurs, il faut que je me presse un peu.

— Rabat-joie.

— Tu n'as pas idée de l'effort que je dois fournir pour me résoudre à te quitter, dit-elle.

— Pareil pour moi.

Alors qu'elle s'apprêtait à s'esquiver, il la retint par le bras et cueillit sur ses lèvres un baiser où se mêlaient étroitement tendresse et désir.

Un désir qui ne demandait qu'à s'enflammer mais que, malheureusement, ils devaient contenir.

— Je dois vraiment y aller, Quint, murmura-t-elle à regret.

Elle se dégagea de cette douce étreinte et fila vers la salle de bains.

Trente minutes plus tard, elle était prête à partir.

— Il y a de la salade César dans le frigo, dit-il. Au cas où tu aurais un petit creux. Je t'aurais bien apporté ton repas au club, mais je doute d'être revenu à l'heure où tu seras rentrée.

Un poids comprima aussitôt la poitrine de Ree. Imaginer Quint seul face à un danger potentiel faisait naître en elle une vive anxiété. Elle inspira profondément, décidant de lui faire confiance. Quint n'était pas n'importe quel agent. Il était tout à fait capable – et il l'avait prouvé à plusieurs reprises – de se sortir seul de situations les plus périlleuses.

Pourtant, elle ne put s'empêcher une dernière recommandation.

— Quint… Je t'avoue que l'idée de te savoir seul là-bas ne me réjouit pas vraiment.

— Ree, je pars juste en reconnaissance. Rien de plus.

Mais il avait beau se montrer rassurant, elle était incapable de se défaire du profond sentiment d'angoisse qui l'oppressait.

— Tu es prêt ?

Quint considéra Ree en silence. Il la trouvait plus belle de jour en jour.

— Oui, répondit-il en s'arrachant à regret à sa contemplation. Allons-y. Et surtout, ne t'inquiète pas pour moi. Je te l'ai dit et répété, je ne prendrai aucun risque.

— D'accord.

Elle le gratifia une nouvelle fois d'un de ces baisers dont il savait désormais qu'il ne pourrait plus se passer.

Car un lien supplémentaire les unissait. Ce lien allait-il parasiter leur objectivité ? Avoir une incidence sur la qualité de leur travail ?

Il chassa ces interrogations de son esprit pour ne penser qu'aux dernières minutes qu'ils allaient passer ensemble avant que chacun se consacre à sa mission. Alors qu'ils quittaient l'appartement, il entrecroisa ses doigts aux siens, dans un geste qui lui était devenu aussi familier qu'indispensable.

Ils attendirent l'ascenseur en silence. Ils vivaient en telle osmose qu'ils n'avaient pas besoin de mots pour exprimer ce qu'ils ressentaient.

— Je peux annuler si tu veux, Ree. Nous trouverons bien un moment pour y aller tous les deux, si cela peut te rassurer.

— Non, vas-y. Tu as raison. Ce n'est pas comme si tu prévoyais de faire une descente qui pourrait mal tourner.

— Tu es formidable.

— Je sais, se moqua-t-elle.

Il lui adressa un sourire plein de tendresse. Entre autres choses, il aimait chez elle son sens de l'humour et de la dérision.

Il sentit soudain qu'elle lui donnait un léger coup de coude dans les côtes en même temps qu'elle lui faisait un signe de tête presque imperceptible vers la droite. Du coin de l'œil, il aperçut Baptiste qui se dirigeait vers l'immeuble en tenant une fillette par la main. Lili. De sa main libre, la petite fille tenait un cornet de glace. Elle avait l'air d'être en confiance avec cet homme.

Il pressa doucement la main de Ree pour lui signifier qu'il les avait vus. C'était donc Baptiste qui jouait les baby-sitters ? Quint n'aimait pas ça du tout.

— Plutôt intéressant, murmura Ree.

— Plutôt, en effet.

Ils n'en dirent pas plus. Ce n'était ni le lieu ni le moment de parler de la découverte qu'ils venaient de faire. En revanche, Quint se demanda s'il ne valait pas mieux rester par ici pour creuser cette piste plutôt que de se rendre à Galveston. D'un autre côté, c'était le bon moment pour aller traîner du côté de chez Constantin. Car si Baptiste était à Houston, il y avait de fortes chances pour que son frère y soit aussi. Il aurait donc le champ libre.

Ils venaient d'arriver devant la porte du HNC. Le moment était venu de se séparer.

— Sois prudent sur la route, lui dit Ree avant de planter un baiser léger sur ses lèvres.

— À plus tard.

Elle lui sourit en réponse puis, après un dernier geste de la main, disparut à l'intérieur du night-club.

À travers la porte vitrée, il vit Lola l'accueillir, un large sourire aux lèvres. De toute évidence, elle était heureuse de la retrouver. Une fois encore, il ne trouvait pas chez Lola le moindre signe laissant à penser qu'elle trempait dans un trafic quelconque. Mais l'expérience lui avait appris qu'il ne fallait pas se fier aux apparences. Derrière ses airs innocents, Lola était peut-être une redoutable comédienne qui s'y connaissait comme personne pour tromper son monde.

Il tablait sur Ree pour déceler la faille en elle. Il commençait à y avoir pas mal de points en suspens dans cette affaire. Il était temps d'essayer de les relier entre eux. Au moins en partie. Pour commencer, il serait intéressant de savoir ce que faisait Baptiste avec la petite Lili qui semblait bien le connaître.

Il se rendit dans le parking, les clés du pick-up à la main. Son regard se porta sur les quatre pneus neufs. Il esquissa un sourire amusé en se rappelant les mots que Bjorn avait eus pour lui. Elle l'avait même menacé de lui faire envoyer la facture si l'incident se reproduisait.

Il effectua le trajet jusqu'à Galveston en un temps record. Il remarqua au passage, à l'angle de la rue où vivait Constantin, l'enseigne du Fish Shack, un restaurant spécialisé dans les produits de la mer.

Peinte en bleu canard, la maison de Constantin était reconnaissable entre toutes. Entre sa couleur – qui détonnait au milieu de celle, neutre, des maisons voisines – et le voilier en bois accroché à la façade, elle rappelait plutôt le genre d'habitations qu'on s'attendait à trouver dans des villes pittoresques comme Key West.

Il ne vit aucun véhicule garé sur l'aire de stationnement

ou à proximité immédiate. Mais cela ne voulait pas dire que la maison était désertée. De là où il se tenait caché, il repéra tout de suite les caméras de surveillance. Était-ce vraiment la résidence principale de Constantin ? Certes, c'était son adresse officielle, mais il pouvait très bien avoir un autre lieu de vie à Houston, plus proche de ses bureaux, loué sous un nom d'emprunt ou payé en espèces. L'avantage de cette dernière solution étant qu'elle ne laissait aucune trace de papiers officiels. Rien qui pourrait alerter les autorités.

Il avisa une lumière allumée dans ce qui semblait être la cuisine. Constantin avait-il embauché quelqu'un pour surveiller sa maison pendant ses absences ? Un gardien ? Si c'était le cas, le gardien en question aurait garé sa voiture à proximité. Avait-il fait appel à une sorte de gouvernante qui vivrait là pour gérer le quotidien des deux hommes ?

Il resta planqué un long moment, les sens en alerte, à observer la maison. Mais durant tout ce temps, il ne releva rien d'anormal. Par précaution, il lança un dispositif d'écoute qui alla se ficher dans un des piliers en bois de la véranda. Il alla ensuite vérifier s'il y avait un bateau accosté au ponton dédié à la maison. En cas de besoin, un bateau était un moyen rapide et efficace pour échapper aux forces de police. Il y en avait bien un mais, surveillé comme il l'était par des caméras, Quint ne pouvait l'approcher sans risquer au mieux de déclencher l'alarme, au pire de se voir neutralisé par une armée de gros bras surgie de nulle part.

Ne voyant aucune raison de s'attarder plus longtemps, il décida d'aller faire un tour au Fish Shack. Avec un peu de chance, Constantin était un client régulier et il pourrait soutirer quelque information au personnel.

L'établissement était chaleureux avec ses guirlandes d'ampoules multicolores qui lui donnaient un air coquet de guinguette. Au comptoir se trouvaient quelques rares clients. Des fidèles, sans doute, venus écluser une bière avant de rentrer chez eux. Pas vraiment le genre d'endroit qui pouvait servir de QG à un trafiquant d'armes.

— Ce sera pour dîner ou pour prendre un verre ? s'enquit la serveuse, une jolie fille d'une vingtaine d'années.

— Je suis désolé, dit-il. Je viens de me rendre compte que j'avais laissé mon portefeuille dans la voiture. Je reviens tout de suite.

— Pas de problème.

Il sauta dans son pick-up et reprit la voie rapide en direction de la ville. Il n'avait aucune raison de traîner plus longtemps par ici. Il paraissait évident que ce n'était pas dans ce lieu résidentiel que Constantin menait ses affaires. Mais si c'était le cas, le dispositif d'écoute serait là pour en témoigner.

Moins de quarante-cinq minutes plus tard, il se garait à sa place de parking et prenait l'ascenseur pour le septième étage. Il avait deux heures devant lui avant d'aller chercher Ree. Largement le temps de se connecter et de travailler sur la relation qui existait entre Constantin, Esteban, Baptiste et Matias. Une relation qui n'avait somme toute rien d'anormal puisque Lola en était le pivot central.

Constantin était le compagnon de Lola. De ce fait, celle-ci pouvait considérer Baptiste comme son beau-frère. Esteban était son frère. Matias, le père de sa fille. Quint nota mentalement de se renseigner à ce sujet. Matias s'était-il toujours impliqué dans l'éducation de sa fille ou n'avait-il appris son existence que plus tard, voire récemment ? Si Lola lui avait caché qu'il avait une fille, cela expliquerait sa volonté de se venger d'elle. Le mieux serait évidemment de poser la question à Lola, mais elle pourrait trouver cette curiosité suspecte et s'en alarmer. Il avait gagné sa confiance en lui révélant qu'elle était espionnée via son ordinateur ; il ne pouvait pas prendre le risque de tout gâcher en se montrant trop intrusif.

Il y avait encore trop de questions en suspens. La brigade des stups détenait peut-être des renseignements qui pourraient le faire avancer. S'il n'attendait rien du côté de Driver, Shelly leur avait clairement signifié qu'elle ne partageait pas sa manière de faire et qu'ils pouvaient compter sur sa collaboration. La pauvre devait en voir de toutes les couleurs avec ce crétin et la situation était sans doute plus pénible pour elle que pour eux.

Son mail envoyé, il alla se rafraîchir, puis ce fut l'heure de partir chercher Ree. Il vit tout de suite la Lamborghini garée le long du trottoir. Soit le transport rapportait gros, soit c'était le trafic d'armes. Il pencha pour la seconde hypothèse.

Lola sortit en même temps que Ree qui, dès qu'elle le vit, arbora un sourire rayonnant. Il osa croire que cet accueil était dû aux heures incroyables qu'ils avaient passées à faire l'amour. Mais ça pouvait être aussi parce que la soirée s'était révélée fructueuse.

Quoi qu'il en soit, il allait très vite le savoir.

20

À la seconde où Ree aperçut Quint, les battements de son cœur redoublèrent d'intensité.

— À demain, dit-elle à Lola.

Celle-ci lui répondit par un petit signe de la main puis courut rejoindre Constantin dans son bolide jaune vif.

Sérieusement. Si elle avait eu les moyens de se payer une voiture pareille, elle ne l'aurait certainement pas choisie de cette couleur. Constantin avait fait preuve de beaucoup de goût en jetant son dévolu sur Lola, mais cela restait discutable en matière de mécanique.

Elle se lova avec bonheur contre Quint qui, aussitôt qu'elle avait été près de lui, l'avait enveloppée de ses bras et avait cueilli sur ses lèvres un baiser qui l'avait fait fondre de tendresse.

Comme ils en avaient pris l'habitude, ils effectuèrent le trajet main dans la main et en silence. Ce ne fut qu'une fois qu'ils furent arrivés chez eux qu'elle lui demanda :

— Alors ? Comment s'est passée ta balade nocturne à Galveston ?

Le résumé fut bref tant il n'y avait pas grand-chose à en dire.

— Et toi ? Tu as pu faire parler Lola ?

— Non. Il y avait trop de monde. Nous n'avons pas arrêté une minute.

— Merde.

— Il faudra que je pense à faire une lessive, dit-elle comme pour elle-même.

C'est alors qu'on frappa à leur porte.

Elle alla regarder par le judas. C'était Angie.

— Salut, Angie, dit-elle en lui ouvrant. Un problème ?

— Excuse-moi… Je sais qu'il est tard, mais…

Elle se dandina d'un pied sur l'autre avec, dans les mains, deux verres et une bouteille de vin.

— Je peux entrer ? J'ai apporté de quoi boire.

— Oui, bien sûr.

Ree s'écarta pour la laisser passer.

Quint, qui avait compris qu'il y avait peut-être dans cette visite impromptue matière à confidences, lança d'un ton désinvolte :

— Buvez votre verre tranquillement. Je m'occupe de la lessive.

Le mari parfait, vraiment. Intelligent, sexy, drôle, attentionné. Bref, celui dont rêve chaque femme, songea Ree en souriant intérieurement.

Elle regarda Angie poser les verres et la bouteille sur la table basse puis s'affaler sur le canapé, la mine morose.

— On dirait bien qu'Angie a besoin de parler à quelqu'un, poursuivit Quint. Prenez votre temps. Je tiendrai ton repas au chaud dans le four, chérie.

— Merci, chéri.

Elle lui donna un baiser furtif puis alla rejoindre Angie qui attendait patiemment.

— Que se passe-t-il ? Vas-y, je t'écoute.

— Excuse-moi encore de venir aussi tard, mais je

vous ai entendus rentrer. J'espère que je ne vous dérange pas trop.

Son visage exprimait une telle détresse que Ree se sentit fondre de tendresse pour elle.

— On ne me dérange jamais pourvu que ce soit avec un verre de vin, dit-elle avec humour.

Angie éclata de rire.

— Dis-moi ce qui ne va pas, l'encouragea Ree.

— C'est cet examen, répondit Angie. Mes parents me fichent une telle pression. J'ai peur de me planter et de les décevoir. Ils étaient si fiers de moi quand je leur ai annoncé que je voulais faire des études de droit.

— Je suis sûre qu'ils comprendraient si tu le ratais. Mais tu parles comme si c'était déjà fichu. Or, tu travailles dur. Tu n'as aucune raison de partir battue d'avance.

Angie se lança alors dans une argumentation où il était question de la difficulté qu'il y avait à discuter de certains sujets avec ses parents. De la cuisine, Quint fit un clin d'œil à Ree avant de s'éclipser, sa corbeille de linge sale sous le bras.

Alors qu'il longeait le couloir qui menait à la buanderie, il fut saisi de la désagréable impression qu'on le suivait. Il se retourna plusieurs fois mais ne surprit personne en train de le filer. Soit il devenait paranoïaque, soit il se faisait des idées. Quoi qu'il en soit, ni l'une ni l'autre de ses suppositions n'était de mise dans le genre de profession qu'il exerçait. Au cas où son instinct ne l'aurait pas trompé, il pourrait toujours compter sur l'arme qu'il gardait dans son holster de cheville.

Les sens en alerte, il chargea la machine et la mit en route. Il s'apprêtait à regagner l'appartement quand il se retrouva nez à nez avec Baptiste qui se tenait immobile dans l'embrasure de la porte. Vu la tête qu'il faisait, il n'y avait pas à s'y méprendre : sa présence dans les lieux n'était pas une coïncidence. D'autant moins qu'il était descendu les mains vides. Quint prit comme un signe positif le fait qu'il ne soit pas armé. Au moins, il n'avait pas l'intention de le faire sortir d'ici dans un sac mortuaire.

— Je peux vous dépanner en lessive, si vous voulez, proposa-t-il tout en jaugeant son adversaire.

L'homme était petit mais trapu, tout en muscles. Sa cloison nasale déviée attestait d'une pratique assidue de la boxe. Quant à la cicatrice qui fendait sa joue gauche, Quint aurait parié sur un coup de cutter.

— Non, répondit Baptiste d'une voix teintée d'un fort accent étranger.

— Dans ce cas, vous ne verrez pas d'inconvénient à ce que je vous laisse.

En guise de réponse, Baptiste haussa les épaules. Quint fit les quelques pas qui le séparaient de la porte, sur la défensive, prêt à réagir. Bien lui en prit. Car à peine se retrouva-t-il à la hauteur de Baptiste que celui-ci leva le bras pour lui assener un coup. Mais Quint, qui avait anticipé l'attaque, fut plus rapide. Il lui balança dans les yeux un jet de lessive qui le fit hurler de douleur en même temps qu'il l'aveuglait. Profitant de ce moment de faiblesse, Quint lui envoya un crochet du droit dans la cage thoracique auquel Baptiste riposta par un coup de poing bien senti en pleine face. Quint vacilla un peu, mais il en fallait plus pour le neutraliser. Ses capacités physiques lui permettaient encore largement de se défendre. Il gratifia son assaillant d'un nouveau crochet au même endroit, cette fois si violent qu'il en suffoqua, plié en deux, avant de tomber à genoux sur le sol. Il se recroquevilla sur lui-même en laissant échapper de longs gémissements plaintifs.

Toujours sur ses gardes, Quint s'approcha de lui, prêt à riposter de nouveau en cas de feinte.

— C'est quoi ton problème, mec ?

Baptiste leva sur lui un regard mauvais.

— Ne t'avise plus de poser les yeux sur la petite fille avec qui tu m'as vu, cracha-t-il.

— Ou sinon quoi ? Qu'est-ce que tu me feras ?

— Pas moi. Mon frère. Il ne te tuera pas mais il s'assurera que tu ne remarches jamais. Tu peux lui faire confiance.

— Tu diras à ton frère que ces menaces ne me font pas peur et que je regarderai qui je veux. Pour info, sache que je ne verse pas dans les petites filles, pauvre crétin.

Baptiste se releva péniblement en tenant ses côtes meurtries.

— Et toi…, rétorqua-t-il, le souffle court. Pour info aussi… Dis à ta garce de femme d'arrêter de fourrer son nez partout.

— *Toi*, mêle-toi de ce qui te regarde. Ma femme est libre de parler à qui elle veut, quand elle le veut. C'est une grande fille, capable de penser par elle-même. Et ce n'est pas un homme qui va lui dicter sa loi.

Il sentit alors un filet de sang couler de son nez. Le salaud ne l'avait pas raté. Il allait devoir se fendre d'une explication qui tienne la route devant Angie.

— Tu diras aussi à ton frère que s'il s'avise à toucher à un cheveu de ma femme, je l'expédierai direct en enfer, conclut Quint.

Il vit Baptiste hésiter sur le pas de la porte. De toute évidence, il avait sous-estimé son adversaire.

— Je t'aurais prévenu, lança ce dernier avant de disparaître dans le couloir d'une démarche titubante.

Quint se rendit directement dans la cuisine, priant pour que les deux femmes n'interrompent pas leur discussion pour s'intéresser à lui. Ree comprendrait tout de suite. Elle s'affolerait, mettrait en avant le mauvais pressentiment dont elle lui avait parlé plus tôt dans la journée. Il était inutile de l'inquiéter plus pour si peu.

À quoi rimait l'attaque qu'il venait de subir ? Quelle en était la véritable raison ? Sa première pensée fut que Constantin avait été mis au courant de sa petite incursion à Galveston, mais si c'était le cas, Baptiste aurait craché le morceau. Au lieu de ça, il avait évoqué son prétendu intérêt pour les petites filles. Ceci dit, il ne pouvait que louer son sens aigu de la protection. D'un autre côté, il savait reconnaître des menaces quand il en recevait. Et celles proférées par Baptiste étaient bien réelles.

— Chéri…, appela Ree.

Il comprit à son ton pressant qu'elle avait besoin qu'il vienne la délivrer d'Angie.

— J'arrive tout de suite.

Il prit dans le distributeur des serviettes en papier qu'il pressa sur ses narines dans l'espoir d'endiguer le flot de sang qui en coulait.

— Chéri ?

En voyant les serviettes ensanglantées, Ree s'arrêta net, l'air effaré.

— Ces maudits saignements de nez ! dit-il assez fort pour être entendu d'Angie. À tous les coups, le temps va tourner.

— Moi aussi, je saigne du nez à chaque changement de saison, rétorqua Angie d'une voix pâteuse qui fit penser à Quint qu'elle n'en était pas à son premier verre.

Elle continua à soliloquer sur ses capacités à décrocher son diplôme, puis sur ses doutes quant à l'amour que lui portait son petit ami et enfin sur la culpabilité qu'il y avait à mentir à ses parents.

— Si tes parents t'aiment, ce dont je ne doute pas une seconde, ils comprendront, répéta Ree d'un ton las mais qui se voulait rassurant.

— Je ne sais pas. Ils ont des avis tranchés sur tout. Ils attendent tellement de moi. J'ai l'impression que, quoi que je fasse, je les déçois tout le temps. Que je ne serai jamais à la hauteur.

— Et moi, je parie qu'au contraire, ils sont fiers de toi.

Pourtant, le ton n'y était pas. Elle avait parlé sans grande conviction. Faisait-elle un rapprochement avec ce qu'elle vivait avec sa propre famille ? Avec les reproches incessants que lui faisait sa mère sur ses choix de vie ?

— Peut-être.

— Et tu sais quoi ? Même s'ils ne sont pas fiers de toi, c'est ta vie, Angie. Songe à ton propre bonheur et pas à ce qui les rendrait heureux, eux.

Quint l'avait écoutée parler en silence, touché par le sens qu'il savait donner à ses paroles. Il se retint de justesse d'aller la prendre dans ses bras et de la couvrir de baisers en lui assurant que lui débordait de fierté pour la femme sensible et intelligente qu'elle était. Et tant pis pour Mme Sheppard si elle ne savait pas reconnaître les qualités rares de sa fille.

Laissant Ree à son triste sort, il se rendit dans la salle de bains et vérifia son aspect dans le miroir. C'était moins terrible qu'il n'avait imaginé. Son nez était légèrement tuméfié mais avec un peu de glace, tout rentrerait vite dans l'ordre. Il nettoya les coulures de sang qu'il avait sur les joues puis, une fois l'hémorragie stoppée, envisagea de prendre une douche. Angie y verrait peut-être le signal qu'il était temps de rentrer chez elle.

Pourtant, quinze minutes plus tard, alors qu'il sortait de la salle de bains, elle était toujours là, en compagnie d'une Ree désespérant de la voir partir.

— Je vais chercher le linge, annonça-t-il.

— Je t'accompagne, s'empressa de dire Ree avant de s'éclipser, probablement pour aller chercher son arme de service.

Enfin, Angie se leva.

— Eh bien, je vais y aller.

— Je vous reconduis jusqu'à votre porte, dit-il, moins par courtoisie que pour s'assurer qu'ils allaient pouvoir ressortir en toute tranquillité.

Une fois Angie chez elle, il retourna auprès de Ree. Pour plus de précaution, ils laissèrent s'écouler quelques minutes avant d'aller prendre l'ascenseur. La cabine était toujours là, signe que personne n'était descendu au parking ou au sous-sol entre-temps.

Quint attendit qu'ils soient à quelques mètres de la buanderie pour faire à Ree un bref résumé de ce qu'il s'était passé.

— La lessive est finie, dit-il alors qu'ils pénétraient dans la pièce.

Puis, sans un mot, la main sur leur arme, prêts à dégainer, ils inspectèrent les lieux, à la recherche d'éventuels dispositifs d'écoute.

— Nous n'avons plus qu'à la mettre à sécher dans le sèche-linge, ajouta-t-il au cas où un mouchard leur aurait échappé.

Ils mirent la machine en route puis attendirent en silence mais sur le qui-vive, chacun sur une chaise.

Vingt minutes plus tard, ils étaient de retour dans l'appartement.

— Et maintenant, raconte-moi tout en détail, exigea Ree sitôt la porte refermée.

— Rien de terrible. Cet abruti a cru bon de me mettre en garde sur le fait que, soi-disant, je louchais sur Lili. Ensuite, c'est toi qu'il a accusée d'être trop proche de Lola et de te mêler de ce qui ne te regarde pas.

— Il y a deux choses que je ne t'ai pas dites à cause de la visite impromptue d'Angie. La première c'est que Lola m'a donné son numéro de téléphone. La seconde, c'est que j'ai eu la confirmation qu'elle passait bien ses journées libres chez Constantin, comme nous l'avions deviné. Elle m'a aussi confié qu'il lui mettait la pression pour qu'elle aille s'installer chez lui, mais elle rechigne à le faire. Elle dit qu'elle n'est pas sûre de ses sentiments pour lui. Qu'elle ne sait pas s'il est « le bon ». J'ai remarqué qu'à chaque fois qu'elle parle de lui, son expression change. J'ai décelé quelque chose comme de la crainte dans sa voix.

— Tu m'étonnes ! Je te rappelle qu'elle vient d'apprendre que son petit ami la flique.

— C'est exact.

— Savoir que ton amoureux t'espionne n'aide pas vraiment à établir un climat de confiance dans un couple, poursuivit-il.

— Là encore, tu as raison.

— Et Esteban ? Tu as appris quelque chose sur lui ?

— Seulement qu'il travaille pour Constantin de manière irrégulière ; mais cette information, ce n'est pas par Lola que je l'ai eue. J'ai surpris une discussion entre elle et son frère. D'après ce que j'ai compris, quelqu'un, au courant de ses activités, le ferait chanter.

— Tu penses qu'il bosse pour Constantin malgré lui ? Sous la pression ?

— Absolument. Je l'ai entendu dire qu'il ne savait pas combien de temps il serait encore capable de tenir. Ce à quoi Lola a répondu qu'ils n'avaient pas le choix.

— Voilà qui est intéressant. Ce serait Constantin qui, connaissant son statut de clandestin, l'obligerait à participer à ses trafics.

Il avait souvent eu affaire à des cas similaires. Certains faisaient très tôt le choix de se retrouver du mauvais côté de la barrière. D'autres, nés sous une mauvaise étoile, basculaient dans la criminalité presque par nécessité. D'autres enfin le faisaient indépendamment de leur volonté, victimes d'un chantage, comme c'était le cas d'Esteban.

— C'est aussi ce que je pense. Cela rajouterait de la tension dans le couple Constantin-Lola. À mon avis, quand elle a rencontré Constantin, elle ne devait pas savoir où elle mettait les pieds ; et maintenant, elle est prise dans un engrenage dont elle ne peut pas se libérer.

— C'est d'autant plus difficile que, vu les activités de Constantin, celui-ci ne va pas prendre le risque de la laisser partir. Il aurait toujours la crainte qu'elle ne le balance aux flics. Et puis, n'oublions pas Matias. Sa présence à Houston doit lui compliquer un peu plus la vie. J'espère que l'équipe des stups a avancé sur le sujet et qu'elle pourra nous en dire un peu plus sur lui. J'aimerais bien savoir quand ce type a débarqué ici et à quelle date il compte en repartir. Tu pourrais peut-être contacter Shelly pour savoir où ils en sont.

— OK. De mon côté je sais que je ne tirerai rien de Lola. Elle ne parle jamais de lui.

— Je comprends. Matias est le genre de type qu'on a très vite envie de rayer de sa vie.

Ree acquiesça d'un hochement de tête.

— Je vais envoyer un texto à Shelly. Mais, à mon avis, nous n'aurons pas de réponse avant demain.

Ils venaient de se coucher, excités par la perspective de faire l'amour quand, contrairement aux prédictions de Ree, la réponse de Shelly leur parvint.

21

Résignée, Ree prit son portable qu'elle avait laissé sur sa table de chevet.

— C'est Shelly.

— Qu'est-ce qu'elle dit ?

— Que le départ de Matias est imminent et qu'ils vont s'occuper de son cas. Ils attendent l'aval de leur hiérarchie.

— Attends une minute. S'ils arrêtent Matias, c'est toute notre mission qui risque de capoter.

Cette perspective fit bondir Quint hors du lit.

— Je ne peux pas les laisser faire, dit-il en se rhabillant à la hâte.

— Quint, malgré les apparences, nos deux agences vont travailler en étroite collaboration.

— Tu sais bien que non. Depuis le début, Driver la joue perso. Il se fiche bien des ordres de Bjorn, il est couvert par son beau-père. Et moi, je vais perdre toutes mes chances de retrouver Dumitru.

— Personne ne va rien perdre, Quint, dit-elle. Tu as raison sur le fait que Driver n'est pas fair-play, mais reconnais qu'il est plus facile d'intervenir sur notre territoire tant que Matias y est encore. Je vais demander à Shelly à quelle heure ils pensent opérer.

Là encore, la réponse fut immédiate.

— « À tout moment », rapporta-t-elle. Nous ne devrions pas tarder à avoir des nouvelles de Bjorn. Quant à la brigade des stups, elle a promis de nous tenir informés de la progression de l'intervention.

— Toi et moi savons très bien comment ça va se passer. Ils ne nous contacteront que lorsqu'ils seront déjà sur place, juste avant l'arrestation, ou quand tout sera fini. Tout le travail que nous avons fait jusque-là n'aura servi à rien.

Il serra les poings si fort que ses phalanges en devinrent toutes blanches.

— Attends… Shelly est en train d'écrire.

Ils attendirent en silence puis elle résuma le message pour Quint :

— Finalement, ils n'interviendront que demain soir. Ils estiment que le moment sera plus propice. Tu vois, ce n'était pas la peine de paniquer.

— Parfait. Cela nous laisse un peu moins de vingt-quatre heures pour couper l'herbe sous le pied de Driver.

Elle acquiesça tout en remerciant Shelly de son aide.

— Au moins, grâce à Shelly, nous savons à quoi nous attendre, poursuivit Quint, un brin détendu.

— Quelles sont nos chances de continuer à duper tout le monde, une fois que Driver et son équipe seront intervenus ?

En effet, après ça, les choses risquaient de se compliquer. Constantin ne manquerait pas de faire le rapprochement entre son arrivée au HNC et la descente de la brigade des stups. Cet événement allait le rendre encore plus méfiant. Il allait veiller à resserrer la surveillance déjà exercée sur Lola, mais il allait aussi l'élargir à son entourage. Ce qui n'arrangerait pas leurs affaires.

— Ce qu'il s'est passé tout à l'heure dans la buanderie… reprit-elle. Constantin ne nous aurait jamais fait passer un tel message si lui et son frère n'avaient rien à se reprocher. En me rapprochant de Lola comme je l'ai fait, j'ai touché une corde sensible.

— Ce serait plutôt cela qui les inquiète. Parce que m'accuser d'avoir lorgné Lili, ça n'a pas de sens. J'ai évité de regarder dans leur direction pour ne pas être repéré.

— Constantin est devenu ultra-protecteur parce que…

Mais Quint ne semblait pas l'écouter, perdu qu'il était dans des pensées qu'il exprimait tout haut.

— Je n'ai pas pu me faire repérer par les caméras de vidéosurveillance. J'ai fait en sorte d'être très prudent. À moins que des caméras ne m'aient échappé, poursuivit-il sur le même mode. Placées à l'entrée de la propriété, par exemple.

— Impossible. Baptiste t'en aurait parlé. Or, il ne s'est focalisé que sur le fait que tu t'intéressais de trop près à Lili et Lola.

— C'était sans doute pour éloigner les soupçons. Il s'imaginait que pendant ce temps-là, j'oublierais de m'intéresser aux trafics de Constantin. Il se peut qu'il n'ait pas voulu montrer que je savais qu'ils avaient vu le pick-up.

— Je suis certaine que Constantin surveille l'immeuble. Nous venons d'emménager et je travaille avec Lola. Maintenant que nous sommes dans son collimateur, il n'est pas près de relâcher sa vigilance. Au contraire.

— Le seul élément qui peut sauver notre couverture, c'est Angie. C'est elle qui t'a fait rencontrer Lola. Pour Constantin, tu n'as pas provoqué cette rencontre.

— Exact. Et c'est pour cette raison que Lola continue à me faire confiance. J'irai même plus loin dans mon raisonnement : confier son ordinateur à un inconnu était peut-être le signe qu'elle cherchait un ami. Quelqu'un qui saurait voir l'emprise que Constantin a sur elle.

— Malheureusement, nous ne pouvons pas le lui demander.

— Qu'est-ce qui nous en empêche ?

— C'est trop risqué. Baptiste m'a mis en garde : il a bien insisté sur le fait que tu ne devais pas te mêler des affaires de Lola.

— Pas si nous nous servons d'Angie. Elle nous a prouvé qu'elle avait l'habitude d'aller sonner chez les gens quand elle avait envie de s'épancher ou qu'elle avait besoin de compagnie.

— Bonne idée. Elle pourrait faire sortir Lola de l'immeuble, pour lui proposer d'aller boire un café par exemple, ce qui n'alarmerait pas Constantin puisqu'elles se connaissent et qu'il ne se méfie pas d'Angie. Une fois dehors, nous pourrions essayer de la faire parler. Si elle n'est pas suivie, il est possible qu'elle se libère. Qu'elle se décharge d'un poids qui semble aussi peser sur son frère. Parce que, à mon avis, ils sont tous les deux embarqués dans la même galère.

— Tu crois que nous pourrions faire passer un message à Esteban ?

— Non. Ce serait prendre des risques inutiles. Nous ne savons pas quel est son degré d'implication dans les trafics de Constantin. Tu as cru comprendre qu'il bossait pour lui sous sa pression, mais cela ne veut pas dire pour autant qu'il est réglo.

Son smartphone émit le signal qu'un nouveau texto venait d'arriver. Ree le parcourut rapidement.

— Tu vas rire, prévint-elle.

— Quoi ?

— C'est encore Shelly. Elle nous prévient d'avoir l'œil sur nos pneus si nous voulons pouvoir nous déplacer demain soir.

Quint serra une nouvelle fois les poings en même temps qu'il se mettait à faire les cent pas dans la pièce.

— Ce fils de…

— Je sais. Mais nous ne pouvons pas nous permettre de réagir à cette information. Driver comprendrait tout de suite d'où cela vient.

— Cet entrepôt était soi-disant un lieu de deal, poursuivit Quint qui était devenu blanc de rage. Tu parles ! Le dealer devait agir sous les ordres de Driver. Il devait être un de ses indics.

L'indignation eut raison du calme de Ree qui sentit son sang bouillir dans ses veines.

— Tu as raison. Mais nous devons protéger Shelly. Elle a pris un gros risque en nous rapportant cette information. Elle pourrait avoir de sérieux ennuis si Driver apprenait qu'elle penche de notre côté. Alors, je t'en supplie, calme-toi et évite d'aller mettre ton poing dans la figure de ce crétin. Même si, je te l'accorde, il mériterait une bonne correction.

— Je suis en colère, pas stupide. Je ne lui donnerai pas la satisfaction de me faire mettre à pied ; par sa faute, en plus.

— Parfait.

— Et maintenant ? Que faisons-nous ?

Quint fulminait intérieurement. Apprendre que Driver était allé jusqu'à faire crever leurs pneus pour les immobiliser l'emplissait d'une rage qu'il avait beaucoup de mal à contenir.

— Tu as raison, finit-il par dire.

— À quel propos ?

— Quand tu dis que j'ai envie d'aller casser la figure de cet abruti suffisant.

— Et je te l'ai dit aussi : je t'accompagnerais volontiers. Malheureusement, ce n'est pas une option. En plus, il nous met dans une situation délicate vis-à-vis de Bjorn.

— C'est le moins qu'on puisse dire.

La colère enflait, prête à exploser à tout instant.

— Ce salaud nous a mis dans la position où il voulait que nous soyons. Il a tout fait pour nous tenir à l'écart pendant qu'il avançait masqué.

Curieusement, Ree ne fit aucun commentaire. Au lieu de répondre, elle consulta sa montre.

— Tu es bien d'accord que, pour le moment, nous ne pouvons pas faire grand-chose ?

— À part élaborer un plan pour tenter de faire tomber ce crétin tout en protégeant notre mission, en effet, je ne vois pas ce que nous pourrions faire, dit Quint.

— Eh bien moi, j'ai une idée qui ne concerne ni Driver ni notre enquête. Quelque chose qui pourrait nous aider à évacuer toute cette colère.

Sa voix s'était faite enjôleuse et son regard caressant.

La seconde d'après, ils se déshabillaient à la hâte et basculaient sur le lit, membres enchevêtrés.

Quelques heures plus tard, ils s'endormaient d'un sommeil profond dans les bras l'un de l'autre.

— Reste au lit, dit Ree quand ils ouvrirent les yeux, bien plus tard. Cette fois, c'est moi qui me charge de faire le café.

— Et si le café attendait un peu ?

Il l'attira à lui et déposa un baiser fiévreux sur ses lèvres.

— À ce rythme-là, nous ne sortirons jamais de ce lit, dit-elle en riant.

— Je ne suis pas contre cette idée. Elle me plaît même beaucoup.

— D'accord, mais le café d'abord, dit-elle en se dégageant doucement de son étreinte. Ensuite, je serai toute à toi.

— Je saurai te rappeler cette promesse.

— Est-ce que je viens vraiment d'entendre Quint Casey proférer quelque chose qui ressemble vaguement à un engagement ?

Elle le taquinait, bien sûr. Mais alors, pourquoi ce simple petit mot lui donnait-il envie de fuir ? Pourquoi son cœur s'emballait-il de la sorte ?

Il marmonna vaguement quelque excuse puis se leva le premier. Ree resta assise, silencieuse, pendant qu'il s'habillait. De toute évidence, il l'avait plongée en pleine confusion. Le moment n'était-il pas venu d'avoir une discussion ? De lui dire ce qu'il avait dans le cœur ? De lui avouer que sa seule certitude était qu'il tenait à elle comme il n'avait jamais tenu à personne depuis Tessa ? Qu'il avait trouvé en elle la femme idéale mais qu'en réalité, la force de son amour pour elle lui faisait peur ?

Pour l'heure, il n'avait pas le courage de se lancer dans une discussion aussi personnelle. Pas quand Driver leur avait planté un coup de couteau dans le dos alors qu'il était censé collaborer avec eux.

— Finalement, nous ferions mieux de trouver un plan pour coincer Lola sans l'aide d'Angie, dit-il en traversant la pièce, son ordinateur sous le bras.

— Envoie-lui un mail, suggéra Ree qui, comme elle l'avait annoncé, s'affairait à préparer le café.

Il ne manqua pas de remarquer la sécheresse de son ton. Il comprenait. Il ne l'avait pas volé.

— Et Lili ?

— Quoi, Lili ?

— Ce serait mieux si elle accompagnait sa mère. Elle laisserait peut-être échapper un indice qui nous mettrait sur la voie.

Il s'interrompit net, frappé par l'évidence.

— Bon sang ! Comment n'y avons-nous pas pensé plus tôt ? Matias a prévu d'emmener la petite avec lui ! Et si Baptiste et Constantin ne la lâchent pas d'une semelle c'est parce qu'ils redoutent que Matias ne l'enlève.

— Ce qui expliquerait pourquoi Lola était si nerveuse hier soir et pourquoi elle a demandé à son frère de tenir.

— Elle serait prête à tout pour garder sa fille en sécurité. Comme se mettre sous la protection d'un caïd du grand banditisme.

— Si nous la faisions chanter pour la pousser à témoigner ?

— Ce ne serait pas la première fois qu'une agence gouvernementale utiliserait un enfant pour faire témoigner quelqu'un, mais dans le cas de Lola, je ne pense pas que ce soit une bonne idée. Elle et son frère sont pris dans un engrenage dont ils ne pourront pas se sortir seuls. Offrons-leur plutôt notre protection en échange de leur témoignage contre Constantin.

— Esteban travaille pour lui. Il connaît tous les rouages du trafic. Il pourra donc nous être utile.

Sur ce, elle se tut, le visage fermé. Elle prit le temps de remplir deux tasses et en déposa une devant lui.

— Merci, dit-il.

— Ce n'est pas un truand et il est prêt à craquer, poursuivit-elle. À mon avis, même s'il risque une peine de prison, il sera soulagé de collaborer avec nous.

— Quant à Lola, elle acceptera. Ce sera pour elle l'occasion d'un nouveau départ.

— Tu as dit qu'elle correspondait régulièrement avec sa mère. Que sait-on de cette famille ?

— Qu'elle se compose de Lola, sa fille, sa mère et son frère.

— Pas de père dans le paysage ?

— Non.

— Nous pourrions proposer à Bjorn de les exfiltrer.

— Tu crois qu'elle acceptera ?

— Nous ne le saurons pas si nous n'essayons pas.

Tout en parlant, il avait ouvert le dossier partagé. C'était là. Il avait la confirmation que la brigade des stups était sur le point d'entrer en action. Il se retint avec peine de jurer tout haut.

— Quoi ? s'enquit-elle en voyant sa tête.

En guise de réponse, il tourna l'écran vers elle.

— C'est officiel, dit-il. Le fichier a été téléchargé il y a une demi-heure.

— Au moins, grâce à Shelly, nous savions à quoi nous attendre.

— Tu crois que Bjorn va nous soutenir ?

— Pas si nous ne lui fournissons pas une bonne raison de le faire. Sans trahir Shelly, bien sûr.

Elle but une gorgée de café puis lança :

— J'ai une idée.

— Je t'écoute.

Il s'accrochait d'autant plus à cet espoir qu'il souhaitait ardemment faire tomber Constantin et son frère avant que Driver avance ses pions.

22

— Tu crois que l'agent Grappell pourrait nous délivrer un mandat de perquisition en urgence ? s'enquit Ree.

Elle feignait la désinvolture, s'appliquant à cacher la profonde déception que le revirement de Quint avait fait naître en elle.

— Tout ce qu'il nous faut, c'est l'accès à l'entrepôt, poursuivit-elle sur le même ton. Tu pourrais y aller pour faire diversion.

— Constantin pourrait nier. Dire qu'il n'avait aucune idée de ce qui se tramait dans son dos.

— Ce serait une raison suffisante pour l'arrêter. Il est quand même censé tout connaître des allées et venues de ses camions. Le temps de sa détention, je pourrais essayer de convaincre Lola de témoigner contre lui.

— Arrête-moi si je me trompe : es-tu en train de dire que nous allons agir dans le dos de Bjorn ?

— Tout dépend de quel point de vue on se place. Disons plutôt que nous avons préféré agir avant de lui en parler. Ce ne serait pas une première. Il nous est déjà arrivé d'être pressés par le temps et de devancer l'administration.

— Et la brigade des stups ? Si Constantin et son frère sont arrêtés, Matias va mettre les voiles sans tarder.

— Tout ce que nous pouvons faire, c'est demander à Shelly de nous prévenir aussitôt que Driver aura reçu l'ordre d'agir. J'ai confiance en elle. Elle le fera.

— L'idéal, ce serait de procéder à des arrestations simultanées.

— Ce serait l'idéal en effet. Sauf qu'il y a peu de chances pour que Matias, Esteban, Constantin et Baptiste se trouvent au même endroit au même moment.

— Très juste. J'appelle Grappell pour voir ce qu'il peut faire.

Ree regarda Quint passer son appel. Chaque minute comptait s'ils voulaient réussir dans leur mission. Il lui vint à l'esprit qu'une fois Constantin sous les verrous, elle laisserait Quint poursuivre seul sa chasse à l'homme. Elle s'était déjà beaucoup trop investie dans sa relation avec lui. Mais cela aussi arrivait souvent entre deux agents. Le stress, l'adrénaline, la peur, tout cela pouvait vous pousser dans les bras l'un de l'autre. Et de là à se perdre dans les sentiments, il n'y avait qu'un pas qu'il était facile de franchir. À cause de cela, les agents demandaient parfois à être affectés sur d'autres missions avec un partenaire différent.

Elle s'en voulait d'avoir été si naïve. Mais l'avait-elle vraiment été ? N'était-elle pas plutôt en train de tomber amoureuse de l'agent Casey ?

Quint mit fin à l'appel et leva les deux pouces en l'air en signe de victoire.

— Grappell est d'accord. Il nous enverra un texto aussitôt qu'il aura le mandat.

— Parfait.

C'était le seul mot qui lui était venu à l'esprit mais qui, ironie du sort, ne reflétait pas la réalité.

— J'espère pouvoir prendre Lola à part ce soir et lui parler.

— Tu y arriveras. Tu as réussi à installer un climat de confiance entre vous.

— C'est vrai qu'elle me considère comme une amie. J'espère que nous ne nous trompons pas et que nous allons chambouler sa vie et celle de sa fille pour une bonne raison.

— Mettre un dangereux criminel sous les verrous est déjà une bonne raison, objecta-t-il.

Elle acquiesça. En théorie, Quint voyait juste. Mais la réalité n'était pas si simple. Lola avait quitté sa mère et son pays natal dans l'espoir d'offrir une vie meilleure à son enfant. Quant à Esteban, il n'avait pas hésité à suivre sa sœur et, pour cela, vivait dans l'illégalité au risque de se faire prendre à tout instant par les autorités.

Elle ne comprenait toujours pas comment une femme comme elle avait pu se commettre avec un type comme Constantin.

La réponse jaillit, évidente.

— Juste une supposition…, commença-t-elle.

Quint chercha aussitôt son regard, attentif à ce qu'elle allait dire.

— Nous l'avons évoqué tout à l'heure sans vraiment nous arrêter dessus, poursuivit-elle. Nous savons que Lola ferait tout pour sa fille, n'est-ce pas ?

— Il me semble, oui. Elle a l'air d'être une mère attentive qui fait de son mieux pour protéger sa fille de son père.

Les yeux de Quint se mirent à briller d'une lueur victorieuse.

— Je vois où tu veux en venir, dit-il. Tu penses que

Lola n'a vu en Constantin qu'un moyen de protéger Lili de Matias.

— Avec le physique qu'elle a, elle n'a eu aucun mal à séduire Constantin, caïd de la pègre locale qui pourrait faire peur à Matias. Le problème, c'est que Constantin en pince vraiment pour elle alors qu'elle ne l'aime pas.

— Et ne l'aimera probablement jamais.

— Il y a de fortes chances pour cela, en effet. Je pense qu'elle a prévu de rester avec lui tant que Matias sera dans le coin et représentera une menace pour sa fille.

— D'autre part, Constantin a fait rentrer Esteban dans ses « affaires » comme une preuve de confiance. Et toujours par amour pour la belle Lola.

— Cela me semble tenir la route.

— À mon avis, elle verra notre proposition comme une délivrance. Grâce à nous, elle et Esteban pourront recommencer une nouvelle vie ailleurs, sous une nouvelle identité, à l'abri d'éventuelles représailles.

— Elle, sans doute. Je n'en suis pas aussi sûr en ce qui concerne son frère. En général, les immigrés vivant ici en situation irrégulière ne font pas vraiment confiance aux forces de l'ordre.

— Ce sera à Lola de le convaincre. Mais d'après ce que j'ai entendu, ce pauvre garçon n'aspire qu'à sortir de cette spirale infernale. Il se pourrait bien qu'il se laisse fléchir sans trop de difficultés. Faire profil bas pendant quelques années dans un autre pays ne devrait pas lui paraître insurmontable après ce qu'il aura vécu ici.

— Quant à Lola, ne crions pas victoire trop tôt. N'oublions pas que Constantin, tout grand criminel qu'il soit, les protège, elle et sa fille, depuis deux ans. Elle pourrait décider de ne pas se retourner contre lui. De se montrer loyale en raison de ce qu'il a fait pour elles.

— C'est une éventualité à ne pas écarter, en effet. Mais je ne vois pas d'autres solutions.

— Il ne nous reste plus qu'à prier pour que le miracle se produise, alors, plaisanta-t-il.

— Nous avons déjà vu des miracles plus grands se réaliser, rétorqua-t-elle.

Cette réplique énigmatique sembla interpeller Quint. Il ouvrit la bouche pour répliquer mais la referma sans avoir rien dit. Comme Ree n'avait aucune envie d'orienter la discussion sur eux et qu'elle craignait qu'il ne lui sorte le coup du : « Ce n'est pas toi, c'est moi », classique chez celui des deux qui ne veut pas s'engager dans une relation sérieuse, elle décida de lui faire gagner du temps.

— Mais assez parlé pour cette nuit, trancha-t-elle.

— OK.

— Prenons nos distances et réfléchissons séparément au meilleur moyen de mener rondement cette affaire.

— OK.

— Très bien. Et que je n'entende pas dire « OK » une fois de plus.

Il pinça les lèvres, signe qu'il s'exhortait à garder pour lui ce qu'il avait à dire. Et à voir la tête qu'il faisait, elle comprit que ce qu'il avait à dire ne lui plairait pas.

Quint s'installa au comptoir tandis que Ree prenait le canapé. Il y avait tant de choses qu'il aurait aimé lui dire. Mais elle avait raison sur un point : ce n'était pas le moment d'entamer une discussion personnelle.

Il passa donc le reste de la soirée à communiquer avec Grappell pour établir au mieux un plan d'attaque. Il fut décidé que quatre agents seraient mobilisés et qu'il les retrouverait plus tard à l'entrepôt. Quant à Matias, il décréta que ce n'était pas son problème. Ree avait raison sur ce point. Les chances étaient nulles qu'il se trouve avec Constantin et Baptiste au même endroit à la même heure. Sauf s'ils avaient décidé d'aller faire un tour au HNC sans se concerter. Mais là encore, les probabilités étaient faibles.

Le plan consistait à filer Constantin une fois qu'il aurait déposé Lola au club. Quint avait à cœur de lui passer lui-même les menottes. Et tant mieux s'il faisait coup double avec Baptiste. Son portable commença à sonner tandis que l'équipe se mettait en place.

Il était soulagé à l'idée que Ree serait en sécurité au bar pendant l'opération. Pourtant, même si elle ne se trouvait pas sur le terrain, son rôle n'en restait pas moins prépondérant. Car si Lola refusait de témoigner, Constantin ne resterait pas longtemps en détention.

Le moment arriva d'accompagner Ree au club.

— Quand cette affaire sera bouclée, je te demanderai dix minutes de ton temps, dit-il. J'ai à te parler d'un sujet important.

— Nous avons déjà assez parlé. Tu ne crois pas ? Et puis, ne t'inquiète pas. J'ai bien compris que cette mission n'était pour toi qu'un tremplin vers ce que tu veux vraiment : la tête de Dumitru. Ah, et une dernière chose : quand cette mission sera achevée, ne reviens pas me chercher chez ma mère pour essayer de me convaincre de faire équipe avec toi.

— Si c'est ce que tu veux…

— C'est *exactement* ce que je veux. Tu sais, j'ai repensé à ce que tu m'as dit l'autre jour : les gens comme nous finissent seuls parce qu'ils ne consacrent pas assez de temps à leur vie personnelle. Eh bien, j'ai décidé d'en faire une priorité.

Puis sans lui laisser le temps d'objecter, elle ouvrit la porte et sortit sur le palier. Aussitôt, Angie passa la tête par la porte, un sourire radieux aux lèvres.

— Salut ! Comment vont mes voisins préférés aujourd'hui ?

— Tu m'as l'air en pleine forme, éluda Ree.

— J'ai suivi ton conseil. J'ai parlé à mes parents. Je leur ai dit pour Brad.

— Et alors ? Vu ton sourire, j'imagine qu'ils ont bien pris la nouvelle.

— Pas tout de suite. Mais ils ont fini par comprendre que je n'étais plus une petite fille mais une adulte amoureuse. .

Elle tendit alors devant elle sa main gauche pour leur faire admirer le solitaire qui ornait son annulaire.

— Sans blague ! s'écria Ree qui prit sur elle pour cacher son émotion. Vous vous êtes fiancés ?

Le visage d'Angie rayonna un peu plus tandis qu'elle acquiesçait.

— Je suis vraiment heureuse pour vous, ajouta Ree en l'étreignant.

— Au diable mon examen ! Tant mieux si je le décroche, mais Brad m'a convaincue qu'il ne m'en aimerait pas moins si je le ratais.

Quint la prit à son tour dans ses bras pour la féliciter.

— Vous direz à Brad que c'est un sacré veinard.

— Il faudra que vous veniez à notre mariage.

Ree tourna la tête à demi pour cacher ses yeux pleins de larmes.

— Nous n'y manquerons pas, répondit-elle après s'être ressaisie.

Ce travail très particulier, l'isolement, l'absence d'une vie normale… Tout cela pouvait atteindre le moral de n'importe quel agent, à un moment ou à un autre. Cela semblait bien être son cas.

— Il faut que j'y aille, dit-elle. Mais j'attends le carton d'invitation avec impatience.

— Que diriez-vous d'un verre de vin ce soir pour fêter ça, quand tu seras rentrée ?

— À vrai dire, je suis un peu fatiguée. Une autre fois, avec grand plaisir.

— J'y compte bien.

Angie était vraiment une chic fille qui méritait d'être heureuse. C'était pour des gens comme elle que Quint avait choisi de faire ce métier. Pour les protéger de requins du genre de Constantin.

— À bientôt, dit encore Ree en lui faisant un petit signe de la main.

Elle avait fait deux pas quand elle s'arrêta et se retourna :

— S'il te plaît, Angie. Fais-moi une faveur.

— Tout ce que tu veux.

— Reste chez toi, ce soir. Regarde une bonne série sur Netflix ou fais n'importe quoi d'autre mais ne sors pas.

Tout à son bonheur tout neuf, Angie ne chercha pas à discuter. Elle aurait accepté d'aller sur la lune si Ree le lui avait demandé.

— Tu me raconteras ça demain, d'accord ? dit encore Ree qui savait pourtant qu'à ce moment-là, ils ne seraient plus M. et Mme Matthews, le couple amoureux voisin de la gentille Angie.

Ils ne repasseraient sans doute même pas par l'appartement après la descente chez Constantin. Comme d'habitude, des agents seraient envoyés sur place pour effacer toute trace de leur passage ici. Leurs placards seraient vidés et leurs affaires envoyées directement au bureau de l'agence.

Après ça, Quint avait en tête de prendre un peu de temps pour faire le vide. Puis il partirait sur une autre mission, puis sur une autre et encore une autre.

Il n'avait que cette certitude-là et il le déplorait.

23

Lola était déjà derrière le bar quand Quint déposa Ree au club. L'agent Miguel Brown lui avait été assigné pour aider à l'arrestation de Constantin. Les deux hommes avaient déjà fait équipe et ils s'étaient bien entendus.

Brown était chargé de suivre Constantin jusqu'à sa résidence de Houston. Il y avait un problème. Constantin était accompagné de son frère et de la petite Lili, preuve s'il en était que Matias s'apprêtait à quitter le pays.

L'autre point noir, c'était Driver, qui devait surveiller la maison, prêt à entrer en action.

Quinze minutes plus tard, Quint retrouvait Brown à quelques rues de chez Constantin.

— Alors ? Du nouveau ?

— Rien pour le moment. Aucun mouvement suspect.

— Quelle est la configuration de la maison ?

— Grande bâtisse sur deux étages, truffée de caméras de surveillance. Le seul point faible, c'est la fenêtre d'une des salles de bains, au rez-de-chaussée. La seule qui ne soit pas protégée. Mais je vous préviens, elle est minuscule. Ça risque d'être coton de passer par là.

— Toujours la même chose, gémit Quint. Nous sommes condamnés à passer par des trous de souris.

— C'est ce qui fait notre force, ricana Brown. Personne ne s'attend à nous voir débarquer par là.

— Dans ce cas, allons-y.

Rasant les murs, ils se rendirent devant la fenêtre en question.

— Vous d'abord, dit Brown. Je vous couvre.

Quint prit appui sur la cuisse de Brown pour se hisser à la hauteur de la fenêtre et en força sans difficulté le système de fermeture. Dans ces maisons anciennes, ils étaient plutôt fragiles. Il se glissa ensuite à l'intérieur sans trop de mal, contrairement à Brown qui avait quelques kilos de plus que lui.

Des bruits de voix leur parvinrent de la pièce d'à côté. Ils tendirent l'oreille.

— Vous parlez roumain ? demanda Quint.

Brown lui fit non de la tête.

Comment allaient-ils procéder ? Faire jouer l'effet de surprise en jaillissant, armes à la main, pouvait effrayer la petite Lili. Sans compter qu'elle pourrait être victime d'une balle perdue. Ils abandonnèrent donc cette possibilité. Restait à attendre la diversion qui pourrait les faire entre en action.

Ils attendirent un temps qui leur parut être une éternité. Mais enfin, l'occasion se présenta quand ils entendirent quelqu'un frapper à la porte. Quelques secondes plus tard, une dispute éclata, suivie d'une cavalcade dans le couloir.

Quint et Brown échangèrent un bref regard puis ouvrirent la porte à la volée.

Quint barra le chemin à Baptiste et lui envoya un direct qui ne fit que l'étourdir. Le bougre avait de la ressource, mais ce moment de faiblesse permit à Quint d'attraper la fillette par la main et de courir la mettre à l'écart tandis que Brown en finissait avec Baptiste qu'il neutralisa d'une clé d'étranglement.

Effrayée par la scène qu'elle vivait, Lili se mit à pleurer et à réclamer sa mère. Quint essaya d'établir un contact visuel avec elle, mais elle était trop jeune pour ce genre de pratique. Il esquissa alors une grimace censée la divertir alors que Brown faisait tomber Baptiste au sol et le menottait.

Dans le salon, Matias et Constantin luttaient corps à corps. C'est le moment que choisit Driver pour faire son entrée.

— Écartez-vous de mon chemin, gronda Quint qui était à deux doigts de lui envoyer son poing dans la figure.

Il remarqua tout de suite l'absence de Shelly. Sans doute Driver lui avait-il ordonné de rester dehors, histoire de s'attribuer seul le mérite de la réussite de cette mission.

— Qu'est-ce que vous fichez ici ? tonna Driver pour toute réponse.

L'heure n'était pas aux bavardages. Surtout avec Constantin qui pointait maintenant un revolver sur la poitrine de Matias. Quint ne réfléchit pas une seconde. Il plongea sur les deux hommes et arracha des mains de Constantin son arme qui retomba au sol, trop loin pour qu'il puisse la récupérer.

Privé de ce qui aurait pu être son seul moyen de dissuasion, Quint se lança dans la bataille. Mais à deux contre un, le match s'avérait inégal. Il prit quelques coups de poing dans le plexus, des coups de pied dans les tibias, réussit à en esquiver plusieurs, mais il était encore loin de prendre le dessus. Ce ne fut qu'avec l'arrivée de Shelly qui se jeta dans la mêlée sans hésiter que les forces basculèrent en leur faveur.

Pendant ce temps, Driver contemplait la scène depuis

le seuil où il se tenait, immobile. Un œil sur son téléphone, il semblait plus préoccupé par les textos qu'il recevait que par la scène qui se déroulait sous ses yeux.

Ce type méritait une bonne correction et Quint se fit la promesse de s'en charger dès que l'occasion se présenterait.

— C'est bon ? demanda-t-il à Shelly qui avait pris le dessus sur Matias.

— Impec, répondit-elle alors qu'elle lui passait les menottes.

De son côté, Quint avait neutralisé Constantin.

— Tu crains de te casser un ongle, mec ?

Devant l'indolence affichée de Driver, Quint n'avait pas pu s'empêcher de le tacler.

— Pardon ? dit l'autre. Qu'est-ce que tu as dit ?

Driver s'avança enfin, semblant prêt à en découdre maintenant que tout était terminé.

— Je suis en contact avec les forces de police locales, si tu veux le savoir, lança-t-il d'un ton dédaigneux.

— Cet homme est à nous, rétorqua Quint en désignant Constantin.

C'est alors que Brown apparut, la petite Lili en pleurs entre ses gros bras musclés.

— Que faisons-nous de cette enfant ? s'enquit-il.

— Allez chercher le siège auto qui est dans la Lamborghini de monsieur (du menton, il désigna Constantin) et installez-le dans mon pick-up. Je vais la ramener à sa mère.

Il prit Lili des bras de Brown et parla à l'enfant d'une voix douce qui se voulait rassurante.

— Tu vas bientôt voir ta maman, dit-il. D'accord ?

La fillette se calma aussitôt et darda sur lui ses grands yeux rougis de larmes.

— Maman ? répéta-t-elle.

— Oui. Maman.

Il s'apprêtait à appeler Ree pour lui faire un compte rendu de la situation quand il la vit franchir la porte en trombe.

— Je suis venue aussi vite que j'ai pu, dit-elle, légèrement essoufflée. De mon côté, tout est OK.

Elle avait donc réussi à convaincre Lola de témoigner contre Constantin.

Cette nouvelle fut confirmée par l'intéressée en personne qui, après avoir eu le feu vert de Ree, vint les rejoindre, suivie de près par Esteban. Elle se précipita vers sa fille et la couvrit de baisers fiévreux.

— Ma mère… Ma mère nous rejoindra, n'est-ce pas ? C'est bien le marché ?

Quint jeta un coup d'œil aux SMS qui lui parvenaient en rafales.

— Elle est récupérée par nos agents en ce moment même, lui assura-t-il. Dans un instant, elle montera à bord d'un hélicoptère qui l'emmènera à l'aéroport. Elle sera aux États-Unis dans la matinée.

— Merci, dit Lola en serrant sa fille plus fort contre elle.

Puis, profitant de sa liberté retrouvée, elle commença à raconter :

— Quand j'ai rencontré Matias, j'étais très amoureuse de lui. Au début, il était gentil, très empressé. Le cauchemar n'a commencé qu'à la naissance de notre fille. Là, j'ai découvert sa véritable nature. J'ai compris à quel monstre j'avais affaire.

— Et votre frère ?

— C'est à cause de moi, tout ça. Esteban est un brave garçon qui ne ferait pas de mal à une mouche. S'il nous a suivies dans notre exil, c'était uniquement pour nous protéger, Lili et moi. Il s'est retrouvé pris dans un engrenage infernal malgré lui.

Elle marqua une pause avant d'ajouter d'une voix lasse :

— Je suis tellement fatiguée.

— C'est fini. Vous êtes en sécurité, maintenant. Venez. Partons d'ici.

— Hé ! Vous ne pouvez pas quitter une scène de crime comme ça, lança Driver.

Shelly lui jeta un regard méprisant.

— Ne vous inquiétez pas, dit-elle à Quint. Je corroborerai votre version des faits.

— Moi aussi, renchérit Brown.

— Je crois que cette fois, vous n'allez pas vous en sortir avec les honneurs, poursuivit Shelly. Préparez-vous à l'idée de finir dans un bureau.

Quint passa devant Driver, refoulant avec peine l'envie de le frapper.

Quelques minutes plus tard, le marshal arrivait pour prendre en charge Lola, Lili et Esteban.

Ree prit Lola dans ses bras.

— Bonne chance, Lola.

— Merci. Grâce à vous, ma petite fille va enfin retrouver une vie normale. Que Dieu vous bénisse, vous et vos familles.

— Je n'ai pas de famille, rétorqua Ree. Enfin, pas d'enfants, je veux dire.

— Tu en auras un jour. Et ce sera merveilleux, tu verras.

Sur ces mots, elle alla rejoindre sa fille et son frère déjà installés dans la voiture du policier.

Il y eut un instant d'intense émotion au terme duquel Ree s'adressa à Quint :

— Eh bien, je crois que nous en avons terminé.

— Pas vraiment. Il nous reste encore un tas de paperasse à traiter.

— Je vais te laisser gérer ça, si tu veux bien. Je suis fatiguée et je n'aspire qu'à dormir ce soir chez moi, dans mon propre lit.

Elle lui tourna le dos, prête à le quitter. Il ne pouvait pas la laisser partir comme ça ; pas avec tous les non-dits qui existaient entre eux.

— Ree…

Elle s'arrêta net mais ne se retourna pas.

— Et si je ne suis pas prêt ?

— À quoi ?

— À renoncer à toi, par exemple.

— Je t'écoute.

— Quelle est la taille de ton lit ? demanda-t-il en feignant une désinvolture qu'il était bien loin de ressentir.

Elle hésita un instant à lui répondre.

— Laisse-moi deux jours, finit-elle par déclarer. Ensuite, tu pourras venir le mesurer toi-même.

— Tu peux compter sur moi.

Le cœur gonflé d'espoir, il la regarda se remettre en marche.

La balle était dans son camp. Tout n'était pas perdu.

Retrouvez prochainement,
dans votre collection

BLACK ROSE

Et le passé resurgit, de R. Barri Flowers - N°772

ENQUÊTES DANS LE PACIFIQUE – 3/4

Submergé par les souvenirs, Lance réfléchit à l'enquête qu'on vient de lui confier. Une enquête à la fois complexe et douloureuse, car la vague de crimes qui ébranle Honolulu présente de troublantes similitudes avec le meurtre de sa sœur, vingt ans plus tôt. Une enquête qui, décidément, est liée à son passé car il va devoir collaborer avec Caroline Yashima, son ex dont il est encore épris…

Je te protégerai toujours, de Juno Rushdan

Fuir ! Échapper à l'inconnu qui la poursuit… Perdue dans le blizzard, Lynn court pour sauver sa peau. Mais qui est-il, cet homme qui la traque depuis qu'elle a abattu un forcené dans son cabinet de psychothérapeute ? Et soudain, en se retournant, elle aperçoit une ombre derrière le tueur et reprend espoir. Nash l'a retrouvée ! Nash avec qui elle vient de rompre mais qui a juré de ne jamais l'abandonner…

Enquête à Dark River, de Delores Fossen - N°773

Un meurtre a été commis au ranch de Cullen Brodie… Appelée sur les lieux, Leigh Mercer, élue depuis peu shérif de Dark River, refuse de se fier aux apparences. Car elle ne croit pas à la culpabilité de Cullen. Et le fait qu'ils aient vécu autrefois une courte histoire d'amour n'est pour rien dans cette conviction. Une conviction renforcée le jour où Cullen et elle sont tous deux victimes d'une tentative de meurtre…

Au piège des souvenirs, de Cassie Miles

Quelle menace inconnue l'a poussée à se réfugier dans cette cabane perdue au fond des bois ? Pour Caroline, qui ne sait plus qui elle est, le mystère s'épaissit d'heure en heure. D'autant que le corps d'un vieil homme a été découvert dans le chalet où elle se trouvait et que tout l'accuse. Seul espoir dans sa détresse : John, l'adjoint du shérif, qui croit en son innocence et veut l'aider à recouvrer la mémoire…

Retrouvez prochainement,
dans votre collection

BLACK ROSE

Au secours d'un enfant, de Jennifer Morey - N°776

En arrivant à Anchorage, Brycen Cage maudit l'agence qui l'a envoyé enquêter en Alaska où il a tant de mauvais souvenirs. Pourtant, lorsqu'il fait la connaissance de Drury, dont le mari a été assassiné un an plus tôt, sa colère tombe. Séduit par la beauté de la jeune femme, il révise son jugement : il va faire la lumière sur cette affaire. Et il les protégera, elle et son fils, ce petit garçon au regard si triste...

Le secret de Grizzly Pass, d'Elle James

Que se passe-t-il à Grizzly Pass ? Comment cette bourgade du Wyoming est-elle devenue le théâtre d'une série d'événements criminels ? Avec l'arrivée de la police, la tension monte, et Olivia Dawson, qui vient d'être victime d'un accident de la route suspect, sent la peur la gagner. Se pourrait-il qu'elle soit, sans le savoir, au centre de ce puzzle infernal ?